Tillie Cole est originaire du nord de l'Angleterre, où elle a grandi dans une ferme, entourée des animaux recueillis par sa famille. Titulaire d'un diplôme en sciences des religions, elle a parcouru le monde en compagnie de son mari rugbyman et enseigné les sciences sociales avant de s'installer à Austin au Texas. Elle a écrit de nombreux romans dans des genres très différents, pour les adultes et les jeunes adultes, rencontrant chaque fois un succès retentissant.

Du même auteur, chez Milady :

Hades Hangmen :
1. *Hors-la-loi*
2. *Sans foi ni loi*
3. *La Loi d'attraction*
4. *Au-dessus des lois*
5. *La Loi du silence*
6. *Force de loi*

Sweet Home :
1. *Sweet Home*
2. *Sweet Rome*
3. *Sweet Fall*

Les Écorchés :
1. *Ruine*
2. *Tourmente*
3. *Ravage*
4. *Révolte*

Ce livre est également disponible au format numérique

www.milady.fr

Tillie Cole

FORCE DE LOI

Hades Hangmen – 6

Traduit de l'anglais (Grande-Bretagne) par Mathilde Roger

Milady

Milady est un label des éditions Bragelonne

Titre original : *Crux Untamed*

ISBN : 978-2-8112-3980-0

Bragelonne – Milady
60-62, rue d'Hauteville – 75010 Paris

E-mail : info@milady.fr
Site Internet : www.milady.fr

Pour ceux qui aiment, quelle que soit la personne
qu'ils ont choisie !

Glossaire

Terminologie de l'Ordre

Ordre : mouvement apocalyptique à la croyance basée sur une sélection de textes chrétiens. Ses membres croient fermement que la fin du monde est imminente et vivent à l'écart dans une communauté autrefois dirigée par le prophète David (qui se prétendait descendant du roi David et prophète de Dieu), les aînés et les disciples. Le neveu du prophète David, le prophète Caïn, lui a succédé. Leur mode de vie est traditionnel et simple, basé sur la polygamie et des pratiques religieuses non orthodoxes. Ils pensent que le « monde du dehors » est ravagé par le mal et le péché, mais n'ont aucun contact avec les personnes extérieures à la secte.

Communauté : communauté recluse établie sur une propriété appartenant à l'Ordre et dirigée par le prophète Caïn, encadrée par des disciples et des aînés solidement armés en cas d'attaque du monde extérieur. Hommes et femmes vivent dans des quartiers séparés, et les Maudites sont à l'écart de tous (hormis des aînés), dans leurs appartements privés. La zone est entourée d'une immense clôture.

Nouvelle Zion : nouvelle communauté de l'Ordre, créée après que la précédente a été détruite lors d'un combat contre les Hades Hangmen.

Aînés (de la communauté d'origine) : quatre hommes (Gabriel, Moïse, Noé et Jacob) chargés de l'organisation quotidienne de la communauté. Ils secondaient le prophète David et éduquaient les Maudites. Tous sont décédés.

Le conseil des aînés de la Nouvelle Zion : il est composé d'hommes au statut privilégié, désignés par le prophète Caïn.

La Main du prophète : titre de Juda, frère jumeau de Caïn. Bras droit du prophète. Premier lieutenant, il participe à la gestion de la Nouvelle Zion et prend part à toutes les décisions religieuses, politiques ou militaires concernant l'Ordre.

Conseiller du prophète : troisième poste le plus influent derrière le prophète Caïn, titre attribué à frère Luc (ancien membre du conseil de la Nouvelle Zion). Il conseille sur les questions religieuses, politiques et militaires et travaille de concert avec la Main du prophète.

Gardes disciples : les membres de sexe masculin sont chargés de protéger le territoire de la communauté et ses membres.

Échange sacrificiel : acte sexuel ritualisé entre un homme et une femme de l'Ordre, qui est censé aider l'homme à se rapprocher progressivement du Seigneur, et qui donne lieu à des cérémonies collectives lors desquelles des substances narcotiques sont souvent utilisées pour accéder à une expérience transcendante. Le plaisir est interdit aux femmes en guise de punition pour le péché originel d'Ève dont elles sont porteuses dès la naissance. Il est de leur devoir de sœurs de se soumettre à cette pratique.

Éveil : rite de passage dans l'Ordre. Après son huitième anniversaire, une fille doit être sexuellement « éveillée » par un membre de la communauté ou, lors des occasions spéciales, par un aîné.

Cercle sacré : pratique religieuse qui s'inspire de la notion d'« amour libre ». Acte sexuel et pratiques intimes avec de multiples partenaires, dans un lieu public.

Sœur sacrée : femme de l'Ordre choisie, chargée de quitter la communauté ponctuellement pour transmettre le message de l'Ordre par des moyens sexuels.

Les Maudites : filles et femmes de l'Ordre que l'on juge trop belles, et par conséquent maléfiques, et qui doivent vivre à l'écart du reste de la communauté. Trop séduisantes, les Maudites risquent de pousser les hommes à se détourner du droit chemin.

Péché originel : la doctrine augustinienne soutient que les hommes naissent pécheurs et cherchent par tous les moyens à désobéir à Dieu. Le péché originel résulte de la désobéissance d'Adam et d'Ève lorsqu'ils ont mangé le fruit défendu dans le jardin d'Éden. Selon la doctrine de l'Ordre (créée par le prophète David), Ève est tenue pour responsable de cette faute, et par conséquent les sœurs de l'Ordre sont considérées comme des séductrices-nées, des tentatrices, et doivent obéir aux hommes.

Sheol : terme de l'Ancien Testament signifiant « la fosse », « le tombeau », « l'enfer ». C'est un lieu de mort.

Glossolalie : discours incompréhensible prononcé par les croyants pendant des transes d'extase religieuse.

Diaspora : le départ des peuples de leurs terres d'origine.

Colline de la perdition : colline en lisière du domaine de la communauté, utilisée pour les réclusions et les punitions des habitants de la Nouvelle Zion.

Hommes du diable : référence au club de motards des Hades Hangmen.

Méditation céleste : acte sexuel spirituel que pratiquent avec ferveur les membres de l'Ordre pour établir un lien plus étroit avec Dieu par le plaisir.

Rapatriement : rappel d'une personne vers son pays ou sa région d'origine. L'Ordre veut rassembler à la Nouvelle Zion tous les membres de sa foi, venus de toutes les communautés étrangères.

Première union : premier acte sexuel avec une femme vierge.

Terminologie des Hades Hangmen

Hades Hangmen : gang de bikers hors-la-loi, fondé à Austin au Texas en 1969.

Hadès : seigneur des Enfers dans la mythologie grecque.

Chapitre mère : première branche du club, sur le lieu fondateur.

Les « un pour cent » : l'Association américaine des motards (AMA) aurait déclaré que 99 % des motards étaient des citoyens obéissant aux lois. Les motards qui refusaient les règles de l'AMA se surnommèrent les « un pour cent ». La plupart d'entre eux font partie de clubs hors-la-loi.

Veste sans manches : vêtement en cuir typiquement porté par les bikers hors-la-loi, orné d'écussons et de broderies aux couleurs du club.

Intégré : se dit lorsqu'un nouveau est admis comme membre à part entière.

Église : réunion du club réservée aux membres et dirigée par son président.

Régulière : femme ayant le statut d'épouse d'un des membres du club, qui assure sa protection. Ce statut est respecté à la lettre au sein du club.

Chaudasse à motards : femme qui fréquente le bar des motards pour s'adonner à des actes sexuels sans lendemain.

Meuf : terme affectueux désignant une femme dans la culture des bikers hors-la-loi.

Parti chez Hadès : mort.

Aller à la rencontre du passeur : mourir, en référence à Charon, figure de la mythologie grecque qui faisait passer sur sa barque les âmes défuntes dans le monde des Enfers. Le prix à payer pour traverser les fleuves Styx et Achéron et rejoindre Hadès était symbolisé par des pièces placées sur les yeux ou la bouche du défunt au moment de son inhumation. Ceux qui ne s'acquittaient pas du péage étaient laissés à eux-mêmes, condamnés à errer sur les rives du Styx pendant cent ans.

Neige : cocaïne.

Glace : cristal méthamphétamine.

Héro : héroïne

Structure hiérarchique des Hades Hangmen

Président (Prés') : leader du club, détenteur du marteau de réunion qui symbolise son pouvoir absolu et sert à maintenir l'ordre lors de l'Église. Au sein du club, la parole du président fait loi, même s'il est conseillé par les membres les plus anciens. Personne ne remet en question ses décisions.

Vice-président (VP) : bras droit du président, il met ses ordres à exécution. C'est lui qui assure la communication avec les autres chapitres et qui prend en charge les responsabilités et devoirs du président en son absence.

Road Captain : responsable des livraisons et virées du club, il en établit les trajets. C'est un des plus hauts responsables du club, il n'obéit qu'aux ordres du président ou du VP.

Sergent d'armes : responsable de la sécurité du club, il surveille et maintient l'ordre lors des manifestations du club et signale tout comportement suspect au président et au vice-président. Il assure la protection du club, de ses membres et de ses prospects.

Trésorier : répertorie les entrées d'argent et les dépenses du club, ainsi que les écussons aux couleurs du club qui sont attribués et repris.

Secrétaire : responsable des rapports et archives du club, il avertit les membres en cas de réunion extraordinaire.

Prospect : nouvelle recrue du gang qui n'a pas encore fait ses preuves, il part en livraison avec les autres membres, mais n'assiste pas à la réunion du club.

Prologue

Sia

Mexico.
Sept ans plus tôt…

Je courus dans le couloir. Je regardai devant moi en avançant vers la porte de la chambre. Mon cœur battait si fort que j'en avais le souffle coupé. Je me débattis maladroitement avec la poignée. Puis des pas lourds résonnèrent derrière moi. Ma main trembla et la terreur s'empara de moi. Enfin, je parvins à ouvrir la porte.

Je me précipitai dans la pièce, mais avant que je sois arrivée en sécurité, on m'attrapa fermement par le bras. Juan me fit pivoter et me plaqua contre le mur. Les poumons vidés par le choc, je ressentis une vive douleur aux omoplates. Son regard noir transperçait le mien. Il semblait aussi parfait que d'habitude.

Mais il ne l'était pas. L'homme que j'aimais… dont j'étais tombée amoureuse si vite et si profondément… n'était pas celui que je croyais.

Il était… Il était diabolique.

— Pourquoi m'as-tu défié, *bella* ?

Je me figeai, tous les muscles tendus, tandis qu'il faisait glisser un doigt contre mon visage. Mes lèvres tremblaient, alors que j'étais toujours clouée à la paroi.

— Je… Je suis désolée, murmurai-je, mon souffle haché me faisant bafouiller.

Juan sourit, se pencha, et pressa ses lèvres contre les miennes. Je voulais fuir. Je voulais hurler, lui crier d'aller au diable, mais j'étais pétrifiée par la peur.

— Je ne veux pas te faire de mal, déclara-t-il en approchant le visage au point de pouvoir poser le nez contre mon cou.

Il avait posé une main sur ma taille. Son parfum était toujours aussi délicieux. Il était toujours aussi beau que le premier jour de notre rencontre. Tout en lui avait participé à m'appâter. À présent, j'étais piégée. Une stupide gamine trompée par le sourire envoûtant du démon.

— Tu es ma reine, *bella*.

Il m'embrassa la joue et posa les mains autour de mon visage. Il plongea le regard dans le mien, sûrement à la recherche de quelque chose.

Je voulus sourire, pour prouver qu'il pouvait me faire confiance… qu'il n'avait plus besoin de me donner de leçons… Je ne supporterais pas davantage de leçons…

Mais il serra les mains sur mes joues, jusqu'à ce que mes jambes tremblent. Je serrai les lèvres pour retenir un gémissement de douleur et fermai les yeux.

— Ouvre les yeux, *bella*, souffla-t-il, la bouche contre mon oreille.

Des épines de glace me parcoururent le dos, mais j'obéis.

— Bien, dit-il avec un sourire fier.

Il desserra son étreinte et je haletai de soulagement.

— Je t'ai choisie toi, *bella*. Je t'ai choisie pour te tenir à mes côtés. (Je fus prise de nausée quand il continua.) Ta vie aurait pu être tellement différente si je n'avais pas repéré quelque chose de spécial chez toi. Tu en es consciente ?

— Oui.

Je savais qu'il avait raison. Ce que j'avais vu… Ce qu'il leur faisait… Je savais que les choses auraient pu être terriblement différentes pour moi.

Juan m'embrassa encore, doucement, tendrement, un contraste frappant avec la menace qu'il venait de lancer.

— Je ne peux pas me passer de toi, *bella*, ajouta-t-il en me baisant le front. Tu es à moi, *rosa negra*. Je ne te laisserai jamais partir…

Chapitre premier

Sia

Un ranch, Austin, Texas.
Aujourd'hui.

— Doucement... Doucement...

Sandy tourna les oreilles d'avant en arrière alors que je l'apaisais depuis le centre du manège. Je tenais lâchement la longe de ma nouvelle jument tandis qu'elle trottait sur le sable. Sa robe était humide de sueur, tout comme mon front. Le soleil brûlait à en percer mon jean !

— Allez, ça suffit pour aujourd'hui, annonçai-je, autant pour Sandy que pour moi-même.

Je venais de lui servir sa ration d'avoine et d'eau et de l'enfermer dans son box quand j'entendis le son trop familier de motos approchant.

Je fronçai les sourcils et sortis de la grange. Je me postai devant la maison et repérai deux Harley près de ma porte.

Je reconnus Styx et Ky et leur adressai un signe de la main, surprise.

Ils ne répondirent pas à mon salut.

Je m'assis sur la plus haute marche du perron alors qu'ils installaient leurs béquilles. Ky lissa ses longs cheveux et s'approcha. Je me levai.

— Qu'est-ce que vous faites là, tous les deux ?

Je serrai Ky contre moi et il me maintint un peu trop longtemps. C'était bizarre… Je m'écartai, curieuse, et vis qu'il scrutait les alentours du ranch. J'allais le questionner de nouveau quand Styx s'avança et m'embrassa brièvement avec un seul bras.

— Salut, Styx. Comment vont Mae et le bébé ?

Il esquissa un sourire.

— « Bien », signa-t-il.

Mais Ky attira de nouveau mon attention lorsqu'il ordonna :

— Rentre, frangine, faut qu'on parle.

Il m'attrapa par l'épaule pour me pousser vers la demeure.

— Eh ! protestai-je. (Il poussa encore, sans lâcher mon bras.) Eh ! Connard !

Je me libérai et fis volte-face pour poser le regard sur sa sale gueule maussade.

— Qu'est-ce que tu fous ?

— Pour une fois dans ta putain de vie, tu veux bien faire ce que je te dis, Sia ? s'exaspéra-t-il.

Il avait le visage rouge… et les yeux aussi.

Je croisai les bras sur ma poitrine.

— Quel est le problème ? Qu'est-ce que tu fais là ? T'as les yeux injectés de sang. Pourquoi tu tires une tête pareille ? (Je secouai la tête.) Et surtout, pourquoi tu me traites comme une foutue gamine ?

Il soupira. Il ferma les yeux et ouvrit la bouche, mais aucun son ne sortit.

Styx se racla la gorge.

— « Ça a été plutôt tendu, dernièrement… »

— Pourquoi ? demandai-je, paniquée. Lila et Grace vont bien ?

J'observai rapidement mon frère en quête de blessures ou… je ne savais même pas quoi d'autre. Dans quel genre de pétrin des bikers pouvaient-ils se fourrer ?

— Tu vas bien ?

Je sentis mon cœur battre plus fort et une étrange appréhension envahit mon corps comme un poison. Ky ouvrit les yeux et acquiesça.

— Tout le monde va bien.

Mais je voyais qu'il faisait semblant. J'allais lui dire de cracher le morceau quand il se décida enfin à parler.

— Garcia est de retour, balança-t-il.

Je savais qu'un vent chaud soufflait car il faisait bouger mes mèches blondes devant mes yeux, pourtant, je ne le sentais pas. Ky bougeait les lèvres, il me disait sûrement quelque chose, mais je n'entendais rien.

J'étais saisie par le souvenir de pas lourds sur un parquet grinçant, de plus en plus proches de ma chambre. Des bribes d'ordres aboyés sans pitié et des hurlements m'envahissaient l'esprit. Et *son* contact, *ses* doigts contre mon dos, *ses* lèvres me mordillant l'oreille alors qu'il caressait ma peau brûlée, alors qu…

— Sia ! lança Ky qui me tenait les bras, pour me tirer de mon état de choc.

Je clignai des yeux mais j'avais une boule dans la gorge qui m'empêchait de respirer. Je jouai rapidement des cils pour me débarrasser des larmes qui affluaient.

— Sia, répéta-t-il plus doucement. (Je le regardai fixement, sans dire un mot.) Rentre.

Je le laissai me guider dans la maison, puis sur le canapé. Un verre de whisky apparut dans ma main une seconde plus tard, une attention de Styx. Je l'avalai d'un trait en savourant la brûlure de l'alcool dans ma poitrine. Je reposai le verre sur la table, la main tremblante, et me tournai vers Ky.

— Ça va mieux ?

— Oui… Il… Il m'a découverte ?

J'avais la voix étouffée. Je n'aurais pas pu cacher ma peur, même si j'avais voulu.

— Pas encore, me rassura Ky.

Il se redressa et se mit à arpenter la pièce.

— On a eu des emmerdes au club, dernièrement, et Garcia était impliqué. Cet enfoiré nous a vus, Styx et moi.

Leurs regards se croisèrent et le président du club hocha la tête. Ky sortit une enveloppe de sa veste et la posa devant moi. Je regardai le papier, visiblement coûteux. Les mains tremblantes, je la pris et l'ouvris. Un Polaroid apparut. Je sortis la photo et la tournai vers moi, et aussitôt, mon corps sembla se vider de son sang.

Une rose noire.

Une seule rose noire posée sur un lit que je reconnaissais trop bien.

Il n'y avait pas de note, pas d'explication, mais c'était inutile. L'image était plus éloquente que tous les discours du monde.

— « *Mi rosa negra* », murmura l'écho de sa voix dans mon esprit.

Son accent mexicain marqué enveloppait les mots comme une écharpe de soie délicate posée sur une plante hérissée d'épines.

Je sentis mes cheveux se dresser sur ma nuque.

— Où… ?

Je me raclai la gorge.

— Où a-t-elle été envoyée ?

— Au club.

Ky s'assit lourdement à côté de moi.

— J'aime pas ces conneries cryptées, dit-il en désignant l'image, mais je sais que c'est son symbole, ou un truc du genre, non ? Le dessin qu'il t'a obligée à porter ? Qu'il apposait sur les filles qu'il vendait ?

D'instinct, je passai la main sur la chemise à carreaux qui couvrait mon épaule, où le tatouage d'une petite rose noire avait autrefois profané ma peau. Je sentais encore la cicatrice sous mes doigts, hors de vue mais dont je ne pouvais vraiment me débarrasser. Si je me risquais à exposer ma peau nue au soleil, une forme à contours blancs révélait la marque à mesure que je bronzais. Effacée, et pourtant à jamais imprimée dans ma chair…

Pire encore, plus je regardais cette photo, plus une autre vision me venait en tête, un visage auquel je pensais par réflexe, plusieurs fois par jour. De brèves images de ce qui avait pu lui arriver, à elle. Mais ce n'était toujours qu'un aperçu ; je n'arrivais pas à débloquer le reste de mon esprit. Où elle se trouvait…

— Sia ! lança encore Ky. (Je clignai des yeux. Il était agenouillé devant moi.) Tu rentres avec moi.

Je secouai la tête.

— Non. (Je croisai les bras devant ma poitrine, comme un bouclier contre la simple idée de partir.) Je ne veux pas.

Je regardai ma maison, le seul endroit où je me sois sentie en sécurité.

— Tu sais bien que je ne peux pas partir.

Ky allait répliquer, mais je l'interrompis.

— Je sais que je suis allée à tous vos mariages, je ne les aurais manqués pour rien au monde. Mais je ne peux pas rester longtemps loin d'ici. Je… Je…

Je cherchai comment m'expliquer, comment exprimer le tourbillon d'anxiété qui se formait dans mon estomac, comme un trou noir dévorant mon courage, ma raison, ma santé mentale, tout mon être.

C'était ironique : ado, je m'étais juré de quitter Austin et de ne plus avoir aucun contact avec les Hangmen.

Une escapade…

Cela avait suffi à me faire regretter d'avoir posé un pied hors du Texas, d'avoir brisé mes liens avec le club.

Il avait suffi d'un homme…

Un homme, nommé Garcia, m'avait fait regretter les jours tranquilles au Texas et le son des sabots sur l'herbe, derrière la fenêtre de ma vieille chambre.

— Je m'en fous, que tu veuilles venir ou non, Sia. Tu rentres avec moi, point final.

Le manque d'empathie perceptible dans l'ordre catégorique de Ky perça le brouillard mental qui enveloppait mes pensées. La braise en moi s'enflamma. Je redressai le menton et le toisai, les yeux plissés.

— Je t'interdis de me parler comme ça, Kyler Willis. Ne me prends pas pour une des chaudasses de ton club qui feraient des pirouettes sur un signe de ta main !

Il rougit, mais personne n'avait le droit de me traiter ainsi. À cet instant, mon frère ressemblait au seul homme qui m'ait traitée comme une gosse errante, l'homme que je tenais pour responsable de toutes les merdes que j'avais dû endurer.

— J'aime Lila, vraiment. Mais moi, je ne suis pas une femme timide et soumise qui accepte tes ordres. Je suis ta sœur, pas ton chien, putain !

Ky se leva lentement. Il ferma les yeux et inspira profondément.

— Il sait où j'habite ? (Il ne répondit pas.) Je t'ai demandé si Garcia sait où je me cache.

Il ouvrit soudain les yeux.

— Ce n'est qu'une question de temps.

Je me levai en ignorant les tremblements de mes jambes, et je plongeai audacieusement le regard dans le sien.

— Alors je ne quitte pas mon ranch. Je suis cachée. Je me planque ici depuis des années. Une fausse identité, un faux acte de propriété, et tout ça dans un putain de trou perdu ! Y a personne à des kilomètres à la ronde. Il ne me fera pas quitter ma maison, je ne lui ferai pas ce plaisir !

— Réfléchis, insista Ky en se redressant. Monte préparer ton sac, et préviens la jeune meuf qu'on a embauchée pour t'aider qu'elle va faire tourner le ranch seule le temps que tu reviennes. Dis-lui que t'as une urgence familiale, ou une connerie de ce genre.

Mon cœur s'emballa.

— Je. Ne. Partirai. Pas ! Clara ne peut pas tout gérer seule. Nous avons deux juments prêtes à avoir leurs poulains, et deux chevaux sauvages à entraîner. Elle aura besoin de moi.

L'échange d'arguments reprit, dura, et nos voix s'élevèrent alors que nos tempéraments s'échauffaient. Soudain, un sifflement puissant coupa court à la dispute. Je regardai Styx, debout devant la cheminée. Il avait un visage orageux, et, bâti comme il l'était, il semblait vraiment titanesque. Il leva les mains.

— « Sia, va choper tes affaires. Tu viens avec nous. »

Je déglutis, tandis que la défaite me submergeait comme une averse malvenue, un jour ensoleillé.

— « Ky, calme-toi, bordel. »

Ky tourna les talons et sortit de mon ranch. Je le regardai partir. J'avais l'intuition que notre prise de bec et son humeur massacrante n'étaient pas seulement dues à Garcia.

Styx se racla la gorge.

— « Vous vous ressemblez vraiment trop, tous les deux. Vous me cassez autant les couilles l'un que l'autre. (Il marqua une pause.) Il s'en passe plus au club qu'il le dit. Alors arrête d'en faire des caisses, je dois supporter assez de cinéma tous les jours avec ces gros barges de frangins sans que tu t'y mettes aussi. (Il serra les lèvres et je compris que je n'obtiendrais pas gain de cause.) Tu viens avec nous. J'te donne pas le choix. T'es de la famille des Hangmen, et l'autre enfoiré renifle autour de nous. Fais ton sac, qu'on se casse d'ici. »

Je me sentis comme une ado boudeuse lorsque je lui passai devant pour rejoindre ma chambre, profitant de mon élan pour lui donner un coup d'épaule. Il ne frémit même pas.

— Parfois, je déteste la famille dans laquelle je suis née, bande de trous du cul machos. Putain, vous vous prenez pour des dieux !

Styx ne sourcilla pas.

— « Tant que nous parlons d'un dieu avec un nœud coulant et un Uzi, je plaide coupable. C'est dans l'ordre des choses. Rien ne changera parce que tu tapes ta crise, signa-t-il. Je ne te demande pas t'apprécier mes ordres, mais de leur obéir. T'as dix minutes. »

Puis il sortit à la suite de mon frère.

Trop furieuse pour me soucier de ce qui pouvait préoccuper Ky – sans doute leurs maudites « affaires du club » que les faibles femmes comme moi ne devaient pas connaître de toute façon –, j'enfournai vêtements et affaires de toilette dans un sac, puis j'appelai Clara pour lui demander de tenir le ranch pendant mon absence. Elle pouvait contacter le vétérinaire au besoin. Il me devait une putain de faveur pour avoir gardé des chevaux malades quand son cabinet était débordé.

Dix minutes plus tard, j'avais verrouillé la porte de la maison et fait démarrer mon camion, pour suivre mes frères vers le QG des Hangmen. Au fil des kilomètres m'éloignant de la sécurité de mon ranch, je me sentais de plus en plus dépossédée de moi-même. J'entendais la voix de Garcia dans ma tête, me sifflant qu'il venait me chercher, menaçant de me posséder une bonne fois pour toutes.

Mais comme Kyler, je savais dissimuler ce qui me perturbait.

Comme une grande fille, j'allais donc rester quelque temps au club. Alors que nous traversions le centre d'Austin et que les lumières de la South Congress Avenue éclairaient ma cabine, je laissais les deux images d'Hadès me guider : son air suffisant et un nœud coulant qui me rappelait pourquoi j'avais fui des années auparavant.

Ce club était comme les sables mouvants, et je comptais bien ne pas le laisser m'engloutir.

— Tante Sia !

Dès que j'ouvris la porte de chez Ky, Grace courut s'abattre contre mes jambes.

— Gracie, ma puce !

Je lâchai mes sacs, soulevai ma nièce et l'embrassai sur la joue. Je tirai sur une mèche de ses cheveux.

— Des bouclettes ?

— Maman les a frisés pour moi à l'instant, avant d'aller dormir.

— C'est très joli, mon ange.

Derrière elle, je vis mon frère passer rapidement en lui caressant la tête et foncer directement vers le salon.

— Où est ta maman, ma belle ?

— Dans le salon.

Je suivis l'itinéraire de Ky, qui était déjà installé dans le canapé et embrassait sa femme.

— Je vais bien, ne sois pas si protecteur, souffla Lila contre ses lèvres.

Grace grogna et se couvrit les yeux.

— Ils s'embrassent… Encore !

Je ris. Ky et Lila se retournèrent. Lila fit mine de se lever et Ky lui prit la main pour l'aider. Elle lui posa l'autre sur la joue.

— Tout va bien, Ky, détends-toi. Je ne suis pas malade.

Ky parut sur le point de discuter, mais il s'abstint. Il me regarda, puis regarda sa femme.

— Je vais prendre une douche.

Lila se tourna vers moi avec un large sourire.

— Sia !

Elle s'approcha alors que je reposais Grace, et me prit dans ses bras.

— Quel plaisir de te voir !

Je lui rendis son étreinte.

— Tout va bien ?

— Parfaitement bien.

Elle se rendit dans la cuisine. Elle s'était fait opérer quelque temps auparavant, mais aux dernières nouvelles, elle s'était totalement remise.

— Plus important : toi, tu vas bien ? reprit-elle en versant de l'eau dans la cafetière avant de se tourner vers moi. Je ne connais pas toute l'histoire, mais je sais que Ky s'inquiète à propos de cet homme… (Elle baissa la voix en vérifiant que Grace jouait toujours dans le salon.) Cet homme de ton passé.

Je déglutis et hochai la tête. Elle sourit, quelques cheveux devant les yeux. Lila connaissait les hommes comme Garcia. Elle avait connu pire encore, enfant. Mais elle avait su se reconstruire.

Je savais qu'en réalité, je vivais toujours au purgatoire. Je n'avais vécu qu'une demi-vie depuis mon retour à la maison après cette époque maudite passée au Mexique. Lila n'en savait rien, mais elle était une héroïne pour moi. Traverser ce qu'elle avait connu et survivre assez longtemps pour connaître enfin un dénouement de conte de fées, c'était le rêve ultime. Mais je n'étais pas naïve. Lila avait de la chance. Moi, je n'en étais pas sortie indemne. Tout le monde n'avait pas droit à une fin heureuse.

— J'espère que tu aimes le déca, c'est tout ce que nous avons.

— Pas de problème.

Elle s'assit près de moi à table. Mon cœur se serra face à la cicatrice sur son visage. Je bus une gorgée.

— Qu'est-ce qui arrive à Ky, Li ?

Elle se figea, sa tasse levée. Elle soupira et secoua la tête. Il lui fallut un moment pour répondre.

— Il est simplement débordé, parfois. Je sais qu'il peut paraître dirigiste et impoli, mais il doit gérer tellement de choses… Le club, les menaces, moi… (Elle émit un rire bref et joua avec l'anse de sa tasse.) Il s'inquiète toujours pour moi, pour Grace. (Elle leva les yeux.) Pour toi aussi. Je ne sais pas si tu mesures combien il est protecteur envers toi, Sia. Il craint beaucoup pour toi, à tel point qu'il a transgressé les usages du club pour me parler de l'homme qui t'avait fait du mal, celui qui est de retour. Cela lui pesait énormément. Il avait besoin de se confier à moi. (Elle me pressa la main.) Tu es sa seule famille de sang. Il t'aime beaucoup. (Elle marqua une pause, un tendre sourire sur son visage.) Nous t'aimons tous. Grace, ton frère et moi.

Sa confession apaisa un peu la colère que je gardais bloquée dans ma poitrine. Je ne pus répondre sur le moment. Il était aussi tout ce qui me restait, ils étaient ma seule famille. J'entendis Grace rire dans le salon. Ky était sorti de la douche, habillé d'un jean, ses longs cheveux encore dégoulinants. Grace hurla et se précipita vers le canapé alors qu'il projetait les mèches mouillées dans sa direction.

Lila rit, ce qui suffit à attirer l'attention de mon frère. Il la regarda, puis moi, et le sourire qu'il offrait à sa fille disparut. Je lui adressai un signe de tête, contente de voir son bonheur. Il entra dans la cuisine et se versa du café.

—Je crois que je vais aller me coucher, dis-je. Me lever à l'aube chaque jour au ranch m'a habituée à ne pas veiller tard.

Je me levai, imitée par Lila, mais je tendis la main.

— Reste assise. Je suppose que je suis dans la chambre d'amis ?

— Oui, tout est prêt, confirma Lila. Bonne nuit, Sia. On parlera encore demain.

— Bonne nuit, Li. Ky…

J'étais presque trop loin pour entendre quand il dit :

— Bonne nuit, frangine.

Et comme chaque fois depuis qu'il m'avait tirée de l'enfer de Mexico, mon cœur fondit un peu pour lui.

Il pouvait être un vrai con, quand papa Willis s'immisçait trop dans ses manières. Mais il avait en lui une bonté que notre père ignorait. Une douceur qui, je le savais, lui venait directement de maman.

Une bonté que je ne pouvais qu'adorer.

Chapitre 2

Hush

AK REMIT LES ARMES AUX TCHÉTCHÈNES. JE ME calai sur le siège de ma Harley, Glock en main, et parcourus du regard le vieux moulin désaffecté. Après le merdier qu'avait été le trafic de meufs du Klan, et toutes les embrouilles avec Phebe, je ne faisais plus confiance à personne.

Mais en vérité, ça faisait déjà un moment…

Les Tchétchènes reprirent leur camion, AK empocha l'argent, sortit une clope de sa veste et rejoignit sa bécane, entre celles de Viking et de Flamme. Cowboy était près de moi, allongé sur son chopper. Ce con prenait un bain de soleil.

Un putain de gros rire déferla quand Viking regarda son téléphone. AK se tourna vers lui. Vik leva les yeux et fit danser ses sourcils.

— De la chair fraîche, mes connards ! Y a de la chaudasse inédite au club…

Cowboy rit et abattit l'avant de son chapeau Stetson devant ses yeux. Cowboy était l'homme le plus décontracté que je connaisse. Rien ne l'affectait. Il vivait l'instant présent et au jour le jour.

— Qui ? demanda AK.

Viking passa la jambe par-dessus la selle de sa Harley.

— Une putain de pierre précieuse.

Je levai un sourcil.

— Qu'est-ce que ça veut dire, *mon frère** ?

— Ça veut dire, mon p'tit Hush, qu'elle est *intouchable*... (Il réfléchit une seconde puis sourit.) Genre, si tu la touches, on te coupera les couilles juste pour le plaisir.

J'attendis qu'il continue. Ce con aimait en rajouter, bordel... Même Flamme le regarda alors qu'il se penchait en avant pour faire son annonce.

— Une certaine sœur vient de s'installer au QG. Une certaine sœur avec de longs cheveux blonds et des yeux bleus et, mmmh... (Il gémit et rajusta sa bite sous son jean.) Et ce corps, ces nibards... Ce petit cul rond appétissant... (Il ouvrit les yeux.) Ouais, cette meuf meurt d'envie d'enfourcher mon anaconda. En tout cas, elle n'en pourra plus quand le braquemard viking fera opérer son charme...

---

* Tous les mots suivis d'un astérisque sont en français dans le texte original. (*NdT*)

— La sœur de qui ? demanda AK, avant d'éclater de rire sous le nez de Viking. Tu parles pas de la sœur de Ky, Sia ?

Je me raidis en attendant la réponse. Mes mains tremblaient contre moi tandis que je guettais la réponse du géant roux.

— Si. C'est elle, déclara-t-il. (Il quitta sa selle et nous pointa du doigt à tour de rôle.) Prems, les mecs, cette petite chatte est à moi.

Sia… Vik débita des conneries comme quoi elle le baisait des yeux pendant le mariage de Styx… Mais j'étais figé en pensant à elle. Je sentis un regard posé sur moi et levai la tête. Cowboy avait redressé son Stetson pour me scruter. Il leva lentement un sourcil. Une seconde plus tard, je m'étais repris et j'étais sur ma bécane. Je me concentrai sur la conversation en ignorant son regard insistant. J'en connaissais la raison mais je refusais de me lancer dans ces conneries maintenant.

— Déjà, je ne cherche pas de chatte, répliqua AK, et ensuite, Ky va vraiment t'arracher la bite, cette fois, si tu poses un doigt sur sa petite sœur. Tu sais, la nana qu'il a passé des années à maintenir cachée…

Vik contempla Flamme. Le psychopathe lui lança un regard furieux et passa la main sur son alliance. Vik leva les yeux au ciel.

— Je vous jure, depuis que vous êtes casés, vous êtes devenus vraiment chiants, tous les deux. Vos meufs trimballent vos couilles dans leurs sacs à main ! Elles doivent les caresser comme des chiots quand elles sortent le pognon que vous devez leur fournir. (Il nous regarda, Cowboy et moi.) Je vous préviens aussi, mais j'imagine que c'est sans risque. Vous n'êtes jamais au club, trop occupés à vous baiser ou à avaler votre poids en ananas.

Je regardai mon ami en quête d'explication, mais il se contenta de rire en secouant la tête, me conseillant silencieusement de ne pas poser de question.

— Alors il ne reste que moi, conclut-il gaiement en enfourchant sa bécane. Il est temps que le Viking prenne d'assaut cette petite chatte esseulée !

— Ouais, mais cette fois, assure-toi que c'est bien Sia, OK ? répliqua AK.

Viking leva les yeux au ciel.

— Ils ont les mêmes cheveux, OK ?

— De quoi parlez-vous ? demanda Cowboy en se replaçant sur son chopper.

— De ce con, précisa AK en désignant Vik avant de rire. Il s'est défoncé au bourbon pendant le mariage de Styx, puis il est allé trouver Sia au bar. Il lui a chuchoté à l'oreille en lui caressant les cheveux et en se frottant la bite contre son derrière.

— J'voulais offrir un aperçu de la marchandise, marmonna-t-il.

Une vague de jalousie s'empara de moi lorsque j'imaginai Vik toucher Sia. Elle était restée assise près de Cowboy et moi pendant la majorité de la réception. Je n'avais pas vu Viking l'approcher. Elle n'était pas restée longtemps et avait préféré rejoindre la maison de son frère avec Lila…

— Problème, c'était pas Sia, hein Vik ?

Le géant rougit. C'était la première fois que je voyais cet enfoiré témoigner de la gêne. Il se leva et avoua.

— Bon, Ky et elle se ressemblent vachement, de dos, OK ?

AK et Cowboy éclatèrent de rire et je ne pus m'empêcher de les imiter. Merde, même Flamme avait les lèvres qui frémissaient.

— T'aurais dû voir la gueule de Ky quand il s'est retourné alors que Vik lui câlinait le cul ! parvint à dire AK malgré le fait qu'il riait aux larmes.

Vik se frotta le menton.

— J'm'en suis pris une dans la gueule, cette nuit-là. Les poings du VP sont de foutus rochers !

Vik croisa les bras en signe de défense face à nos rires. Une fois que nous fûmes calmés, il nous regarda, Cowboy et moi.

— Vous deux, vous aimez la bite. Soyez honnêtes : Ky est un frangin plutôt canon, pas vrai ?

Je secouai la tête en ignorant le crétin, mais Cowboy haussa les épaules avec l'air d'être d'accord.

— Il est très séduisant, *mon frère**.

— Vous voyez ! se défendit Vik. Une confusion que n'importe qui aurait faite ! (Il claqua de la langue.) Le gay me comprend. C'est clairement le seul d'entre vous à avoir du goût.

Tout le monde enfourcha sa moto en l'ignorant. Il fallait rentrer au QG. Vik finit par ajouter, davantage pour lui que pour nous :

— Et puis, merde, les cheveux de cet enfoiré étaient tellement doux ! Il sentait bon, aussi… comme de la vanille et du sucre filé.

AK secoua la tête en regardant son meilleur pote. Puis il avança, leva la main et adressa le signe du départ. Nous nous engageâmes derrière lui sur les petites routes de campagne, le vent me fouettant le visage, Cowboy à mes côtés. Mais je ne pensais qu'à Sia, à ses yeux bleus, ses longs cheveux blonds… et son sourire.

Merde. Cette meuf avait un sourire mortel.

Dommage que je n'aie eu l'occasion de le contempler que de loin.

— Vous êtes là, remarqua Tank quand nous entrâmes dans le bar.

Tanner était assis près de lui. Je les scrutai tous les deux, comme chaque fois. Tank n'était pas si terrible. Il avait réussi à couvrir la plupart de ses tatouages nazis avec des symboles d'Hadès. Mais Tanner, ce foutu Prince Blanc du Klan, ne m'évoquait que de la rage. Il prétendait avoir changé, et il avait réussi à se faufiler dans les bonnes grâces de Styx, mais je refusais de me fier à quelqu'un qui avait appartenu au Klan. Ma main gauche me démangeait : j'avais envie de sortir mon Glock et d'en coller le canon sur son crâne, qui avait été rasé la plus grande partie de sa vie pour bien montrer au monde de quelle « communauté » il faisait partie. Et accessoirement, pour montrer aussi quelle communauté, celle dont je faisais partie, il voulait anéantir…

— Ça roule, frangin ? demanda Tank en plissant les yeux devant le regard assassin que j'adressais à l'un de ses meilleurs potes.

Contrairement à Tank, Tanner arborait encore ses tatouages vantant la suprématie blanche. Swastikas, le nombre quatre-vingt-huit symbolisant le salut « *Heil Hitler* », des signes celtiques de fierté blanche, et toutes les autres saloperies auxquelles un enfoiré de raciste pourrait penser.

— *Ça va**, grondai-je en français cajun pour ne pas dire exactement ce qui me brûlait les lèvres.

Je m'obligeai à sourire faiblement aux anciens skinheads. Mais mon cœur battait à me briser la poitrine et ma main tremblait. J'étais une foutue bombe dès que j'approchais un truc en rapport avec le Klan. J'étais conditionné pour ressentir une haine extrême dès qu'ils étaient dans les parages.

Tank et Tanner m'emboîtèrent le pas alors que je me dirigeais vers le lieu de l'Église.

— La virée s'est bien passée ? demanda Tanner pour faire la conversation.

Je gardai les yeux rivés droit devant moi et hochai la tête. Mais je ne dis rien. Je n'étais pas là pour que ce foutu Prince s'essaie à discuter avec un « sang-mêlé », un « mulâtre », enfin, l'un de ces noms à la con que des merdes comme lui m'avaient tant de fois jetés à la gueule.

Je m'installai parmi l'assemblée. Styx et Ky occupaient les places de choix. Une fois la porte fermée, après que les prospects, P'tit Cendre, Zane et Slash, eurent déposé l'alcool, Ky prit la parole.

— Ma sœur va rester parmi nous pour l'instant.

Styx s'installa sur sa chaise et le laissa expliquer. Ky tira de sa poche un Polaroid qu'il jeta sur la table. J'observai la photo, une seule rose noire posée sur un lit.

— J'vous ai déjà parlé de Garcia.

— L'enfoiré de Mexico, renchérit AK, du venin dans la voix.

Ce bâtard avait bien failli lui voler sa meuf et sa gamine et les embarquer au Mexique pour les vendre comme esclaves sexuelles.

— Ouais, cette raclure-là.

Ky serra les poings. Garcia avait aussi failli lui enlever sa fille.

— J'vous avais dit qu'il y avait une embrouille entre ma sœur et lui. Maintenant, l'histoire se répète.

Styx se redressa et leva les mains. Ky traduisit.

— Les Diablo nous ont confié que Garcia reniflait par ici. Vous le savez déjà. Mais Chavez, le prés' des Diablo, nous a appelés aujourd'hui pour ajouter que Garcia a envoyé des hommes au Texas pour trouver Sia. Pour lui, elle vit en Australie, mais nous, on est ici, alors il commence par nous.

— Pourquoi l'avoir amenée ici s'il doit commencer ses recherches par le QG ? Ça ne me paraît pas très indiqué, *non** ? lançai-je.

Ky me fusilla du regard. Il se pencha en avant.

— Eh bien, *mon frère**, je… non, nous, pouvons mieux la protéger, ici. Là où elle se trouvait, s'il avait découvert sa cachette, il aurait pu l'enlever sans que personne soit conscient de son retour. (Il grinça des dents.) Et s'il remet la main sur elle… s'il s'avise de la toucher encore…

Il laissa la phrase en suspens, puis se leva d'un bond et quitta la pièce en trombe.

Je fronçai les sourcils face à ce départ précipité. Le frangin avait le sang chaud, mais d'ordinaire, il savait se contrôler.

Styx fit signe à AK de traduire à son tour.

— Nous patrouillerons le périmètre du QG par équipes. Je reste en contact avec les Diablo au cas où ils auraient de nouvelles infos. Tanner, ajouta-t-il en le désignant du regard, on a besoin de toi sur l'ordinateur pour faire tout ce que tu pourras pour suivre ce que ce trou du cul est en train de faire.

— Compris, prés', acquiesça Tanner. Je verrai ce que je peux trouver. Mais je dois dire que, la dernière fois que je me suis frotté à cette connerie de cartel, je me suis heurté à un sacré mur.

Cowboy avait dû sentir que je battais de la jambe car il glissa discrètement la main sur ma cuisse sous la table. Je m'interrompis en sentant sa paume et cela me permit de ne pas exploser. Je fermai les yeux et respirai profondément. Je me concentrai pour ralentir les battements de mon cœur et apaiser mon pouls.

Lorsque je rouvris les yeux, j'adressai un coup d'œil à Cowboy pour lui indiquer que j'étais calmé. Viking nous regardait depuis l'autre côté de la table. Il leva les sourcils en mimant un baiser des lèvres, mais, comme toujours avec ce crétin, il ne se concentra que quelques secondes sur nous avant de reporter son attention sur autre chose.

— Prés'? demanda-t-il. (Styx posa son regard noisette sur le secrétaire du club.) Les esprits curieux voudraient savoir…

— Te fatigue pas, l'interrompit AK, devinant que Vik allait dire une connerie.

Ce dernier l'ignora.

— Les esprits curieux voudraient savoir si la sœur de Ky est disponible. (Il écarta les mains.) Vous connaissez la règle : une petite chatte du club qui n'est pas clairement revendiquée par un frangin est dispo pour toute bite de Hangman…

Je sentis Cowboy se raidir autant que moi. Comme s'il devinait que mon sang s'était mis à bouillir à l'idée que Sia soit une petite chatte à conquérir, il reposa la main sur ma jambe, plus fermement cette fois. J'ouvris la bouche pour intervenir, mais Styx sortit de son étrange immobilité et se pencha en avant.

AK s'éclaircit la voix avant de traduire.

— Écoute-moi bien…

Vik hocha la tête. Apparemment, il n'avait pas su voir la colère froide derrière les mots de Styx que AK transposait tranquillement.

— Tu t'approches de Sia… (Styx regarda chaque frangin attablé, y compris mon pote et moi.) L'un d'entre vous, bande de cons, touche à un cheveu de sa tête, et je le traînerai dans la grange pour lui faire subir ce qu'aurait dû endurer Rider la nuit de son jugement, il y a plusieurs mois. (Il serra les lèvres.) Je l'écorcherai jusqu'à ce qu'il gueule, et je le tuerai si lentement qu'il appellera la mort de ses vœux.

Je compris aussitôt pourquoi Styx avait été le meilleur président du chapitre mère des Hangmen. Ce n'était pas seulement son héritage, c'était surtout qu'à cet instant, je ne remis pas ses paroles en doute une seconde, convaincu qu'il appliquerait ses menaces sans un battement de paupières.

— C'est autant ma sœur que celle de Ky. Enfoncez-vous ça dans vos crânes épais.

Après la déclaration d'AK, la pièce resta silencieuse, jusqu'à ce que Vik reprenne :

— Alors, juste pour être sûr, ça veut dire que non, elle n'est pas dispo ?

AK l'attrapa par sa veste et le leva de sa chaise pour le sortir de l'Église avant que Styx décide de le descendre sur place. Flamme suivit. Styx abattit son marteau sur la table et tout le monde sortit.

Cowboy me tint la jambe jusqu'à ce que la pièce soit vide.

— Tout va bien, *mon ami** ? demanda-t-il en m'observant.

Je passai la main sur mes joues brûlantes.

— *Oui**.

— On peut rentrer, ou il vaut mieux qu'on reste un peu ?

— On reste. J'me sens pas de rouler tout de suite.

Je regardai ma main. Elle tremblait encore.

Cowboy acquiesça et me suivit dans le couloir, vers le bar.

— Qu'en penses-tu ? murmura-t-il.

— De Garcia ?

Il m'arrêta, la main sur le bras, et vérifia que nous étions seuls. C'était clair. Il croisa mon regard et parla en un parfait français cajun pour ne pas risquer d'être espionné.

— Je parle de sa sœur, de sa présence ici. (Il croisa les bras devant sa poitrine.) Ne joue pas les indifférents. J'ai vu comment tu as réagi, tout à l'heure.

Je me détournai et repartis vers le bar.

— Je ne pense rien de particulier sur le sujet.

Cowboy soupira, mais il courut pour me rattraper. Après avoir trouvé une table, je commandai de l'eau et Cowboy une bière. Smiley était au bar et parlait avec P'tit Cendre et Slash, derrière le comptoir.

— Je l'aurais buté s'il n'avait pas fermé sa grande gueule, continua Cowboy en français en désignant Viking qui passait près d'AK.

Je fermai les yeux. J'avais espéré qu'il changerait de sujet. Il m'enveloppa le bras de ses doigts et j'ouvris les yeux sur son visage furieux.

— Putain, Val, ne m'ignore pas, prévint-il en utilisant mon vrai nom – ou plutôt mon vrai surnom – pour plus de poids.

Il allait ajouter quelque chose, mais son regard quitta le mien pour se concentrer sur l'entrée du club. Je regardai et vis aussitôt une paire de longues jambes fines. Je remontai ce corps parfait jusqu'à ses cheveux blonds et ses yeux bleus.

Sia.

La poigne de Cowboy s'affermit jusqu'à ce que je dégage mon bras et avale une nouvelle gorgée d'eau. Mais mes yeux étaient attirés par elle comme de foutus aimants. Sia, animée de la même assurance que son frère, se dirigea vers le bar.

— P'tit Cendre, c'est ça ?

Le prospect rougit et acquiesça.

— Tu veux bien me servir un whisky et de l'eau ?

— Oui, m'dame.

Les bottes de cow-boy de Sia claquaient sur le plancher et marquaient le rythme de je ne sais quelle chanson qui passait à ce moment. Cendre lui donna sa commande et elle se retourna. Je m'agitai sur ma chaise alors qu'elle parcourait l'assistance d'un regard ennuyé… jusqu'à ce qu'il se pose sur mon compagnon et moi. Un sourire naquit lentement sur ses lèvres et elle quitta le comptoir pour marcher vers nous.

Cowboy se cala contre son dossier et me donna un coup de pied sous la table. Il tapota son Stetson quand elle s'arrêta devant nous.

— *Ma chérie**, salua-t-il avec un accent bien prononcé pour mieux se mettre en valeur.

Le visage de Sia s'illumina. Ce tour marchait à tous les coups.

— *Mon chéri**, minauda-t-elle en retour, obtenant un sourire radieux de mon ami.

Ce connard était déjà épris d'elle et jouait ses cartes, compris.

— J'peux m'asseoir ?

— Bien sûr ! répondit Cowboy.

Au même moment, je finis mon verre d'eau et annonçai :

— On partait.

Cowboy me regarda et je lus un éclair de mécontentement, plus prononcé, dans ses yeux.

— On peut attendre un peu pour prendre un verre avec une jolie dame, Hush. Ne sois pas si pathétique, frangin…

Je serrai les doigts sur mon verre vide. Sia semblait perplexe, et je finis par lui accorder un sourire.

— Bien sûr.

— Je peux partir, si vous voulez. Je…

Cowboy dégagea la chaise en face de nous d'un petit coup de pied.

— Pose ton joli derrière là-dessus, *chérie** ! Prends un verre avec les Cajuns du club. Hush vient d'avoir ses règles, alors il est un peu bougon et émotif.

Sia s'installa en répondant d'un rire gêné à la plaisanterie. Elle avala une grosse gorgée d'alcool.

— Tu ne bois pas, Hush ? C'est de l'eau, non ? Tout va bien ?

Elle rit. Je me sentis merdeux face à sa nervosité près de moi. J'avais toujours été cool avec elle, elle ne devait rien comprendre à mon changement d'attitude.

Mais il devait en être ainsi…

—J'bois peu, répondis-je simplement.

Cowboy me jeta encore un regard noir. Je le sentais. J'avais même pas besoin de le regarder. Il me ferait certainement la leçon plus tard…

—Il boit peut-être peu, mais pas moi! déclara Cowboy avec un large sourire. Allez, raconte, reprit-il en se penchant vers Sia. Comment vont les juments?

—Bien, dit-elle en regardant son whisky.

Elle perdit un peu son sourire en ajoutant à voix basse:

—Mais je ne sais pas quand je pourrai retourner au ranch.

Elle finit le verre et fit signe à P'tit Cendre de lui en apporter un deuxième.

Sa voix triste me tira de ma contemplation forcée de la table.

—Ouais… C'est nul que tu sois coincée ici, *chérie**, renchérit mon ami.

Il tendit la main pour presser la sienne, puis la laissa posée dessus. Elle tourna le regard vers moi et ses joues rosirent. Cowboy lui adressa l'un de ses sourires qui achevaient toutes les nanas…

Je me levai.

—Je rentre.

Sia retira sa main de celle de Cowboy. Mon cœur battait la chamade. Je sortis mes clés de la poche de ma veste et quittai le bar. J'avais à peine atteint ma bécane que Cowboy enfourchait son chopper près de moi.

— C'est quoi, ton problème ?

Je ne dis rien et pris rapidement la route. Une fois garé devant chez nous, je filai à la cuisine pour boire un grand verre d'eau. Cowboy apparut derrière moi à quelques pas, debout. Je me tournai vers lui et nos regards se croisèrent.

— Quoi ?

— C'était quoi, ce délire ?

— J'suis vanné. Je vais m'coucher.

J'allais m'en aller quand il me prit par le bras.

— Tout va bien ? T'as chaud ? T'as de la fièvre, un truc comme ça ?

Je me dégageai d'un haussement d'épaules.

— *Ça va**.

Cowboy soupira, mais il plongea un peu trop longuement dans mon regard. Il hocha la tête.

— *C'est bien**…

Je me détournai et partis vers ma chambre.

— T'étais glacial, ce soir, *mon frère**.

Je m'arrêtai, sans me retourner.

— Elle t'aime bien, et tu l'as traitée comme une merde. Je le voyais sur son visage. Pour être franc, t'étais carrément grossier. (Il soupira.) On en est revenus là ? Tu veux encore activer le bouton d'autodestruction ?

Je restai silencieux trois longues secondes, j'aurais voulu en dire plus…

— C'est pour le mieux, et tu le sais.

Cowboy ne me suivit pas et je fermai la porte de ma chambre. Assis au bord du lit, je passai les mains sur mon visage.

— *Merde**, soufflai-je avant de m'allonger.

J'entendais Cowboy arpenter la maison, toujours furieux contre moi.

Putain, moi aussi j'étais furieux contre moi-même !

J'essayai de dormir, mais les yeux fermés ou ouverts, je ne pouvais pas me défaire de l'image de Sia, perdant son sourire…

Ouais, j'avais agi comme un connard méprisant. Je le savais. C'était l'idée…

Je me penchai pour ouvrir un tiroir de ma table de chevet et je contemplai une photo qui me conforta dans mon idée. C'était la chose à faire. En vérité, j'aimais cette meuf. Mais mes histoires ne pouvaient finir que d'une façon : en un terrible et foutu bordel.

Cette fille méritait plus que ce que je pouvais lui donner.

Chapitre 3

Sia

Deux semaines plus tard…

Le rire de Bella résonna alors qu'elle racontait une anecdote sur son mari.

— Il est avec sa mère, Ruth, en ce moment. Père est également avec eux. (Elle but un peu de thé) Je crois que Salomon et Samson ont rendez-vous aujourd'hui avec Styx.

Mae acquiesça.

— Ils sont venus chez nous un soir, il y a deux jours. Ils sont restés dans le bureau avec Styx et Ky pendant quelques heures.

— Vont-ils rejoindre les Hangmen ? demanda Lila.

Mae se cala contre son dossier et posa les mains sur son ventre bien arrondi.

— Je ne sais pas de quoi ils ont parlé, mais je pense que cela va dans ce sens, oui.

— Je pense aussi, renchérit Bella. Même dans notre communauté de Puerto Rico, ils étaient des rebelles parmi ceux que notre foi considérait déjà comme des anarchistes. Ils se plairont ici, je crois. Ce sont des hommes bien, avec de forts caractères, et une dévotion sans faille. Ces derniers mois, les Hangmen sont devenus leur famille.

— Ils ne seront pas testés comme prospects avec les petits jeunes, tout de même ? s'interrogea Phebe.

Toutes haussèrent les épaules. Je laissai échapper un long soupir et m'avachis un peu plus sur ma chaise. Je fermai les yeux et imaginai ce que je ferais en cet instant si j'étais dans mon ranch. J'adorais ces filles, vraiment, mais leur mode de vie était trop différent du mien. Ces dernières semaines, j'avais passé mon temps avec Lila, Mae, Phebe, Maddie et Bella. Elles étaient sans cesse ensemble. Pour être honnête, cela me brisait le cœur de les voir si proches, sachant ce par quoi elles étaient passées. Elles parlaient avec leurs petits accents étranges, elles étaient plus polies que quiconque parmi mes connaissances. Elles étaient douces et délicates dans leurs gestes. Je n'étais pas dupe, je comprenais très bien pourquoi leurs mecs les adoraient autant : on ne pouvait qu'avoir envie de les protéger. Contrairement à la plupart des femmes modernes, elles ne vivaient que pour servir leurs époux. Leur traditionalisme était plus touchant qu'étouffant.

Je ne ressemblais en *rien* à ces femmes !

La plus silencieuse était Maddie. Je la regardai, brodant un motif évoquant une Harley. Elle sentit mon regard, leva les yeux et m'adressa un sourire timide. Je lui rendis son expression, me décalai vers elle et lui demandai :

— Alors, Madds, comment va la vie ?

Une aiguille sur laquelle elle avait enfilé du coton noir à la main, elle s'interrompit dans sa couture.

— Très bien, merci, répondit-elle simplement avant de se remettre aussitôt à l'ouvrage.

— Et Flamme ? Comment va ton mari ?

Maddie écarquilla les yeux et je m'aperçus que toutes les filles s'étaient tues et me regardaient.

— Quoi ? demandai-je d'un air de défi. J'essaie de faire la conversation. (Je me tournai vers Maddie.) Alors, Madds ? Comment va le frangin ? Pour être honnête, je n'aurais jamais cru que quelqu'un parviendrait à dompter ce type, d'après ce que Ky m'a appris sur son passé. Et pourtant, tu es arrivée et, hop, tu as calmé la bête !

— Mon époux n'est pas une bête ! s'insurgea Maddie.

Je me raidis à ces mots, la phrase la plus fougueuse qu'elle ait prononcée à ce jour.

— Je… je ne voulais pas… (Je me penchai en avant.) C'est une expression, ma belle. Je ne le traitais pas vraiment de bête.

Maddie garda son regard vert fixé sur moi en scrutant mon visage. Elle dut sentir que je disais la vérité, car elle se détendit.

—Alors, oui, il va bien, merci, dit-elle enfin, avant de reprendre sa broderie.

—Je voulais pas t'offenser, Madds. Je me demandais simplement comment c'était, de vivre avec lui. Vous semblez... Vous semblez tous les deux tellement heureux!

Ils l'étaient, d'après ce que j'avais vu. Ils étaient rarement au bar, mais quand ils venaient, elle ne le quittait pas d'une semelle. Il l'entourait toujours de son gros bras, comme si elle était son ancre salvatrice. Il l'adorait, et elle le lui rendait bien. C'était vraiment sacrément beau à voir.

Maddie me sourit mais continua sa couture. Je compris que je n'obtiendrais rien de plus.

—Encore du thé, Sia? demanda Lila en se levant. Grace va bientôt rentrer de l'école, ce sera donc la dernière tournée, mesdames! Slash va passer me prendre pour aller la chercher.

Les autres acquiescèrent, mais je l'avais à peine écoutée. Je tapai de la main sur mon genou. Je n'en pouvais plus! Je devais me barrer d'ici! Ce vertige dans mon ventre, destructeur comme un tourbillon, s'enfonçait de plus en plus dans mes entrailles et me détruisait. Je voulus respirer, mais ce trou noir s'interposa et avala l'air à la place de mes poumons.

— Sia ? demanda Lila en me regardant.

Incapable de rester assise, poussée par le besoin de fuir le sentiment trop familier de dislocation, je me dressai d'un bond.

— Je… (Je me passai la main sur la poitrine et me précipitai vers la porte.) Désolée, je dois filer.

Je sortis de la maison et courus sur l'herbe. Je me précipitai vers la forêt qui menait au QG, au cas où quelqu'un tenterait de me suivre. Je m'abritai contre un gros arbre. Je serrai les mains sur mes genoux et tâchai de respirer profondément…

— Tu porteras une robe rouge, *bella*. Je te préfère en rouge.

Je regardai la robe. Elle était très belle, sans doute très chère. Mais je ne voyais pourtant qu'une cage, sans barres de fer, mais une prison de satin et de dentelle.

Juan me saisit le visage et m'attira vers lui. Il serrait si fort que je gémis.

— Tu vas porter cette robe, compris ?

— Oui.

Je m'obligeai à sourire. Ses yeux étincelèrent de me voir soumise. Il me lâcha et me contourna. Je serrai les doigts sur la robe comme si c'était une bouée de sauvetage. Je fermai les yeux alors qu'il tournait autour de mon corps nu et s'arrêtait dans mon dos. Je tressaillis quand il passa le doigt sur mon épaule…

sur le tatouage qu'il avait fait apposer sur ma peau le matin même.

— Mmmh…, murmura-t-il en posant un baiser sur la chair encore sensible. Tu es à moi, *bella*… ma rose noire…

Je hoquetai et chassai ce foutu souvenir de ma tête. Je savais que c'était parce que j'étais restée trop longtemps loin de mon ranch. Faire des courses, boire du thé, cuisiner les repas et des gâteaux, m'occuper de Grace, c'était insuffisant pour distraire mon esprit tourmenté. J'avais besoin des travaux exigeants du ranch. J'avais besoin de me sentir épuisée à la fin de la journée pour m'endormir d'un sommeil si lourd que les cauchemars ne pourraient pas revenir.

Je passai la main sur mon visage, consciente des cernes noirs sous mes yeux. J'avais besoin de mes chevaux. J'avais besoin du réconfort qu'ils m'apportaient. Il me fallait mon petit ranch familier, avec ses craquements et couinements. La douleur de mes muscles et l'odeur du savon à cuir flottant dans l'air me manquaient.

Ici, je ne dormais pas.

Ici, je n'avais pas ma place.

Putain, j'en avais assez.

Je me mis à courir jusqu'au QG, car je savais que mon frère serait là-bas. Je passai la porte de la cour et filai tout droit vers le bar. Si vous cherchiez un Hangman, il était en virée, à l'Église, ou alors au club en train de s'enfiler des shots ou des chaudasses.

J'ouvris la porte du bar et observai les frangins présents. Ils me regardèrent.

— Désolé, petite, prévint Bull, pas de meufs ici en dehors des heures autorisées.

Je me dressai face à cent cinquante kilos de muscles originaires des Samoa et j'inclinai la tête.

— Ah ouais ? Eh bien, mon grand, t'as de la chance, je suis pas une foutue « meuf ». (Je m'approchai encore de ses bras croisés.) À moins que tu me cherches, mais dans ce cas, je deviendrai plutôt la pire furie que t'auras vue de ta vie.

Bull, surpris, fronça les sourcils. Il allait répondre quand j'entendis l'exclamation habituelle de mon frère.

— Sia !

Il était assis près de la cheminée avec Styx. Je leur avais déjà fait remarquer que je n'étais pas l'une de leurs femmes. Je ne tolérerais pas leurs conneries sexistes, même s'ils se la jouaient, assis à la place d'honneur, comme des sombres rois sur leurs trônes de merde.

— Dégage, Sia, lança-t-il, me congédiant d'un geste de la main.

Cela me fit voir rouge, et ce qui restait en moi d'angoisse nocturne surgie comme un spectre me poussa à craquer.

Je m'élançai vers mon frère, qui buvait une bière, et lui en collai une en pleine figure.

J'aurais pu entendre une mouche voler tant le bar devint mortellement silencieux.

Ky tourna lentement son regard bleu vers moi. Il parut encore plus furieux quand Viking se moqua, à quelques tables de lui :

— Bordel de merde, je crois que j'suis amoureux ! Cette meuf peut me gifler autant qu'elle le désire !

J'étais à bout de souffle, haletante. *Comment osent-ils me traiter ainsi ?* Foutus bikers ! Enfoirés de Hangmen de merde ! Quatre-vingt-dix-neuf pour cent de ces connards avaient besoin d'un bon coup de pied dans leurs culs poilus, de préférence par une nana dure à cuire qui leur servirait leurs couilles de gros sexistes en guise de dîner.

— Retourne à la maison, Sia ! Maintenant ! Retourne voir les autres meufs, et je te parlerai quand on en aura fini avec les affaires du club.

Je m'étouffai sur un rire incrédule.

— Les affaires du club ? Quelles affaires du club ? Picoler à 14 heures ? Waouh, il s'en passe des trucs importants au QG des Hangmen !

Ky rougit. Il se leva lentement et s'approcha à quelques centimètres de mon visage.

— Je ne le répéterai pas. Dégage, obéis aux règles du club, et je te parlerai plus tard.

Je ricanai et me rapprochai.

— Je ne serai plus là « plus tard », ô grand vice-président, seigneur et maître de toutes choses. (Sa joue fut agitée d'un tic rageur.) Je rentre chez moi. J'en ai ma claque de cet endroit. Assez ! Je veux mon ranch et mes chevaux. (Je désignai le bar.) Je ne suis pas une de vos putes à Hangmen, une chaudasse, une meuf ou je ne sais encore quel terme dégradant qu'il vous semblerait normal de m'attribuer. Je suis une femme. Une éleveuse de chevaux. Et je me barre de ce trou.

Je voulus partir, mais Ky m'attrapa par le bras. Il secoua la tête.

— T'iras nulle part.

— Oh que si, Ky. Tu ne peux pas m'arrêter. Je gagne ma vie seule. J'ai ma vie, et cet endroit n'en fait pas partie. (Je me rapprochai de lui et cette fois, j'inclus le visage furieux de Styx parmi mon audience.) Les vieux frangins comme vous ont bien veillé à ça quand j'ai grandi. J'étais jamais la bienvenue ici. Si je voulais venir les jours dédiés à la famille, pendant les repas en extérieur, m'intégrer dans le club, on m'ordonnait de la fermer et de rester cachée parce que j'étais une putain d'erreur. Alors c'est sûr, maintenant, je n'ai rien à foutre ici. Je rentre chez moi.

Je m'éloignais quand Ky lança :

— Il risque d'arriver d'un jour à l'autre, et tu veux affronter volontairement un tel danger ?

Le visage de Garcia surgit dans mon esprit et m'arrêta. Je fermai les yeux, et juste avant que mes paupières tombent, j'aperçus Cowboy et Hush assis devant moi. Pourtant, je ne pus m'arrêter, et soudain, je retournai là-bas…

Le redoutable soleil mexicain tapait sur moi et j'entendais l'eau des fontaines près de l'endroit où je m'éveillais. Les servantes s'affairaient et parlaient si vite en espagnol que je ne parvenais pas à les comprendre. Je sentis soudain son doigt le long de mon dos… Son grand corps bronzé au-dessus de moi…

Je hoquetai. On posa une main sur mon coude. Je tressaillis et me retirai en me tournant lorsque l'on me serra plus fort. Je levai les yeux vers le regard bleu de mon frère, qui perdit sa colère pour révéler de la tristesse et un désir de protection.

— Sia, dit-il si bas que nous seuls pouvions entendre. Tout va bien, ce n'est que moi.

Je luttai pour respirer malgré mon inquiétude montante. Je me concentrai sur la proximité de mon frère. C'était un foutu connard, mais avec lui, je me sentais en sécurité. Cela avait toujours été et serait toujours.

Quand je parlai, ma voix sortit brisée et désespérée.

— Je dois partir, Ky.

Je savais que les hommes du bar m'avaient entendue, mais ma détresse m'empêchait d'être discrète. Honnêtement, je m'en foutais. Pourtant, je me détestai quand les larmes me montèrent aux yeux. Je refusais que ces types voient ma faiblesse.

— C'est dangereux, mit en garde Ky.

— C'est également dangereux pour moi ici.

Je déglutis pour me débarrasser de la boule dans ma gorge.

— S'il a encore fixé son choix sur moi, Ky, rien ne l'arrêtera. (Un frisson me glaça la colonne vertébrale quand j'admis ce que je devais reconnaître.) Son influence sur le cartel Quintana est trop puissante et trop profonde. Je… (Je redressai les épaules.) Nous avons toujours su que ce jour arriverait. Il était trop obsédé par moi. Sa fierté a dû souffrir quand tu es venu me chercher. Nous l'avons ridiculisé devant ses hommes.

Ky se rapprocha.

— Ne sous-estime pas les relations des Hangmen, frangine. Le cartel Quintana est puissant, mais nous aussi.

— Je dois partir, Ky, répétai-je d'un ton pressant, l'implorant du regard.

Il secoua la tête comme s'il allait protester, mais dans un éclair qui me parut être de la compréhension, il s'interrompit.

— Alors, ne rentre pas seule.

Je fronçai les sourcils.

— On aura besoin de toi, ici, non ?

— Pas avec moi…

Il scruta le bar. D'après les regards qui pesaient sur nous, je compris que tous avaient entendu la fin de la discussion.

Ky cherchait encore parmi ses hommes quand Viking se leva.

— VP, j'aimerais vraiment me porter volontaire pour…

— Non ! cria Ky en même temps que moi.

Le géant secoua la tête et se rassit, les bras croisés devant sa large poitrine. Ky croisa le regard d'AK.

— AK, tu iras avec elle.

— J'ai une régulière chez moi, Ky, tu peux pas me faire ça.

— Elle pourra venir aussi, avec sa fille.

AK toussa.

— Saffie… risque de ne pas bien s'habituer à un nouvel endroit.

— Je pourrais venir avec eux… aider à protéger tout le monde, suggéra une voix derrière le bar.

Le petit frère de Flamme, Cendre… AK plissa les yeux, mais je secouai la tête. C'était mal de les déraciner tous ainsi. Et je ne voulais pas me retrouver avec tous ces gens que je connaissais à peine !

— Je refuse d'exposer des gamins au danger, Ky.

Il parut d'accord et se tourna vers Smiley. Mais avant qu'il désigne un autre de ses hommes, qui ferait sans doute ce qu'il exigeait cette fois, je scrutai rapidement le bar. Involontairement, mon regard se porta sur les deux bikers qui m'avaient donné l'impression d'être en sécurité au club. Un sourire se dessina sur les lèvres de mon Cajun blond préféré. Mais son compagnon à la peau caramel et aux yeux bleus incroyablement perçants ne se montra pas aussi réceptif. Il me regarda d'un air froid, la bouche serrée. Je fus surprise de la douleur que me porta au cœur cette expression.

Mais je ne connaissais pas les autres autant qu'eux deux. Avant de prendre le temps de trop réfléchir, je lançai :

— Hush et Cowboy.

Ky se tourna aussitôt vers moi.

— Si tu tiens à ce qu'un frangin ou deux m'accompagnent et me protègent jusqu'à ce que la situation soit sous contrôle, alors je choisis Hush et Cowboy.

Alors que ma voix résonnait dans le bar, les deux Cajuns réagirent en même temps.

— *Bien**.

— Non.

Cowboy ne regarda pas son comparse. Il resta à sa place, fulminant, le regard fixe, les joues rouges. Hush se leva et s'adressa à Ky.

— Choisis quelqu'un d'autre.

Cowboy secoua la tête.

— On ira, on fera ce que tu demandes, VP.

Hush serra les poings et secoua violemment la tête.

Mon cœur se fendit à ce rejet public.

Ky plissa les yeux. Je pensais qu'il allait protester, refuser, mais il se tourna, vit mon visage au regard désespéré et soupira.

— Très bien, ils iront avec toi.

Il adressa un coup d'œil à Styx, qui hocha la tête une seule fois, en signe d'approbation.

— Tu pourras partir demain matin, pas avant. Je veux d'abord faire vérifier l'endroit. (Il se frotta les yeux.) Et puis, Grace et Li voudront te voir avant ton départ. Passe un peu de temps avec elles ce soir, d'accord ?

— Vendu.

Il se tourna vers les deux Cajuns… Hush s'était rassis, et regardait fixement la table, une expression venimeuse sur le visage.

— Je vous parlerai à tous les deux dans la salle de l'Église dans deux minutes, et à vous deux seulement, précisa-t-il. (Il désigna Styx.) Le prés' sera là aussi. Il faut qu'on cause sérieusement.

Mon cœur s'emballa quand je vis que Hush ne réagissait même pas à l'ordre sec de mon frère. Cowboy décida de répondre pour deux.

— Compris, VP.

— Retourne à la maison, Sia, reprit mon frère.

Je tournai les talons.

— Cendre, reconduis-la, ajouta-t-il.

Je fermai les yeux et pris une profonde inspiration.

J'allais rentrer chez moi demain.

Le prospect me ramena chez Lila et Ky. Lorsqu'il s'engagea dans l'allée de terre, je me détournai de l'étendue verdoyante des bois détenus par les Hangmen et regardai le gamin.

— Pourquoi tu veux rejoindre les Hangmen ?

Visiblement surpris, il me jeta un bref regard.

— Parce qu'ils sont la meilleure chose qui me soit arrivée, m'dame.

Il sourit timidement.

— Et puis mon frère est là aussi. (J'aurais juré que ses yeux brillaient, et il déglutit.) Ils m'ont sauvé. Je comprends que vous ne vous plaisiez pas dans le coin, mais moi, je ne voudrais être nulle part ailleurs.

Je sentis ma poitrine se réchauffer face à la tendresse qu'il exprimait pour cet endroit. J'aurais peut-être réagi comme lui, si mon père ne m'avait pas abandonnée, en m'envoyant avec mes valises dans le ranch de ma tante, hors de la ville, aussi loin que possible de lui, tout ça pour son club bien-aimé. Puis je pensai à Styx et Ky, alors si jeunes, qui avaient pris d'énormes risques pour venir me chercher à Mexico…

Je soupirai.

—Moi aussi, ils m'ont sauvée, autrefois, petit.

Je regardai par la fenêtre. Je voulais bien admettre que, sans les Hangmen, je ne serais peut-être pas là aujourd'hui. Je savais aussi que Ky avait raison. Je n'avais été sauvée que parce que mon frère était qui il était. Les Hangmen étaient puissants, mais mon père m'avait trop déçue pour que je puisse vraiment accepter ce club. Mes sentiments étaient mitigés. J'aimais et je détestais cet endroit, et les hommes qui y vivaient étaient à la fois bons et mauvais.

—Nous vous sauverions encore, s'il le fallait, annonça Cendre avec assurance, faisant fondre mon cœur blessé.

Il arrêta le camion et je regardai la maison de mon frère, qui abritait un peu de bonheur. Je me penchai vers le volant et posai un baiser sur la joue du prospect.

—Quoi que tu fasses, Cendre, ne perds jamais ta gentillesse. Ne laisse pas Hadès te corrompre avec les ténèbres qu'il peut semer.

Il parut perplexe.

—Tu as une copine, Cendre?

Je ne compris pas pourquoi, à cette question, il serra le volant comme si sa vie en dépendait.

—Ne baise pas leurs chaudasses, repris-je. Attends une fille que tu aimes. Un gamin comme toi vaut tellement mieux que les garces qui infestent cet endroit…

Je n'attendis pas sa réponse, mais je doutai qu'il en aurait donné. Je sortis et me rendis dans la maison vide pour préparer mes bagages avant que Lila rentre avec Grace.

Soudain, mon anxiété retomba.

J'allais rentrer *chez moi*.

—Michelle!

Je trébuchai dans la pièce sombre où je m'étais éveillée. Je cherchai ma meilleure amie. J'avais la tête douloureuse. Je n'avais jamais eu de migraine, mais ce que je ressentais me semblait correspondre à ce terme…

—Michelle?

Mon cœur battait à un rythme fou dans mon crâne alors que je tentais de chasser le brouillard de mon esprit. Je me cognai contre le mur et posai la main sur ma tête. Je tentai de fouiller mes souvenirs de la nuit précédente, de ce que j'avais vu…

Michelle…

J'ouvris brusquement les yeux et émis un grognement fatigué. Je me laissai aller contre le mur et m'assis par terre tandis que la porte s'ouvrait face à moi. Je tressaillis sous la lumière qui émana de dehors. Des frissons glacés coururent sur ma peau alors que la chambre était une fournaise, et l'air dense et renfermé sous la chaleur stagnante.

—*Mi rosa negra*…, souffla une voix profonde avec affection.

Quelqu'un entra dans cette pièce qui était ma prison.

Je repoussai suffisamment ma brume mentale pour émettre un mot.

—Juan.

—*Si, bella.*

Juan–ou Garcia comme ses hommes et tous les gens de ce petit village l'appelaient–s'approcha de moi. Il s'arrêta, me dominant, puis s'accroupit. Son incroyable beauté me coupait toujours le souffle... mais elle n'apparaissait que comme une hideuse façade après ce que j'avais vu la nuit précédente, ou quelle que soit la nuit où j'avais compris qui il était... ce qu'il attendait de moi... et de mon amie.

—Tu veux nous vendre, soufflai-je, la gorge serrée par cette horrible révélation. Tu nous as trompées, attirées ici en faisant mine d'être notre ami, mais tu mentais... Tu vends des femmes comme esclaves, des esclaves sexuelles. (Un sanglot resta coincé dans ma gorge.) Pourquoi lui as-tu fait cela ? (Je déglutis.) Tu vas me le faire aussi ?

Ses beaux yeux bruns s'adoucirent, comme si je venais de dire quelque chose de romantique ou de mignon. Il leva la main et, avec une douceur que je n'attendais pas de lui, repoussa mes cheveux pour m'embrasser sur le front. Il soupira.

—Je n'avais d'autre choix que de t'endormir, *bella*.

Tu étais hystérique après avoir vu, et cette attitude n'est jamais jolie sur mes femelles, sur mes roses noires.

Je me hérissai de l'entendre m'appeler ainsi, mais il continua.

— Je suis Juan Garcia, mon Elysia. Je ne tolère pas les femmes trop émotives. (Il sourit et passa un doigt sur ma joue.) Surtout s'il s'agit de la femme que j'ai décidé de ne pas vendre mais de garder pour moi seul.

Je cessai de respirer à ces mots.

— *Si, bella*. Tu es à moi. Je n'ai jamais eu de femme juste à moi avant. Mais j'enfreins toutes mes règles pour toi. (Il m'embrassa et ses lèvres douces laissèrent une marque invisible sur ma bouche sèche.) Tu seras heureuse à mes côtés. L'impératrice de ton empereur.

Il me leva et me fit quitter la pièce. Trop faible pour protester, je marchai vers le soleil sans cesser de me demander dans quoi je m'étais fourrée. Comment diable allais-je me sortir de ce pétrin…

Je posai une main crispée sur ma poitrine en me redressant dans mon lit. Je haletais, en manque d'air. Je tendis le bras vers la table près de moi et j'ouvris le tiroir d'une main tremblante pour récupérer mes anxiolytiques. J'avalai deux pilules sans eau et tentai de me calmer. Le souvenir de Garcia dans ce cauchemar me collait toujours à la peau comme de l'urticaire.

Je passai les ongles contre mon bras, comme si je pouvais le gratter hors de mon esprit… Je fermai les yeux, mais son beau visage apparut encore. J'ouvris les yeux et le sentis me contempler de son regard brun quelque part dans la pièce, comme il le faisait toujours. Ma lumière était allumée. Je ne pouvais plus dormir dans le noir.

Je savais que la pièce était vide, mais mon esprit aimait me jouer des tours. Je le voyais assis dans un coin de la chambre, fumant son cigare cubain, une tequila à la main. Il se leva, son costume noir et sa cravate argentée aussi impeccables que de coutume, et il s'approcha du lit. Je restai pétrifiée alors qu'il s'installait près de moi en souriant.

— *Mi rosa negra*, ronronna-t-il avant de m'embrasser.

Je fermai les yeux. Quand j'osai enfin les rouvrir, j'étais seule dans la pièce.

Je me levai en hâte et quittai la chambre, pour me rendre dans la cuisine. Je me servis un grand verre d'eau et m'appuyai contre le plan de travail. Dehors, le ciel se teintait du rose poudreux de l'aube.

Le soleil se levait.

Silencieusement, je sortis sous le porche et refermai la porte. Je m'approchai de la rampe et pris une profonde inspiration. Un parfum de tabac dériva vers moi et je regardai brusquement à ma gauche.

— Sia, salua-t-il depuis la balancelle.

Il ne portait qu'un jean, ses longs cheveux blonds en bataille sur ses épaules nues. Il passa les mains dans les mèches.

— Ky. (Je posai la main sur ma poitrine.) Tu as failli me filer une attaque.

Il avala une gorgée du liquide ambré dans son verre et regarda au loin.

Je m'assis près de lui en me demandant ce qui se passait. Je nous enveloppai de la couverture posée sur le banc, la fraîcheur résiduelle de la nuit me faisant frissonner sous mon débardeur. Ky ne sembla même pas le remarquer. Je suivis son regard et vis les premières lueurs de l'aube enflammer le ciel.

— Que se passe-t-il, Kyler ?

Il ne réagit pas à ma question. Je me tournai vers lui, et je me demandai s'il restait la moindre envie de lutter en lui. Cela m'effraya plus que tout. Mon frère était une corne de brume, bruyant et insupportable. Mais sur le moment, il semblait brisé.

— Tu n'arrivais pas à dormir non plus ? demanda-t-il d'une voix rauque et rude.

— Non. (Je baissai les yeux sur les mains que j'avais posées sur mes genoux.) Les merdes habituelles. Cauchemars sur Garcia, sur Michelle… sur cette époque.

Il avala encore une gorgée. Nous restâmes assis en silence quelques minutes. Je pensais qu'il ne parlerait plus quand il murmura :

— Elle est enceinte.

Je clignai des yeux, craignant de ne pas avoir bien compris. Je levai la tête et je lus une expression de pure souffrance sur son visage barbu.

— Ky…, soufflai-je.

Je pris sa main vide dans la mienne ; je savais qu'il en avait besoin. Il se raidit, mais il serra mes doigts à m'en faire mal.

Il me fallut un moment pour me reprendre.

— N'est-ce pas une bonne chose ? (Je m'assurai que nous étions seuls.) Elle s'est fait opérer pour rendre cela possible, pour vous deux. C'est un miracle, Ky.

Il baissa la tête, mais je repérai qu'il opina d'un petit hochement.

— C'est vrai, souffla-t-il, mais c'est une grossesse à risques élevés.

Il se tourna vers moi et je craquai presque en voyant une larme apparaître et couler sur sa joue.

— On a toujours su que si elle arrivait à tomber enceinte, ce serait comme ça, mais maintenant que c'est une réalité, je…

Il regarda au loin. Je lui serrai davantage la main pour lui prouver que j'étais toujours là, pour lui.

— Maintenant que ça y est, elle doit se reposer tout le temps, ne pas forcer, pour pouvoir avoir ce gamin… (Il secoua la tête.) Cela m'a fait réfléchir… (il prit une profonde inspiration) au risque de la perdre…

Sa voix se brisa et il laissa retomber la tête. Ses mèches lui cachaient le visage, mais je devinais ses larmes, car je pleurais aussi. Pendant tout le temps passé avec mon frère, je ne l'avais jamais vu ainsi. Il était toujours fort, il pleurait peu, il cachait toujours ses émotions sous les blagues et les menaces.

—Il y a aussi Grace. (Il serra ma main alors que la sienne commençait à trembler.) J'aime cette petite plus que tout, mais s'il arrivait quelque chose à Li… je… je serais un père de merde.

Il se laissa retomber contre le dossier, sa peau pâle rougie à force de pleurer. Il ferma les yeux comme si cela lui permettait d'échapper à ce qu'il ressentait. Je posai la tête sur son épaule large.

—Je m'en rends compte, maintenant.

Je levai la tête en me demandant ce qu'il voulait dire. Son regard tourmenté croisa le mien.

—Papa, dit-il, me nouant le ventre. Je comprends pourquoi tu l'as autant détesté.

Je respirai par le nez. Je ne me hasardai pas à ouvrir la bouche, de peur de ce que je pourrais dire sur notre défunt père. Il avait été dur avec Ky, mais mon frère l'adorait, même s'il ne l'admettait pas.

—Sa façon de se comporter avec maman… (Il secoua la tête.) La manière dont il te traitait… (Il répéta son geste.) Maintenant que j'ai Lila et Grace… et un autre enfant bientôt… je comprends. (Il se tourna pour m'embrasser rapidement la tête.) C'était un père à chier et un connard avec maman.

Je souris, me sentant libérée d'un poids dont je n'avais pas eu conscience. Ky referma les yeux et d'autres larmes coulèrent.

— Eh, soufflai-je en lui tenant le bras, tout va bien.

Il s'affaissa.

— Je vois constamment son corps, dans mon esprit, affalé contre la porte, une balle dans la tête, et tout ce sang autour d'elle…

Une lance de chagrin me perça le cœur.

Maman.

Il parlait de la mort de notre mère.

— Il ne l'a pas laissée entrer, souffla Ky. Il était près de la caméra de l'entrée principale, il riait de la voir là, dehors, qui essayait d'entrer. (Je me figeai.) J'étais un gamin. J'avais quel âge, putain ? Six ans ? Sept ? (Il secoua la tête.) Je n'ai vu que c'était maman qu'après, quand la balle l'a touchée et qu'on s'est tous précipités dehors. J'ai couru avec les frangins, j'ai suivi, comme d'habitude. (Il marqua une pause.) Ce connard racontait à qui voulait l'entendre comment il la baisait. Il se vantait que, bien qu'elle prétende le détester, elle l'ait fui alors qu'elle était enceinte de toi, elle cédait encore dès qu'il le voulait… Il se rengorgeait de cette bonne affaire… De la chatte à la demande avec elle, et les chaudasses à dispo au club, tous les soirs…

Une rage telle que je n'en avais jamais connue s'empara de moi.

— Et puis cette balle l'a touchée…, reprit Ky d'une voix froide, mortelle. J'étais qu'un petit gamin, mais je me souviens de tout. Le temps qu'il faisait. Même l'odeur de l'air après la pluie.

Je m'accrochais à ses paroles, car je n'avais aucun souvenir de notre mère.

— S'il avait simplement ouvert cette foutue porte à son arrivée, pour écouter ce qu'elle avait à dire, au lieu de frimer devant ses potes, elle ne serait pas morte.

Je ne pus me retenir, fatiguée, effrayée, tellement furieuse que j'en avais mal à la tête… Un sanglot déchirant jaillit de ma gorge et un torrent de larmes coula de mes yeux. Ky ne m'avait jamais parlé de cette journée. Il ne parlait jamais de maman. J'avais toujours cru que c'était par manque de souvenirs.

Papa ne m'avait vue que quelques fois après la mort de maman, avant qu'il meure aussi. Mais savoir qu'il l'avait laissée à l'extérieur du club, comme une merde, en lui riant au nez… Ma tante m'avait dit qu'elle l'avait quitté mais qu'elle n'avait jamais été capable de se détacher de lui. Elle l'aimait. Elle était prête à accepter les moindres marques d'affection qu'il lui accordait.

Ce bâtard en avait bien profité.

—Je les vois, reprit Ky quand mes sanglots furent calmés.

Je m'agrippai à lui et il posa la joue sur ma tête.

—La nuit… Je vois Lila où était maman, mortellement blessée, saignant de la tête, perdant notre enfant, perdue pour nous… (Il ravala un hoquet de douleur.) Je vois Grace…

—Ky, soufflai-je, comprenant qu'il se soit senti si mal dernièrement.

—Et je te vois, ajouta-t-il enfin.

Je levai la tête. Il avait tourné son regard rougi vers moi.

—Toute cette merde avec Garcia… Le Klan qui nous met à l'épreuve avec ses conneries, et Garcia qui a le soutien du cartel Quintana… Je vois toujours la même chose, l'une de vous qui meurt. Comme maman… Et moi, incapable de faire quoi que ce soit pour l'empêcher. (Il soupira et pencha la tête en arrière.) Vous êtes tout ce que j'ai, frangine. Sans vous toutes… j'suis quoi, putain ?

—Un bon mari, répondis-je, car il devait savoir que c'était le cas. Et un bon père. (Il ferma les yeux.) Et un foutu bon frangin. (Il me regarda.) Je comprends, maintenant, pourquoi tu voulais que je vienne. Tu voulais réunir celles que tu aimes en un seul lieu, pour pouvoir les protéger.

Il hocha la tête sans rien dire, et je devinai qu'il n'aurait pas pu parler.

— Tu n'es pas lui, Ky, lui assurai-je. Tu aimes Lila plus que quiconque. Tu as sauvé Grace d'une situation que personne n'aurait pu comprendre, et elle est tellement heureuse ! Elle t'adore autant que tu l'adores.

Je posai une main sur sa joue pour l'obliger à me faire face.

— Lila ira bien. Tu as les moyens de lui offrir les meilleurs soins médicaux. (Il soupira, comme s'il avait besoin d'entendre cela.) Et moi aussi, j'irai bien. (Je souris et hochai la tête pour le rassurer.) Hush et Cowboy me protégeront. (Je le serrai contre moi.) Tout ira bien, pour tout le monde. Garde la foi, grand frère.

Je me calai contre le dossier, sans lâcher sa main. Il fuma et finit son bourbon alors que le soleil se levait à l'horizon. Le ciel se teinta de rouge, de jaune, d'orange… Je lâchai la main de mon frère et gagnai la porte. Avant d'entrer, je le regardai et sentis que je le comprenais mieux.

— Merci de me laisser rentrer chez moi, de comprendre que j'en ai besoin.

Je pensai à Lila et à sa nature douce et compréhensive.

— Dis-lui, Ky. Explique à Lila ce que tu ressens. Laisse-la partager tes pensées. C'est la femme la plus forte que je connaisse. Elle sera ton roc, si tu te confies.

Il ne dit rien, mais en entrant dans la cuisine, je fus certaine de l'avoir entendu souffler :

— Elle l'est déjà.

Vidée par ce que Ky avait raconté sur maman, je retournai au lit pour essayer de dormir quelques heures au moins. Lorsque je posai la tête sur l'oreiller, je formulai silencieusement une prière, celle qu'un jour, un homme m'aime autant que mon frère aimait Lila, et que je ressente la même chose pour lui, que je le désire si fort que la simple idée de le perdre me fasse fondre en larmes. Même si l'amour nous laissait tous dévastés, c'était tout de même mieux que le désert aride de la solitude.

Il ne pouvait y avoir mieux que ça…

Chapitre 4

Cowboy

Je jetai un coup d'œil vers Hush, assis à mon côté dans le camion, occupé à regarder par la fenêtre. Je serrai les mains sur le volant et secouai la tête. Je connaissais cet enfoiré depuis des années, mais je ne comprenais toujours pas comment il pouvait ne se confier qu'à moi. Depuis que Ky nous avait chargés de veiller sur sa petite sœur, Hush s'était renfermé, comme toujours, barricadé dans sa tête, une putain de forteresse imprenable. J'en connaissais parfaitement la raison, mais ce foutu crétin borné était trop fier pour admettre la vérité.

Je soupirai et allumai la radio. Il ne me fallut pas deux secondes pour m'en lasser. J'étais un bavard, je le savais, et ce foutu silence de mort que m'opposait mon meilleur pote me fendait le cœur.

— T'as pris le truc que j'ai sorti pour toi ce matin ?

Je le savais déjà, je l'avais regardé le mettre dans son sac pour être sûr. Mais je voulais parler, simplement. Je voulais retrouver mon pote.

Hush crispa les épaules puis marmonna :

— Ouais.

Je soupirai et posai la tête contre le dossier. Il nous restait près de huit kilomètres avant d'arriver chez Sia, un petit ranch perdu au milieu de nulle part. Il me rappelait mon enfance. Il était plus rustique et moins élégant, mais un ranch était un ranch.

— Au moins, y a une station essence pas loin au cas où on aurait besoin d'alcool fort pendant la mission, hein, *mon frère** ?

Il grogna, sans se tourner vers moi. Ma poitrine se serra en pensant à sa tête ce matin. Il était crevé. Je savais que c'était mauvais pour lui. Il était pâle, et ses yeux étaient ternes.

Des tas de sirènes d'alarme se mélangeaient dans sa tête. Il réfléchissait trop…

C'était Sia.

Tout ce cirque, la déprime, le silence, c'était à cause de la jolie meuf qui conduisait, seule, le camion devant nous. Merde, j'arrivais à peine à penser à elle sans vouloir nouer mes doigts dans ses cheveux et l'attirer contre ma bouche, pour goûter sa langue, ses seins collés contre mon torse. Je jetai un regard en coin à Hush et je sus aussitôt qu'il ressentait la même chose. Depuis qu'on l'avait rencontrée au mariage de Ky, j'avais compris que je l'avais dans la peau, elle, avec sa repartie insolente, l'assurance qui émanait d'elle…

Elle avait aussi un charmant petit cul !

Je souris, amusé, en repensant à la veille et à la petite « discussion » que le VP avait eue avec Hush et moi…

— Fermez cette putain de porte derrière vous.

Ky était à la place d'honneur, les bras croisés, Styx à sa droite avec un visage terrible. Hush entra après moi, tendu. Il ferma derrière lui. Je me laissai tomber sur une chaise et posai les mains derrière la tête, m'installant confortablement.

Hush s'assit aussi et je souris en le voyant, le dos très droit, qui regardait Ky en attendant que le VP parle.

Je l'observai aussi et dus me retenir pour ne pas rire de ses yeux plissés tournés vers moi.

— VP, tu voulais nous parler ? dis-je.

— Et comment, putain ! lança-t-il en posant les mains bien à plat sur la table. Aucun de vous ne devra approcher Sia hormis pour la protéger, déclara Ky sans préliminaires.

Hush se crispa davantage. Je restai comme j'étais. Je m'étais douté que cette scène nous attendait.

— Vous surveillez son ranch, vous vous relayez pour des tours de garde. Pas une heure ne doit passer sans que vous cherchiez du regard la moindre trace de cet enfoiré de Garcia, compris ?

— Compris, confirmai-je.

— Ouais, répondit Hush.

Ky me toisa du regard.

— C'est ma frangine, putain. Aucun de vous deux ne pose ses pattes d'enfoiré sur elle, vous n'effleurez pas un de ses cheveux, compris ? (Il se calma rapidement.) Elle en a vécu assez à cause d'un mec. J'vais pas vous raconter les détails, mais cette raclure l'a détruite. Elle n'est plus jamais sortie avec un homme, depuis. Elle est mieux toute seule.

Mon sourire goguenard s'effaça à ces infos. Ky se pencha davantage, tout près de mon visage.

— Je buterais quiconque oserait lui faire du mal, et c'est pas juste une menace. (Il fronça les sourcils.) Et bordel, pas question que ce soit un frangin de mon club, surtout pas deux Cajuns qui se la pètent avec leur accent parce que les chaudasses mouillent dès qu'ils ouvrent leurs putains de gueules !

— D'accord, VP, dis-je en exagérant soigneusement mon accent.

Je me demandais juste si Ky pouvait devenir encore plus rouge… Il serra les poings, mais avant qu'il en vienne à s'en servir, Hush posa la main sur mon bras pour m'intimer de la fermer.

— T'inquiète pas pour ça, mon frère, déclara-t-il. On ne tentera rien avec ta frangine. On a compris, elle est intouchable.

Ky nous jeta un regard noir, comme Styx. Avant de quitter l'Église, le VP me pointa du doigt.

— T'as intérêt à écouter ton pote, là-bas, Cowboy. J'te déconseille de reparaître devant moi si j'apprends que t'as seulement eu des idées sur ma frangine.

Je ris en repensant aux veines qui battaient à son cou, comme s'il avait pu lire ce que je pensais déjà d'elle ! Hush me regarda, sourcils froncés. C'était en permanence son expression ces derniers jours.

— Déride-toi, *mon frère**, ordonnai-je en posant un doigt sur son front.

Il repoussa ma main.

— Pourquoi tu ris ?

— C'est Ky et sa foutue tirade d'hier… Le coup de pression qu'il a voulu nous coller dessus…

Hush secoua la tête, exaspéré.

— On est bien, au club, ne fous pas tout en l'air pour une chatte.

Je m'étranglai sur un rire.

— « Une chatte » ? (Je lui adressai un clin d'œil.) Je crois que je vais répéter à Sia que tu l'as appelée ainsi, quand on s'arrêtera. Je suis sûr qu'elle appréciera.

Ses narines se dilatèrent et il pressa la main sur sa cuisse. C'était comme ça qu'il se calmait, ou que je l'apaisais quand je me rendais compte avant lui que son sang-froid lui échappait, surtout en public.

Je perdis mon sourire et poussai un profond soupir.

— C'est vrai, non, Val ? Ce n'est pas n'importe quelle chatte, cette fille ?

Il se tourna de nouveau vers la fenêtre.

— Mais si, Aub. C'est ce que tu n'arrives pas à comprendre dans ton putain de crâne dur. (Il secoua la tête.) Tu refuses de laisser tomber. Tes clins d'œil, tes sourcils levés, des foutues manières avec ton Stetson dès qu'elle nous parle ou qu'elle est juste évoquée… Je te l'ai déjà dit et je te le répète : j'suis pas intéressé. Arrête ton petit jeu. (Il raidit les épaules.) Tu la veux, toi ? Alors baise-la. Tu veux ma permission écrite, ou quoi ?

— Va te faire foutre, Hush.

J'étais plutôt cool, comme mec, mais ses paroles aiguisèrent ma colère toujours latente.

— Tu veux que je me la joue en solo sur ce coup-là, *mon frère** ? Ça peut s'négocier.

Il resta assis, à fulminer, et je le laissai comme ça. Ce con était aussi têtu qu'un âne. C'était la première chose que j'avais remarquée chez lui, dès ses seize ans.

Je levai les yeux au ciel alors qu'il retrouvait son silence et je vis que Sia tournait à droite. Encore quelques kilomètres passèrent et toute civilisation disparut. Elle prit à gauche, et le paysage se résuma à des champs et pâturages entourés de murs épais. Je comprenais que Ky lui ait choisi cet endroit. Depuis la route, personne ne pouvait deviner qu'il y avait un ranch dans le coin.

Bientôt, une petite maison apparut. Le style était typique d'un ranch, un long porche faisant le tour de la demeure. Une écurie et une piste ronde pour entraîner les bêtes se dressaient sur le côté, entourées de champs verdoyants à perte de vue.

J'inspirai l'air frais. J'adorais ce genre d'endroit.

— Ça te rappelle le bon vieux temps ? me provoqua Hush, toujours de mauvaise humeur.

Il n'avait aucune affection pour l'endroit d'où nous venions, et encore moins pour mes racines.

— Hush, je t'ai pas frappé depuis qu'on était gamins, mais je te jure, sale petit con, si tu continues à me taper sur le système, je vais craquer et t'auras pas le temps de bouger... Et on m'a dit que je filais des gnons mémorables.

J'attendis avec un sourire menaçant. Je sus que j'avais gagné quand sa joue tressaillit et qu'un côté de ses lèvres se souleva légèrement.

— Prudence, *mon frère**, le mis-je en garde une fois arrêté, alors que j'ouvrais la porte. On dirait que tu vas sourire ! Ça n'ira pas avec ton look de grand métis ténébreux à l'allure sombre et pensive. (Je soutins son regard.) Sia a adoré ce trip, elle ne te quittait pas des yeux... Et elle me regardait aussi, évidemment. Mais ça, c'est mon charme de beau mec cajun.

Je bondis du camion et vis une paire de longues jambes en jean quitter le véhicule devant nous. Sia se laissa glisser sur le chemin de gravier, une chemise bleue à carreaux nouée à la taille, ses longs cheveux en boucles souples sur ses épaules, comme une foutue sirène.

—Bel endroit que tu as là, *ma chérie**, dis-je.

Sia me sourit et nos regards se croisèrent.

Elle contempla la propriété et son visage changea par rapport à ce matin, lorsque nous avions quitté le club. Je dirais qu'il exprimait… de la paix. Il était détendu… Mon état d'esprit préféré!

—Oui, souffla-t-elle, c'est chez moi.

Elle se retourna et se pencha pour prendre son sac à main sur le tableau de bord. Je n'aurais pas dû regarder –en vertu du code d'honneur des malfrats ou un truc de ce genre–, mais je n'avais pas le choix! Je me retins à la poignée de porte et grognai alors qu'elle tendait les bras en me présentant son petit cul sous un angle parfait. Je lançai un regard à Hush, dans notre véhicule, et rencontrai le sien. Il avait croisé les bras sur sa poitrine. Je clignai de l'œil et souris, exactement ce qu'il m'avait reproché dans le camion.

Je n'accepterais de changer pour personne.

—Je m'en charge! proposai-je quand elle extirpa son sac de voyage.

—Merci, Cowboy.

Elle regarda Hush et baissa les yeux en lui adressant un sourire nerveux, puis elle se tourna vers la maison. Hush me rattrapa.

—Elle pense que tu la détestes, prévins-je en approchant des marches.

—Je ne la déteste pas, répliqua-t-il simplement.

Oh, vraiment? Elle lui plaisait, je savais qu'il l'aimait autant que moi.

Il traîna derrière moi en entrant dans la maison. Sia était au centre du salon. Il y avait deux canapés autour d'une table basse, et une chaise près de la cheminée ouverte.

—Je n'ai que deux chambres, expliqua Sia en passant sa main sur son front. Il y a la mienne, évidemment...

—On partagera, annonçai-je en posant son sac par terre.

Je reculai et posai la main sur l'épaule de Hush.

—On n'est pas timides entre nous, pas vrai, Hush?

—Ça ira, dit-il.

Je secouai la tête et adressai un clin d'œil à Sia.

—Dans ce cas, c'est par là. (Elle nous mena à l'étage vers deux portes et en ouvrit une.) Ma chambre est en face, précisa-t-elle.

Un grand lit occupait l'espace. Je regardai mon pote et lui adressai un énorme sourire.

—C'est assez grand pour se câliner.

Sia rit et frappa des mains.

—Super, je vous laisse défaire vos bagages. Je dois aller voir les chevaux.

Elle n'avait pas fait deux pas que j'intervins.

— Attends, je viens avec toi.

Elle se rembrunit et plissa les yeux, méfiante.

— C'est mon frère qui vous a demandé ça ? De ne jamais me laisser seule une seconde ? Parce que je vous préviens tout de suite, ça ne va pas marcher comme ça. Vous pouvez rester ici, dormir ici, mais moi, je fais ce que je veux. Je connais ce ranch mieux que quiconque.

Elle avait les joues en feu.

Je levai les mains.

— Ouh là, non, *chérie** ! (Je désignai mon Stetson.) J'ai été élevé dans un ranch, tu as oublié ? Je sais que tu me connais peu, mais je t'ai dit que j'avais grandi entouré de chevaux.

Elle me scruta puis ses épaules se détendirent.

— Ouais, c'est vrai.

Je m'appuyai contre le mur près de moi et retins mon sourire lorsque je remarquai son regard sur mon biceps, puis ma poitrine large. Je pliai le bras pour gonfler mes muscles. Cette nana ne me laissait pas le choix !

Sia rougit.

— Alors ? Tu me montres ce que t'as ? lançai-je.

Elle leva les sourcils, surprise. Je m'approchai très près et baissai la tête vers ses yeux bleus. De si près, ils paraissaient tellement immenses.

— Tes chevaux, *ma chérie**.

Elle recula, les joues en feu.

— C'est par ici.

Je la suivis hors de la maison. J'entendis des pas derrière nous et vis Hush descendre les marches.

— Tu viens aussi ? demandai-je, stupéfait.

Il croisa mon regard, observa Sia, puis passa une main sur sa tête.

— J'vais vérifier le périmètre. J'prends le premier quart.

Il regarda autour de nous. Il prit une profonde inspiration et s'adressa à Sia en la contemplant droit dans les yeux.

— Ky a dit qu'il y avait des bécanes par ici. Il a dit qu'on pourrait s'en servir pour l'instant, puisqu'on est venus en camion.

— Les motos de papa ?

Il haussa les épaules.

— Il a juste parlé de bécanes.

Sia se raidit.

— Mon père avait quelques motos. Ky les a gardées ici, précisa-t-elle en désignant le garage attenant. Il les a conservées en état de marche. Il vient souvent pour les retaper et veiller au grain.

Sia passa devant nous et se dirigea vers le bâtiment. Elle prit un trousseau de clés à sa ceinture et ouvrit la porte. Hush m'emboîta le pas et nous attendîmes de découvrir les trésors du vieux papa Willis. Sia ouvrit largement et alla retirer des bâches qui protégeaient les véhicules de la poussière. Deux Harley apparurent. Un Fat Boy plutôt récent, et une…

— Duo Glide de 1960…

Hush s'accroupit près de la moto vintage, fasciné. Le frangin avait toujours préféré les vieux modèles. Moi, un bon chopper me parlait plus. J'avais jamais adhéré à l'obsession sur les Harley.

Hush passa la main sur la selle de cuir.

— C'est magnifique.

Je n'avais pas remarqué combien Sia était tendue près de moi, irradiant de la rage pure.

— Elles auraient dû être enterrées avec le mec qui les conduisait, siffla-t-elle.

Hush se leva lentement et croisa froidement son regard.

— Je vais vous chercher les clés, annonça-t-elle avant de repartir vers la maison.

Je m'approchai de mon ami.

— Relations tendues avec papa ?

Il haussa les épaules.

Sia revint et leva les clés vers lui.

— Les bidons d'essence sont le long du mur du fond en cas de besoin. Il devrait y avoir de quoi tenir une semaine avant d'aller à la station en bas de la route. (Elle regarda les motos.) Mon frère idolâtre tout ce qui a appartenu à papa. Ces motos ne font pas exception.

(Elle me regarda, puis regarda Hush.) Mais vous êtes tous comme ça, non ? Vous considérez que tout ce qui a trait à votre club est sacré et intouchable, pas vrai ?

J'allais ouvrir la bouche pour confirmer, mais Hush me devança.

— Le club a sauvé la plupart d'entre nous. On lui doit tout.

Sia, remontée au maximum, s'avança vers lui. Le frangin ne bougea pas, les narines dilatées, alors que la meuf pour laquelle il bandait sec se tenait juste sous son nez. Il la dominait, mais cela ne doucha pas le feu de la frangine.

— Ouais, mais la plupart du temps, il en demande largement plus qu'il en a donné. (Elle posa les mains sur les hanches.) T'as rencontré mon paternel, Hush ? (Il secoua la tête.) C'était le dernier des connards.

— Merde, *chérie**, sifflai-je, il a donné sa vie pour le club.

Elle tourna brusquement la tête vers moi.

— Et ma mère aussi. Sauf qu'elle, elle n'avait rien demandé. Le club, c'était sa vie, à lui. À cause de votre précieux petit club, je n'ai jamais connu ma mère. Ma tante m'a appris tout ce qu'elle savait sur elle, notamment le déchirement de ma mère, consciente que son mari se tapait toutes les chaudasses du club qu'il pouvait, à tel point qu'elle l'a quitté quand elle était enceinte de moi. Elle a voulu emmener Ky aussi, mais ce cher papa Willis ne lui a pas permis de reprendre son fils, son foutu héritier Hangman. Mon père a maintenu ma mère prisonnière de son amour pour lui. Elle était prête à se jeter comme une pauvresse sur la moindre marque d'amour qu'il lui accordait parfois, tout ça pour qu'il la laisse mourir sous ses yeux, parce qu'il n'était même pas foutu d'ouvrir une putain de porte sans qu'elle le supplie d'abord...

Elle s'interrompit soudain, le visage cramoisi de rage.

Elle jeta les clés de moto à Hush, tourna les talons et quitta le garage. Elle s'arrêta à la porte et tourna la tête.

— Je n'ai guère d'affection pour le club, c'est clair. Mais dès que je vous ai rencontrés, tous les deux, je vous ai trouvés différents des autres connards... J'espère avoir eu raison. C'est pour ça que je vous ai demandé de venir ici, avec moi.

Je cessai de respirer jusqu'à ce qu'elle ait disparu dans la lumière du jour. Je me tournai vers mon pote, qui la regardait partir, ses yeux bleus éclatants.

— On est différents, hein ?

— Tu le sais bien, lâcha-t-il avant d'aller vers la moto.

Il fit rugir le moteur, puis quitta le garage.

Je passai la main sur mon visage et regardai les poutres poussiéreuses du bâtiment. Je pris une profonde inspiration et sortis en quête de Sia. Je repérai son joli derrière près de l'écurie. Je la rejoignis à petites foulées alors qu'elle entrait. Elle se dirigea droit vers les chevaux pour leur caresser le museau. Je parcourus les box pour les contempler. Un pincement étrange me serra le ventre. Autrefois, cela avait été mon univers… Les chevaux, les rodéos, pas Hush.

Et j'ignorais un paquet de trucs sur les gens qui m'entouraient, aussi.

Il me semblait que c'était quelqu'un d'autre qui avait vécu cette partie de ma vie. C'était la vie que mes parents avaient imaginée pour moi. Un chemin dont je n'aurais jamais pu rêver de m'écarter…

Je tapotai le cou du quarter horse que j'observais. L'élégante femelle me donna un coup de nez contre l'épaule en récompense.

— Tu sais y faire avec elle.

Je souris et me retournai. Je songeai aussitôt que je n'avais jamais trouvé les carreaux bleus aussi ravissants.

— Je suis doué avec toutes les femmes, *chérie**.

Je remuai les sourcils et elle sourit davantage, soupirant avant de rire.

— Ce genre de répliques fonctionne ? se moqua-t-elle en inclinant la tête, les mains sur ses hanches généreuses.

J'abattis la main contre ma poitrine et la jument s'en effraya.

— Sia, bébé, je suis blessé ! dis-je d'un air théâtral.

Je m'approchai lentement d'elle et elle se raidit légèrement, sans se détourner de mon regard, jusqu'à ce que nos poitrines se touchent presque. Je ramenai en arrière une mèche bouclée qui s'était égarée sur son épaule, et elle haleta.

— J'ai pas de belles paroles à servir aux dames.

— C'est assez clair ! déclara-t-elle en dressant le menton. T'es un Hangman. Je connais la vie du club, tu sais. Ky est mon frère, je te rappelle. Et même sans être de mon sang, Styx aussi. Je sais comment ça marche avec vous. Des chaudasses prêtes à vous sucer… Pas besoin de belles paroles avec ces filles-là !

Je fis rouler mes lèvres l'une contre l'autre et je mesurai l'effet de mes fossettes au scintillement de ses yeux bleus.

— Ouh, *ma chérie**, quelle bouche insolente !

Sia lutta pour retenir son sourire. Je me penchai pour lui chuchoter à l'oreille.

— J'adore ça. Ne perds jamais cette étincelle, ma belle.

Je devinai plus que je ne vis Sia lever les yeux au ciel. Elle posa fermement la paume contre ma poitrine et fit claquer sa langue. Mais avant qu'elle retire sa main, je m'en emparai. Je la levai vers mes lèvres, le regard plongé dans le sien, et je lui en embrassai délicatement le dos.

Elle retira sa main et gratifia la mienne d'une tape.

— T'es un beau parleur, très bien, mais voyons maintenant si tu es doué pour pelleter du crottin de cheval !

— J'suis le meilleur, déclarai-je en commençant à nettoyer les enclos pendant qu'elle sortait les chevaux pour qu'ils broutent l'herbe des champs.

Une fois le travail fini, elle me demanda :

— Tu veux aller faire un tour ?

Elle désigna du pouce deux chevaux, une jument et un étalon.

— Ils ont besoin d'exercice. Clara, mon assistante, n'a pas vraiment réussi à se faire obéir par eux pendant mon absence. (Elle désigna l'étalon.) Et elle n'ose pas le monter.

— Un nouvel arrivant ?

Elle acquiesça.

— Il rue encore comme un bronco.

Un sentiment d'excitation familier me gagna soudain.

— Tu ne sais donc pas que tu es en présence du champion national junior de La Nouvelle-Orléans et de la Louisiane pour l'épreuve d'endurance de monte sur cheval sauvage, avec selle ? Trois années consécutives !

— Tu as fait du rodéo ?

Je tapotai mon Stetson et inclinai la tête.

— Aubin Breaux, à votre service, m'dame !

Elle écarquilla les yeux, bouche bée.

— Oh, mon Dieu ! Je t'ai vu monter ! (Elle secoua la tête, incrédule.) Je regardais les rodéos à la télé quand j'étais petite. (Elle se figea.) Attends… Je n'ai que vingt-quatre ans. Tu ne devais pas être beaucoup plus âgé que moi, alors.

— J'en ai vingt-six.

— Et Hush ?

— Pareil.

Elle hocha la tête, apparemment pour elle-même, puis se tourna vers moi.

— Aubin Breaux…, souffla-t-elle, stupéfaite. Ton nom est Aubin Breaux ! (Elle sourit.) Je comprends le nom de code Cowboy, mais…

Elle inclina la tête comme si elle cherchait à comprendre quelque chose.

— Demande-moi, *ma chérie**.

— Tu étais destiné à un sacré avenir dans le métier. Tu aurais pu faire carrière. Pourquoi avoir arrêté ? (Elle regarda ma veste.) Et comment diable as-tu fini chez les Hangmen ?

Mon ventre se noua de nouveau ; ce n'était pas à moi de raconter ça. Je me tournai vers le cheval.

— Je suis plus intéressé par ce bronco que par mon passé dans les rodéos. (Je passai la main sur l'encolure de l'étalon. Sia m'observait avec curiosité.) Tu les fais s'accoupler ?

Elle soupira, comprenant que je ne dirais rien de plus.

— Oui, je fais de l'élevage.

Elle s'approcha pour caresser le nez du cheval.

— Mais je les entraîne surtout. Pour le *barrel racing*, principalement. (Elle me donna un coup d'épaule.) Je prépare aussi les broncos ! Enfin, je gère tout ce qu'un cheval peut faire en rodéo. (Elle haussa les épaules.) Je suis plutôt douée. (Elle baissa la tête.) J'aurais une plus grosse affaire, si je… (Elle détourna le regard.) Si je n'étais pas une fugitive qui ne peut se risquer à se montrer…

J'inclinai la tête.

— Tu fais du *barrel racing* ?

— Je suis championne locale ! déclara-t-elle en souriant. Je suis toujours tenante du titre dans le coin.

— Alors pourquoi je ne t'ai jamais vue sur le circuit ? (Je fis la moue et la dévorai des yeux.) Je me souviendrais de toi, *chérie**.

Son expression se figea.

— Parce que, comme aujourd'hui, j'étais cachée. La fille de ce bon papa Willis serait une cible trop tentante pour ses ennemis. Alors il m'a cachée, et moi, j'ai dû renoncer à mes rêves. J'ai dû m'en tenir aux compétitions amateurs, comme je le fais encore. (Elle leva les mains.) Mais ce n'est pas grave, c'est pour le bien du club, et tout passe *toujours* après le club. (Elle posa une main sur son front et me regarda.) Désolée, je m'énerve facilement.

Je décidai de ne pas relancer le débat.

— Où sont les selles ?

Elle soupira, soulagée que je change de conversation. Elle apporta brides et selles d'une pièce attenante et prépara les chevaux. Elle sauta sur la jument et me sourit.

— Tu te rappelles comment monter ? Ou tu ne peux monter qu'un engin à moteur, maintenant ? provoqua-t-elle.

Je montai prestement sur Triumph, l'étalon, et trouvai rapidement mes repères. Triumph dansa sur place en soufflant par les naseaux.

— Eh bien, nous allons voir !

Je le lançai au galop dans le vaste champ. Sia se mit à rire derrière moi. Je tournai le long de la clôture et la regardai me rejoindre. Après un sprint autour du champ, je ramenai Triumph au trot et Sia vint se caler près de moi, les yeux brillants.

— Alors ? demandai-je.

— Tu te débrouilles, concéda-t-elle avant de rire. Non... En fait, t'es sacrément bon mais... (Elle me montra du doigt.) Sale petit prétentieux, tu le sais très bien !

Je me redressai sur la selle et soupirai.

— Ouais, mais c'est drôlement agréable de l'entendre dire constamment.

Sia me donna une tape sur le bras et je lui répondis d'un clin d'œil.

Un moteur rugit derrière nous et nous vîmes Hush qui suivait le périmètre du champ suivant. En une seconde, mon humeur joyeuse se changea en agacement.

—Ai-je fait quelque chose qui l'a offensé ? demanda Sia, détournant mon attention de mon meilleur pote vers son visage encore rougi. Aux mariages de Styx et de Ky, il était si sympa avec moi… (Elle soupira.) Je sais que toi et moi avons parlé davantage, mais il a pris part à la conversation aussi. Et maintenant… rien. Rien que de la colère et des regards froids. (Elle regarda mon frangin qui s'éloignait à l'horizon.) J'ai pourtant cru qu'il m'aimait bien.

—C'est le cas. (Je laissai planer quelques instants de silence avant de m'expliquer.) Tu sais, c'est un type renfermé. Il l'a toujours été. Mais… (Je fermai les yeux et rejetai la tête en arrière.) Je ne vais pas t'expliquer toutes les raisons, ce serait lui manquer de respect.

Je sentais son regard.

—Il a décidé de te tenir à l'écart.

Elle fronça les sourcils, confuse.

—Je ne comprends pas.

—S'il te rejette ainsi, c'est parce qu'il t'aime bien. C'est sa façon de se protéger.

—De quoi ? souffla-t-elle.

—D'être blessé de nouveau.

—De nouveau ?

Je me penchai un peu vers elle.

— Tu n'es pas la seule à avoir eu des ennuis dans sa jeunesse, *chérie**. Je ne sais pas tout ce qui s'est passé entre toi et cet enfoiré de Garcia, mais j'ai compris que c'était sérieux et que tu voulais tourner la page.

— Hush agit pareil, conclut-elle en comprenant.

— Il a aussi un lourd passé. Il te tient à l'écart parce qu'il sait que tu pourrais finir par lui plaire. (Je secouai la tête.) Non. Tu plais déjà à ce crétin buté. Alors il t'ignore. C'est sa protection. (Je soupirai.) Ce frangin a plus de couches qu'un foutu oignon.

Sia parut cesser de respirer. Je croisai son regard choqué. Elle se lécha les lèvres et demanda :

— Je lui plais ?

— Tu t'es bien regardée ?

Elle sourit, puis se rembrunit.

— Et… toi ?

Je souris lentement.

— Quoi, moi ?

Elle plissa les yeux, devinant ce que je faisais.

— Je te plais, déclara-t-elle avec cette assurance insolente que j'adorais.

— Et comment !

Elle rougit et se tourna vers le coin où Hush patrouillait auparavant.

— Et ça ne pose pas de problème entre vous ? L'idée que vous aimiez la même femme ?

Je sentis mon sexe commencer à durcir à cette question. Cela m'évoquait une putain d'image que j'aurais rêvé de concrétiser.

— Nous ne fonctionnons pas ainsi, *chérie**. (Face à sa confusion, je m'expliquai.) La jalousie ? Il n'y a pas de ça entre Hush et moi.

Je la laissai digérer cette information.

Après une dizaine de minutes de silence, Sia se pencha pour embrasser l'encolure de sa jument, consciente que je la regardais.

— C'est ma thérapie, expliqua-t-elle. (Elle croisa à peine mon regard avant de le détourner et de tapoter le cou de l'animal.) Mes chevaux… Je les ai toujours aimés. J'ai toujours fait du *barrel racing*. Mais ensuite… quand je suis revenue… (elle prit une profonde inspiration) ils sont devenus ma béquille émotionnelle. Ils me faisaient tenir le coup quand j'étais sur le point de m'effondrer.

Elle laissa dériver son regard absent vers les arbres.

— C'est pour ça que je ne pouvais pas rester au club. Chaque jour était pire que la veille, sans eux… je…

Je lui pris la main. Elle tremblait. Une colère que je ne connaissais pas monta en moi lorsque je constatai sa terreur. Quand je lui enveloppai les doigts, elle ne me rejeta pas et me serra fermement.

Nous restâmes liés ainsi pendant que nous traversions deux autres champs. Quand nous fîmes demi-tour, elle reprit la parole.

— Cowboy ?

— Mmm ?

— Hush et toi…

Je ne pus m'empêcher de sourire quand elle laissa tomber la tête, les joues en feu. Je ne dis rien et la laissai poser sa question. Quand elle releva les yeux et surprit mon air moqueur, elle se reprit.

— J'ai entendu des rumeurs…

— Quelles rumeurs ?

Elle laissa échapper un soupir exaspéré.

— Tu vas m'obliger à te poser clairement la question, pas vrai ?

Je me calai sur ma selle, bien confortablement.

— Ouais, ma belle. On dirait bien.

— Es-tu homo ? laissa-t-elle brusquement échapper, clignant des yeux comme si elle n'en revenait pas d'avoir posé la question. Enfin… Tu as dit que je te plaisais… Alors, bisexuel, peut-être ?

Putain, je détestais les étiquettes, depuis toujours. Je ne me classais jamais dans une catégorie. Je n'aimais pas ça, mais enfin…

— On est proches, dis-je avant de hausser les épaules. Les gens pensent ce qu'ils veulent. On fait tout ensemble. Je me moque du nom que ça porte.

— Tout ?

Ce détail avait clairement retenu son attention…

— Enfin, Hush ne monte pas à cheval, alors pas tout à fait.

— Cowboy ! s'exclama Sia, visiblement lassée que je tourne autour du pot.

Je souris.

— Mais il est là, avec moi, quand on se tape une chaudasse du club, alors je dirais qu'on est sacrément proches.

La poitrine de Sia, bouche bée, se souleva.

— Vous baisez des femmes ensemble ? Vous… Vous faites des plans à trois ?

— Oui.

Je l'observai de près. Je voulais savoir ce qu'elle pensait de ce point.

— Tu ne prends jamais une femme tout seul ?

— Nan.

— Jamais ?

Je secouai la tête.

— Seulement en compagnie de Hush ?

J'acquiesçai, puis souris. Je me penchai vers elle.

— Que penses-tu de ça, *chérie** ?

Ses tétons, dressés sous sa chemise, répondaient déjà clairement à ma question.

— Vous ne vous touchez pas entre vous pendant ?

— Aah, la question à un million. (J'attendis, une seconde, deux, trois…) Bien sûr, qu'on se touche…

(Elle écarquilla les yeux.) Mais on ne se pénètre pas, si c'est ce que tu veux savoir. (Je levai les mains.) Je ne plante ma lame que dans les dames.

Sa lèvre frémit et elle secoua la tête.

— C'est ça… Deux simples princes charmants du tourne-broche, quoi.

J'étouffai un rire et me penchai encore pour la regarder droit dans les yeux.

— Non, juste du triolisme, *chérie**. (Elle hoqueta.) La double pénétration est une position de choix.

Elle devint cramoisie, mais elle tint le coup.

— Tous les goûts sont dans la nature, comme on dit.

Je souris et me redressai.

— Exactement, approuvai-je avant de hausser les épaules. De mon point de vue, la vie est trop courte. Il faut vivre comme on le veut, comme on le doit, et on se fout des autres.

— Je n'arrive pas à imaginer Hush faire cela avec quelqu'un. Toi, par contre, après cette conversation, je n'ai plus aucun doute !

Je ris et pris sa main dans la mienne.

— Pas d'inquiétude, *ma chérie**, nous l'apaiserons ensemble. Nous lui ouvrirons les yeux. Ses barrières sont hautes, mais je pense que nous en viendrons à bout en insistant suffisamment.

— Je… Cowboy… Je ne…

Elle voulut protester, mais je lâchai sa main et lançai Triumph au galop pour qu'elle reste seule un instant avec son imagination, avec l'image de nous deux et d'elle, sa poitrine contre les nôtres, nos lèvres contre son cou.

Après quelques secondes, elle me rejoignit. Je tournai la tête vers elle et donnai une tape sur mon Stetson. Le visage déterminé, elle tenta de son mieux de rattraper son retard. Je devais reconnaître qu'elle montait sacrément bien. Mais elle ne m'avait pas rattrapé quand j'entrai dans la cour. Les joues rouges, le souffle court, elle descendit de cheval et passa devant moi.

— Lors d'une course à la régulière, c'est moi qui t'aurais botté ton cul de Cajun. La prochaine fois, j'te montrerai de quoi ma Sandy est vraiment capable, marmonna-t-elle.

— Oh, ma belle, dis-je en me léchant les lèvres avant de descendre de cheval. Une bonne claque sur le cul, ça peut se négocier ! (Elle leva un sourcil.) Quoi ? dis-je en mimant la stupeur. Je t'ai clairement annoncé que j'aimais les trucs bizarres !

Sia saisit Triumph par la bride et l'emmena paître.

Le temps de finir toutes les tâches du ranch, la nuit était tombée et j'étais mort de faim.

— Je comprends que tu te plaises ici, *chérie**, lui dis-je.

Elle scruta son domaine.

— Oui. C'est mon havre de paix.

— Contrairement au club.

Elle plissa les yeux et laissa retomber ses épaules.

— Je suis juste amère concernant certains aspects du club, Cowboy. Bien sûr, je ne le déteste pas. Mais… parfois, j'aimerais ne pas être Elysia Willis, tu comprends ? Toi, tu as choisi cette vie, moi, j'y suis née. Et malgré tout, je n'ai jamais été autorisée à lui appartenir vraiment.

Elle détourna le regard.

— Au fond de moi, je savais que tu ne le détestais pas.

Elle me regarda.

— C'est difficile de penser que tu puisses détester les bikers et notre monde alors que tu as choisi d'appeler ton étalon Triumph, comme une bécane !

Elle ouvrit la bouche, puis la referma, faute de mots. Elle passa devant moi, vexée, et je souris. Elle ne haïssait pas les bikers. Elle aimait Styx et Ky, je l'avais vue avec eux. Et elle m'aimait, je le savais. Quant à Hush, il la fascinait. Mais elle détestait son père, c'était tout.

Enfin, d'après ce que j'avais entendu raconter de l'ancien VP, qui aurait pu l'aimer ?

Hush entra dans la maison alors que Sia préparait le repas. Il me regarda tandis que je prenais mes aises sur le canapé, les mains derrière la tête et les jambes posées sur l'accoudoir.

— Hush, saluai-je en tapotant une fois mon Stetson. Tout va bien ?

Il acquiesça. Il regarda Sia qui l'observait depuis la cuisinière.

— Salut, Hush, dit-elle avant de désigner la nourriture. Le dîner est presque prêt.

— J'ai pas faim, déclara-t-il.

Elle se rembrunit.

Je me levai et lui pris le bras.

— Il faut que tu manges, dis-je avec un regard noir.

Il savait pourquoi je disais cela, et que j'avais raison. Il allait répliquer, mais il ne trouva pas d'argument.

Il se contenta de se tourner vers Sia.

— *Merci**.

Je désignai la table et Hush s'assit. Il passa la main sur sa barbe naissante et Sia posa un verre d'eau devant lui.

— Merci, marmonna-t-il avant de le vider d'un trait.

Sia déposa des steaks et des haricots sur la table et s'assit.

— Tout a l'air délicieux, *chérie**, déclarai-je en me frottant les mains.

Hush se servit.

— Alors, reprit Sia en le regardant, comment marche la moto ?

Il déglutit.

— C'est une bonne bécane.

Il n'en dit pas plus. Je levai les yeux au ciel et adressai un sourire malin à Sia.

—Aujourd'hui, il conduit bien, mais tu aurais dû voir sa première tentative.

Hush planta son regard dans le mien, les mâchoires tendues, mais je m'en foutais.

—Qu'est-il arrivé? interrogea Sia, soulagée que j'assure la conversation.

Je me calai contre mon dossier.

—Une nuit, Hush et moi, on s'est bourré la gueule! On avait dix-huit ans, on traînait à La Nouvelle-Orléans...

Je laissai de côté le fait que nous étions à la rue. Hush m'aurait tué si je l'avais révélé. Il me lança un regard assassin, brillant, me prévenant de m'en tenir à une version simplifiée de l'histoire. Je plaquai la main sur son épaule.

—On est passés devant un bar de bikers, et Hush que voici, complètement pété au whisky... (Je penchai la tête sur le côté.) Ou est-ce que tu n'avais pas plutôt trop bu de Cosmo?

—Connard, répliqua mon ami.

Sia sourit, davantage parce qu'il avait enfin ouvert la bouche que pour ma plaisanterie.

—Bon, très bien, au whisky, donc... Bref, il repère une rangée de motos devant nous, et il se dit, l'esprit bien imbibé, qu'il prendrait son pied à chevaucher une vieille Harley qui l'obsédait. Alors, il est allé droit vers elle. Il y avait les clés sur le contact. (Je souris à mon Hush.) Ça aurait dû être notre premier avertissement de ne toucher à rien ! Les clés étaient là, mais personne n'avait volé la bécane…

— À qui était-elle ? demanda Sia.

Je levai la main pour lui conseiller d'attendre la fin.

— Donc mon Hush la sort du parking et la met en route. (Je commençai déjà à rire.) Il n'a roulé que vingt mètres avant de perdre le contrôle et de foutre par terre la bécane.

Hush termina son steak et se cala contre son dossier. Il gardait les yeux tournés vers la table pendant que je racontais. Sia ne le quittait pas du regard. Je les observais tous les deux.

— J'ai couru là où il se relevait, et les portes du bar se sont ouvertes d'un coup, livrant le passage à un troupeau de frangins en veste sans manches.

— Les Hangmen de La Nouvelle-Orléans ? demanda Sia.

— Exactement !

Hush esquissa un petit sourire, visiblement rattrapé par le souvenir de cette soirée.

— Apparemment, la Harley appartenait à Ox, leur VP. (Je secouai la tête.) Mais notre Hush, au lieu de se laisser intimider, s'est remis d'aplomb et s'est collé devant Ox, qui était prêt à nous buter sur place.

— Et toi ?

J'allais répondre quand Hush intervint.

— Il était près de moi, prêt à se battre aussi.

Je haussai les épaules.

— J'allais pas laisser mon frangin se faire tuer. J'trouvais que se faire expédier par un biker était une façon de mourir plutôt stylée, en plus. (Hush eut un sourire goguenard.) Alors Ox nous a regardés, tout crottés mais blindés d'arrogance, et il a ri. Hush lui a mis une droite dans la mâchoire… et deux heures après, on était les nouveaux prospects du chapitre de La Nouvelle-Orléans. Ox nous a offert un foyer, un but, une putain de vie, en bref.

Je ris, la poitrine serrée à ce souvenir.

— On lui doit tout !

Sia souriait largement à cette histoire.

— J'aime bien, dit-elle.

Hush baissa les yeux vers ses pieds.

— Merci pour le repas, souffla-t-il avant d'aller déposer son assiette dans l'évier et de quitter la pièce.

Je le regardai partir et rejetai la tête en arrière, agacé et frustré.

— Il va changer, dis-je à Sia pour la rassurer pendant qu'elle débarrassait.

Je restai à table jusqu'à ce qu'elle ait fini, échangeant quelques SMS avec Styx et Ky. Sia commença à éteindre les lumières et je l'accompagnai jusqu'à la porte de sa chambre. Elle leva la tête vers moi et déglutit.

— Bonne nuit, Cowboy. Merci de m'avoir aidée aujourd'hui.

— Pas de problème, ma belle, dis-je en me rapprochant. J'me suis bien amusé.

Elle hocha la tête, la poitrine soulevée par chaque respiration alors que j'étais si proche. Je sentis son corps effleurer le mien.

— J'te verrai t'entraîner au *barrel racing* demain, hein ?

— Oui. J'ai un rodéo dans quelques semaines. Je dois m'entraîner si je veux rester au top.

Je souris, déjà en érection à l'idée de la voir en jean incrusté de diamants, esquivant prestement les barils, un Steston sur ses boucles sauvages. Elle leva le menton.

— En retour, je veux te voir t'entraîner sur l'un des broncos !

— Oh… Tu peux compter sur moi.

Elle sourit et je ne pus résister. Je me penchai et pris son menton entre mon pouce et mon index. J'embrassai le côté de sa bouche, et elle haleta.

— *Bonne nuit, ma chérie**, soufflai-je contre sa peau douce en passant le nez contre sa joue.

Puis je reculai vers ma porte.

Sia me regarda un moment, puis elle se retira rapidement dans sa chambre. Je grognai en inclinant la tête contre ma porte. Je finis par me reprendre et entrai dans la pièce partagée avec Hush. J'avais à peine fermé la porte quand il prit la parole.

— Ky te tuerait s'il savait ce que tu fous.

Le frangin avait tout entendu.

— Ferme-la, Val. On a envie d'elle depuis une éternité. Ne fais pas comme si c'était faux. (Je m'attrapai le paquet sous mon jean.) Mais moi, je ne suis pas un dégonflé qui a peur de poursuivre ce qu'il désire.

La lumière filtrait par un pli des rideaux, et je vis mon frangin, allongé sur le lit, sur le ventre, sans chemise ni jean. Je vis le tatouage sur son dos, qui tentait de couvrir une brûlure qui resterait à jamais. Le motif s'entremêlait au mieux avec la marque, mais moi, je ne voyais que le dessous.

Hush s'assit. Je retirai chemise et pantalon et me couchai vers lui. Il me lança un regard noir.

— La balade t'a plu ? demanda-t-il, encore en français cajun, pour que Sia ne puisse pas comprendre si elle nous entendait.

— Ouais. C'était vraiment bon de remonter en selle.

Hush se laissa retomber sur le matelas.

— J'en doute pas. Ça a dû te rappeler le bon vieux temps, non ?

— Va te faire foutre, Val. Je ne te laisserai pas m'attaquer simplement parce que t'es furax de ne pas être venu avec nous.

— Je sécurisais le périmètre.

— Tout l'après-midi ?

— Ils peuvent débarquer n'importe quand.

— Styx et Ky envoient chaque jour des frangins sur le trajet pour surveiller tout détail suspect. La vérité, c'est que tu l'évites. (Hush restait silencieux.) Elle me fait penser à toi.

Il se raidit. Je roulai sur le dos pour le regarder du coin de l'œil.

Il me rendit mon regard. Je devinais qu'il aurait voulu savoir de quoi je parlais, mais il lui fallut un sacré moment avant de grincer des dents et lâcher :

— Comment ça ?

Je réfléchis à la meilleure manière de le formuler et me décidai finalement pour la vérité.

— Parce qu'elle est brisée, Val. Vraiment dévastée. (Hush ferma les yeux et ma poitrine se serra.) Elle est blessée, comme toi, mon frère. Vous pourriez vous entraider. Elle est seule. Elle a vraiment besoin de quelqu'un.

Hush ouvrit les yeux sur un regard déterminé.

— Alors sois ce quelqu'un.

Je savais le mal que cela lui faisait de sortir une connerie pareille et je décidai d'écourter la séance de torture.

— On pourrait être ce quelqu'un, tous les deux. (Il retint son souffle.) Elle connaît nos pratiques, de toute façon. (Il me regarda soudain en soupirant brusquement.) Je veux dire, comment on aime le faire.

— Pourquoi tu lui as raconté ça, putain ?

— Pour qu'elle sache comment on fonctionne, qu'elle soit consciente de la situation.

Il grinça des dents si fort que je pus l'entendre.

— Alors, pour une fois, mets ça de côté et baise-la, simplement.

Il se dressa sur le coude et me regarda en face.

— Je te donne ma permission, Aub, d'accord ? Sois là pour elle, quels que soient ses envies et ses besoins.

— On ne marche pas en solo, ça a toujours été comme ça.

Hush se couvrit la tête des mains.

— Ouais, mais là, on ne parle pas d'une pute ou d'une chaudasse à motards.

— Et donc ?

— Et donc, c'est pas son genre ! Elle est tout sauf une pute. Elle… a… quelque chose… de plus.

Hush se détourna de moi et je regardai la lune par la fenêtre.

— Dis-lui, Val. Merde, elle comprendra ! Tu es là, tu vis ici pour le moment. Elle finira par tout deviner.

Je ne lui avouerais jamais, mais parfois, préserver son secret était diablement difficile. Surtout quand il refusait tout le bien que la vie nous offrait à cause de ça… Mais il s'était toujours contenté de dire…

— Elle vaut mieux que ça, souffla-t-il.

Et voilà. Voilà ce que mon meilleur pote pensait de lui. Qu'il n'était rien. Son passé merdique l'avait conditionné à toujours penser ainsi : « Elle mérite mieux. »

— Elle te mérite, protestai-je sans attendre de réponse. Elle nous mérite.

Je me tournai pour gonfler mon oreiller à coups de poing.

Je fermai les yeux et me représentai Sia sur sa jument aujourd'hui, qui m'expliquait qu'elle avait besoin de ses chevaux pour se sentir mieux. Je pensai à mon frangin obstiné à côté et compris qu'il avait besoin de moi comme elle avait besoin de ses bêtes. J'étais devenu sa béquille émotionnelle. Je ne me détournerais jamais de lui. De toute façon, je n'arrivais même pas à imaginer la vie sans lui. On fonctionnait ensemble depuis si longtemps que j'aurais été salement paumé tout seul. Et je préférais ne pas penser à ce qu'il deviendrait sans moi. On avait toujours été à deux, lui et moi, unis. On n'avait pas besoin de meufs pour que ça marche.

Mais avec Sia, je pouvais imaginer un futur. Je l'imaginais avec nous. Ils étaient tous les deux tellement brisés et détruits que je tenais à être là, pour eux, avec eux. Rapidement, le souffle de Hush se fit plus régulier. Je roulai sur le matelas et le regardai. J'observai les cicatrices et brûlures qui marquaient sa peau sombre. Puis je baissai les yeux sur le tatouage de drapeau confédéré, sur mon bras.

Je soupirai.

Je devais trouver un moyen pour qu'il pense comme moi. Les gens pouvaient changer. J'en étais la preuve.

Il l'aimait.

Je l'aimais.

Elle nous aimait tous les deux.

On vivait une drôle de putain de vie, mais avec Sia, j'étais au moins certain qu'il y avait une chance de construire quelque chose de mieux, ensemble.

Chapitre 5

Sia

Deux semaines plus tard...

— Alors...

Occupée à nettoyer Sandy, je levai la tête et découvris Clara, à la porte du box.

— Alors, quoi ? demandai-je en flattant l'encolure de la jument.

Clara écarquilla ses yeux sombres. Elle n'avait que vingt ans, mais c'était la meilleure assistante que j'aie eue. Pour être honnête, excepté Ky et Lila, et maintenant Hush et Cowboy, c'était ma seule amie.

Elle leva les bras et regarda autour d'elle.

— Alors ? *Alors ?* Sia, ne me fais pas languir ! Tu me dis que tu rentres chez toi pour des vacances, tu reviens avec les deux mecs les plus canons que j'aie vus et qui s'installent chez toi, jouent à la dînette chez toi. Tu ne vois pas où je veux en venir ?

Je baissai les bras, m'approchai de la porte et la déverrouillai. Clara recula juste assez pour me laisser sortir et me suivit dans la pièce arrière, où je pris la selle et la bride. Elle resta sur mes talons alors que je revenais harnacher Sandy. Je soupirai et me concentrai sur ma tâche tout en cherchant ce que je pourrais bien lui répondre.

— Sia ! insista Clara, visiblement agacée.

Je finis par la regarder.

— Ils sont là pour veiller sur moi quelque temps.

— Pourquoi ?

J'aurais voulu tout lui confier, mais Ky m'avait fait jurer de ne pas divulguer la vérité. Je haussai les épaules.

— Mon frère a entendu dire qu'il y avait eu des effractions dans les ranchs du coin. Il veut juste s'assurer de notre sécurité.

Elle savait que Ky était un biker, mais rien de plus… comme tous les autres.

— Je n'ai entendu parler de rien, dit-elle en fronçant les sourcils.

— Je te l'ai dit, il a certains contacts. L'info n'a pas été rendue publique.

Je me détournai pour régler la longueur des étriers.

Clara avait dû gober mon mensonge, car lorsque je me retournai, elle était entrée dans le box et me regardait avec excitation.

— Alors ? chuchota-t-elle, lequel te plaît ?

J'ouvris la bouche pour la détromper, mais elle leva la main.

— N'essaie pas de protester ! Tu gambades dans le ranch depuis que je suis rentrée, et je sais que c'est dû soit aux cent dix kilos bien juteux et musclés du cow-boy blond ou au divin délice couleur chocolat au lait, aux yeux bleus de folie, que je vois arpenter le domaine d'un air ténébreux…

Je secouai la tête.

— Clara, je t'assure que je ne désire aucun des deux.

Je fus surprise de prononcer ce mensonge avec tant d'aisance. Rien qu'en pensant à eux à partir de sa description, je serrai les cuisses par réflexe. Je m'imaginai, prise entre eux, nus, nos corps brillants de sueur, leurs mains sur mon corps…

— Sérieux ? reprit-elle, les mains sur les hanches. Alors pourquoi as-tu les joues toutes rouges ?

— Il fait chaud.

— J'vais te dire ce qui est chaud : celui avec la tête rasée et les lèvres pulpeuses ! (Elle se mordit la langue.) Tu as déjà vu des yeux avec une couleur aussi intense ? Je te jure qu'hier, quand je suis passée près de lui et que j'ai croisé son regard, j'ai cru fondre sur place. S'il ne te plaît pas…

— Laisse Hush tranquille, Clara, la mis-je en garde avant de me rendre compte que j'avais prononcé ces mots.

Elle esquissa un sourire puis haussa les épaules.

— Oh, je me contenterais du beau blond. J'adore les mecs qui portent des Stetson !

Je fermai les yeux.

— Clara, ne t'approche d'aucun d'eux, d'accord ? Ils ne sont pas disponibles.

Clara resta bouche bée, puis couvrit ses lèvres de sa main.

— Oh, merde, Sia, tu es vraiment dans la mouise ! Tu les aimes *tous les deux* !

— Non… Pas du tout…, tentai-je de nier d'un ton pathétique.

— C'est donc ça ! s'exclama-t-elle plus fort. Bon sang, ma belle, je te comprends, mais ce béguin va te mettre dans une situation pire que compliquée…

— Un béguin pour qui ?

Je me tournai vers l'entrée de l'écurie et vis Cowboy accoudé au chambranle, les bras croisés et les yeux brillants. Clara nous regarda à tour de rôle, le regard outrancièrement écarquillé. Je déglutis.

— Un type que j'ai rencontré au bar il y a quelque temps.

Cowboy fronça les sourcils. Il s'approcha lentement de moi, à pas mesurés, apparemment furieux.

— J'dois filer ! lança Clara derrière moi.

Je ne détournai pas le regard de Cowboy. Je ne bougeai pas quand il ouvrit la porte du box et entra pour s'arrêter juste devant moi.

— T'as un mec, *chérie** ? Tu veux un crétin ramassé dans un bar ?

Je lus quelque chose dans son regard que je n'avais encore jamais vu : de la jalousie… et un peu de colère. Ces sentiments ne lui allaient pas, lui qui incarnait si bien la désinvolture de l'homme du sud.

— Non, soufflai-je.

Il leva la main et la passa doucement sur mon bras, me donnant la chair de poule.

— Alors de qui parliez-vous, ma belle ? (Je fermai les yeux et ravalai un hoquet.) *Ma chérie** ?

Il continua à me caresser le bras jusqu'à ce que je n'y tienne plus.

— De toi, dis-je en ouvrant les yeux.

Un sourire naquit lentement sur ses lèvres et il s'approcha si près que mes seins effleurèrent sa poitrine ferme. Je levai la tête vers lui et il repoussa une mèche tombée devant mon visage.

— De moi seulement ? souffla-t-il d'une voix rauque qui me fit frissonner de la tête aux pieds.

— Non, admis-je en voyant son sourire grandir.

Je savais que je perdais la tête. Quelle femme court après deux hommes ? Mais enfin, quels hommes fréquentent leurs femmes ensemble ? La même femme, sans jalousie ni compétition…

Tout cela était malsain… mais je ne pouvais pas m'en empêcher.

À dire vrai, cela m'était même égal.

Cowboy se pencha pour déposer un baiser léger contre ma joue.

— C'est vraiment bon, dit-il d'un ton alangui avant de reculer, me laissant toute molle et à bout de souffle. Je suis venu te voir à l'entraînement. (Il se mordit la lèvre outrageusement et gémit.) Je ne peux pas me lasser de te voir voleter autour de ces barils, *chérie**. Je dirais même que c'est devenu mon spectacle préféré sur Terre.

Je fis de mon mieux pour me reprendre, attrapai les rênes de Sandy et la sortis de son box. Nous passâmes devant le nouvel étalon que je devais entraîner pour devenir un bronco de compétition.

— Pepper a besoin de s'entraîner aujourd'hui. C'est un cheval sauvage… Tu te sens de relever le défi ?

Cowboy devait encore me démontrer ses talents, mais quand Clara avait amené Pepper la veille, j'avais compris que ce serait l'occasion de le voir à l'œuvre.

Son visage s'éclaira.

— Tu veux me voir monter ? (J'acquiesçai.) Alors, oui, j'en suis, évidemment !

Il étira les bras et fit tourner sa tête.

— Un peu d'exercice me fera du bien !

Cowboy s'assit sur la barrière du cercle pendant que je m'entraînais à slalomer entre les barils. Le soleil tapait sur ma nuque alors que les heures passées à encourager

Sandy pour suivre le parcours vers la ligne d'arrivée s'écoulaient.

— Dix-sept secondes ! commenta Cowboy quand je passai la ligne pour la centième fois.

J'arrêtai Sandy. Ce n'était pas mon meilleurs temps, mais c'était assez pour aujourd'hui.

Je m'approchai de Cowboy, bras nus, sa fine chemise à carreaux fendue aux manches.

— Prêt à prendre une suée ?

Il leva son Stetson, passa les doigts dans ses cheveux et demanda :

— On parle toujours de monter le bronco Pepper ? Parce que j'espère qu'on parle maintenant d'autre chose…

Je levai les yeux au ciel.

— Tu ne penses jamais à autre chose ?

— Près de toi ? Aucune chance ! lança-t-il avec un sourire dévastateur.

— Je te retrouve à la cage de contention.

Je confiai Sandy à Clara, qui m'adressa un clin d'œil de connivence.

Je secouai la tête et fis sortir Pepper de son box. Cowboy m'attendait. Je stoppai l'animal et désignai le cabanon.

— Jambières et harnachements sont là.

Cowboy entra et ressortit en jambières de cuir, avec une chemise en jean qui lui couvrait bras et poitrine. Il tenait les rênes en main.

— Passe-le-moi.

Il prit le cheval, vérifia la selle et attacha les rênes au licol.

— Il lui faudra environ trois doigts et demi, dis-je en parlant de la longueur de rênes optimale pour lui.

Cowboy sourit.

— J'allais le faire, *ma chérie**. Je te l'ai dit, je suis bon !

Je regardai de l'autre côté de la piste et vis que Hush avait sorti la moto de papa. Il était penché sur le guidon et surveillait son ami d'un œil de faucon. J'eus le souffle coupé quand il croisa mon regard une seconde. Ce fut bref, et il se concentra rapidement sur son frère biker.

Clara et moi menâmes Pepper dans la cage de contention et Cowboy monta sur le bronco. Clara se précipita à la grille en attendant mon signal. Les narines de Pepper étaient dilatées et il piaffait avec excitation. Cowboy resserra une main sur les rênes et positionna ses pieds.

— Tu es sûr d'être partant ?

J'avais besoin d'être rassurée, saisie par un doute passager. J'étais consciente qu'Aubin Breaux savait monter. Bon sang, c'était le meilleur quand j'étais ado, mais je me demandais si Cowboy des Hangmen était encore capable de supporter les ruades d'un cheval sauvage… Pepper était un champion à ce jeu !

— Ouvre donc les grilles, *chérie** ! lança Cowboy en m'adressant ses habituels clins d'œil et sourire détendus.

Je regardai Clara.

— Tu as entendu…

Elle obéit et Pepper entra en action. Le bronco se démenait comme un beau diable, et je crus que mon cœur allait s'arrêter. J'avais merdé. J'enjambai la clôture, prête à attraper Pepper s'il faisait tomber Cowboy. Mais j'écarquillai les yeux en découvrant le large sourire du biker, qui leva une main alors qu'il chevauchait le bronco comme s'il était encore en compétition.

Clara me donna un coup de coude et leva les sourcils, surprise.

— Il est drôlement doué !

Après avoir tenu largement plus longtemps que les huit secondes requises, Cowboy passa prestement une jambe par-dessus la selle et sauta à terre, se détachant du cheval sauvage. Pepper s'écarta, fit le tour de la piste, et finit par se calmer et s'arrêter. Clara traversa la piste pour aller le chercher.

Je bondis de la barrière pour courir vers Cowboy qui avançait, les bras largement ouverts et un sourire satisfait sur son beau visage. Je ne réfléchis pas à ce que je fis ensuite. Je courus dans le sable, poussée par l'adrénaline d'avoir regardé cette chevauchée sauvage, et soudain, je fus dans ses bras.

— C'était incroyable !

Je sentis Cowboy m'entourer la taille de ses bras… et bientôt, je devins terriblement consciente du fait qu'il me serrait et me soulevait…

Il dut sentir que je me raidissais, et il me ramena à terre. Je laissai tomber les bras mais il ne me lâcha pas.

— Merde, *ma chérie**…, souffla-t-il de sa voix rauque près de mon oreille. Si j'avais su que tu me tomberais dans les bras comme ça, j'aurais chevauché un bronco dès mon premier jour au ranch !

Je ris nerveusement, stupéfaite de me sentir si à l'aise entre ses bras. J'inclinai la tête et il fixa son regard bleu sur moi.

— C'était vraiment épatant, Cowboy, dis-je en laissant glisser mes mains contre sa large poitrine.

Je les vis s'étaler sur ses amples pectoraux. Je le touchais… J'étais en train de le *toucher* ! Cela faisait tellement longtemps. Je n'étais plus certaine d'arriver à toucher à nouveau un homme après Juan, après avoir découvert… Après ce qu'il m'avait fait…

Cowboy émit un grognement et je levai les yeux vers lui, tirée de mes sombres pensées.

— C'est drôlement agréable de te sentir contre moi, *chérie**, murmura-t-il.

Je laissai aussitôt tomber les mains.

— Tu pourrais le refaire ?

J'essayai de me calmer. J'étais bien plus que confuse… Je n'avais pas considéré les hommes sous un jour romantique depuis des années. L'accélération de mon pouls et de mon cœur m'apprit que cela avait changé.

C'était Cowboy, ses sourires, et son bon cœur.

Et c'était Hush, l'homme mystérieux et fermé que je rêvais de percer à jour.

— Toujours, affirma-t-il.

Je reculai. Il me laissa m'éloigner et, avant de rejoindre la cage, je tournai la tête pour croiser des yeux d'un bleu intense posés sur moi. Je soutins le regard de Hush, tentant de déchiffrer le message derrière tant de sauvagerie silencieuse. Mais une main se glissa dans la mienne, ce qui détourna mon attention.

— Allons-y, déclara Cowboy en suivant mon regard.

Hush observa son ami, et une conversation silencieuse se déroula entre eux. Cowboy brisa le lien en premier et me guida à la cage.

— Je veux recommencer.

Je tournai la tête, m'attendant à ce que Hush soit parti. Mais il regardait toujours.

Mon cœur s'accéléra légèrement.

— Cowboy !

Je hurlai son nom comme une sirène d'alarme. J'écarquillai les yeux avec horreur en découvrant sa main. Pepper ruait comme un démon. Cowboy tentait de descendre, mais sa main était accrochée.

— Il est coincé !

Je sautai par-dessus la barrière et m'élançai vers l'autre côté de la piste en regardant le corps de Cowboy, projeté par les ruades, tandis qu'il essayait de se libérer de l'étalon. Il démonta et heurta le sol. De ses pieds, il racla la poussière alors qu'il tentait de résister aux soubresauts du bronco. Mais il gardait la main attachée aux rênes. Il lutta, la tête penchée vers la selle, pour se libérer. Je grimaçai en voyant le cheval donner de grands coups de sabot, manquant de peu Cowboy, tout en décrivant des cercles de plus en plus petits.

— De l'autre côté ! ordonnai-je à Clara.

Elle obéit et se dandina fébrilement d'avant en arrière pour tenter d'attraper Pepper avec la longe qu'elle tenait. Elle finit par s'élancer en avant, puis elle passa les rênes autour de son cou, prit le contrôle de la tête du bronco et parvint à le faire s'arrêter. Mais le cheval sauvage donnait encore des coups de sabot frénétiques dans la poussière.

— Cowboy ! dis-je en tendant le bras vers sa main coincée.

La peau de son poignet était écorchée et rouge à cause du frottement. Je tirai sur les rênes et Pepper fit un écart.

— *Ma chérie**, recule ! ordonna Cowboy, les dents serrées.

Je secouai la tête et refusai de partir, quand soudain, je découvris Hush près de moi. Il tira un couteau de sa ceinture et se mit à couper la lanière. Je reculai en chancelant et poussai un profond soupir quand les rênes se détendirent assez pour que Hush entraîne son ami en retrait. Pepper était terrifié et Clara recula. Le cheval partit dans l'arène en ruant et en donnant des coups de jambe, autrement dit, ce qu'il avait été entraîné à faire ! Je le regardai et blêmis en songeant que Cowboy aurait pu être blessé bien plus grièvement.

Hush tenait son ami contre la barrière. Je me précipitai vers eux tandis que Clara s'approchait de Pepper pour le calmer. En arrivant, je distinguai une conversation en français cajun rapide entre les deux hommes. Cowboy se tenait le bras et son épaule pendait comme s'il pouvait à peine la redresser.

— Cowboy ! criai-je en me précipitant près de lui.

Il m'offrit un sourire fatigué.

— Ce… Ce n'est rien, *ma chérie**…

Il n'était pas très convaincant. Sa voix rauque témoignait clairement de sa douleur.

— Ce n'est pas rien !

J'ouvris la barrière pour qu'il sorte, aidant Hush à le soutenir dans la cour jusqu'à un banc.

— À quoi tu pensais ? aboya Hush.

Cowboy leva les yeux au ciel.

— T'as plus fait ça depuis des années, Aub. C'est plus ta putain d'vie !

La panique dans sa voix me serra le cœur. Elle exprimait sa terreur que son meilleur ami soit blessé, son pote qui aurait pu être encore plus amoché…

— Je sais encore monter, merde, Val. J'ai fait ça toute la journée. J'fais ça depuis que j'ai arrêté de porter des couches !

Hush désigna son épaule d'un coup de tête.

— Ben, on dirait pas…

— J'étais coincé !

— Il était coincé !

Nous avions protesté au même instant. Malgré sa souffrance, Cowboy m'adressa un clin d'œil, rapidement suivi par une grimace de douleur.

— Je sais pas de quoi vous parlez, mais je m'en fous.

Cowboy ferma les yeux et prit une profonde inspiration. Je grimaçai en voyant son visage rougir.

— T'as besoin d'un docteur ? demanda Hush en passant une main sur son crâne rasé.

Il était très agité, un peu trop même. Il était pratiquement dévasté par la blessure de son ami.

— Val, reprit lentement Cowboy, je vais bien. (Il me lança rapidement un regard prudent, puis se rapprocha de son ami pour capter son attention.) Calme-toi, je vais bien.

Hush prit une profonde inspiration. Je me demandais ce qui se passait entre eux quand Cowboy me tira de mes questions.

— Aide-moi à rentrer à la maison, Val.

— Attendez ! intervins-je. Je vais chercher mon camion.

Je m'élançai et passai rapidement devant Clara, lui adressant un pouce levé pour m'assurer qu'elle avait la situation en main. Elle acquiesça et guida Pepper vers son box à l'écurie.

En moins de cinq minutes, j'étais au volant et revenais vers Hush et Cowboy. Ils étaient assis l'un près de l'autre et Cowboy avait posé la main sur la cuisse du métis. Hush avait la tête baissée, mais je voyais qu'il fermait les yeux. Il semblait compter, ses lèvres bougeaient lentement alors qu'il se parlait à lui-même.

Il leva brusquement la tête à l'arrivée du camion.

— Voilà donc mon carrosse, *ma chérie** ? demanda Cowboy.

— En effet, monseigneur !

Je m'approchai de lui, affalé sur le banc. Je regardai Hush.

— Tout va bien ? Tu as mauvaise mine.

— Ça va, répliqua-t-il avant de se lever face à son ami. *Allons**.

Il l'aida à se lever. Je me plaçai de l'autre côté et Cowboy passa son bras indemne autour de mon épaule.

— Je suis prêt à tout pour que tu me touches encore, *chérie** ! plaisanta-t-il entre ses dents.

Je levai les yeux au ciel.

— Inutile de te blesser pour cela, *chéri**, plaisantai-je en retour.

Il sourit.

— C'est bon… à… savoir.

Hush fronçait les sourcils. Il était concentré sur le camion. Mais je savais que son expression était une réponse à notre badinage. Je comprenais, si ce qu'avait dit Cowboy était vrai. S'ils partageaient leurs femmes, quel était le problème avec moi ?

Je commençais à croire que Cowboy me mentait, que Hush ne me fuyait pas parce que je lui plaisais, mais bien parce qu'il ne m'aimait vraiment pas.

Ce qui était un foutu coup de couteau dans mon cœur…

Hush aida son ami à monter dans le camion. Je pensais qu'il prendrait la vieille Harley de papa pour rentrer, mais il monta également dans le véhicule. Alors que j'empruntais l'allée vers la maison, Cowboy posa une main sur ma cuisse. Je le regardai et vis qu'il avait reproduit son geste avec Hush.

— Eh bien…, parvint-il à articuler, c'est plutôt… confortable.

Hush repoussa la main de son ami.

— C'est pas le moment, Aub.

Cowboy se tourna vers moi et me sourit sans tenir compte du commentaire agacé de son pote. Ma poitrine se réchauffa. Je n'avais jamais rencontré d'homme comme lui, avec cet esprit libre, qui semblait simplement désirer le bonheur des autres.

Et je n'avais jamais connu quelqu'un d'aussi fermé que Hush, sauf avec son ami... Avec Cowboy, pour être honnête, il était plutôt étonnamment dépendant...

Je m'arrêtai devant la maison et Hush ouvrit la porte côté passager pour aider Cowboy à sortir. Celui-ci monta les marches en titubant et je passai la main sur le portable dans ma poche, hésitant à appeler Ky pour qu'il nous envoie un médecin. Mais je ne voulais pas que mon frère découvre que son frangin de club avait monté Pepper. Je craignais de lui donner une occasion de retirer la surveillance à Hush et Cowboy pour la confier à un autre. Mon cœur se serra à l'idée qu'ils partent. Cela ne faisait que quelques semaines, mais je m'étais habituée à leur présence. Cowboy, avec son flirt décontracté et ses clins d'œil suggestifs, et même Hush, avec son silence et son air sombre permanent...

Avec eux, je me sentais en sécurité. Pour moi, cela valait son pesant d'or !

Je renonçai à mon appel et montai les marches vers la maison. Cowboy était déjà allongé sur le canapé. Hush l'aidait à retirer ses jambières et sa chemise en jean, pour qu'il soit à l'aise, en pantalon et débardeur. Je poussai un petit cri de surprise en découvrant que le bleu couvrait déjà son bras et son épaule. Son poignet était à vif après la morsure de la lanière.

— Cowboy, soufflai-je, les larmes aux yeux. Je n'aurais pas dû te laisser monter Pepper. Je… Je n'ai pas réfléchi…

— Mais je le voulais, *ma chérie** !

Il sourit et grimaça seulement quand Hush posa une poche de glace sur son bras.

— J'vais être honnête, ajouta-t-il, c'était très agréable de monter de nouveau.

Hush émit un son de gorge rauque et se détourna.

— J'vais chercher la bécane, annonça-t-il.

Il quitta la maison et je ne pus retenir un soupir. J'en avais marre de sa mauvaise humeur constante. J'avais fait tout ce que je pouvais pour être aimable avec lui, lui parler… Mais il refusait tout contact avec moi.

C'était un fait, je devais l'accepter… même si cela me transperçait le cœur. Cowboy parut lire mes pensées.

— Il est juste renfermé. Promis. Ce n'est rien de plus. (Il désigna son bras.) Et il doit être furieux que je me sois fait ça… (Il haussa les épaules.) Ça faisait des années que je n'étais pas monté sur un bronco.

J'allai dans la cuisine prendre des cachets antidouleur et un verre d'eau que je lui donnai. Il les avala puis fronça les sourcils en regardant l'eau.

— T'aurais pas plus fort que ça, *ma chérie** ?

Je pris une bouteille de bourbon et un verre dans le placard.

— Apporte la bouteille, ma belle, lança-t-il avec un large sourire.

Je ris.

— Avec ce sourire, les filles font tout ce que tu demandes, non ?

Il inclina la tête de côté.

— J'sais pas… Est-ce que ça suffira pour que tu renonces à tes projets de la soirée pour venir jouer les infirmières avec moi sur ce canapé ?

— Je n'avais rien de prévu, comme tu le sais très bien.

Je soupirai et secouai la tête quand il tapota la place près de lui avec sa main valide.

— Alors tu n'as aucune excuse !

Je m'assis et le regardai avaler une gorgée d'alcool. Il me passa la bouteille.

— Soûle-toi avec moi, Sia.

Je lui pris la bouteille et sursautai quand il se décala et s'allongea sur le canapé en posant la tête sur mes genoux. Je le regardai fixement, saisie, en prenant de grandes inspirations. Un homme était étendu contre mes cuisses… Je fermai les yeux en repoussant les souvenirs de la dernière personne à m'avoir fait cela.

Il parut s'apercevoir de la bataille qui se jouait en moi.

— Tu veux que je bouge, *chérie** ?

J'ouvris les yeux. Mon cœur fondit sous son regard sincère et du fait qu'il ait compris que j'avais du mal avec la situation… tout en me donnant le choix.

— Non, murmurai-je.

Il me regarda et je lui adressai un sourire vacillant avant de retirer son Stetson. Je le posai sur le sol et passai nerveusement la main sur son front. Il ferma les yeux et soupira.

— C'est vraiment très agréable, *ma chérie**.

Ma main trembla quand j'entendis l'écho d'une autre voix dans mon esprit. *« C'est vraiment très agréable,* mi rosa… »

Le souffle court, perdue dans ce souvenir, je fus tirée de mon cauchemar au contact de doigts calleux qui pressaient ma main.

— Tu es en sécurité, *ma chérie**, souffla Cowboy de sa voix douce et apaisante au bel accent.

Je regardai l'homme allongé près de moi. Ce n'était qu'un détail, un petit rien, vraiment, mais je n'aurais jamais cru franchir ce pas. Après tout ce qui m'était arrivé au Mexique, je n'aurais jamais pensé retrouver un tel rapport avec un homme.

Quelque chose d'aussi simple qu'une tête posée sur mes genoux me semblait le cap le plus impressionnant que j'aie franchi à ce jour.

Enhardie, j'eus le courage de poser ma main libre dans ses cheveux.

— Tu as des cheveux magnifiques, tu sais ?

Il sourit.

— Toutes les filles me le disent. (Il prit un air sérieux.) J'envisage de devenir mannequin pour une marque de shampoing. (Il cligna de l'œil, réfutant ses faux airs innocents.) Tu crois que j'ai ce qu'il faut ? (Je lui tirai doucement les cheveux et haussai les épaules.) Bon Dieu, *ma chérie**, réagit-il en jouant des sourcils, continue à me faire ça et je pourrais bien oublier ma blessure et te laisser tirer sur autre chose.

— Tais-toi ! intimai-je, faisant mine d'être agacée.

Je le repoussai, mais cette tête de mule se replaça sur mes genoux. Je ne pus m'empêcher de rire, son attitude joueuse brisant le fardeau que mes souvenirs avaient fait peser sur moi.

Cowboy ferma les yeux alors que je laissais filer les mèches blondes entre mes doigts. Nous restâmes ainsi une éternité, et je souriais comme une idiote, jusqu'à ce que Hush rentre. Il se figea en nous découvrant.

J'arrêtai le mouvement de ma main, et Cowboy ouvrit les yeux.

— J'aimais beaucoup, *chérie**. N'arrête pas.

Il referma les yeux, mais je continuai à regarder Hush. Il rougit et serra les poings.

Je retirai ma main des cheveux de Cowboy pour remettre en place la poche de glace. Pendant tout ce temps, Hush garda son regard plongé dans le mien, comme s'il ne pouvait se détourner de la vision de son meilleur ami avec moi, sur le canapé. Je ne lisais pourtant ni haine ni jalousie sur son visage. Non, en fait, cela ressemblait plutôt à un désir enfoui… ce qui me brisa le cœur. Il était figé et regardait, fixement. Pour la première fois depuis qu'il était arrivé dans mon ranch, je ne lus ni indifférence ni froideur quand il me contempla, mais de la chaleur, un feu si intense qu'il me sembla être installée à côté de la cheminée…

Une chaleur qui m'était destinée… Ce feu était pour moi.

— Viens t'asseoir, murmurai-je inconsciemment, si bas que je brisai à peine le silence qui emmitouflait la pièce.

La respiration de Cowboy était paisible et régulière et je crus qu'il s'était endormi, mais il bougea les jambes, libérant un espace pour son meilleur ami. Je compris qu'il entendait tout.

J'avais l'habitude de répondre aux situations d'un sourire, d'une plaisanterie, d'une réplique bien sentie. Mais Hush dégageait quelque chose qui me passa l'envie de faire tout cela. La partie profonde et sombre en moi, que j'enfouissais de plus en plus chaque seconde de chaque jour, réagissait en sa présence, comme s'il tentait d'échapper aux mêmes ténèbres que celles que j'abritais.

Mes plaisanteries et mon audace n'avaient pas lieu d'être en sa présence.

En un sens, il me rendait… vulnérable, une impression que je n'avais ressentie avec personne avant lui.

Hush regarda la place sur le canapé. J'ignorais ce qui se passait dans sa tête, mais je repérai l'instant où il décida de s'éloigner de nous. L'éclat polaire qui s'était fixé en permanence dans son regard était de retour.

— Je vais nous faire un truc à manger, marmonna-t-il avant de partir dans la cuisine.

D'instinct, je pris ses doigts entre les miens quand il passa à mon côté. Il s'arrêta net et ferma les yeux. Sa poitrine se levait et s'abaissait sous sa lente respiration. Il avait la main gelée.

Je voulais le réchauffer. Je voulais qu'il ouvre les yeux et sourie.

Je compris que je le voulais… tout simplement.

— Je vais t'aider à cuisiner, proposai-je, la voix tremblante.

Je priai pour qu'il ne me rejette pas encore. J'eus le souffle coupé quand il fit doucement courir ses doigts le long des miens. E n'osai pas détourner le regard de son visage, au cas où il tournerait les yeux vers moi, où il me destinerait autre chose que son regard noir… Mais il regarda droit devant lui, sans dévier, et finit par lâcher ma main. Ma paume était vide, froide…

— Reste avec lui. Il a besoin de toi, déclara-t-il d'une voix tendue.

Il s'éloigna et laissa l'air glacé, derrière lui.

Je saisis la bouteille de bourbon et bus une gorgée, sentant l'alcool descendre dans ma gorge. Je buvais rarement, mais là, j'en avais besoin. Je fermai les yeux et rejetai la tête en arrière, sans cesser de passer la main dans les cheveux de Cowboy. Je m'endormis aux bruits de Hush qui cuisinait…

Quand j'ouvris les yeux, le feu était allumé et Hush se tenait devant moi, un bol à la main. Cowboy était assis près de moi et mangeait déjà. Hush traversa la pièce et s'installa près de la cheminée, le plus loin possible de nous.

— Je me suis endormie ?

Cowboy acquiesça.

— Pas d'inquiétude, *chérie**. Tu étais super canon, même quand tu ronflais.

Je levai les yeux au ciel alors qu'il souriait, la bouche pleine.

— Primo, va te faire foutre ! Deuxio, comment va ton bras ?

— Toujours en place.

Je regardai Hush, silencieux, concentré sur les flammes. Elles étaient aussi intouchables que lui.

Cowboy, pour une fois, se rembrunit en suivant mon regard. En cet instant, à regarder son ami, lui aussi parut… brisé, comme Hush tandis qu'il se perdait de plus en plus dans la contemplation du feu.

Je n'avais aucune idée de ce qui se passait.

— Cowboy ? soufflai-je en lui touchant le bras.

Il sortit de ce qui lui envahissait l'esprit et m'adressa un petit sourire. Puis il regarda Hush et soupira. J'entendais tout son désespoir dans ce souffle.

Je ne savais pas ce qui les hantait tous les deux, pourtant je me sentais vraiment triste.

Hush se replia sur lui-même, en direction du feu. J'essayai de comprendre l'énigme qu'était cet homme.

— Il ne parle pas beaucoup, pas vrai ?

— Les gens pensent que c'est l'origine de son surnom de biker.

Je me tournai vers lui, intriguée.

— Ce n'est pas le cas ?

Il soupira longuement, tristement, et observa son ami.

— Pas même un peu.

Je laissai flotter ce nouveau mystère… Quand je n'entendis plus que le craquement des bûches, je pris une cuillerée du plat cuisiné par Hush. Je fermai les yeux en sentant la saveur atteindre mon palais.

— Hush… (Je baissai les yeux. Du Gombo.) C'est délicieux.

Il tourna le regard vers moi mais ne dit rien. Il baissa les yeux puis se leva brusquement de sa chaise.

— Je vais me coucher.

Cowboy et moi le regardâmes prendre le couloir vers l'escalier de l'étage.

— Il sait cuisiner, dis-je en souriant d'avoir au moins découvert cela sur cet homme mystérieux.

— Son papa lui a enseigné cette recette, commenta Cowboy d'un air absent, le regard toujours posé sur le couloir.

— Il est toujours en Louisiane ?

Le biker se raidit.

— Il n'est plus parmi nous, *ma chérie**.

Je me rembrunis. Je n'osai rien demander de plus. L'expression ravagée de Cowboy m'en empêchait. Il prit le bourbon et en avala plusieurs grosses gorgées avant de me redonner la bouteille. Je l'imitai.

— Attention, *chérie**, tu vas finir ivre.

Je me passai la main sur le visage en soupirant.

— Je me dis que ça ne serait pas une si mauvaise idée, ce soir.

— Alors envoie la bouteille par ici, que je t'accompagne sur la route d'Ivremort !

Après une heure, nous ouvrîmes une autre bouteille de bourbon. La pièce tanguait déjà un peu.

— Je suis pompette, dis-je avant de laisser échapper un gloussement aigu. (J'abattis la main sur ma bouche, les yeux écarquillés.) C'est quoi ce son de merde que je viens de sortir, là ? (Je grognai.) Il faut m'abattre si je fais encore un bruit pareil !

Cowboy se pencha vers moi.

— T'y peux rien, *chérie**. C'est l'effet de ma présence exubérante. Toutes les filles à cinquante mètres à la ronde se transforment en lycéennes gloussantes.

Je levai les yeux au ciel puis regardai son profil. Incapable de me contrôler, je lançai :

— T'es un putain de beau mec, je dois le reconnaître.

Il sourit, me montrant ses dents bien blanches.

— *Merci, chérie**. Venant de toi, c'est un sacré compliment.

Sa langue semblait s'enrouler autour des mots français et je fermai les yeux pour les répéter dans ma tête comme une berceuse.

— *Merci, chéri**, imitai-je, en ouvrant les yeux quand il fit courir sa main sur ma jambe.

— Tu te moques de mon accent ? dit-il en l'accentuant jusqu'à donner une nuance exotique à chaque mot qui coulait de sa bouche comme du miel.

— Jamais ! protestai-je en riant. Mais c'est vrai, j'aime bien cette musique… chez vous deux ! C'est très beau.

— Ah oui ?

Il se pencha plus près, capable de se servir de son bras plus longtemps que quelques heures plus tôt. Je me dandinais, et la chaleur me montait dans les jambes et le ventre à mesure qu'il approchait. Je dessaoulais très vite.

— Oui.

Je retins mon souffle pendant qu'il rampait vers moi, mais il ne fit qu'attraper la bouteille de mon côté. Je poussai un soupir haché. Ses bras musclés gonflèrent alors qu'il levait la bouteille à ses lèvres pulpeuses. Il la retira et sa langue jaillit pour rattraper une goutte de bourbon.

— Dis-moi, m'entendis-je dire.

Il me regarda et je déglutis. J'ignorai la chaleur qui me montait aux joues.

— Ça marche comment ?

Cowboy parut perplexe et je me tortillai encore.

— Avec Hush et toi… et les filles. Comment vous… faites ça ?

J'avais le visage en feu, mais je tenais le coup. Je voulais savoir. Depuis qu'il m'avait confié leur préférence sexuelle, je ne pensais plus qu'à ça.

Ses pupilles se dilatèrent. La question flotta entre nous. Il avala encore une gorgée de bourbon et tourna son corps vers moi. Il posa les doigts sur mon pied et me caressa la peau.

— Tu veux savoir, *chérie** ? demanda-t-il d'une voix rendue rauque par l'alcool.

— Oui, soufflai-je, les cuisses serrées alors que son contact doux sur ma peau me faisait frissonner.

— D'abord, on la conduit dans une chambre, commença-t-il.

J'avais chaud, mais pas à cause du feu. Son accent onctueux faisait chanter ses mots. Il remonta son doigt du bas de mon jean à mon tibia.

— L'un de nous la guide vers le lit, continua-t-il en faisant tourner son doigt contre mon mollet. L'autre approche lentement. (J'avais le regard fixé sur sa bouche en imaginant la scène.) Lentement, on la déshabille. Un vêtement à la fois, et nous commençons à embrasser chaque nouvelle parcelle de peau dénudée.

Je me dandinai à ma place alors qu'il atteignait mon genou. Il se lécha les lèvres.

— Quand ses seins apparaissent, on prend chacun un téton en bouche pour la faire gémir. (J'écarquillai les yeux.) On dévore son corps jusqu'à ce que l'un de nous se glisse entre ses jambes. (Il haussa les épaules.) Ensuite…

Il remonta la main sur ma cuisse et je serrai les jambes en retenant le gémissement qui menaçait de jaillir de ma bouche à cette image. Je n'imaginais pas n'importe quelle chaudasse du club dans ma tête.

Je me voyais, moi.

Je voyais Cowboy.

Je voyais Hush.

Je déglutis pour tenter d'humidifier ma gorge sèche.

— Et ensuite ?

Il porta les lèvres tout près de ma bouche.

— Le reste, *chérie**, je le garde pour moi.

J'émis un souffle frustré et lui donnai une petite tape sur le bras.

— T'es pas drôle !

Il m'offrit encore l'un de ses clins d'œil. Une fois parfaitement calmée, je demandai :

— Alors ? Avec combien de filles avez-vous été ?

Il détourna les yeux de son doigt avec lequel il traçait des dessins sur ma cuisse.

— J'ai perdu le fil.

Je ne sus pas pourquoi mon ventre se noua à cette réponse. Je ne sus pas s'il sentit ma déception, mais il posa le doigt sous mon menton et me leva la tête. Il ne bougea pas jusqu'à ce que nos regards se croisent.

— Mais aucune de ces filles ne comptait pour nous.

Je cillai et tentai d'empêcher mon cœur d'exploser quand il ajouta :

— Ça fait un sacré bout de temps que j'en cherche une qui soit vraiment importante…

— C'est vrai ? soufflai-je.

La tête me tournait. L'alcool devait encore faire effet… Cowboy se redressa sur les mains et rampa jusqu'à me couvrir à demi sur le canapé.

— *Oui**.

— Et Hush ?

Il plissa les yeux, songeur.

— Je vais te dire quelque chose sur Hush. Mon frangin n'a pas une haute opinion de lui-même.

Je fus aussitôt frappée par un sentiment de tristesse, et le beau visage de Hush apparut dans mon esprit. Cowboy regarda vers le feu mourant.

— Il pense qu'il devrait être seul. Il ne se repose que sur moi, parce que j'étais là quand… (Il laissa sa phrase en suspens.) C'est un solitaire. Nous sommes tous les deux des solitaires.

— Cowboy, murmurai-je sans trace d'humour, cette fois, avant de poser une main sur sa joue.

Il se reposa contre ma paume.

— Valan… Hush… se cache sous plus de couches que je pourrais te l'expliquer. Des saloperies de son passé viennent fréquemment lui retourner la tête. Alors, il pense qu'il ne vaut rien, que les gens ne devraient pas chercher à être près de lui.

Il rit, sans joie.

— Il estime qu'il ne devrait pas être aimé, qu'on serait mieux sans lui, comme ça a été le cas pendant des années. Comme ça, il peut garder ses secrets bien cachés, sans risque d'ouvrir à quiconque la cage qui cache son cœur.

Une boule me monta dans la gorge. J'aurais voulu savoir ce qui l'avait poussé à agir ainsi, ce qui lui était arrivé pour qu'il vive seul au lieu de chercher et accueillir l'amour des autres. Mais je savais que j'étais hypocrite, car hormis Ky et Styx, personne ne connaissait mon histoire, mon passé. J'avais repoussé tout le monde, j'avais blâmé le club pour les épreuves que j'avais traversées. Mais en vérité, tout venait de moi. Je repoussais les autres. Je gardais en moi ce qui s'était passé à Mexico et ne le partageais avec personne. Même Ky et Styx ne connaissaient pas tous les détails.

Le bas de mon dos et le haut de mes cuisses brûlaient. C'était un autre secret que j'avais gardé pour moi. Ky ne supporterait jamais cette vérité... Pourquoi je n'avais jamais pu, et, j'en étais certaine, ne pourrais plus jamais, me dénuder devant un homme.

Je n'étais même pas sûre d'y parvenir avec Cowboy.

—*Ma chérie** ? demanda-t-il, inquiet.

Je regardai ses yeux bleus, si ouverts et sincères.

—Je... (Je tournai la tête vers les braises.) Je n'ai jamais été qu'avec lui, soufflai-je en entendant ma voix se briser comme une brindille au feu.

Cowboy se figea au-dessus de moi. Je n'osai pas croiser son regard. Mais à présent que j'avais ouvert la bouche pour laisser sortir un peu de la vérité, je ne pouvais plus m'arrêter.

—Il... Après être revenue de Mexico... je n'ai plus fait confiance à personne. Je... (J'inspirai profondément.) Je n'ai laissé personne m'approcher. (Je comptai jusqu'à trois et levai les yeux vers les siens.) Jusqu'à toi... et Hush... s'il me le permettait.

—*Ma chérie**..., souffla-t-il sur un ton qui en disait plus long que bien des mots.

Il leva lentement la main vers mon visage et passa le dos contre ma joue.

— Il t'a fait du mal…

Ce n'était pas une question. Je savais que Ky leur avait raconté un peu de mon histoire, mais j'ignorais à quel point.

Une larme coula sur ma joue et je fermai les yeux. Cowboy se rapprocha et, sur un hoquet, je le sentis retirer la larme d'un baiser. Il resta un instant, ses lèvres effleurant ma peau.

— Vous êtes tous les deux si terriblement brisés…, murmura-t-il.

Les larmes que je retenais se mirent à couler. Il posa le front contre le mien, caressa mes joues et retira les gouttes avec ses pouces.

— Dès l'instant où nous t'avons rencontrée, j'ai vu en toi ce que je vois en lui chaque jour… la solitude. (Ma poitrine se serra à ces mots, car ils étaient vrais.) Deux personnes perdues, deux personnes qui ne savent pas comment échapper aux ténèbres dans lesquelles elles vivent…

— Cowboy, dis-je d'une voix rauque alors que je sanglotais davantage.

Indifférent à sa blessure, il m'attira entre ses bras. Je tombai contre lui et entourai son cou de mes bras. Je pleurai.

Je pleurai et permis à la souffrance que j'avais cachée profondément d'émerger. Cowboy émit un son léger, apaisant, et me caressa le dos. Mes yeux étaient fatigués de tant pleurer, mais je m'accrochai. Cowboy m'offrait quelque chose que je n'avais pas accepté depuis mon retour : un cocon où je me sentais en sécurité, sans jugement, où je pouvais pleurer et expliquer ce qui s'était passé là-bas, pourquoi j'avais fui, ce que j'avais découvert, et qui j'avais perdu.

Je regardai l'horloge au-dessus de la cheminée et vis qu'une heure s'était écoulée. Cowboy continuait à me caresser doucement le dos. Je clignai des yeux, ils étaient secs et irrités.

— Ça va mieux ? demanda-t-il doucement.

Je baissai les yeux et laissai échapper un rire bref et sec.

— Désolée.

Il me leva la tête pour croiser mon regard.

— Jamais, *ma chérie**. Ne t'excuse jamais. (Un éclair de tristesse passa sur son beau visage.) Je sais que tu as vécu du lourd, et je ne pourrais jamais deviner à quel point ce salaud t'a blessée… (Il noua ses doigts entre les miens. Je ne pouvais détourner le regard de l'accord parfait de nos mains.) Mais nous ne te ferons rien de tel, jamais.

Il me regarda dans les yeux. J'ignore ce qu'il cherchait, peut-être la permission, mais il dut trouver ce qu'il voulait, car il se pencha, passa la main contre ma joue, et m'embrassa. La peur me transperça la poitrine lorsque je sentis ses lèvres sur les miennes. Les ombres avec lesquelles je vivais tentèrent de m'envahir l'esprit, de s'interposer entre nos bouches. Mais aujourd'hui, pour la première fois depuis des années où je les avais laissées me contrôler, je les repoussai et ouvris les lèvres.

Cowboy grogna et glissa doucement sa langue dans ma bouche. Je plaçai une main tremblante sur sa joue, sentant sa barbe naissante sous mes doigts. Son souffle était chaud contre mon visage, ses lèvres douces, et nos langues dansaient ensemble. Je le laissai prendre le contrôle. Je fermai les yeux et m'abandonnai aux sensations…

Je gémis contre ses lèvres. Il m'embrassa encore, encore, et encore, effaçant la tache qui était restée sur cette partie de moi pendant si longtemps. Je sentis les liens avec Mexico, avec *lui*, commencer à se rompre. Pas entièrement, mais assez pour que je respire un peu plus facilement, pour que je bouge sans l'impression omniprésente que Juan tentait de me tirer encore vers lui. Les cicatrices qu'il avait laissées sur moi s'apaisèrent, leurs marques brûlantes perdant leur mordant sous les mains de Cowboy.

Lorsqu'il s'écarta, je gardai les yeux fermés, savourant avec joie le frémissement résiduel de son goût délicieux sur mes lèvres.

— Waouh, j'avoue, dis-je en souriant, sans ouvrir les yeux. Tu pouvais te vanter…

— Dors, *ma chérie**…, souffla-t-il en riant doucement.

Il m'allongea sur le canapé et je le laissai me guider parmi les coussins doux. Je n'ouvris pas les yeux, mais je le sentis s'installer près de moi et retirer les mèches de mon visage.

— Nous allons veiller sur toi, maintenant.

Il s'enroula contre moi, mon dos contre sa poitrine, et m'entoura d'un bras. Je soupirai de contentement, savourant un confort que je n'avais pas ressenti depuis très longtemps. La pièce était encore chaude après le feu de cheminée, embaumée par la fumée des bûches. Le souffle ensommeillé de Cowboy jouait contre ma nuque.

J'étais presque endormie quand je sentis quelqu'un devant moi. J'allais ouvrir les yeux quand une voix douce me ramena au calme. Un doigt passa contre ma joue plusieurs fois, en un geste hypnotisant. Puis, un souffle chaud passa sur ma joue, et on posa avec douceur un unique baiser contre mes lèvres. Je retins mon souffle, immobile, alors qu'on approchait une bouche de mon oreille et qu'on murmurait doucement :

— Dors, *ma chérie**, dors.

J'ouvris les yeux et vis un dos tatoué dans le couloir. Les motifs décoraient une peau d'un marron intense et magnifique…

Hush, songeai-je, alors que mes paupières lourdes m'emportaient vers l'appel insistant du sommeil. *Hush*. Je soupirai…

Je m'endormis un sourire aux lèvres et un nouvel espoir dans le cœur.

Chapitre 6

Hush

Je fis un dernier tour du périmètre sur la Harley, suivant le soleil levant à l'horizon en observant tout le terrain. Je ne vis rien d'extraordinaire. Je savais que je n'avais plus qu'à rentrer.

Mais je ne pouvais pas.

J'arrêtai la bécane au milieu d'un champ. Je m'affaissai sur la selle et regardai le soleil percer au-dessus des collines lointaines. Je pris une profonde inspiration. Le vent qui se réchauffait doucement caressa mon visage.

J'étais épuisé, mais je n'avais pas réussi à dormir.

Impossible de fermer l'œil après la nuit dernière. Je fermai les yeux et entendis la voix de Sia… *« Après être revenue de Mexico… je n'ai plus fait confiance à personne… Je n'ai laissé personne m'approcher. Jusqu'à toi… et Hush… s'il me le permettait. »*

Un grognement se coinça dans ma gorge… *« et Hush… s'il me le permettait… »*

Je passai la main sur mon visage et levai la tête vers le ciel qui s'illuminait.

— Je le ferais, si je pouvais, *ma chérie**, dis-je à voix haute, à personne et tout le monde à la fois.

Je pris mes pilules dans ma veste et les avalai, comme chaque jour. Je me concentrai sur mes mains et leur peau marron, ni noire, ni blanche, mais mêlée.

Ma poitrine se serra et mes poumons en acier m'empêchèrent d'inspirer alors que j'entendais aussi résonner les paroles de Cowboy… « *Vous êtes tous les deux si terriblement brisés… Dès l'instant où nous t'avons rencontrée, j'ai vu en toi ce que je vois en lui chaque jour… la solitude. Deux personnes perdues, deux personnes qui ne savent pas comment échapper aux ténèbres dans lesquelles elles vivent…* »

Sia avait pleuré car ces paroles avaient fait mouche. Je fermai les yeux et tentai de chasser les mots de mon meilleur pote hors de ma tête. Je savais qu'il s'inquiétait pour moi. Je savais que je comptais pour lui. Putain, c'était bien le seul.

J'interrompis cette pensée… car je savais maintenant qu'il n'était plus le seul.

Sia. Cette sacrée Elysia Willis.

Ils n'avaient pas deviné que j'écoutais. Ils ignoraient que je n'étais jamais monté dans ma chambre, mais que je m'étais plaqué contre le mur du couloir pour écouter leur moindre mot. Je n'avais pas réussi à les laisser entre eux. Une foutue laisse interne m'avait maintenu près d'eux.

J'avais écouté les pleurs de Sia, pendant que Cowboy lui promettait des choses que je doutais de pouvoir lui offrir. Je ne pouvais plus donner cela, à personne. J'étais un putain d'oiseau de mauvais augure. Quiconque m'approchait finissait mal… Il en avait toujours été ainsi. Je grinçai des dents et tentai de la chasser de mon esprit.

Mais elle restait là. Je me léchai les lèvres, sentant encore son parfum dessus. Je les avais entendus s'endormir. J'avais écouté le souffle régulier qui émanait d'elle. Je n'avais pas pu résister. Elle avait bu, elle avait pleuré à s'en épuiser. Mais quelque chose m'appelait, me poussait dans cette pièce, comme un foutu aimant. La vue de mon meilleur ami et elle sur le canapé m'avait frappé plus fort que je n'aurais cru, parce que j'aurais dû être là, à leurs côtés. C'était ma place. Chaque cellule de mon corps me le disait. Mais je ne pouvais pas. Elle avait traversé assez d'épreuves. Je savais que la malédiction qui me suivait finirait par la toucher elle aussi. Nous ne pouvions pas être ensemble. Ce n'était pas notre destin.

Je ne savais même pas pourquoi Cowboy s'obstinait à rester près de moi. Ce n'était qu'une question de temps avant que je le dévaste, lui aussi. Plus que je l'avais déjà fait, en tout cas. Cet imbécile semblait appeler les châtiments à lui.

On disait que le temps avait passé, que les gens avaient les idées plus larges, qu'à présent ils se moquaient des origines, des religions, de ce que vous aimiez. Mais dans notre monde de merde, ce n'était certainement pas le cas.

J'en avais été témoin.

Je l'avais vécu.

Merde, cela avait même fait de moi qui j'étais.

Ses lèvres étaient aussi douces que je m'y attendais, et sa saveur aussi délicieuse que je le pensais. Je voulais la prendre dans mes bras et lui promettre que cet enfoiré de Garcia ne la toucherait plus jamais. Mais j'étais resté fort. Je m'étais levé et j'étais parti avant que la petite voix dans ma tête puisse me convaincre de m'ouvrir à elle.

J'avais tout de même repéré que Cowboy m'avait vu. Je ne savais pas si ce crétin avait feint le sommeil ou s'il avait été réveillé par mon approche, mais j'avais lu son expression. Il le voulait. Il voulait que je me libère de mes secrets, de ce qui me tirait sans cesse en arrière, pour être avec elle.

« Et Hush… s'il me le permettait… »

— Merde ! lançai-je vers le ciel rose, la tête rejetée en arrière et les poings serrés.

Je passai la main sur mes bras et j'y trouvai toutes les preuves dont j'avais besoin pour savoir que je ne pouvais pas être avec elle. Puis, bordel, une autre pensée m'assombrit l'esprit. Quelque chose dont je savais que cela devait arriver un jour, mais que je craignais de toutes les fibres de mon être.

Il était temps de briser mes liens avec Cowboy.

C'était mon meilleur ami. Il était la seule personne que j'aie en ce monde. Mais je le retenais, comme un boulet. Il avait dit à Sia qu'elle et moi étions des solitaires. C'était vrai, putain, mais je savais que lui aussi. Pendant des années, il m'avait suivi, avait baisé des filles avec moi, jamais seul… par ma faute.

Cowboy n'avait pas besoin de plans à trois pour s'éclater. Bon Dieu, la moitié du temps, je n'étais même pas certain qu'il les apprécie. Il le faisait parce que je ne savais même pas qui j'étais sans lui.

Je voyais bien son regard sur Sia, il était différent. Il n'avait jamais regardé une meuf comme ça. Il s'était intéressé à d'autres nanas, mais jamais ainsi. J'avais compris, à la minute où nous l'avions rencontrée au mariage de Ky, qu'elle allait tout bouleverser. Il y avait eu une étincelle entre eux.

Merde, elle était différente pour moi aussi.

Mais je savais qu'il ressentait une sorte d'obligation de loyauté envers moi, et je savais aussi, égoïstement, qu'il était prêt à sacrifier son bonheur en mon nom. C'était pour cela qu'il insistait autant pour que j'approche Sia. Ainsi, il pourrait être avec la fille de ses rêves sans abandonner son putain de meilleur pote codépendant et barré dans sa tête…

J'entendis une moto vrombir au loin. Je ne me retournai même pas. Je savais que c'était Cowboy. Il n'aurait pas dû laisser Sia toute seule. Mais j'avais vérifié les alentours de nombreuses fois ces dernières heures. Il n'y avait rien. Elle était en sécurité.

Après la nuit passée, je devinai qu'il était venu me chercher.

Il arrêta la seconde Harley près de moi. Je ne détournai pas le regard, toujours braqué droit vers le soleil à présent presque totalement levé. Mes mains tremblèrent à l'idée de me séparer d'Aubin, parce qu'il était tout pour moi. Aubin Breaux, le gamin que j'avais rencontré, adolescent, celui qui était resté à mes côtés quand tout était parti en couilles et que la vie m'avait foutu au tapis.

— Je t'ai vu, dit-il pour briser le silence dérangeant qui nous entourait.

Je ne répliquai pas. Il me tira le bras et ravala un souffle douloureux. Je le regardai : il portait encore des marques rouges des rênes de ce foutu bronco. Elles étaient luisantes et pas belles à voir.

— Tu m'écoutes ? demanda-t-il en ignorant sa douleur.

— Ça veut rien dire.

— Va te faire, Val, ça veut tout dire !

Je serrai les mâchoires. Je sentis mon ventre se nouer et me tournai vers mon meilleur ami.

—Aubin…

Ma bouche était sèche comme un foutu désert.

—Val…

Cowboy se pencha vers moi et bondit pour m'aider, comme il le faisait toujours. Je levai la main pour l'arrêter. Je pris une profonde inspiration.

—Je pense que tu devrais tenter le coup avec elle.

Il fronça les sourcils, perplexe.

—C'est ce que je dis depuis le début. Elle est parfaite pour nous, Val. Elle…

Je secouai la tête.

—Pas moi, Aub. Juste *toi*.

Il ouvrit la bouche, la ferma, et fronça les sourcils encore plus.

—Je ne comprends pas.

—Toi. (Je regardai de nouveau les collines.) *Toi*, tu devrais tenter le coup avec *elle*. (Je fis craquer mes phalanges pour m'occuper les mains.) Elle t'aime bien, merde, tout le monde le voit. (Je baissai la tête.) Je vois bien comment tu la regardes. Pour toi, elle est différente des autres.

—Pour nous, rectifia-t-il.

—Peu importe.

—Bordel, Val…

—Ça ne change rien à ce que je ressens. Je refuse que quelqu'un d'autre soit condamné par ma présence.

Je croisai son regard. Cowboy était cramoisi et furieux, ce qui était rare chez lui.

— Toi aussi, je t'ai tiré vers le bas. Je sais que tu n'en as pas conscience. Tu crois que c'est juste parce que tu es mon frangin. Mais tu n'as plus eu de vie normale depuis cette soirée, il y a des années. Tu as renoncé à tout, à tout le monde, ton avenir, ta famille, tes chevaux, les rodéos… Tu baises les chaudasses avec moi parce que je n'ose pas le faire seul. (Je soufflai un rire de mépris envers moi-même.) Putain, tu as même quitté un État que tu adores pour devenir nomade, puis t'installer au Texas à cause de *moi*. (Je me tournai sur ma selle et regardai le blason du chapitre d'Austin sur sa veste.) Tu as même raconté au club, à Styx et Ky, que nous étions devenus nomades à cause d'emmerdes qui t'étaient arrivées, alors qu'on sait tous les deux que c'est des conneries.

— Je savais que tu ne voulais pas en parler, c'est tout. Après tout ce que tu as enduré, je n'allais pas te laisser expliquer tout ce bordel avec le chapitre de La Nouvelle-Orléans, même si on aurait dû, même si on devrait toujours. Je veux dire, combien de saloperies un frangin peut-il supporter en une vie ? Alors en quelques années… ?

— C'est ce dont je parle, Aub. (Il croisa les bras sur sa poitrine.) Il est temps de faire quelque chose juste pour toi.

Il ouvrit la bouche pour protester, mais je l'interrompis.

— On savait tous les deux que tu finirais par trouver quelqu'un. (La douleur qui me tordait les tripes en imaginant Sia et Cowboy, seuls, me rendait malade.) Tu le mérites.

— Et toi ? Qu'est-ce que tu mérites ? De rester seul comme un con ? (Il souffla, frustré.) Je sais que tu évoques tout un tas de raisons pour ne rien entreprendre avec Sia, je comprends ton point de vue. Mais il y en a au moins une, ta maladie, qui ne devrait pas te retenir ainsi, Val. Plein de gens en souffrent et vivent avec, sans problème !

— Pas dans un gang de bikers. Tu connais les règles. Je serais mis à pied. Styx ne me laisserait plus toucher une bécane. Son paternel a gravé ça dans le marbre il y a des années. (Je secouai la tête.) Pas question, *mon frère**. Que serais-je sans ce club ?

— Tu pourrais vivre avec Sia et moi. Je ne sais pas… peut-être même être heureux pour une fois dans ta putain de vie ?

— Tu crois que les gens accepteraient ça ?

— J'emmerde « les gens », grommela-t-il en secouant la tête.

Mon sang se glaça.

— C'est ce que pensaient mes parents, Aub.

Il se crispa à leur évocation, car je n'en parlais jamais.

— Ça ne s'est pas très bien fini, pas vrai ?

Son regard s'emplit de compassion. Je détestais plus que tout la pitié de Cowboy.

— Un mec blanc, un métis malade et une Blanche propriétaire de ranch qui forment un ménage à trois, ça ne paraîtra normal à personne, Aub. Quelque part, quelqu'un trouvera à redire… (Cette simple idée embrasait ma rage.) Et je peux te garantir que leur principal problème sera forcément moi. C'est toujours comme ça.

— On est des putains de Hangmen ! Personne ne nous dira rien !

— Notre VP aura son mot à dire…

Cowboy baissa la tête, vaincu.

— Je pensais… Je croyais qu'après la nuit dernière… après t'avoir vu avec elle… tu avais changé d'avis.

— J'aime cette meuf, Aub, c'en est presque insupportable. Mais après tout ce qu'elle a vécu, comment pourrais-je prendre le risque de lui attirer de nouvelles emmerdes ? Je donnerais ma vie pour la protéger, mais elle ne sait rien de mon problème, de mon passé, de ma liste de raisons… Ça ne peut pas marcher, c'est tout.

Je fis démarrer la moto pour conclure la conversation.

— Je devrais tout lui dire sur toi, moi-même, comme ça, tu n'aurais plus d'excuses.

Sa menace ne me fit rien, car je savais à quoi m'en tenir et lui annonçai :

— Non, tu ne diras rien, parce que t'es pas ce genre de mec. Mets-toi avec elle, Cowboy. Et quand tout ce foutoir à propos de Garcia sera fini…

Je pris une profonde inspiration et expirai les mots suivants d'un coup :

— Je partirai. Il est temps que tu aies une vie, sans que je t'encombre de mes chaînes.

Tandis que nous arrivions au rodéo en plein air de Marble Falls, quelques jours plus tard, je sentais que je n'étais pas à ma place. Cowboy ne me parlait plus que rarement, ce qui était nouveau. Il ne m'adressait que quelques paroles de temps en temps, et cela me mettait très mal à l'aise. Depuis des années que je le connaissais, il ne s'était jamais éloigné de moi. Je détestais chaque minute de cette mise à distance, mais je savais que c'était pour le mieux.

Sia aussi me tenait à l'écart. Elle me regardait souvent, fixement. Elle pensait peut-être que tout cela n'était qu'un rêve.

— On est par là, déclara-t-elle en rejoignant les inscriptions.

Elle avait une épreuve de *barrel racing* aujourd'hui, une compétition amateur qu'elle faisait par plaisir. Cowboy l'avait aidée à s'entraîner ces dernières semaines. Son bras n'était pas encore remis, il l'avait soutenue plus qu'il n'avait assisté. J'avais patrouillé dans les alentours.

J'avais retrouvé Smiley et Bull sur la route principale, en camion, pour faire le point. Le prés' des Diablo n'avait eu aucune info à nous communiquer et Garcia ne bougeait plus.

Cela ne me paraissait pas une si bonne nouvelle.

Et désormais, nous étions là, alors que je détestais ces foutus rodéos. Il y avait trop de sales gueules à ces putains de trucs, en Louisiane, surtout cette fois où…

Cowboy parut comprendre à quoi je pensais, et il se rapprocha. Il ne dit rien mais effleura mon bras du sien. Il ne restait jamais fâché contre moi bien longtemps, mais cette fois, il avait pulvérisé son record.

Sia se rendit à une table à quelques mètres pour remplir des formulaires. Elle était époustouflante. Son jean étincelant et sa chemise rose flattaient sa silhouette si parfaitement que j'avais failli lui sourire quand elle était sortie de sa chambre le matin. Elle était saisissante, avec ses longs cheveux bouclés sur les épaules et un Stetson blanc. Mais j'avais préféré filer dehors pour m'assurer que le trajet vers le lieu du rodéo serait sans danger.

C'était mon nouvel objectif : l'éviter à tout prix.

Viking, AK et Flamme feraient le tour de la zone par sécurité. Je baissai les yeux sur ma tenue, une chemise blanche et un jean. Bien sûr, Cowboy était parfaitement dans le ton, en chemise à carreaux rouges, jean, bottes de cow-boy et Stetson marron.

— Tu ressembles à l'ancien toi, habillé ainsi, dis-je.

Il sourit.

— C'est ce que je me suis dit ce matin en m'habillant. C'est bizarre de ne pas porter de veste, hein ? Ça remonte tellement que je pourrais croire que les années avant le club n'étaient pas réelles.

Moi, je ne pourrais jamais avoir une telle pensée, parce que ces années étaient imprimées à jamais dans mon esprit.

— Ouais…

J'ouvris la bouche pour ajouter quelque chose, n'importe quoi, mais Sia approcha, papiers en main.

— Tout est en ordre. Helen Smith est prête à concourir ! (Elle rit et secoua la tête.) Yeehaaaaw, putain !

Elle leva les yeux au ciel.

Helen Smith, son pseudonyme. Il y avait plusieurs années, Ky lui avait dégotté une fausse identité après Mexico. Les papiers du ranch étaient à ce nom, et elle s'inscrivait avec.

Elle se balança sur place en me voyant rester de marbre. Aucun de nous ne réagit, d'ailleurs. Cowboy ne s'était pas montré distant qu'avec moi. Depuis notre discussion, quelques jours plus tôt, il s'était détaché de Sia. Il souriait toujours autant, car c'était dans sa nature, mais il ne flirtait plus. Il ne lui avait pas repris la main, il riait à peine à ses plaisanteries, il n'encourageait plus leur échange de répliques équivoques. Je voyais bien que cela la tuait à petit feu. Je comprenais qu'il lui manquait, à la manière dont elle attendait sa réaction dès qu'elle disait quelque chose qu'il aurait dû trouver drôle.

Je comprenais le message. C'était nous deux ou personne. Ce crétin était tellement borné ! Mais c'était le meilleur ami du monde.

— Alors, *chérie**, quand passes-tu ?

— Dans une heure, je suis l'une des dernières, dit-elle en regardant le van. Clara va se charger d'échauffer Sandy pour moi.

Cowboy hocha la tête.

— Alors allons à la piste d'entraînement.

Je les suivis, scrutant les visages. Les gens commençaient à entrer. Les monteurs de taureaux et de broncos attireraient plus de foule, plus tard.

Sia entraîna son cheval quelque temps avant que son nom soit appelé. Cowboy posa la main sur mon épaule pendant que nous nous dirigions sur le côté de la piste principale en attendant son passage. Je le regardai et vis que ses yeux brillaient d'excitation.

Avant, il vivait pour toutes ces conneries.

L'annonceur appela « Helen Smith ». Sia maintint Sandy aux portes en attendant le signal du départ. Elle s'élança en évitant les trois tonneaux disposés en trèfle, et je retins mon souffle. Cowboy poussa de grands cris d'encouragement alors qu'elle soulevait la poussière et négociait ses virages comme si elle avait le diable à ses trousses. Puis elle entreprit un sprint vers la ligne d'arrivée, encourageant sa bête des jambes, les rênes volant de gauche et de droite. Je levai les yeux vers l'écran : sa course lui valait la première place.

— Épatant ! cria Cowboy en se tournant vers elle.

Elle descendait de sa monture.

— *Ma chérie** ! s'exclama-t-il en la soulevant entre ses bras.

Ma gorge se serra lorsque je lus le soulagement intense sur le visage de Sia. Son regard croisa le mien au-dessus de l'épaule de Cowboy, et je le soutins. J'étais sacrément fier d'elle. Je lui adressai un hochement de tête qui la surprit visiblement, pour le lui montrer.

En retour, elle m'adressa un sourire qui me mit presque sur le cul…

— Évite de tenir la sœur de Ky comme ça devant lui, mec !

AK et Viking s'approchaient. Flamme suivait, ses yeux noirs scrutant les lieux. Ils portaient tous des jeans et chemises. Aucune référence aux Hangmen, ordres de Styx.

Cowboy reposa Sia.

— Elle vient d'exploser le score. Personne ne pourra la dépasser. Elle méritait bien un câlin de Cowboy.

Elle leva la main vers le trio.

— Salut, les gars.

Viking s'avança.

— Ma belle, c'était une putain de course.

— Tu l'as vue ? demanda-t-elle, ravie.

— Bien sûr. (Il pencha la tête de côté.) Les esprits curieux pourraient se demander si tu montes aussi bien d'autres bêtes dressées.

— Vik, le mit en garde AK.

— Quoi ? se plaignit le géant. Je veux juste savoir ce qu'elle aime monter d'autre. Des bêtes dressées… ou plutôt de grosses bêtes encore sauvages…

— Vik, m'entendis-je également le mettre en garde.

— Oui, j'aime aussi, déclara Sia.

Je la regardai aussitôt.

Elle avait croisé les bras sur sa poitrine et regardait le colosse roux qui la forçait à lever la tête.

— Je n'ai encore trouvé aucune monture qui ait réussi à me désarçonner. (Elle le dévisagea de la tête aux pieds.) Je n'ai rien trouvé d'assez fort ou d'assez gros pour surpasser l'étau de mes cuisses d'acier.

Viking me regarda, puis Cowboy, et nous désigna tous les deux.

— On inverse les rôles, là, maintenant ! Je rentre chez elle, et vous, vous dégagez !

— Nan…, protesta Sia en plissant le nez, totalement adorable. Ils me plaisent bien, ces deux-là. Ils arrivent à me satisfaire.

Ses yeux bleus étincelèrent et, pendant une seconde, elle me rappela Ky, les mêmes cheveux, les mêmes yeux, et la même attitude assurée et provocatrice. Mais je crus m'étouffer quand elle continua :

— Les deux, ensemble… (Elle secoua la tête.) Putaiiin… La meilleure chevauchée de ma vie.

J'écarquillai les yeux et Cowboy éclata de rire. Viking resta bouche bée puis l'ouvrit et la ferma comme un foutu poisson.

— Ils baisent entre eux, pas des meufs ! protesta-t-il d'un air totalement paumé.

Je levai les yeux au ciel en l'entendant encore répéter la même rengaine pour la millième fois.

Sia s'approcha de lui et tapota sa poitrine surdéveloppée.

— Essaie de t'en persuader, mon grand. Du moment que ça t'aide à dormir tranquille…

Je compris à cet instant combien elle avait baissé sa garde près de nous. Elle était drôle, un vrai feu follet, mais avec nous, elle avait aussi avoué avoir peur. Elle avait pleuré, et s'était montrée vulnérable.

Je repensai à elle au club, à *cette* Sia, qui avait poussé Viking à demander des détails sur nos prétendues orgies quotidiennes. C'était l'image qu'elle voulait donner aux frangins : une femme intacte malgré un père absent et sa vie à l'écart du club, une femme qui n'avait pas été détruite par Garcia au point de ne laisser personne l'approcher depuis des années. Personne ne pouvait la toucher, et, d'après ce que j'avais vu, elle n'avait aucune amie hormis la petite qu'elle payait pour l'aider au ranch.

En la voyant passer devant Viking en tortillant son derrière rebondi avec un clin d'œil, qui aurait deviné qu'elle était si seule ?

Ma poitrine se serra. Comme Cowboy et moi…

Je soupirai et vis que mon ami discutait avec le trio, alors j'emboîtai le pas à Sia. Elle ne s'était pas attendue à ce que ce soit moi car en se retournant, elle trébucha. Je lui donnai la main le temps qu'elle retrouve son équilibre.

— Attention, *chérie**.

Je me mordis la langue pour ne rien ajouter.

Elle cligna des yeux puis regarda mon bras et ma main, toujours sur son épaule. Elle déglutit et rougit légèrement.

— M… Merci, Hush, dit-elle en gardant sur moi ses grands yeux bleus.

Je retirai ma main et la glissai dans ma poche. Sia continua à marcher jusqu'au bord de la piste où nous arrivâmes à temps pour voir la dernière concurrente. La meuf ne tenait pas la comparaison avec le temps de Sia. Lorsque Elysia vit son nom en tête du tableau, elle sourit si fort qu'elle manqua d'éclipser le soleil.

Quel étrange sentiment que la fierté… Je n'avais jamais vraiment eu l'occasion d'être fier de quelqu'un, auparavant. Cowboy encaissait tout chaque jour, il combattait quiconque me regardait de travers, mais c'était entre nous. Nous fonctionnions ainsi depuis si longtemps que je ne le remarquais plus vraiment.

Mais à cet instant, je me sentais rempli de fierté pour cette nana qui s'était introduite dans nos vies comme un aigle porté par un ouragan, et je ne pouvais m'empêcher de sourire.

Une seconde plus tard, elle posa la main sur mon poignet, et ouvrit la bouche d'un air stupéfait.

— Hush ! lança-t-elle d'un ton théâtral qui me fit la regarder. Tu peux sourire !

J'acquiesçai et passai la main sur ma tête rasée.

— C'est rare, je sais, mais cela arrive parfois… tous les trente-six du mois.

Elle me poussa de l'épaule.

— Ça te va bien, mon gars !

Elle baissa les yeux et donna un petit coup de botte dans la poussière.

— J'aurais rien contre le voir plus souvent. (Elle m'adressa un clin d'œil qu'elle avait visiblement récupéré de Cowboy.) Et, tu sais, tu es plutôt canon, surtout quand tu montres ces jolies perles à la petite dame que je suis…

Mes yeux étincelèrent et mon ventre se serra.

L'annonceur déclara qu'il était temps d'accueillir les monteurs de broncos sellés. Je me retournai et vis Cowboy, seul, qui revenait vers nous. Aucun signe de AK, Vik ou Flamme. Il était presque arrivé vers nous quand quelqu'un le frôla, se retourna et s'arrêta. Je plissai les yeux pour voir ce qui se passait, quand le type en jambières marron lança :

— Aubin ? Aubin Breaux ? C'est toi ?

Cowboy regarda aussitôt l'homme à sa droite et perdit immédiatement son sourire. Dès que je compris de qui il s'agissait, je fus submergé par une rage si intense qu'elle manqua de me consumer sur place. Mes mains tremblèrent si fort que je les regardai avant de serrer les poings. Ma poitrine se levait et s'abaissait violemment et je regardai encore la pourriture qui osait s'adresser à Cowboy. J'allais exploser. J'allais le réduire en pièces. J'allais…

— Hush ? s'inquiéta Sia en posant la main sur mon bras.

Je ne pouvais pas lui répondre, le cœur emballé, alors que mon pote reconnaissait celui qui se tenait devant lui. Il rougit violemment, comme si le diable s'était emparé de son corps.

Il jeta un rapide coup d'œil vers moi. Je cillai, mon regard plissé suivant les tatouages qui perçaient sous le col et les manches de cet enfoiré… Des tatouages que j'aurais reconnus entre mille.

Je le savais, putain, je savais qu'ils allaient finir comme ça.

— Putain, mec, où t'étais passé ? demanda Pierre comme s'il ne s'était rien passé des années auparavant.

Je me dis de bouger, j'ordonnai à mes jambes de bouger et d'écraser le nez de cet enfoiré, mais rien ne marchait. La rage pure empêchait totalement mon corps d'avancer.

— T'es au Texas ? C'est ici que t'avais disparu ? Je sais qu'il s'est passé des trucs moches, mais on n'aurait pas cru que tu quitterais la ville. (Pierre fronça les sourcils.) Ta famille te cherche depuis des années.

Cowboy ouvrit la bouche pour répondre mais Pierre vit quelque chose par-dessus son épaule et fit signe à quelqu'un.

J'eus l'impression d'assister à un film au ralenti alors qu'un visage, que je pensais ne plus revoir de ma vie, se détachait de la foule.

Lui… Ce gros salaud…

Mon corps vibra. Sia me pressa plus fort le bras, mais je n'entendais plus ce qu'elle disait. Je n'entendais que mon sang gronder dans mes oreilles. Je ne distinguais que le voile rouge qui descendait devant mes yeux tandis que l'arrière de mon dos s'enflammait.

— Aubin ? lança Jase en prenant le bras de mon ami. Putain, Aubin Breaux !

Cowboy ne dit rien, mais il croisa mon regard. Je savais que si j'avais vu clairement, son regard m'aurait intimé calmement de m'apaiser. Mais c'était impossible, en présence de ces enfoirés. Ici, chez moi !

— T'es en compétition ? demanda Jase, sans comprendre que le silence de mon pote était un signe qu'il était près de craquer et de lui trancher la gorge.

Impossible que mon pote puisse garder son calme légendaire. Il détestait ces raclures presque autant que moi.

— J'suis venu avec mon neveu. Il vient de se lancer dans le circuit junior ! (Il leva le nez.) C'est un peu une compétition de merde pour toi, non ? T'es réduit à ça, maintenant ? Des rodéos miteux au Texas ? T'étais un roi dans le milieu, avant. T'étais le meilleur d'entre nous !

Mon sang bouillait quand je regardai les cheveux noirs et les taches de rousseur, et j'avançai le pied, exsudant de haine.

— Hush ? s'inquiéta Sia en se postant devant moi.

Je ne détournai pas le regard de ce salopard, celui que je comptais bien buter.

— Qu'y a-t-il ? Tu connais ces hommes ? demanda-t-elle, paniquée.

— Qu'est-ce que tu fous au Texas, Breaux ? Par pitié, dis-moi que tu ne fréquentes plus ce foutu mulâtre, là ? Ce sale petit bâtard t'a fait perdre tes chances de passer pro et t'a lavé le cerveau ! Il t'a même enlevé à nous, ce con manipulateur… C'est vraiment le truc de cette sale race de détruire comme ça la vie d'un mec bien !

Jase cracha par terre et Sia inspira brusquement en le regardant. Je sentis ses ongles me rentrer dans le bras. J'accueillis la douleur avec joie. C'était un aiguillon de plus…

Cowboy m'avait regardé dès que le connard avait craché son venin raciste. Jase voulut voir ce qui avait ainsi retenu son attention et se retourna… pour tomber sur moi, yeux dans les yeux.

J'avais un visage de marbre et je le perçais du regard, si fort que je distinguais même une goutte de tabac à chiquer qui s'était échappée de sa bouche en ma présence. Il cracha encore par terre et le liquide brun toucha le bout de ma botte.

— Putain, tu t'fous de ma gueule ! lança-t-il.

Il tira sur le bras de Cowboy, mais avant qu'il ait pu balancer une nouvelle saloperie raciste, mon pote leva le poing et, comme il l'avait fait tant de fois en Louisiane quand on était ados, il lui colla un pain en pleine gueule. Jase s'écroula sur le sol, puis se releva d'un bond quand ses potes rappliquèrent autour de lui. Je retirai la main de Sia de mon bras et m'élançai, mon souffle résonnant dans mes oreilles, vers lui. Il se tourna vers moi dès que j'arrivai.

— Sale petit bâtard de mulâtre ! siffla-t-il avant de se jeter sur moi.

Je lui abattis mon poing en pleine figure. Je recommençai, frappai encore, alors que les os craquaient et que la chair se fendait sous mes coups. Je déchaînai l'enfer, ma rage attisée par les tatouages de cette raclure. La marque sur mon dos alimentait aussi ma colère.

Quelques secondes suffirent pour que j'entende une voix lancer :

— Eh bien, eh bien, qu'avons-nous là, mes p'tites poules ?

Viking, qui avait assez de coffre pour couvrir les voix des enfoirés que je comptais défoncer, pour les nuits où ils étaient venus pour moi… pour cette nuit où ils avaient…

— Quoi encore ? Un autre amateur de mulâtre ? Toi aussi, t'aimes cette pollution noir et blanc ?

Jase venait à peine de finir sa phrase après s'être dégagé en titubant, le visage couvert de sang, quand Flamme lui tomba dessus.

— Non ! criai-je, prêt à repousser le psychopathe.

Mais AK m'attrapa par la chemise.

Du sang s'écoulait de ma lèvre là où Jase avait réussi à me donner un coup.

— Ramène-la chez elle, ordonna-t-il.

Je luttai pour me libérer, pour me faire Jase, finir ce qu'il avait commencé il y avait si longtemps, lui faire sentir ce qu'il m'avait fait souffrir, encore et toujours, jusqu'à cette nuit où j'étais tombé en enfer pour ne plus jamais en revenir.

Mais AK tenait bon et me prit par la gorge jusqu'à ce que je ne puisse plus respirer. Viking entraîna Cowboy à l'écart aussi, alors que Flamme le remplaçait pour coller de solides coups de poing à ce ramassis de racistes.

— Je ne le répéterai pas, reconduis-la ! La dernière chose dont on a besoin, c'est de causer un attroupement.

AK nous poussa vers Sia. Cowboy ne détournait pas le regard de ces types avec qui il avait grandi, ses « potes de rodéo ».

Pour moi, ils n'étaient que des cadavres en sursis. Je voulais y retourner. J'avais besoin de me débarrasser d'eux définitivement…

Je croisai le regard noir d'AK. Flamme et Viking s'éloignaient des mecs mal en point, et un attroupement se formait autour de ceux à terre. Ces connards étaient des rois à ce genre d'événements, mais je m'en foutais, peu importait ce qui m'arriverait, je sortis le couteau de ma botte et…

— Cowboy ! Hush ! cria Sia, m'interrompant aussitôt.

Je me tournai vers elle, debout contre la barrière, livide. Je serrai le manche de mon couteau. Je croisai le regard de Jase parmi la foule. Ce salaud sourit, et je…

— Il faut y aller, déclara Cowboy en se postant devant moi.

J'étais à bout de souffle alors que la colère prenait le dessus, et je donnai à Hadès lui-même la permission d'entraîner sous terre, une bonne fois pour toutes, ces enfoirés.

— Val ! cracha Cowboy, cramoisi. On y va, maintenant !

Il regarda derrière moi et je vis qu'il observait Sia… terrifiée, les yeux écarquillés devant le couteau dans ma main.

— Ne la laisse pas voir ces saloperies, souffla Cowboy.

Je frémis. Je rejetai la tête en arrière, hurlai ma frustration en un cri qui résonna alentour. Je fermai les yeux, pris une longue inspiration, et rangeai mon couteau à ma ceinture. Je me tournai vers Sia, lui pris la main et lui fis traverser la foule des concurrents qui attendaient. Cowboy se glissa dans le camion, ouvrit la fenêtre et, pendant que Sia et moi montions, lança à Clara :

— Ramène la jument au ranch, on part.

Clara parut perplexe mais obéit. Le camion bondit du parking des participants, et nous prîmes la route vers le ranch. Ma jambe tressautait ; mon sang parcourait mes veines à la vitesse de la lumière. Je n'arrivais pas à me calmer. Je voyais toujours ces salauds dans ma tête, tout ce qu'ils avaient fait… leurs putains de tatouages.

Leurs foutus tatouages de suprématie blanche.

— Que s'est-il passé ? demanda Sia d'une voix qui trahissait son trouble.

Elle posa une main tremblante sur mon visage, mais je me dégageai et les larmes lui montèrent aux yeux.

— Hush… Les choses qu'ils t'ont dites…

Elle voulut prendre ma main, mais je l'esquivai. Impossible, alors que je perdais mon calme. Il fallait que je m'apaise. Mais dès que je repensais à ce connard qui me traitait de mulâtre, de bâtard, tout ce que j'avais enfoui en moi remontait à la surface.

J'avais seize ans de nouveau… J'étais de nouveau leur foutue cible, et ils avaient joué avec moi par plaisir malsain, jusqu'à briser ma vie.

— Calme-toi, Val, ordonna Cowboy depuis son siège.

Je le fixai, mais je ne pouvais penser qu'à toutes les fois où il s'était trouvé parmi eux, à rire de moi, à les regarder me frapper.

Je me tournai vers Sia.

— Demande à Cowboy qui ils sont, sifflai-je.

Le silence régna dans le véhicule, jusqu'à ce que Cowboy me mette en garde.

— Arrête. Ne fais pas ça, Val.

Je ne pouvais pas m'arrêter. Je savais ce qu'il avait fait pour moi, je savais qu'il s'était détourné de toutes ces merdes pour choisir mon camp. Merde, il avait même abandonné ses parents après les événements… Quand je les avais perdus… Quand tout s'était effondré… Mais je ne parvenais pas à me calmer. Je ne voyais que leurs tatouages de suprématie blanche, je n'entendais que leurs insultes racistes qu'ils proféraient comme ils respiraient, eux, qui vivaient dans leurs grandes demeures, montaient à cheval et parcouraient la ville comme des dieux sur Terre, pendant que nous luttions et économisions constamment, jusqu'à ce que… jusqu'à ce que…

Cowboy arrêta le camion devant la maison de Sia. J'ouvris brusquement la porte en ignorant le vertige qui me prenait. Je fis des allées et venues en me demandant comment évacuer toute cette rage de ma tête.

— Hush.

Sia, mains sur la bouche, me regardait depuis le côté du camion.

Cowboy s'approcha.

— Val, j'suis sérieux, putain. Calme-toi. Tu vas craquer. C'est dangereux !

Il s'avança et me traîna vers la maison alors que Sia courait derrière nous.

— Cowboy ! Arrête ! Tu vas lui faire mal !

Il ne s'arrêta qu'après m'avoir collé sur le canapé. Je ne l'avais jamais vu si sérieux que lorsque j'étais ainsi. Il pressa les mains contre mes épaules.

— Calme-toi, frangin… Je t'en prie, calme-toi.

Il jeta un regard inquiet vers Sia, qui regardait, livide et stupéfaite, à la porte. Mais je n'y arrivais pas. Je ne pouvais pas rester en place. Je repoussai ses mains et me levai.

Il voulut approcher, mais je tendis une main vers lui. Le vertige était tel que je dus me tenir pour ne pas tombber. Je sentis le goût métallique familier dans ma bouche. Je vis Cowboy approcher, Sia pleurer… Mais mes yeux se révulsèrent et tout devint noir.

— Cowboy, je t'en prie, laisse-moi appeler un médecin !

Un brouillard épais m'emplissait la tête et une tempête m'agitait l'esprit alors que les voix dérivaient à mes oreilles.

— Non, *ma chérie**, il n'en a pas besoin.

Je dérivai encore. Quand je me réveillai, les sons étaient plus intenses. Mes paupières étaient trop lourdes pour les soulever et mes bras et jambes pesaient des tonnes.

— Val ? (Je sentis des mains contre mon visage.) Val, je suis là.

Je reconnus la voix de Cowboy. Je respirai et respirai encore, jusqu'à ce que le poids de mes paupières s'allège assez pour me permettre de les soulever. Je vis d'abord flou puis les choses s'éclaircirent.

— Val ?

Le visage de Cowboy apparut. Je clignai des yeux, la tête lourde, le corps épuisé. J'étais allongé sur le côté, la tête sur un oreiller. Cowboy était à genoux, la main sur ma tête.

— Eh, *mon frère**, salua-t-il.

Je pris une profonde inspiration. Je plissai les yeux en tâchant de me rappeler ce qui s'était passé.

Impossible. Tout était perdu dans un épais brouillard et je ne pouvais pas m'éclaircir le crâne. Je voulus bouger, mais j'avais les bras faibles. La bouche sèche, je passai la langue sur mes lèvres. Puis, je l'entendis…

— Tiens…

Des pas approchèrent, quelqu'un se baissa, et son jean fut la première chose que je vis… avant sa main posée sur ma poitrine. Elle tremblait. Je levai les yeux vers le beau visage qui m'observait.

Elysia, me révéla un souvenir.

Sia.

— Salut, mon beau, souffla-t-elle en passant des doigts tremblants contre ma joue.

Quelque chose craqua dans ma poitrine quand elle se mit à pleurer.

— Il va bien, *ma chérie**, la rassura Cowboy.

Sia ferma les yeux, le souffle haché, me perçant le cœur.

Cowboy posa une main sur son épaule.

— Il doit avoir soif, c'est toujours le cas, après.

Sia ouvrit les yeux et se ressaisit. Elle acquiesça, s'approcha et passa la main sous ma tête. Je voulais le faire seul, mais je n'avais pas l'énergie pour bouger.

— Je… Je…

Elle leva les yeux vers Cowboy.

— Il n'est pas blessé, *ma chérie**, juste fatigué. Tu ne lui feras aucun mal en lui levant la tête.

Je l'écoutais donner ses instructions comme si j'étais absent, du moins pas assez présent pour parler ou faire quoi que ce soit sinon laisser ses mains douces toucher ma peau. La chaleur de sa paume chassa le froid qui enveloppait mon corps.

Sia s'approcha et fit glisser ma tête de l'oreiller à ses cuisses. Je soupirai longuement en sentant son corps réchauffer comme un bon feu mes muscles et mes os douloureux. Je tremblais, sous le contrecoup de ce que j'identifiais désormais comme une crise d'épilepsie.

Ma conscience s'éclaircissait et chaque seconde me ramenait au présent. Je levai les yeux vers Sia, qui me caressait la tête depuis quelques minutes. Quand nos regards se croisèrent, elle m'adressa un sourire ému, puis, me coupant le souffle, se pencha et posa ses lèvres sur les miennes.

Tout en moi me hurlait de la repousser, de partir, de refuser son aide. Mais je ne bougeai pas, je n'essayai même pas. J'étais las de fuir tous ceux qui cherchaient à me connaître… J'étais fatigué, et voilà. Je fermai les yeux et la laissai me réconforter. Je laissai ces mains que je désirais depuis si longtemps caresser mes joues. Je laissai ces lèvres que j'avais convoitées se poser sur ma peau d'une teinte si différente de la sienne.

J'acceptai qu'elle connaisse mon secret, ce qui aurait dû m'empêcher de conduire une moto.

— Bois, bébé, souffla-t-elle.

J'ouvris les yeux pour me concentrer sur elle. Elle inclina ma tête, porta le verre à mes lèvres et je soupirai en sentant le liquide frais dans ma gorge sèche. Je ne la quittai pas des yeux. Quand elle baissa le verre, je regardai Cowboy, qui nous observait, appuyé contre le mur, les bras croisés. Je ne parvenais pas à déchiffrer son expression, mais je songeai qu'il semblait peut-être soulagé.

— Tu vas mieux, mon beau ?

Je n'avais pas la force de parler, mais je pus suffisamment bouger la tête pour acquiescer brièvement.

— On va t'installer sur le canapé, déclara mon meilleur ami avant de venir me soulever.

Ce n'était pas inhabituel. J'avais oublié combien de fois il avait dû le faire pendant ces années. C'était pour cela que je ne pourrais jamais m'éloigner de lui, et pour cela qu'il ne m'abandonnait pas.

Il m'allongea près de la cheminée. Il savait que j'avais froid, après. Il posa une couverture sur moi et se tourna pour faire du feu, mais Sia l'avait pris de vitesse. Vidé, je la regardai empiler les bûches dans le foyer. Je tressaillis quand les flammes commencèrent à s'intensifier, léchant le bois de leurs lueurs orange et rouge, faisant craquer l'écorce. Cowboy s'assit près de moi et me pressa l'épaule. Je ne le regardai pas, trop occupé à combattre la boule dans ma gorge sous des souvenirs que je n'avais pas la force de chasser.

J'étais concentré sur les flammes, et, comme chaque fois, des voix hurlèrent dans mon esprit… des grands cris d'agonie…

Je bondissais en avant pour atteindre les marches de l'entrée. Le feu léchait mes bras, brûlant ma peau.

— Je ne trouve pas d'entrée ! criait Aubin.

Puis je l'entendis :

— Valan !

Je levai brusquement la tête vers le grenier… et le monde se brisa en mille morceaux…

Je sentis un pouce contre ma joue, ce qui me tira de mes souvenirs. Pâle et inquiète, Sia était en pleurs.

— Hush… bébé… Qu'y a-t-il ?

Cowboy occupait à présent la chaise en face. Il croisa mon regard et m'adressa un sourire compréhensif. Il savait quel événement me hantait toujours après ces épisodes. Il l'avait vécu avec moi, à mes côtés.

C'est pour cela qu'il ne te laissera jamais tomber, songeai-je. Je savais que même si je le repoussais de toutes mes forces, il ne partirait pas. Nous avions vécu trop de choses ensemble.

— Mon chéri ? demanda Sia avec son accent texan délicieux. Dors, tu as l'air épuisé.

Je renonçai à lutter et laissai sa voix douce guider mes paupières, sa main sur ma joue, ses lèvres sur les miennes.

Sans le savoir, elle m'accorda la paix en chassant les images de mon passé, la tristesse qui me consumait, comme les flammes avaient dévoré la petite maison de bois où je vivais. Elle m'apaisa et me plongea dans un sommeil sans cauchemar pour la première fois depuis des années.

Je sombrai dans un engourdissement heureux.

Chapitre 7

Sia

La respiration de Hush s'apaisa et son beau visage perdit lentement la tension qui l'affligeait. Il dormait, mais je ne pouvais pas le laisser seul, ni cesser de le toucher, pour m'assurer qu'il se reposait. Il avait encore les joues humides de larmes, de petites gouttes versées en silence, mais qui traduisaient sa peine avec la puissance de sirènes de police dans la nuit.

Cowboy était silencieux, derrière moi. Il ne m'avait pas demandé de laisser son ami pour qu'il dorme, il m'avait accordé cet instant pour toucher l'autre homme qui, comme lui, avait su s'emparer de mon cœur déchiqueté, cet homme qui m'avait repoussée, gardée à distance… et je savais maintenant pourquoi.

— Épilepsie ? demandai-je.

— Ouais.

Je souffrais pour lui. Je rajustai la couverture sur sa large poitrine. Sa bouche arborait encore une trace de sang après le combat au rodéo. J'observai son visage et effleurai la barbe noire naissante qui ornait son menton. J'entendis encore les attaques de ce sale type, comme s'il avait été présent.

« Par pitié, dis-moi que tu ne fréquentes plus ce foutu mulâtre, là ? Ce sale petit bâtard… ce con manipulateur… »

— Comment peut-on dire des choses aussi horribles ? soufflai-je alors qu'une vague de colère et de chagrin intense m'envahissait à l'idée que Hush subisse de telles attaques.

Cowboy ne répondit pas et je me tournai vers lui en glissant ma main dans celle de Hush. Je ne pouvais pas le lâcher… Cowboy était tendu, le regard perdu dans le feu.

— On est… d'un petit bled paumé de Louisiane. (Il soupira, les mâchoires serrées.) Tu vois le genre. On n'aime pas les gens qui ne rentrent pas dans les normes… Le genre vieille ville de Blancs friqués… Quand la mère de Hush a rencontré son père, ils ont déménagé, sachant qu'ils ne pourraient pas rester là s'ils voulaient être ensemble. Mais quelques années plus tard, ils sont revenus… avec Hush.

— Et les gens n'étaient pas ravis…, dis-je en resserrant ma main sur celle de Hush.

— Ouais…

Cowboy se tut en nous regardant étrangement. Il secoua la tête.

— Je n'en dirai pas plus, *chérie**. (Il désigna son ami.) C'est toute une histoire… et il ne la raconte jamais.

Je comprenais, je ne saurais peut-être jamais, mais je sentais que c'était grave.

— Alors il n'est pas renfermé seulement à cause de ses crises ?

Cowboy réfléchit quelques secondes.

— Non.

Je me demandai s'il avait hésité à répondre pour ne pas trahir son ami. *L'honneur*, songeai-je. Cowboy était un homme d'honneur. Je n'en avais pas croisé beaucoup dans ma vie.

— À quelle fréquence se produisent-elles ? demandai-je avec un sourire tendre pour Hush.

Son corps imposant était détendu, dans le sommeil. J'étais captivée par nos mains jointes. Sa peau était magnifique, d'une teinte profonde de caramel. Des tatouages couvraient ses bras, mais en passant la main dessus, je sentis des points rugueux, où l'encre était ternie, inégale. Je me figeai car cette sensation était familière.

— Surtout quand il est trop stressé, répondit Cowboy en me tirant de mon examen. S'il est en colère, aussi. (Il regarda son ami.) Le premier signe est un tressautement de la jambe, qui trahit un stress extrême. Il a ensuite des vertiges, et juste avant la crise, un goût métallique lui emplit la bouche.

Mon ventre se serra.

— Il est sous traitement ?

— Des trucs du marché noir. Il devrait être examiné convenablement, mais il refuse parce que… (Il laissa traîner sa phrase, vint se placer vers moi et me regarda sérieusement.) Les crises empirent…

J'imaginai Hush s'écrouler, bras et jambes agités. Cette vision cauchemardesque suffit à me faire monter les larmes aux yeux.

— Mais ce que ces crises représentent pour lui… c'est ce qui le rend aussi fermé. Je ne te dirai rien, mais j'espère, je prie pour qu'il te raconte, un jour. L'aspect physique de ses crises, il le gère. Mais le côté mental est plus dur à encaisser.

— Alors ils le forceront à arrêter la moto, pas vrai ?

Je me souvenais que des règles du club forçaient les Hangmen à cesser de conduire en cas de problème ayant des répercussions sur leur santé.

Cowboy haussa les épaules.

— Personnellement, je pense que Styx s'en foutrait. Il dirait que s'il veut risquer sa vie, c'est son problème.

Mon ventre se noua.

— Mais Hush pourrait se faire tuer.

— C'est notre vie, *chérie**. On peut mourir à chaque instant. On est impliqués dans des affaires pas toujours nettes. Mais Hush s'est habitué aux signes. (Il soupira.) Et moi aussi. On a évité les accidents comme ça. S'il se sent mal, il ne conduit pas.

— C'est pourquoi vous vivez hors du domaine du club, contrairement à tous les autres.

— Ouaip.

Je me surpris à passer le doigt sur l'un des points rugueux sur les bras de Hush.

— Cowboy… ces endroits sur sa peau où l'encre des tatouages n'a pas bien pris…

— … sont une histoire que je ne peux raconter, affirma-t-il avant de se laisser aller dans le canapé. Il va dormir un moment. Il doit reprendre des forces et réchauffer son corps.

J'aurais dû partir, le laisser au sommeil, mais je ne pouvais pas bouger. L'avoir vu sur le sol, pris en charge par Cowboy qui ne l'avait pas quitté jusqu'à la fin de la crise, me hantait l'esprit.

Je me penchai vers lui.

— Tu peux me faire confiance, bébé, soufflai-je. Je t'en prie, ouvre-toi à moi…

Je reposai la tête contre le coussin et lui tins la main en embrassant chaque doigt. J'étais déterminée à ce qu'il se révèle à moi aussi.

Il avait l'air si seul… comme moi.

Peut-être qu'ensemble, nous le serions un peu moins…

Des murmures me tirèrent d'un sommeil profond. J'avais trop chaud et repoussai la couverture qu'on avait dû placer sur mes jambes. Je roulai en comprenant que j'étais allongée sur un canapé. J'ouvris les yeux et vis Hush, réveillé, sur l'autre sofa. Cowboy était sur la chaise près du feu.

— Je me suis endormie ? demandai-je.

Il faisait nuit, dehors, et le feu brûlait encore. Mon regard passa des flammes à Hush. Je croisai brièvement son regard et il le détourna. Mon cœur se serra. *Non…* Il allait encore me repousser. Je le sentais. Son masque dur avait repris sa place sur ses traits, il avait une mine sombre et un regard glacial…

Son bouclier protecteur.

Je regardai Cowboy, mais avant que j'aie croisé son regard, il se leva et quitta la pièce. La porte d'entrée claqua. Je n'avais pas entendu leur conversation avant de me réveiller, mais j'en devinais le sujet.

Moi. Et mon rejet par Hush, encore.

Hush regardait de nouveau le feu. Je me levai et me dirigeai vers la cuisine pour nous verser deux grands verres d'eau. Je lui apportai le sien, sans le regarder. Je n'étais pas certaine d'y parvenir. J'avais le ventre en pièces à l'idée qu'il ne me laisse plus tenir sa main ou embrasser ses lèvres douces.

Il n'imaginait pas ce qu'il m'en coûterait de me passer de lui.

Je montai à l'étage pour me doucher. Le feu dans le salon et le temps ensoleillé avaient transformé la maison en sauna. C'était sans importance, puisque Hush en avait besoin pour se remettre.

Je laissai l'eau fraîche couler sur ma tête puis je me savonnai. Alors que je passais les mains sur les côtés de mon dos, je songeai à Hush. Pour une fois, je ne pensai pas à Juan dans un de ces moments. J'effleurai les marques que j'avais toujours gardées pour moi-même.

J'entendis un cri dans ma tête, je sentis la brûlure atroce et la souffrance insoutenable qui avait suivi. Je repassai la scène dans ma tête, sous les yeux d'un regard de nuit. Il me « donnait une leçon », d'après lui, pour qu'aucun autre homme ne convoite ce qui était à lui.

Je posai les paumes contre les carreaux et réglai la température de l'eau pour compenser les frissons qui me parcouraient la peau. Mais sous la douche, tandis que je secouais la tête et haletais pour me délivrer du souvenir de cette nuit où il m'avait brisée à jamais, je pensai à Hush. Je le revis à terre, agité par les affres de sa crise, et je revis les cicatrices sur ses bras, si semblables aux miennes.

Je levai la tête vers le jet. Mes larmes se mêlèrent à l'eau qui les lavait. Je perdis le cours du temps, mais je restai assez longtemps pour décider ce que j'allais faire ensuite. Je quittai la douche et me dirigeai vers le miroir. J'essuyai la buée qui le couvrait et observai mon reflet. Des yeux bleus. Des cheveux mouillés qui tombaient contre mon dos et mes épaules. Même après tout ce temps, j'avais encore du mal à regarder, à… me regarder.

« *Tu es à moi,* bella. *Tu m'appartiens, maintenant… Tu ne comprends pas qu'il n'est plus question de me quitter maintenant que je te tiens ? Je t'offrirai une bonne vie, digne d'une reine…* »

La peau de mon dos frissonna de dégoût. Je ravalai la boule qui me bloquait la gorge et me tournai lentement, sans cesser de contempler mon reflet. Je n'avais pas posé les yeux sur mon dos depuis de longs mois. Lorsque les cicatrices rouges apparurent, je ne pus empêcher mes poumons de se vider sous le choc, en un soupir. Je ne savais pas à quoi je pensais, ce que j'espérais, comme chaque fois. Rien n'avait changé : ni la laideur ni la peau gonflée et ravinée sous des reliefs qui me rappelleraient constamment le jour où j'avais accordé ma confiance au diable en personne.

Un diable qui devait me chercher à travers tout le pays pour m'entraîner de nouveau avec lui, en enfer…

Cette menace ne me fit même pas ciller. J'étais assommée, face à ce reflet, comme si le fait d'étudier ma chair ravagée avait pu par magie réparer l'irréparable.

J'écoutai mon instinct. Je récupérai une fine serviette rose sur le sol, enveloppai mon corps dedans et ouvris la porte de la salle de bains. La vapeur en sortit, heurtant l'air frais du couloir. Je descendis vers le salon.

J'entendais le feu crépiter et le bruit de mes pas sur le plancher. Je regardai droit devant moi et repoussai la peur paralysante qui tentait de m'attraper par la gorge.

— Sia ? demanda Cowboy.

Il était installé sur le canapé où je m'étais endormie. Il se déplaça à son extrémité, mais je lui fis signe de ne pas bouger. Je tournai la tête vers Hush, les sourcils froncés, une moue sur ses lèvres pleines. Ma vue se troubla quand les larmes auxquelles je m'attendais commencèrent à tomber sur mes joues. Je m'éclaircis la voix et laissai les paroles sortir.

— À dix-sept ans, je me suis enfuie, commençai-je, la voix brisée par la douleur que causait ce souvenir chaque fois que je l'évoquais.

Hush retint son souffle, statufié sous la couverture qui le tenait au chaud. Je remarquai inconsciemment que ses joues avaient repris des couleurs et que ses yeux éblouissants avaient repris vie.

Mes mains tremblèrent sur la serviette que je tenais au-dessus de ma poitrine, mais je devais continuer.

— Je… J'étais brisée.

Je baissai les yeux et me concentrai sur les nœuds du parquet.

— Je n'étais pas proche de ma tante. J'étais toujours en colère de ne pas avoir connu ma mère, morte des années plus tôt. (Je grimaçai en sentant resurgir mes souvenirs.) Papa était absent de ma vie. Et

Ky… Ky venait me voir autant qu'il pouvait. Mais la guerre contre les Diablo approchait et occupait presque tout son temps.

Une larme toucha ma lèvre et passa dans ma bouche, l'eau salée illustrant parfaitement l'amertume qui m'empoisonnait l'âme à cette époque.

— Ma tante était une gentille femme, mais elle n'aimait pas vraiment les enfants. Elle était souvent absente, et je… (Je reniflai et laissai mes mèches humides me couvrir le visage.) Je me sentais seule.

— *Ma chérie**, intervint Cowboy, tu n'es pas obligée d'en parler maintenant.

Je posai une main sur son beau visage. Il était d'une perfection douloureuse. Ses yeux étaient ouverts et bons. Je doutais d'avoir vu des yeux si bienveillants de ma vie. Je laissai retomber la main.

— J'avais une amie, Michelle.

Je ravalai un hoquet de douleur et secouai la tête comme si cela avait pu chasser son ravissant minois de mon esprit, ou encore la culpabilité que je ressentais en sachant qu'elle était restée là-bas. Je parvins à sourire en souvenir de son caractère déjanté.

— Elle détestait l'endroit où nous vivions. Elle me poussait toujours à faire des trucs dingues…

J'entendis frapper à la fenêtre. Je repoussai le couvre-lit pour aller écarter les rideaux. Michelle me souriait derrière la vitre. J'ouvris et elle entra. Dès qu'elle fut face à moi, elle murmura :

— Toi, moi, Mexico, ce vendredi !

Je clignai des yeux, prise de court.

— Quoi ?

— Tu veux partir d'ici. Moi aussi. Je nous ai trouvé des passeports.

J'allais demander comment, mais elle écarta la question d'un geste.

— Ce passage au Photomaton n'était pas juste pour déconner, ma belle ! Pour le reste… (Elle haussa les épaules.) Imiter ton écriture de merde, c'était facile. Et le reste, du gâteau !

J'éclatai de rire, et mon cœur s'emballa. Elle m'assit à côté d'elle sur le lit.

— Tout est organisé. Il ne te manque que ton Bikini et tes lunettes de soleil !

Je songeai à papa, qui se foutrait de savoir ce qui m'arrivait. Ky ne me voyait presque plus, et ma tante était plus souvent absente pour le travail qu'elle n'était présente. J'avais mon cheval… mais à l'idée de partir… à l'idée des plages de sable si loin de ce foutu Texas, ma décision était prise.

— J'en suis, dis-je.

Michelle glapit en m'entourant de ses bras.

— Tu ne le regretteras pas, Sia ! Ce sera la meilleure chose qu'on aura faite !

— Nous avons fugué à Mexico, repris-je en fermant les yeux.

Nous avions franchi la frontière, grisées par la liberté, par l'idée d'un nouveau départ loin du club… Puis je me souvins…

— J'ai rencontré Juan Garcia après deux jours là-bas.

Je revis son visage, ses yeux noirs, sa peau mate, ses beaux cheveux corbeau, courts sur les côtés et parfaitement agencés sur le dessus… Je lâchai un rire sec.

— J'ai été aussitôt dingue de lui.

Je revis son corps mince et bronzé, en short, alors qu'il traversait la plage où nous prenions le soleil.

— J'avais dix-sept ans et lui vingt-cinq. Je n'avais jamais été amoureuse. J'avais à peine eu un petit copain. Je ne savais pas encore qui j'étais, je me cherchais, après avoir été tenue en retrait de mon père et de mon frère toute ma vie. Je n'étais pas vraiment prête à affronter les emmerdes qui m'attendaient à la maison. Alors quand il m'a charmée, je me suis laissé faire.

Ma main trembla. Je peinais à garder ma prise sur la serviette.

— Il était devenu aussi obsédé par moi que j'étais fascinée par lui, c'était évident. Il ne me quittait jamais. Il m'emmenait dîner dans des restaurants où je n'aurais jamais rêvé entrer. Les gens vénéraient le sol qu'il foulait… et je les rejoignis bientôt dans leur adoration. Je l'aimais de tout mon cœur… Jusqu'à ce que…

Je secouai la tête. Le souvenir de ce jour me rendait malade.

— Une semaine après notre rencontre, Michelle m'a laissé une note m'expliquant qu'elle se rendait à l'étape suivante de notre voyage. Elle comprenait que j'avais trouvé le bon, avec Juan, et souhaitait que je reste près de lui. Elle annonçait qu'elle me verrait d'ici quelques semaines.

Je clignai des yeux en revoyant nettement la lettre dans ma tête. C'était bien son écriture, je l'avais formellement reconnue.

— Ça lui ressemblait de me laisser m'envoyer en l'air alors qu'elle filait faire ce qui lui chantait de son côté. C'était si typique d'elle que je n'ai pas douté une seconde. (Un sanglot jaillit de ma gorge, incontrôlable.) Mais elle n'est jamais revenue. J'ai demandé de l'aide à Juan. C'était un homme d'affaires, très riche, avec des contacts. Mais nous n'avons rien trouvé sur sa destination. (Je pris une profonde inspiration.) Du moins, jusqu'au jour où je suis partie le voir à son travail… (Je souris sans humour à ma propre stupidité.) Et j'ai découvert… découvert…

— Assez, déclara Cowboy en se levant. Tu trembles. Ne fais pas ça. Tu n'as pas à nous raconter.

Je regardai Hush, les mâchoires serrées, qui tenait la couverture si fermement qu'il aurait pu la déchirer.

— Je ne pouvais pas partir, dis-je d'une voix rauque en me souvenant de tout ce qu'il m'avait infligé. Il me séquestrait chez lui. Je… Je n'osais pas le défier. Mais un jour, je l'ai fait.

Je m'écartai de Cowboy qui exprimait une rage pure, ses veines et ses muscles visibles sous la peau dorée de ses bras massifs. Je n'étais pas certaine que mes jambes me portent jusqu'au centre de la pièce où ils pouvaient me voir tous les deux, où Hush pouvait me voir.

— Il a suffi de cette seule erreur. (Je pris une profonde inspiration.) Il a suffi d'une punition pour me faire comprendre que je ne pourrais plus jamais le trahir.

Je fermai les yeux et rassemblai mon courage. *Pour Hush.* Je repensai à lui sur le sol alors que la crise s'emparait de son corps, à son visage après, à son regard sur moi, exprimant un besoin désespéré de réconfort, d'un réconfort venant de *moi*.

Je lâchai la serviette et la laissai me tomber sur les hanches. Je me moquais de montrer ma poitrine nue. Ils ne se concentreraient pas là-dessus… Cowboy émit un sifflement étouffé et je croisai le regard de Hush sur mon dos.

— De l'acide, soufflai-je en sentant ma lèvre inférieure trembler.

— Tu m'appartiens, *bella*. Je vais détruire ton corps pour tous les autres hommes.

Il passa le bout du doigt sur ma chair brûlée et je hurlai, les murs de la grande chambre où il m'avait forcée à m'allonger renvoyant l'écho de ma voix. Mon corps convulsa de souffrance. J'étais glacée, sauf dans le dos. Mon dos semblait en feu, ma peau brûlait.

Juan se leva du lit pour s'accroupir près de mon visage. Je posai un regard terrifié sur lui et il passa la main dans mes cheveux.

— De l'or fondu, déclara-t-il avec un sourire ravageur. Un médecin viendra plus tard pour t'aider à supporter la douleur.

— Pitié, soufflai-je.

Je ne supportais pas cette souffrance… Je ne supportais plus de sentir ma chair brûlée.

— Non, *bella*, je dois laisser agir encore un peu. Alors seulement, tu auras compris qu'il ne faut plus jamais me défier.

Il se pencha et m'embrassa. Il glissa sa langue dans ma bouche et joua avec la mienne. Je gémis pour qu'il arrête, mais il gronda, prêt à me dévorer. Il s'écarta enfin et me sourit, une expression qui me prouva l'ampleur qu'avait prise son obsession.

— Je t'aime, *mi rosa negra*. Mais si tu me défies encore, je te punirai de la même manière. Suis-je assez clair ?

— Oui, dis-je aussitôt.

Il sourit.

— Bien. (Il m'embrassa le front.) Maintenant, repose-toi. Nous voulons que tu guérisses.

Il se leva et contourna le lit en effleurant les draps.

— Magnifique, commenta-t-il en embrassant le milieu de mon dos, là où le plus d'acide avait été versé.

Je hurlai et trempai le couvre-lit de larmes. Mais je cessai vite de pleurer en repensant à ce que j'avais vu qui m'avait fait fuir… à ce qu'il lui avait fait… à ce qu'il leur avait infligé à toutes…

Je clignai des yeux et revins à la réalité. J'avais la gorge sèche après leur avoir raconté ce qu'il m'avait fait. Un lourd silence s'était installé. Je frissonnais partout où ma peau ruinée était exposée. Mes jambes tremblèrent, et lorsque je crus qu'elles allaient se dérober, des bras puissants m'entourèrent. Cowboy me tint contre lui et me porta vers le canapé. Il resta à mon côté et passa les lèvres sur mon front.

— Nous sommes là, *ma chérie**.

Je faillis pleurer encore lorsque je passai les bras à son cou pour me serrer contre lui… Quand il trouva mes cicatrices de ses doigts calleux, je me figeai. Personne sauf le médecin, Juan et moi n'avait touché ce que j'avais gardé secret.

— Elles sont belles, souffla-t-il alors que je nichais ma tête contre son cou, car tu es incroyablement belle, *ma chérie**.

Je le serrai plus fort, respirant son parfum frais, et laissai couler toutes les larmes que je retenais depuis tant d'années. Je me détendis, ma peau auparavant gelée désormais réchauffée. Le picotement des larmes cessa et me laissa dans un état de paix étourdissant. Entre les bras de Cowboy, je me sentais en sécurité, pour la première fois depuis des années.

Je pris une profonde inspiration et lâchai son cou pour croiser son regard bleu. Il m'adressa l'un de ses sourires typiques et retira les mèches collées à mes joues humides. Mes lèvres tremblèrent et je souris aussi.

— Merci, mon beau, dis-je d'une voix rauque.

Il passa la main sous ma nuque et je me laissai aller contre sa paume, fermant les yeux un instant tandis qu'un souffle doux montait de ma gorge.

Lorsque je rouvris les yeux, je vis qu'il scrutait mon visage. Il trouva visiblement ce qu'il cherchait et effleura mes lèvres des siennes. Dès que je goûtai sa saveur, la tension, les années de souffrance qui avaient écrasé ma poitrine, tout éclata hors de moi et s'éloigna comme un nuage de fumée s'échappe d'un feu de camp. Je le tenais toujours alors qu'il caressait mes lèvres des siennes et m'attirait plus près pour poser son front contre le mien.

Il posa ma tête contre sa poitrine. Je soupirai et jetai un regard dans la pièce. Hush était toujours sur le canapé, les poings serrés sur la couverture… mais dans ses yeux, je lus autre chose.

Il me regardait différemment.

Sa poitrine se levait et s'abaissait.

Il posa les pieds par terre.

Je retins mon souffle alors qu'il se levait et attendait, nos regards toujours aimantés. Cowboy me soutint pendant qu'il dépliait les poings et traversait la pièce vers moi. Il s'arrêta et tomba à genoux. Les narines dilatées, les veines de son cou saillantes… il laissa échapper un soupir incisif et se pencha pour prendre mes joues entre ses mains. Puis, il posa ses lèvres sur les miennes.

Une vague de chaleur déferla aussitôt dans ma poitrine et mon cœur se gonfla en accélérant follement. Ses mains étaient puissantes et maîtrisées tandis qu'il me tenait comme il le désirait. Il écarta les lèvres et glissa sa langue dans ma bouche. Je gémis en l'accueillant de la mienne.

Posée contre la poitrine de Cowboy qui passait une main délicate contre mon dos, possédée avec passion par la bouche de Hush, je me sentais… chez moi. Je fus prise d'une sensation de paix, et j'accueillis ce baiser comme une pluie après la sécheresse. Je savourai le moment, chaque souffle, caresse et soupir, alors qu'il m'embrassait encore. Quand Cowboy bougea sous moi et écarta mes cheveux pour embrasser mon cou, je fondis. Je m'abandonnai à eux, les laissant prendre le contrôle après tant d'années à avoir affronté seule mon monde en ruine.

Leurs poitrines musclées étaient pressées contre moi, Hush devant, Cowboy derrière. Les paumes de Hush étaient chaudes et ses pouces caressaient mes joues. Le souffle chaud de Cowboy me faisait délicieusement frissonner.

C'était trop et j'en voulais plus ! J'avais besoin de reprendre mon souffle mais je refusais de laisser quoi que ce soit m'éloigner de Hush à présent que j'étais ainsi près de lui, qu'il m'embrassait si passionnément, si magnifiquement, avec tant d'amour. Je compris que c'était ce que je voulais. Je désirais Hush autant que Cowboy depuis notre première rencontre. C'était absurde. Rien de tout cela n'était normal, mais tous trois, nous nous mêlions en un tout organique et beau. Rien n'importait. En cet instant, seules comptaient les sensations de ces deux hommes contre moi, qui chassaient les démons qui me possédaient depuis trop d'années.

Hush s'écarta, à bout de souffle, et inspira de grandes goulées d'air. Les mains toujours sur mes joues, il me regarda dans les yeux. Je levai une main tremblante et la posai sur sa joue. Il se pressa contre ma paume en fermant les yeux. Je devinais la bataille intérieure qu'il menait car elle marquait ses traits. Puis il soupira, affaissa les épaules et ouvrit les yeux sur un air déterminé.

Je déglutis alors que ses pupilles se dilataient. Cowboy soupira derrière moi. Je bougeai pour le voir aussi et posai l'autre main sur sa joue, créant un lien entre nous. Cowboy cilla puis m'embrassa. L'électricité passa de lui à moi, puis à Hush. Lorsque Cowboy s'écarta, la main de Hush quitta ma joue pour se placer sous mes bras. Il me souleva du canapé. Je posai les pieds à terre mais Cowboy me prit dans ses bras. Je tins la main de Hush tandis que nous allions lentement, en silence, dans ma chambre.

Cowboy m'installa au milieu du lit. Il se tint près de son ami et je retins mon souffle en les regardant. Deux âmes pures, belles, honnêtes, qui me contemplaient.

Je ravalai une petite exclamation nerveuse. J'étais anxieuse de me donner à quiconque après avoir été si abîmée par Juan. Le fait qu'ils soient deux importait peu. Seules comptaient la confiance que je ressentais pour eux… et la réciprocité de nos sentiments. Quatre mains pour me toucher, quatre bras pour me serrer… deux cœurs pour me faire l'amour et chasser les ténèbres.

Je saisis la serviette retroussée sur ma taille et défis le nœud pour la retirer lentement. Hush et Cowboy se figèrent quand je l'écartai du lit et la laissai tomber à terre. L'air chaud caressa ma peau autant que leurs regards.

Cowboy réagit le premier à mon corps totalement nu et imparfait. Il s'agenouilla sur le lit à mes pieds. Il croisa mon regard, sourit, et je me détendis. Il retira sa chemise, révélant un corps musclé et tatoué. Mon souffle s'accéléra alors qu'il portait la main à sa ceinture et défaisait son jean. Il retira sa ceinture, les boutons, et laissa le tissu pendre, bas sur ses hanches.

— Cowboy, soufflai-je en levant les yeux vers lui.

Son sourire s'agrandit, et il rampa vers moi. Sa bouche trouva la mienne et il me guida de sa poitrine solide sur le matelas. Mon cœur battait si fort que j'étais certaine qu'il allait s'échapper de ma poitrine, mais je m'apaisai quand je sentis celui de Cowboy, aussi fébrile, qui battait en harmonie, une mélodie qui me procura de la paix, loin de toute peur.

— Sia…

Il passa les lèvres contre mon cou, et roula sur le côté. Il glissa la main vers mon ventre. Je sursautai à son contact, mais je me détendis en voyant Hush retirer sa chemise. J'étais subjuguée par la poitrine caramel couverte de tatouages qu'il révélait. Son jean était déjà défait et révélait un V bronzé sur ses hanches et l'amorce de son entrejambe.

— Hush…, soufflai-je en tendant la main.

Il hésita un instant, puis s'agenouilla sur le lit. Comme son ami un peu plus tôt, il positionna son corps au-dessus de moi et posa les lèvres sur les miennes. Si la saveur de Cowboy était délicieusement fraîche, celle de Hush était intensément musquée. Je gémis, le goûtant encore. Il pressa sa poitrine nue contre mes seins et je soupirai. Sans hésiter, preuve qu'ils avaient l'habitude de ce ballet, Hush se plaça sur ma gauche tandis que le corps de Cowboy était pressé contre ma droite. Ils faisaient courir leurs mains sur ma peau, sur les monts et vallées de ma chair. Bouches et langues laissaient une traînée de chair de poule. Un feu s'embrasa en moi quand j'inclinai la tête et vis Cowboy passer la langue le long de mes côtes jusqu'à trouver mon téton. Je me cambrai alors qu'il le suçait et que des frissons me secouaient la colonne vertébrale. Je saisis ses cheveux entre mes doigts tandis qu'il posait les mains sur mon ventre. Je haletai pendant qu'il faisait courir ses doigts entre mes jambes.

— Cowboy…, soupirai-je quand ils se glissèrent entre mes jambes, faisant apparaître des perles de sueur sur mon front.

Je doutais de pouvoir en supporter davantage, et quand je sentis une autre langue sur mon téton gauche, je crus me briser, et je tournai la tête vers Hush. Le plaisir montait à la base de mon dos. Ces doigts, ces bouches, et la seule vue de ces deux hommes adorant si magnifiquement mon corps, tout cela me submergeait.

Cowboy s'écarta et retira ses doigts d'entre mes jambes, mais avant que j'aie pu me reprendre, Hush posa la main à sa place.

— Hush…, soupirai-je quand il posa ses lèvres sur les miennes.

Le baiser fut bref, mais assez long pour qu'en rouvrant les yeux, je découvre que Cowboy avait retiré son jean et caressait son long pénis. Je haletai quand il revint sur le lit et passa une main sur ma peau avant de m'écarter les jambes afin de se placer entre elles. Il avait les joues rouges et les pupilles dilatées en me contemplant.

Il s'accroupit et cessa de se toucher pour se pencher et m'embrasser.

— Je vais te savourer, *chérie**.

Je gémis en passant la langue sur mes lèvres alors qu'il déposait baiser après baiser, comme pour en tatouer mon corps, descendant vers mon sexe. Je sentis son souffle entre mes cuisses et sa langue sur ma chair quand je tournai la tête et laissai échapper un cri sous les sensations qu'il me procurait et la vision de Hush, désormais nu, qui rampait sur le lit vers moi. Cowboy grogna en me léchant, en un son vibrant qui me fit monter le feu aux joues. Hush se caressa, se tourna vers son ami, et je suivis son regard, me mordant la lèvre quand je croisai les yeux de Cowboy. Hush posa les doigts sur mon clitoris.

— Hush, murmurai-je.

Je tressaillis, incapable de contenir ce qu'ils m'offraient tous les deux. Sa bouche posséda la mienne, nos langues s'entremêlèrent. Il était à bout de souffle et je sentis une vague de plaisir parcourir mon corps. Je frissonnai, écartant mes lèvres de celles de Hush, et une sensation d'extase monta entre mes jambes. La langue de Cowboy allait de plus en plus vite et je serrai les poings sur le couvre-lit tandis que Hush posait des baisers contre mon cou, mon visage, mes seins. Je tendis la main car j'avais besoin d'un point d'ancrage pendant que mon plaisir m'attirait vers le ciel. Je trouvai la cuisse de Hush et il posa son regard bleu sur moi, les lèvres entrouvertes sur un souffle. Je me cambrai, les jambes tremblantes, avec l'impression de m'envoler. Puis je retirai sa main pour envelopper son sexe de la mienne.

— *Ma chérie**…, grogna-t-il, en fermant les yeux et en serrant les dents en réaction à ma caresse.

Je bougeai les doigts, lentement d'abord, de haut en bas, fascinée par ses joues qui tressaillaient et les muscles de ses jambes qui tressautaient.

Puis, je m'immobilisai, alors que Cowboy glissait un doigt en moi, si doucement que les larmes me vinrent en constatant son attention et son contact doux.

— Je veux être en toi, *ma chérie**, dit-il avant de se pencher pour me lécher encore.

Il passa la langue sur ses lèvres et fit ressortir ses fossettes.

— Prends-moi, demandai-je en faisant courir un doigt sur sa joue. Je te veux aussi.

Je regardai son ami.

— Avant que cette nuit prenne fin… je vous veux tous les deux.

J'avais les joues en feu, mais c'était vrai. Je m'interrompis un instant, consciente qu'une fois engagée sur ce chemin, je ne pourrais pas revenir sur mes pas.

Hush se dégagea de mon étreinte et se plaça devant moi avant de dégager mes mèches de cheveux.

— Si tu n'es pas sûre…

— Je suis sûre, affirmai-je en prenant sa main pour en embrasser la paume. Je suis sûre.

Je hochai la tête et souris, confiante en l'assurance dans ma voix. Je le voulais vraiment. Je scrutai le magnifique corps bronzé de Hush puis me tournai vers Cowboy, agenouillé entre mes jambes. Il tenait deux préservatifs et en lança un à son ami.

Je le regardai nerveusement, des papillons dans le ventre, passer la protection. Hush s'allongea près de moi et je me tournai vers lui.

— Hush, veux-tu que je…

Il m'embrassa et Cowboy s'introduisit en moi.

— L'important est ce que tu désires, *ma chérie**, ce moment t'appartient, dit Hush en nouant nos doigts alors que je rejetais la tête en arrière.

Je retins mon souffle tandis que Cowboy m'emplissait et je serrai si fort la main de Hush que j'eus peur de lui briser les doigts.

— Sia, gronda Cowboy en me pénétrant totalement et en se postant au-dessus de moi.

— Je vais bien, leur assurai-je en cherchant mon souffle.

Je bougeai les hanches, et Cowboy et moi gémîment ensemble, puis il se pencha pour m'embrasser. Quand sa langue passa dans ma bouche, il bougea les reins. Je posai ma main libre sur son dos large pour le garder au plus près. Hush allait retirer sa main, mais je la maintins fermement.

— Non, dis-je en portant sa paume à mes lèvres, posant un baiser sur l'une de ses cicatrices cachées. Je veux que tu fasses partie de cet instant.

Mon cœur tressauta quand il baissa la tête puis la redressa en souriant. C'était le sourire le plus sincère et beau qu'il m'ait offert.

Cowboy m'embrassa dans le cou et je fermai les yeux en savourant la sensation en moi. Il accéléra ses coups de reins. Hush bougea pour coller sa poitrine contre mes côtes. Il était si proche qu'il touchait le bras de son ami, mais ils semblaient s'en moquer.

Hush passa les doigts entre la poitrine de Cowboy et la mienne et l'abaissa jusqu'à trouver mon clitoris. Il décrivit des cercles et arracha un cri de ma gorge quand Cowboy atteignit le point en moi qui me faisait perdre la tête.

— Oui…, murmurai-je, m'abandonnant totalement aux sensations procurées par deux hommes qui me donnaient du plaisir.

Le souffle de Cowboy accéléra et ses gémissements devinrent des grognements rythmiques.

— Putain, siffla-t-il en tendant la nuque, je vais jouir, *chérie**.

Il enfouit la tête dans mon cou, donnant de rapides coups de reins, et je me cambrai, prise de court par les lumières qui dansaient devant mes yeux alors que je semblais éclater en morceaux. Il bougea en moi puis se figea et roula sur le côté. Ma poitrine était fébrile tandis que je tentais de reprendre mon souffle. Il posséda doucement ma bouche, et quand nos langues se mêlèrent, je sentis Hush lever ma jambe et entrer en moi.

Je n'étais pas certaine d'en supporter davantage. Ils étaient tous les deux bien membrés et Hush était un peu plus long que son ami. Je ravalai un souffle quand il s'introduisit. Cowboy posa la bouche contre mon oreille et souffla :

— Regarde.

Je lui obéis et me redressai vers Hush.

Il entrouvrait les lèvres et ses abdos se contractèrent alors qu'il me pénétrait progressivement.

— Hush ! criai-je en roulant des hanches pour le prendre.

Sur le côté, Cowboy prit mon téton en bouche. Hush, les joues rougies, passa le nez contre ma joue.

— Peux-tu en supporter plus, *chérie** ?

— Oui.

Je nichai la tête au creux de son cou. Il écrasa les lèvres contre les miennes et, quand nos hanches commencèrent à danser, il me pénétra de toute sa longueur. Je rejetai la tête en arrière et passai le bras autour de lui pour m'accrocher à son épaule.

Il émit un grognement bas.

— Je dois bouger…

— Alors vas-y, ordonnai-je en me tenant fermement pendant qu'il cambrait le dos et roulait des reins pour se retirer et me remplir de nouveau.

J'avais la peau en feu et je tentais toujours de revenir de l'extase que m'avait offerte Cowboy. Hush, loin de m'accorder un répit, me fit de nouveau atteindre l'orgasme.

— Ça vient, dit-il en fermant les yeux alors que Cowboy me léchait et caressait ma poitrine. *Ma chérie**…

Comme son ami l'avait fait, Cowboy baissa la main pour stimuler mon clitoris. Je sentais son sexe de nouveau dur contre ma cuisse. Je le pris et le masturbai, le faisant grogner de plaisir.

Je hurlai, secouant la tête, tenue entre ces deux hommes que je serrai contre moi en commençant une ascension telle qu'elle allait me briser en des milliards de morceaux.

— Sens-le, me souffla Cowboy à l'oreille, sens son sexe, *ma chérie**, sens nos deux sexes.

Je devinai à sa voix qu'il allait jouir aussi.

— Cowboy, soufflai-je tandis que Hush posait la bouche sur mon autre oreille.

— Je te veux, *ma chérie**.

— Hush…

Je sentis mes larmes monter à l'entendre avouer enfin ce que je craignais qu'il ne dise jamais.

— Je t'ai voulue si fort…

Mes larmes mouillèrent mes joues à ces mots désespérés. Cowboy m'embrassa le cou et Hush posséda ma bouche. Tant de sensations m'assaillirent au même instant que j'explosai, sans savoir où commençait Hush et où finissait Cowboy. Deux grands cris rauques retentirent autour de moi, rejoignant mon plaisir. Hush se figea, la tête rejetée en arrière, le cou tendu, alors que son ami grognait aussi en jouissant contre ma jambe.

Hush se laissa tomber sur moi.

— Merde, souffla-t-il avant de passer la langue sur le côté de mon cou.

Je m'affalai contre le matelas, les yeux grands ouverts sur le plafond. On pouvait apercevoir la lune par la fenêtre. Les étoiles étaient une pluie de diamants dans le ciel nocturne. Ici, au ranch, il y avait toujours eu un ciel très étoilé. Il n'y avait pas de pollution lumineuse pour cacher ces trésors.

Je passai paresseusement les mains contre le dos de chacun de mes amants. Cowboy releva la tête et m'embrassa, explorant ma bouche avant de se retirer pour que Hush prenne sa place. Ma poitrine était pleine d'un tel bonheur, un tel contentement que je craignis de ne pas pouvoir les contenir tout entiers.

Quand j'avais compris que je les aimais tous les deux, ma plus grande crainte avait été que je ressente une préférence pour l'un. Mon cœur ne pouvait-il en accueillir qu'un ? Mais allongée là, à embrasser les deux hommes qui s'étaient emparés de mon âme, je compris qu'un cœur est infini. L'amour peut s'étendre encore et toujours. Mon cœur pouvait accueillir tous ceux que je voulais.

Hush soupira et s'écarta légèrement pour plonger son regard dans le mien.

— Tu vas bien ? demanda-t-il d'une voix rauque.

La jambe toujours enroulée autour de lui, pour ne pas le laisser filer, ni lui ni son ami, je répondis :

— Oui.

Je fondis quand il m'offrit encore son sourire incroyable. Je passai le doigt sur ses lèvres.

— C'est ce que je préfère.

Il inclina la tête.

— Ton sourire, précisai-je avant de passer le doigt au coin de ses yeux. Et tes yeux, aussi. Ils sont si pâles qu'ils semblent taillés dans la glace. (Je regardai Cowboy, la tête perchée sur mon épaule.) Les tiens aussi, presque turquoise. (Je secouai la tête.) Trois regards bleus, tous différents, car chacun a vécu son passé, son chemin… (Mon cœur battit à toute vitesse à nous contempler ainsi, ensemble.) Ils ont vu tous les visages de la vie, le bon, le mauvais, le laid.

Hush pressa son front contre le mien, tandis que je sentais celui de Cowboy contre mon épaule. Nous restâmes ainsi quelques minutes, puis Hush s'écarta. Je me plaçai sur le dos et crus me briser quand on noua deux bras à ma taille, à ma droite et à ma gauche.

Je respirai nos parfums mêlés, et j'attendis… J'attendis que les regrets m'écrasent, que la terreur et la honte m'emplissent à l'idée d'avoir couché avec deux hommes. Mais j'eus beau patienter, chercher au fond de mon cœur, je ne trouvai rien de tel.

— Vous sentez ? demandai-je en brisant le silence.

— Quoi, *chérie** ? demanda Cowboy.

Je soupirai.

— La paix… je crois.

Hush sourit et je vis qu'il m'observait. Je lui adressai un sourire timide.

— Je ne me suis jamais sentie aussi… paisible. (Je secouai la tête.) Je ne trouve pas d'autre mot. La paix. Je doute, même enfant, de l'avoir déjà connue.

— Comment est la sensation ? demanda Hush après un long moment de réflexion silencieuse.

Je me tendis. Sa voix profonde était marquée par la souffrance, son ton rauque faisant pleurer mon âme face à la douleur qu'il connaissait.

Je le regardai dans les yeux en me demandant pour la millième fois ce qui le hantait à ce point, ce qui avait laissé ces marques sur sa peau, ce qui lui valait son surnom de biker, et ce qu'il refusait de libérer pour se donner enfin le droit d'être heureux.

J'avais conscience que mes yeux brillaient, ma vision était suffisamment brouillée pour deviner que j'étais au bord des larmes. Je pris les mains des deux hommes. Cowboy passa le pouce sur le dos de la mienne. Hush me serra comme s'il allait se noyer sans cette attache. *Quel contraste*, songeai-je.

— Heureuse.

Ce n'était pas la réponse la plus profonde que j'aie formulée de ma vie, mais je ne trouvai pas d'autre mot.

— Heureuse, répétai-je en observant le plafond.

J'embrassai doucement la main de Hush.

— Qu'as-tu découvert ? À Mexico…

La question de Cowboy perturba instantanément mon bonheur nouveau. Il pressa le nez contre mon épaule et y déposa un baiser.

— Qu'as-tu trouvé qui t'a poussée à fuir ?

Je fermai les yeux, et comme si c'était arrivé la veille, je me retrouvai là-bas.

— Des filles, dis-je en secouant la tête pour tenter d'effacer de mon esprit leurs visages émaciés et inexpressifs. Des tas et des tas de pauvres malheureuses…

— Maria ?

Je cherchais la gouvernante dans toute la maison, mes pieds bruyants contre le sol de marbre. Le soir tombait et Juan n'était toujours pas rentré. Je l'avais attendu. Nous avions un rendez-vous prévu ce soir-là. J'ajustai ma bretelle de soutien-gorge sous sa chemise, portée sur un short en jean. Elle portait encore son parfum et je l'avais mise toute la journée. J'adorais ça.

— Sia ?

Je vis Maria arriver dans le couloir.

— Savez-vous où est Juan ?

Elle secoua la tête.

— Il est très occupé, *señorita*. Il rentrera quand il rentrera !

Je poussai un soupir. J'en avais assez de la manière dont son personnel me parlait. J'avais dix-sept ans et

Juan vingt-cinq. Je savais que beaucoup me trouvaient trop jeune pour être avec lui. J'avais entendu la plupart le marmonner en espagnol, croyant que je ne les comprenais pas. Je n'étais pas incollable, mais j'en savais assez pour savoir ce qu'ils racontaient dans mon dos. Les moins subtils m'appelaient même Lolita, pas besoin de parler espagnol pour voir la référence.

Je retournai dans la chambre pour attendre une heure de plus. Fatiguée qu'il n'arrive toujours pas, je mis des tongs et sortis devant la porte. Arrivée à un angle du porche, je vis l'un de ses hommes, Pablo, monter dans une Jeep couverte. En une seconde, je décidai de m'improviser passagère et je me glissai discrètement à l'arrière. Je souris quand il prit la route.

Je savais que Juan ne travaillait pas loin, mais je n'étais jamais allée à son bureau. Il aimait séparer sa vie privée et sa vie professionnelle. Cela faisait deux mois que je vivais chez lui et je n'avais jamais mis les pieds à son travail. Je comprenais. Papa ne m'avait jamais permis d'aller au club. Ky n'en parlait même pas quand il venait me voir. J'avais l'habitude des hommes secrets.

Mais le troisième lapin qu'il me posait ce mois-ci avait eu raison de ma patience.

La Jeep s'arrêta au bout de vingt minutes environ. Je me recroquevillai pour m'assurer d'être bien cachée sous la couverture kaki. J'entendis des voix, le bruit d'une barrière qui s'ouvrait, puis la Jeep parcourut encore quelques kilomètres et s'arrêta pour de bon.

Pablo descendit. J'attendis de ne plus entendre de voix pour me faufiler dehors. Je regardai autour de moi. Je m'attendais à trouver des bureaux, mais je découvris de vastes terres agricoles parsemées de bâtiments. Un édifice plus grand se tenait au bout d'une longue allée. Les autres bâtiments, semblables à des granges, n'avaient pas d'étage, mais celui-ci en comptait un. Je souris en devinant que Juan devait s'y trouver.

Je restai dans les ombres autour des bâtiments pour être invisible alors que je me rendais là où je pensais trouver Juan. Des hommes armés patrouillaient sur l'allée principale. Je ne comprenais pas pourquoi. Juan m'avait dit qu'il était dans le commerce. D'après ce que je savais, tout s'organisait par téléphone ou ordinateur.

Je venais de passer l'un des bâtiments quand j'entendis un grand cri à l'intérieur. Mes jambes tremblèrent quand il se reproduisit. C'était une voix de femme. Mon cœur s'emballa.

J'étais pétrifiée, figée par la peur qui me glaçait le sang. Du coin de l'œil, j'aperçus un garde qui venait dans ma direction. Je ne réfléchis pas, poussai la porte de la grange, et me glissai à l'intérieur. Une odeur putride émanant de l'intérieur me fit grimacer, mais je suivis le mur jusqu'à trouver une porte. J'entendis des murmures, puis je reconnus l'une des voix.

Juan.

L'espagnol était rapide et étouffé. Je rejetai mes cheveux en arrière, ouvris la porte, et entrai dans la pièce.

Jamais je ne me serais attendue à ce que je découvris derrière la porte. Des filles. Des rangées et des rangées de filles, allongées sur des lits de camp, une perfusion dans le bras.

Un cri de stupeur m'échappa. Les hommes rassemblés au centre de la pièce se tournèrent tous vers moi, y compris Juan, l'homme dont j'étais tombée éperdument amoureuse.

— Sia, constata-t-il d'un air sombre.

Je reculai contre la porte.

— Qu'est-ce que tu fous là ?

Je voulus répondre, lui dire que j'étais venue le voir, mais je n'arrivais pas à détourner le regard des filles sur leurs couches. Je les observai, toutes avec des couleurs de cheveux variées, des origines ethniques et tailles différentes… puis je repérai l'une d'entre elles, au bout de la pièce.

Je ne compris que j'étais tombée que lorsque Juan m'attrapa par le bras pour me remettre debout.

— Michelle…, coassai-je en reconnaissant ses cheveux châtains, maintenant emmêlés en lourdes mèches agglomérées et humides… et son corps, nu et famélique. Michelle ! hurlai-je en cherchant à courir vers elle.

Je fus aussitôt arrêtée et jetée à terre d'une gifle. Je heurtai les carreaux du sol, me rattrapant sur mes paumes. Juan me releva et m'entraîna dans sa voiture, garée devant le bâtiment.

— Michelle ! criai-je.

Mais avant que je puisse quitter le véhicule et rejoindre ma meilleure amie, quelque chose me piqua le bras. Je me retournai et vis Juan, une seringue à la main.

— Tu fais du trafic de femmes ! l'accusai-je.

Je fus prise de vertige, ma vision se troubla, mon cœur ralentit. L'injection faisait son œuvre.

Juan me jeta un regard avant de démarrer pour quitter cet endroit infernal.

— Je suis commerçant, *bella*. La nature des marchandises n'est qu'une question… d'appellation.

J'entendis le tic-tac de l'horloge de ma chambre alors que mes larmes coulaient.

— Il avait enlevé ton amie ? reprit Cowboy d'un ton venimeux que je ne lui connaissais pas.

— Peut-être qu'il la retient toujours, dis-je dans un sanglot. Je ne sais pas s'il l'a vendue, si elle est toujours là-bas… ou si elle est morte. Quand Ky et Styx sont venus me chercher, on n'a pas pu aller la chercher, par manque de temps. Ils ont déjà failli y rester. Pire encore, ils étaient venus sans la permission de papa ou de l'ancien prés' ! (Je m'essuyai les joues.) Ils ont risqué leurs vies pour me sauver. (Je regardai par la fenêtre.) Tout ça était ma faute. Elle a dû souffrir pendant tout ce temps… et c'était ma faute. (Je lâchai un rire sans joie.) Je croyais qu'elle était partie, qu'elle avait peut-être trouvé quelqu'un. Le fait qu'elle ne m'ait pas appelée depuis un moment n'était pas inhabituel pour Michelle. (Je baissai la tête.) J'étais une imbécile. Je me pavanais chez lui en me prenant pour la maîtresse de maison, persuadée que mon amie profitait de la vie quelque part… alors que j'étais la possession de Garcia et qu'elle était en enfer.

Hush se hissa au-dessus de moi et me regarda.

— Ce n'est pas ta faute, dit-il d'une voix douce.

Cowboy lui adressa un regard.

— C'est différent, protesta-t-il. Là, ce n'était *vraiment* pas sa faute.

Il revint à moi, qui ne comprenais pas de quoi ils parlaient.

— Vous êtes allées toutes les deux en voyage à Mexico. Il vous a choisies comme proies. C'est comme ça que font ces salauds.

— J'ai déjà vu ce genre d'endroit, admit Cowboy.

Je le regardai, livide.

— Crois-moi, *chérie**, tu n'es pas responsable de ce qui est arrivé à Michelle. J'ai vu comment fonctionnent ces trucs. Ce sont des machines bien huilées. Les Hangmen sont des damnés, beaucoup nous voient comme de vrais démons, mais ce type ? Cette raclure joue dans la catégorie supérieure.

— Je ne m'en suis jamais doutée, murmurai-je en revoyant le beau sourire de Juan. Je suis tombée amoureuse d'un mensonge… et il me l'a fait payer, encore et toujours.

— On est là, maintenant, déclara Hush en me serrant d'un côté alors que Cowboy se rapprochait de l'autre. On est là, tous les deux.

Je voulais les croire, mais en fermant les yeux, écrasée de fatigue, je ne vis que le Polaroid de rose noire sur le lit où il m'avait brûlé le dos. Je savais que les choses ne seraient pas si simples.

« À moi, pour toujours, souffla, persistante, la voix de Juan dans mon esprit. *Mienne, à jamais.* »

Pour lui, je lui appartenais éternellement. Peu importait le temps passé, ou que je sois tombée entre les bras de ces deux hommes. Il viendrait tout de même.

Le sentiment de paix que j'avais ressenti fut balayé en un instant.

« Mi rosa negra », souffla-t-il dans mon subconscient.

Je résolus de m'accrocher à Hush et Cowboy tant que je pouvais être avec eux, quel que soit le temps qui m'était encore accordé…

Chapitre 8

Cowboy

Deux semaines plus tard…

— Tiens-toi bien une fois là-bas.

Je regardai Sia, assise entre Hush et moi dans le camion, et posai la main sur ma poitrine.

— Qui ? Moi ?

Hush eut un sourire moqueur, sa main sur la cuisse de Sia. Cette dernière leva un sourcil dans ma direction.

— Eh bien, je ne m'inquiète pas pour Hush, c'est toi qui ne sais pas tenir ta langue ! Tu l'agites constamment !

Je me léchai les lèvres et baissai les yeux vers son entrejambe. Elle suivit mon regard et me frappa le bras.

— Quoi ? (Je feignis d'être surpris alors que je tournais dans l'allée du ranch où Sia allait voir un cheval ce jour-là. Je me penchai vers elle.) Je croyais que tu aimais quand j'agitais la langue !

— Cowboy ! protesta-t-elle.

Elle faisait semblant d'être choquée, mais son regard en disait long : il avouait qu'elle aimait être avec moi. Hush regardait par la fenêtre, son œil de faucon examinant le bâtiment. Smiley et Tank étaient passés aux alentours à moto pour contrôler, l'endroit semblait sûr.

— Je ne plaisante pas, Cowboy. Ne déconne pas avec le véto, d'accord ?

— S'il ne te reluque pas, pas de souci. (Je regardai mon frangin.) Pas vrai, Val ?

Il haussa les épaules et annonça :

— Il garde les yeux sur le cheval, et y aura aucun problème.

— Foutus bikers ! marmonna Sia.

Mais quand elle pencha la tête, je surpris son sourire en coin.

Elle adorait qu'on soit possessifs ! Et comment, puisqu'elle était notre régulière, maintenant ! Après cette première nuit dans son lit, nous étions restés à ses côtés, hormis quand le VP passait. Comme il n'était venu que deux fois, tout allait bien.

Hush ne la repoussait plus. Après notre première nuit à trois, j'étais certain qu'il allait trouver une excuse pour rester à l'écart dès le lendemain matin. Mais à mon réveil, je l'avais vu lui refaire l'amour, la bouche collée à la sienne. Je les avais rejoints, pour ne pas être impoli !

Cependant, le frangin ne lui avait toujours pas confié son histoire, pourquoi on était devenus nomades, rien. Il n'avait même pas discuté de ses cicatrices ni de la raison pour laquelle ses yeux étaient si bleus.

J'aimais notre trio. J'étais sacrément amoureux, toujours à tourner autour de Sia, et après chaque nuit passée ensemble, j'étais de plus en plus captivé. Je lisais le même sentiment dans le regard de Hush. Quand il m'observait, c'était clair comme le jour.

Mais lorsque je lui avais demandé quand il comptait tout lui dire, il m'avait juste envoyé chier et s'était éloigné.

Je revins au présent.

— Clara m'a dit que ce trou du cul te reniflait comme un chien en chaleur.

— C'est faux ! protesta-t-elle d'une voix trop aiguë.

— Ouais, ben il a intérêt à garder ses distances s'il a l'instinct de survie, dis-je alors que je me garais. Pour rappel, on investit dans ton affaire pour agrandir le ranch, en tant que potes de ton frère. (Je désignai Hush.) Je sais que t'aimes rien tant que papoter et que tu sais à peine te taire, mais n'oublie pas que c'est moi qui m'y connais en chevaux, alors essaie de ne pas trop en dire !

Je lui adressai un clin d'œil et il leva les yeux au ciel.

Tout le monde descendit et Sia nous guida vers les portes de l'écurie. Un crétin de bellâtre à cheveux noirs attendait près du cheval que nous venions examiner.

— Helen, pépia-t-il avec un grand sourire.

Je regardai Hush, qui plissa les yeux. Bien. On était sur la même longueur d'onde.

— Le voyage s'est bien passé ?

Sia acquiesça et le prit dans ses bras. La peau me picota. Merde, j'étais relax, rien ne me prenait la tête dans la vie, mais voir ce crétin poser ses mains sur ma nana, ça m'énervait. Hush croisa les bras sur sa poitrine.

— T'es en rage aussi ? demandai-je du bout des lèvres. (Il leva un sourcil et je haussai les épaules sans quitter des yeux ce con de véto.) C'est rudement bizarre pour moi, de ressentir ça. C'est donc ça, d'être toi ?

Avant qu'il ait pu répliquer, Sia se retourna et nous fit signe d'avancer.

— Tito, voici Liam et Michael, de récents investisseurs dans mon exploitation. Je les ai amenés pour leur montrer comment on fonctionne.

Le véto parut surpris, mais il retrouva rapidement son sourire. Je manquai de grogner, mais je me retins. Sia m'en mettrait une si je me laissais aller ! J'inclinai la tête, songeur. Cette menace semblait plus prometteuse qu'elle n'aurait dû…

— Il était temps, Helen ! Voilà des années que je t'encourage à développer ton activité.

Elle lui adressa un petit sourire. Retrouvant ses bonnes manières, le mec nous serra la main. Je lui aurais bien broyé les phalanges, mais je m'abstins. Il fallait faire profil bas.

— Tito Gomez. J'ai une clinique vétérinaire à Spicewood. J'aide Helen depuis quelques années.

Il nous observa et je devinai ce qu'il voyait : deux énormes mecs tatoués qui auraient pu le tuer d'une main.

— Vous aimez les chevaux ? demanda-t-il, dubitatif.

— Surtout moi, Michael assure plus le côté financier. (Je désignai la jument.) C'est une bonne bête ?

Je passai la main sur sa jambe, lui soulevai un sabot et l'examinai de près pour m'assurer que c'était une bonne acquisition. Je m'étais redressé quand le regard de Gomez se concentra sur un tatouage de mon bras.

— Le tatouage des « un pour cent » ? (Je me raidis et Hush s'approcha de moi.) C'est un truc de bikers, non, ces « un pour cent » ? (Il me regarda.) Vous faites de la moto ?

Je plissai les yeux et secouai la tête, fidèle à mon rôle.

— Nan, hommage à mon grand-père. Il a essayé cette vie un moment, puis il s'est posé dans le bayou pour élever des chevaux.

— Vraiment ?

Gomez sembla hésiter, puis il hocha la tête et parut gober l'histoire. Il désigna la jument.

— C'est une bonne bête, solide. (Il se tourna vers Sia.) Elle sera parfaite à entraîner. Elle est toute jeune, tu auras une bonne marge en la vendant pour le *barrel racing*.

Sia acquiesça et s'approcha du cheval. J'observai Hush, qui gardait l'œil sur le véto.

— Je la prends, décida Sia.

Elle partit négocier le prix avec le propriétaire, et Gomez la suivit. Mon frangin et moi ne le quittâmes pas des yeux. Ce connard bandait sec pour Sia, c'était clair. Mais à part ça, il paraissait normal.

— Qu'est-ce que t'en penses ? demandai-je à Hush en français cajun, par sécurité.

— Pas sûr… Envoie son nom à Tanner pour vérifier ce qu'il trouve.

Je hochai la tête et notai mentalement de le faire une fois rentré à la maison. Bien sûr, c'était moi qui appellerait. Si Hush avait affaire trop longtemps avec ce frangin, il perdait la tête. Il n'avait pas fait de crise depuis deux semaines, ce qui était un bon score pour Val. Je savais que je le devais à une blonde explosive.

Sia revint d'un pas vif et passa la main sur les flancs de sa nouvelle jument.

— C'est réglé ? demandai-je.

Elle hocha la tête.

— Clara passera la prendre demain.

Hush nous emboîta le pas de l'autre côté de Sia et nous regagnâmes le camion. En montant, je vis Gomez nous observer. Il avait l'air dans un sale état et je retins un sourire narquois. *Ouais, trou du cul!* aurais-je voulu crier. *Cette veinarde a deux belles bites pour lui tenir chaud la nuit! T'as aucune chance!*

Mais je me contentai de tapoter la porte du camion et de lui adresser un signe de la main avant de partir.

En prenant la route qui menait vers le ranch de Sia, je demandai :

—Alors ? Maintenant que c'est fini, qu'est-ce qu'on va faire du reste de la journée ?

Je sentis la main de Sia sur ma cuisse et je vis qu'elle avait fait de même avec Hush.

—OK, on baise.

J'accélérai pour rentrer au plus vite.

J'écrasai mes lèvres contre celles de Sia pendant que Hush la déshabillait. Elle gémit et passa ma chemise par-dessus ma tête. Je reculai, le temps que Hush lui retire son soutien-gorge, puis je repris notre baiser en grondant alors qu'elle défaisait mon jean et l'abaissait sur mes cuisses. Je jetai le pantalon, et elle pressa son corps nu contre le mien. Hush se plaça derrière elle pour lui embrasser le cou et lui caresser les seins. Je descendis la main entre ses cuisses tandis qu'elle me saisissait le sexe et le caressait. Hush gronda et siffla, et je compris qu'elle lui faisait la même chose.

Je commençai à nous faire reculer vers le lit. Nous avions presque traversé la pièce quand quelqu'un appela de l'entrée :

— Sia ?

Nous nous figeâmes. Je connaissais cette voix. Merde, nous la connaissions tous ! Alors…

— Sœurett…

La voix de Ky s'éteignit et je compris aux yeux écarquillés de Sia que le VP avait atteint la porte de la chambre. Le visage de Hush était de marbre : les mâchoires serrées, il regardait derrière moi. Je pris une profonde inspiration et me retournai pour croiser directement le regard du VP.

Le frangin irradiait une rage pure, et il retroussa les lèvres, le visage en feu.

— Ky…, commença Sia, qui se dégagea et se couvrit rapidement en prenant une robe de chambre sur son lit.

Mais Ky l'interrompit, chargea et me colla un pain en pleine mâchoire. Il se tourna vers Hush en agitant les bras, en frappant des poings, mais Sia s'interposa. Elle abattit les mains contre la poitrine de son frère, mais il continuait à avancer.

— Sales fils de pute ! hurla-t-il, une lueur de folie dans les yeux, cherchant à nous frapper encore.

J'inclinai le menton, prêt à encaisser. Il pouvait me frapper s'il voulait. Ouais, je baisais sa sœur, mais c'était bien plus que cela. J'étais prêt à me faire tabasser par le VP si ça me permettait de la garder.

— Ky ! cria Sia.

Il tourna son regard furieux vers elle.

— Va dans le camion, ordonna-t-il.

— Pas question, rugit-elle. Tu vas m'écouter.

— Va dans le foutu camion !

Il voulut l'écarter pour nous tomber dessus, mais elle le repoussa. Il péta un plomb et l'attrapa par le bras pour la traîner vers la porte. Il nous jeta un regard assassin.

— Rentrez au club et filez directement à l'Église. Je m'occuperai de votre cas, petits bâtards.

Il resta immobile un instant, tremblant, puis emmena sa sœur à l'extérieur. J'allais le suivre quand Hush m'arrêta, le visage blême et les yeux écarquillés.

— Fais ce qu'il dit.

— Il ne peut pas la traiter comme ça ! Elle a sa place ici, avec nous !

Hush me poussa la poitrine et je reculai contre le mur.

— Fais ce qu'il dit, Aub, putain ! Pour une fois dans ta vie, écoute les ordres, merde !

Il attrapa son jean, sa chemise, et passa ses bottes. Je l'imitai, la sensation inhabituelle de mon sang qui bouillonnait me faisant convulser de rage. J'observai Hush, les yeux écarquillés et le souffle court.

Il avait peur qu'on se fasse virer du club.

— Hush.

Je voulais lui dire que tout irait bien, mais il passa devant moi, vers le camion. Je me précipitai vers la porte et vis Ky jeter Sia sur le siège passager de son véhicule puis partir en faisant hurler les pneus. Je filai dans notre camion et partis en trombe derrière eux.

Je savais que mon frangin perdait vite son sang-froid et que ses craintes concernant le club bouillaient en surface. Il agitait frénétiquement la jambe. Il finit par abattre le poing sur le tableau de bord et hurla :

— Putain !

Je serrai les mâchoires et sifflai :

— Calme-toi.

Je ris de ce renversement des rôles. Quelques minutes plus tôt, j'étais prêt à casser la gueule de Ky.

Hush me regarda.

— On va se faire jeter du club, pour ça, et Sia va passer pour une pute. Qu'est-ce qu'on fera, alors ?

Je soupirai en entendant sa peur. Ce club était tout pour lui.

— Je doute qu'il y ait une règle du club qui nous fasse perdre notre veste parce qu'on baise la sœur du VP. Quant à ce qu'ils en penseront, je m'en branle.

Hush secoua la tête.

— Ky et Styx *sont* le club, putain ! Ce sont les prés' et VP de tout ce foutu club, du chapitre mère ! Les putains de règles, ils les font !

Il frappa encore le tableau de bord, à se mettre les jointures en sang. Je serrai les mains sur le volant et gardai les yeux droit sur la route. Je vis Sia agiter les bras. Je savais qu'elle ne laisserait pas Ky s'en sortir sans lutter. Même dans cet enfer de merde, je ne pus retenir un sourire. Cette fille, c'était quelque chose. Puis je vis mon frangin et son expression et ma poitrine se serra. Je savais qu'il se mettrait tout sur le dos, comme il le faisait toujours. Je savais ce qui lui passait par la tête. Il devait penser à ses parents. Quoi qu'on fasse, où qu'on aille, il en revenait toujours à eux. Il n'avait toujours pas tourné la page, toujours pas digéré son passé. Il continuait à le bouffer. En ce moment même, il devait le déchirer de l'intérieur.

Slash était à la porte et, en nous voyant arriver, il ouvrit aussitôt. Ky fit crisser les freins dans la cour et entra par le bar, traînant Sia derrière lui, toujours pieds nus dans sa robe de chambre.

J'arrêtai mon camion trente secondes plus tard et bondis dehors, suivi par Hush. Lorsque nous entrâmes dans le bar, tous les regards se tournèrent vers nous. Styx suivit Ky, tandis que Lila courait derrière eux. Merde, un week-end en famille au club… J'avançai vers l'Église et quelqu'un se mit à applaudir. Je vis Viking, à ma gauche.

— Ces foutus Hush et Cowboy qui se tapent en duo la sœur du VP ! beugla-t-il. Ça mériterait une putain de ola !

Nous laissâmes Vik et entrâmes dans la salle de l'Église. Hush ferma derrière nous. Il se tint près de moi, les bras croisés, vérifiant d'un regard que Sia allait bien. Lila se tenait près de Sia et Ky, et Styx, en tête de table, ressemblait à un bourreau satanique prêt à nous arracher la tête.

Ky nous désigna.

— Tous les deux, vous allez dégager du club.

Je redressai le menton. Pas question qu'il pense m'intimider. Je regardai Sia, des larmes sur les joues, le visage rougi.

— Tout va bien, *ma chérie** ? Il t'a fait du mal ?

Elle secoua la tête et Ky revint à la charge.

— Lui parle pas, connard !

Cette fois, quand il frappa, je répliquai, et mon poing lui heurta la mâchoire. Sa tête bascula de côté. Il sourit, alors que du sang lui coulait sur le menton.

— Ky ! cria Lila.

Le VP la regarda, mais il revint aussitôt vers nous.

— J'vous avais dit de vous tenir à l'écart. Vous saviez ce qu'elle avait traversé, mais vous l'avez baisée ? Tous les deux ! (Il rit et regarda Styx.) T'as déjà su les détails expliquant pourquoi ils étaient devenus nomades après La Nouvelle-Orléans ?

Je me pétrifiai quand il prononça ces mots. Styx secoua la tête, restant de glace, sans cesser de nous scruter de ses yeux plissés.

Je n'avais aucune idée de ce qu'il pensait.

Ky sourit dans notre direction d'un air sadique.

— Vous avez aussi agi comme des sales traîtres, là-bas ? Vous leur avez aussi montré qui vous étiez vraiment ?

Je ne vis même pas Hush bouger ; en un éclair, il était sur Ky. Il frappa le VP à coups de poing et le renversa, jusqu'à ce que Styx lui abatte les mains contre la poitrine pour le repousser.

— Tu sais rien des merdes qui se sont produites là-bas ! lança-t-il avant de heurter le mur, le souffle coupé.

Il voulut s'élancer encore sur Ky, mais je m'interposai.

— Allez chercher vos affaires et dégagez du club ! gueula le VP en se relevant.

Styx le retint, le bras sur sa poitrine.

— Assez !

Tout le monde regarda Sia, en pleurs. Elle se plaça devant son frère et le regarda droit dans les yeux.

— Arrête, Ky ! lança-t-elle en secouant la tête. Bon Dieu, je suis une adulte ! Si je veux baiser, je me taperai qui je veux !

Elle nous regarda Hush et moi, et ses yeux s'adoucirent. Cela me frappa plus puissamment que les poings de son frangin. On ne faisait pas que baiser, tous les trois. Ce n'était pas que pour le sexe, et on le savait tous. Elle regarda Hush qui luttait pour s'apaiser, pour ne pas révéler son secret au club, et sa lèvre trembla.

— Je suis tombée amoureuse d'eux, souffla-t-elle.

Mon cœur sembla s'arrêter.

Je sentis Hush se pétrifier sous ma main. Il exhala un long soupir, mais tout fut gâché par…

— « Amoureuse d'eux » ? cracha Ky, ramenant Sia à lui. Non, mais tu t'entends parler ?

— Pourquoi ? Parce qu'ils sont deux ?

Ky émit un rire sans trace d'humour.

— Ouais, déjà, parlons de ça. Deux frangins, Sia ? Je croyais que tu détestais le club… Mais dès que tu te retrouves avec deux bikers chez toi, tu leur ouvres les cuisses pour leur servir de déversoir à foutre ? (Il se pencha.) T'as pas retenu la leçon après avoir baisé un trafiquant d'esclaves sexuelles, hein, sœurette ?

Je dus empêcher Hush de se jeter encore sur lui, et bordel, je dus aussi lutter pour me retenir moi-même. Mais c'était inutile. Sia s'avança et le gifla avec assez de force pour que la claque résonne entre les murs.

— Gros trou du cul ! cracha-t-elle, tremblante, alors qu'il se redressait et passait la main sur sa peau rougie. T'es vraiment comme lui, lança-t-elle, du venin plein la voix. T'es le même connard que papa. Un bâtard sans cœur qui se branle de ce qui compte pour moi ou de ce qui me rend heureuse, tant que j'obéis à tes règles à la con ! (Elle lui rit au nez.) Tu oublies un peu vite Tiff et July, mon petit Ky ! Tu t'en souviens ? Non ? Les deux chaudasses à motards que tu as utilisées comme « déversoirs à foutre » pendant des années. (Elle désigna

Lila, livide, qui se tenait au mur.) Désolée, Lila. Je ne veux pas te faire de mal, mais la première fois qu'on s'est rencontrées, c'est parce que ces deux salopes t'étaient tombées dessus, à cause de lui !

— Ferme-la, Sia ! mit en garde le VP. Tout de suite !

Il grinça des dents, le regard dur.

Sia s'approcha et leva la tête vers lui.

— On dirait que c'est un vice de famille, frangin, d'aimer avoir deux partenaires dans son lit. Une caractéristique des Willis. Je me doute bien que le bon vieux papa Willis ne se contentait pas d'une putain.

Ky trembla, les poings serrés.

— Même si tu le détestais, il a bien fait de ne pas te laisser traîner par ici.

Il nous regarda Hush et moi, puis Sia.

— Tu serais devenue une chaudasse prête à ouvrir les cuisses à un frangin qui te témoignerait un peu d'attention… Telle mère, telle fille !

Sia vacilla comme s'il venait de la frapper.

— Ky ! s'insurgea Lila. Retire ce que tu as dit !

Le VP ignora sa femme.

J'aurais dû deviner que cela achèverait Hush. J'aurais dû savoir qu'insinuer que Sia était une putain allait le faire sortir de ses gonds.

Dès que Ky mentionna la mère de Sia… dès qu'il *la* mentionna de cette manière, il se dégagea et se précipita vers Elysia pour lui prendre la tête entre ses mains.

— Ne l'écoute pas, dit-il en français cajun.

Elle ne comprenait pas un mot de français, mais il avait les gestes pour prouver son soutien.

— Ignore-le.

Mon cœur se brisa. Il savait combien des commentaires pareils faisaient souffrir…

— T'es pas une pute, pas plus que l'était ta mère.

Elle lui prit les poignets comme s'ils étaient des bouées de sauvetage. Je me plaçai près d'elle et lui passai le bras autour de la taille. Je croisai le regard furieux de Ky, mais je m'en foutais.

— T'es rien pour moi, lui souffla Sia.

Lila sanglotait dans son coin, mais Sia l'ignora et garda le regard fixé sur son frère.

— Ne t'approche plus de moi. Reste loin de mon ranch. Reste loin de moi, point barre. Ce que tu viens de dire… sur maman… (Elle pencha la tête puis leva le menton tandis que ses larmes coulaient.) Je ne te le pardonnerai jamais. (Elle prit la main de Hush, puis la mienne.) Allons-y.

Nous allions partir quand Styx repoussa Ky pour lever les mains. Je ne connaissais pas la langue des signes, Hush non plus. Sia, malgré son état, traduisit.

— Vous êtes tous les deux suspendus du club. L'Église se tiendra la semaine prochaine et les frangins décideront si vous pouvez rester.

Après avoir énoncé froidement ces paroles, elle tourna les talons et quitta la pièce. Je regardai Hush qui était de plus en plus pâle. Je devinai qu'il allait mal. Il dut sentir mon regard et leva ses yeux ternes avant d'acquiescer. Il devait rentrer à la maison, et vite. Il était trop stressé. Ignorant les regards des gens entassés dans le bar, nous montâmes dans le camion. Sia se blottit contre Hush pendant que je mettais le contact pour foncer chez nous.

Putain de merde, qu'est-ce qui venait de nous arriver ?

Je savais que ce jour arriverait, songeai-je en regardant Hush arpenter le salon.

J'avais toujours su qu'un jour, quelque chose se briserait en lui. Quelque chose devait se passer, une chose si grave qu'elle ferait resurgir toutes les merdes de son passé dans un tourbillon vengeur.

Dès que j'avais vu Sia, j'avais compris ce qu'on ressentait tous les deux pour elle, et j'avais deviné qu'elle ferait s'écrouler ces murailles impénétrables. Le frangin ne pouvait pas contenir ses émotions indéfiniment.

Je me plaçai devant lui et posai les mains sur ses épaules.

— Du calme, Val, tu vas faire une crise.

Il grimaça, se détourna, et monta vers la chambre. Sia se précipita à sa suite, et je lui emboîtai le pas.

Hush s'était assis sur le lit, la tête dans les mains, et se balançait d'avant en arrière.

Sia tomba à genoux devant lui et lui prit les mains.

— Hush, qu'y a-t-il ? demanda-t-elle en étudiant son visage. Ce n'est pas seulement à cause de Ky, alors dis-moi, s'il te plaît… Dis-moi…

Hush observa ses yeux brillants. Immobile telle une statue, je retenais mon souffle en attendant le dénouement. Il ouvrit la bouche, mais il se décomposa et baissa la tête.

Mon cœur se brisa. Je sentais qu'il voulait lui parler, mais par quoi commencer ? En lui expliquant pourquoi le fait que Ky ait traité sa sœur de pute lui faisait aussi mal ? Pourquoi le fait que nous ne soyons pas acceptés tous les trois, tels que nous étions, tel qu'il avait besoin d'être, lui avait si salement transpercé le cœur ?

Il y avait des raisons à tout cela.

Hush tenta de se ressaisir pour lui raconter. Sa jambe tressautait : s'il continuait sur cette pente, il allait droit vers la crise.

Je redressai les épaules et décidai de commencer.

— J'ai rencontré Hush quand j'avais seize ans.

Mon ami se figea, mais Sia me regarda, les yeux écarquillés. Hush scruta le sol, perdu dans ce qu'il allait dire, je le devinais. Merde, je ne tenais pas à ce qu'il repense à tout ça, mais Sia avait le droit de savoir.

Nous étions suspendus du club. Dès l'instant où nous avions possédé Sia, nous avions pris le risque de perdre nos écussons. Personne n'avait rien dit, mais en rejoignant le lit tous les trois, nous avions fait notre choix.

Il était temps de nous ouvrir à elle.

Je croisai les bras devant ma poitrine, si étroitement que mes muscles me firent mal. Je pris une profonde inspiration et continuai.

— Je t'ai déjà dit qu'on venait d'une petite ville au milieu de nulle part, en Louisiane. Là-bas, tout le monde est pareil. Des gens qui ont réussi, de vieilles fortunes… (Je haussai les épaules.) Des Blancs.

Je passai la main dans mes cheveux et regardai l'image d'Hadès sur mon bras. Je savais quel tatouage il dissimulait.

— Aub, faut le faire, mec, déclara Jase après que nous eûmes pris part à un nouveau rodéo. Tu passeras pro avant tes dix-huit ans, ajouta-t-il avec une tape dans le dos. Je le sais ! On passera tous. C'est ça la vie, putain !

J'acquiesçai et m'installai sur la chaise du tatoueur. Le skinhead, couvert de symboles du Klan, se pencha et commença son motif. Je regardai la croix celtique prendre forme sur mon bras. Jase, Pierre, Stan, David avaient déjà tous la leur. J'étais le dernier. David était allé nous chercher des hamburgers de l'autre côté de la rue.

Jase avait posé les mains sur mes épaules, mais soudain, il se figea. Je suivis son regard vers le nouveau venu, Valan ou je ne savais quoi, qui sortait du *diner* avec son père.

— Putain de bâtard, cracha Jase en agrippant mes épaules.

Valan et son père rejoignaient leur voiture. Le visage du jeune homme était sombre comme l'orage et son père semblait détruit tandis qu'il le regardait.

— J'arrive pas à croire qu'ils soient venus ici, déclara le tatoueur sans détourner les yeux de mon dessin. Ces enfoirés auront vite compris qu'on veut pas de leur espèce ici, ni de cette traîtresse, cette pute blanche qui a épousé un bâtard noir et a pondu cette abomination.

La voiture de Valan s'éloigna alors que David traversait la rue, les yeux enflammés. Il ouvrit grand la porte, les burgers en main.

— Vous auriez dû voir ça, putain ! déclara-t-il en posant la nourriture. Vous avez vu les Nègres qui viennent de sortir du *diner* ?

— On a vu, confirma Jase.

— Ils s'étaient amenés en demandant une table, reprit David en secouant la tête. Putain, ils croyaient quoi ? Bastien a refusé de les servir. Ils sont restés là, ils refusaient de partir, mais Bastien a menacé d'appeler les flics, alors ils ont fini par se lever et se casser. (Il rit.) Ça faisait longtemps que je m'étais pas marré comme ça !

J'observai le tatouage qui prenait forme. Une heure plus tard, il était fini. J'avais réservé ma séance pour le prochain, comme les autres. Puis nous rentrâmes chez nous.

— T'étais un suprématiste blanc ? s'étrangla Sia, les yeux écarquillés, sans doute prise par un sentiment de trahison.

Je secouai la tête.

— Non.

Mais quand je regardai Hush, je me souvins de son visage après qu'il avait quitté le *diner*. Ce souvenir me transperça. J'entendais le rire de mes anciens potes chez le tatoueur. Mon sang commença à bouillir.

Sia se rapprocha de lui et posa une main tremblante sur sa joue. Elle lui embrassa la tête.

— Désolée, bébé, souffla-t-elle.

Le frangin ferma les yeux, la peau toujours pâle. Il n'allait pas beaucoup mieux…

— On était… des sympathisants, finis-je par expliquer en ramenant son attention à moi alors que je surveillais mon pote. Toute la ville n'était pas partisane du Klan, quelques-uns seulement allaient aussi loin. Mais il serait juste de dire que tout le monde trouvait son compte dans leurs idées. On avait été élevés dans l'idée que les Blancs étaient les meilleurs et qu'il ne fallait avoir aucun rapport avec les personnes de couleur.

— Bon Dieu, commenta Sia. Quel endroit arriéré !

— C'était justement ça. Une ville isolée au fond du bayou. (Je glissai contre le mur jusqu'à m'asseoir au sol, et j'inclinai la tête contre la paroi.) Des Noirs ne s'établissaient pas là-bas, s'ils essayaient, ils étaient rapidement reconduits aux portes de la ville. La haine des différences se transmettait de génération en génération. Je sais que ce n'est pas une excuse, mais c'était ainsi. Personne n'avait jamais remis cet état de fait en cause, puisqu'il fonctionnait, qu'il n'avait jamais été ébranlé… jusqu'à ce que Hush et ses parents emménagent. (Ce dernier grimaça et ravala un long soupir.) Mais eux, ils étaient pires, car…

— Ma maman était blanche, compléta Hush d'une voix brisée.

Il leva la tête et ma gorge se serra lorsque je lus la souffrance sur ses traits.

— Les familles noires, c'était une chose, ajoutai-je en croisant son regard. Mais qu'un couple mixte arrive dans la ville, un Noir et une Blanche, c'était la pire chose qu'on puisse imaginer.

— Surtout quand la mère était la belle-fille de l'homme le plus puissant de la ville… et aussi le plus raciste.

— Ton grand-père…, murmura Sia en lui prenant la main.

Hush contempla ses doigts et je sus ce qu'il voyait : une peau brune enveloppée par une peau blanche. Le même crime qui avait détruit son univers… Il passa un doigt sur le dos de la main de Sia, puis, avec un souffle haché, il la porta à ses lèvres.

— *Kärlek ser inte färger. Bara genuina hjärta.*

Sia écarquilla les yeux, surprise par ces paroles. Mon frère releva la tête. Je sus qu'il était prêt.

Enfin. Je fermai brièvement les yeux, et je sentis s'alléger un peu le poids d'avoir toujours été le seul à connaître ses secrets.

Chapitre 9

Hush

La main de Sia tremblait sous la mienne. Sa peau blanche était légèrement bronzée à cause du temps qu'elle passait en extérieur.

— Quelle est cette langue ?

Mon cœur s'emballa en un rythme sourd.

— Du suédois, dis-je en ravalant la boule dans ma gorge. (Je contemplais ses yeux bleus tandis qu'elle me scrutait.) Ma maman était suédoise.

Elle toucha mon visage.

— Voilà de qui tu tiens ces yeux magnifiques.

Je hochai la tête en repensant à ma mère.

— Elle était…

Le souffle me manqua, mais je me repris.

— Elle avait un physique plutôt typique, j'imagine. (Je souris.) De longs cheveux blonds, des yeux bleus, la peau pâle, et elle était petite, et mince.

— Et ton papa ? demanda Sia en embrassant la main qu'elle tenait toujours.

Je ne pouvais détourner le regard de nos doigts entrelacés. Deux nuances, deux tons que tant de gens ne pouvaient accepter de voir ensemble, deux peaux qu'il ne fallait pas mélanger à cause d'idées préconçues, parce que l'une était prétendument meilleure, plus importante, mieux pour ce monde déjà bien merdique…

— Papa était noir, un musicien du Mississipi.

Je fermai les yeux et entendis aussitôt le son de la trompette.

— Joue encore, insistai-je alors que papa était assis sur le lit et me jouait la mélodie que son groupe interpréterait lors d'un spectacle, plus tard dans la soirée.

Il se pencha pour inspecter la porte.

— Ta maman va me tuer si tu ne t'endors pas !

Je m'accrochai à son bras.

— S'il te plaît, juste une ! Après, je te promets de dormir.

Il m'embrassa sur le front et me leva le menton du bout des doigts.

— Ne fais pas ces yeux, petit ! Tu sais que je ne peux pas lutter… Ce sont les yeux de ta maman !

Je le savais. C'était comme ça que j'obtenais ce que je voulais. Papa porta la trompette à ses lèvres et joua. Allongé, je l'observais, et je surpris un mouvement à la porte. Maman aussi le regardait jouer en souriant. Elle faisait toujours semblant de se fâcher qu'il retarde mon coucher, mais elle venait l'écouter chaque fois.

Comme toutes les nuits où je la surprenais, elle posa un doigt sur ses lèvres. J'acquiesçai et enfonçai la tête dans l'oreiller pour profiter de la musique.

Il parvenait toujours à m'endormir ainsi.

J'avais la vision brouillée lorsque je revins au présent. On essuyait mes larmes, des pouces doux au coin de mes yeux.

— Elle l'aimait, murmura Sia.

J'acquiesçai et me tournai vers Cowboy, affalé contre le mur, jambes pliées, les bras autour des genoux, qui écoutait. Je lus sur son visage qu'il était bouleversé. Car il le savait aussi, et il savait ce qui s'était passé à cause de cet amour.

— Oui, elle l'aimait, dis-je en trébuchant sur ces mots simples. Plus que tout.

— Sauf toi ! ajouta Sia en caressant ma tête rasée de frais.

— Sauf moi.

— Qu'as-tu dit tout à l'heure, en suédois ?

Je sentis le fantôme de la main de ma mère nouée dans la mienne.

— « L'amour ne voit pas les couleurs, seulement des cœurs purs. »

Je traduisais, mais j'entendais la voix de ma mère dans ma tête.

— Elle m'a dit cela, après…

Je soupirai.

— Après que mes potes et moi l'avons poursuivi sur trois kilomètres dans nos camionnettes, juste parce qu'il passait dans la rue, après que nous l'avions caillassé parce qu'il était métis.

Sia regarda Cowboy et sa main trembla, non plus de tristesse mais de rage.

— Quoi ? souffla-t-elle.

Elle regardait mon ami comme s'il n'était plus la personne qu'elle avait cru. C'était faux. Il était le meilleur homme que j'aie connu. Mais c'était vrai, nous avions très mal commencé…

— Je vais te raconter, dis-je presque inconsciemment.

Même si j'étais épuisé et que je me sentais chuter vers un état dans lequel une crise viendrait immanquablement me cueillir. Mais je m'en moquais, elle devait savoir. Sia avait dit à Ky qu'elle était amoureuse d'Aub et moi. Pour être honnête, je me doutais que j'étais également amoureux d'elle.

Elle devait savoir, je devais lui dire… J'étais fatigué, épuisé, putain, de porter ce fardeau depuis des années. Et je refusais qu'elle se fâche contre mon pote alors qu'il avait été tout ce que j'avais avant qu'elle débarque dans nos vies.

Je m'installai sur le lit et elle s'allongea près de moi. Cowboy nous observait sans bouger.

— Aub, appelai-je d'une voix rauque, ramène-toi.

Il regarda Sia en se demandant ce qu'il devait faire. Elle l'observa puis tendit la main. Il se leva lentement et traversa la pièce, puis il s'installa près de Sia et lui passa le bras autour de la taille, pour la serrer contre lui. Nos regards se croisèrent et il hocha la tête.

Sia me prit la main, la tête sur mon épaule. J'observai le plafond et je fermai les yeux.

— Mon grand-père a rencontré ma grand-mère en Suède. Il y était allé pour affaires. Pour résumer, il a déployé tout son charme cajun, et elle est tombée follement amoureuse de lui. (Je secouai la tête.) Elle ne l'avait pas encore compris, évidemment, mais elle était l'incarnation de son rêve idéal : une véritable Aryenne. Mon grand-père l'a ramenée en Louisiane… (Un autre visage surgit dans ma tête.) Avec sa fille, Aia… ma mère. Son père biologique était mort d'un cancer alors qu'elle n'avait qu'un an.

— Aia… quel beau prénom.

Sia me caressa la poitrine et je hochai la tête.

— Elle était très belle, aussi.

Je souris en la revoyant me raconter des histoires pour enfants de son pays, celui qu'elle ne reverrait plus.

— Elle a grandi en Louisiane, et leur famille est devenue l'une des plus influentes du coin. Maman n'avait que trois ans quand elle est arrivée, elle allait devenir une vraie Cajun, mais ma grand-mère lui parlait toujours en suédois pour qu'elle n'oublie pas d'où elle venait. Mon grand-père était un homme d'affaires prospère qui s'était trouvé une femme et une belle-fille, blanches aux cheveux blonds et aux yeux bleus. (Sia ouvrit grand les yeux, elle avait dû entendre l'amertume dans ma voix.) C'est pas que j'aime pas ta couleur de peau, Sia, pour moi, la couleur ne veut rien dire.

— D'accord, dit-elle simplement.

J'avais besoin de sentir ses lèvres, qu'elle sache que je disais vrai. Je l'embrassai et elle soupira contre ma bouche. Je me retirai et repris la parole.

— Quand ma maman a eu dix-huit ans, elle a fait un voyage à La Nouvelle-Orléans. Elle a fréquenté des clubs de jazz… (Ma poitrine se serra.) Et elle a rencontré Dominic Durand.

— Ton papa.

J'acquiesçai.

— Mon papa, qui était musicien de jazz.

Les larmes me piquèrent les yeux lorsque je repensai à notre vieille maison prête à s'effondrer et saturée de problèmes. Enfant, je ne le voyais pas. C'était juste ma maison, un havre de paix où personne ne me faisait de remarques à propos de ma peau ni sur qui étaient mes parents. Là-bas, je riais, j'écoutais mon papa jouer de la musique pendant que maman et moi dansions ensemble.

J'avançais à pas lourds vers la maison, le corps douloureux, le dos encore raide de ce que ces enfoirés m'avaient fait la semaine précédente. Ils m'avaient attrapé avec l'une de leurs camionnettes et laissé sur le bord de la route jusqu'à ce que j'arrive à me relever pour rentrer. Il m'avait fallu des jours pour me défaire du plus gros de la douleur. J'étais furieux. J'étais tellement en rage contre le monde que j'exsudais presque de haine. Puis je tournai à l'angle de ma maison et me figeai. Mes parents se tenaient sur la vieille balancelle du porche, main dans la main. Ma mère avait posé la tête sur l'épaule de mon papa, et ils contemplaient les marais à l'horizon. Ils discutaient sans que je comprenne leurs paroles. C'était sans importance. Maman souriait si largement à mon papa que je savais que le sujet la rendait heureuse, le rendait lui aussi heureux.

« *Baiseuse de Noirs!* avaient lancé ces sales types en parlant de ma mère. *Pute à Nègres! Salope dégueulasse!* »

Je serrai les dents.

« *Sang-mêlé. Salaud de mulâtre* », avaient-ils craché en me jetant à terre.

— Ils sont tombés amoureux.

Je fis de mon mieux pour ne pas m'effondrer face à ce souvenir dans lequel ils étaient heureux… contrairement à la dernière fois où je les avais vus.

— Maman allait à La Nouvelle-Orléans voir mon papa, mais mon grand-père l'a empêchée d'y retourner trop souvent quand il a jugé qu'il était temps d'épouser quelqu'un d'autre, quelqu'un qu'il allait choisir. (Je ris avec amertume.) Il ignorait qu'elle filait là-bas pour retrouver un Noir.

— Il lui a choisi un Blanc à épouser, conclut Sia.

J'acquiesçai, puis souris.

— Mon papa, qui est une tête de mule… (Je me raclai la gorge.) Enfin, était… l'a appris après un appel paniqué de ma mère. Il a tout plaqué pour venir la chercher, dans cette foutue ville où il s'est rendu à la porte de cette maudite famille pour exiger de la voir. (Je ris en visualisant la scène.) Mon grand-père a failli faire une attaque, mais maman l'a vu…

Je souris en repensant à toutes les soirées au coin du feu où ils m'avaient raconté cette histoire. Quand j'étais malade, elle me guérissait. Quand j'étais triste, elle me remontait le moral. À présent ? Elle me détruisait, car je savais que c'était le début de leur fin, tout ça parce qu'ils s'étaient aimés.

— Ils ont fui, dis-je en prenant une mèche de cheveux de Sia pour la faire rouler entre mes doigts. Ils se sont sauvés et se sont mariés. Maman n'avait que dix-huit ans et papa vingt.

— Ils ont réussi ! déclara Sia avec un grand sourire. Ils ont ignoré les autres et l'ont fait.

J'acquiesçai.

—Nous sommes restés dans le bayou, nous n'avions pas les moyens de vivre ailleurs. (Je soupirai.) En y repensant, je crois aussi que maman ne pouvait pas se résoudre à partir trop loin de sa mère. Elle a toujours dû espérer qu'un jour, ils viendraient à elle et l'accepteraient, nous accepteraient, dans la famille. Bien sûr, papa aurait tout fait pour elle, même si nous aurions vraiment mieux fait de rejoindre La Nouvelle-Orléans pour sa musique. (Je souris à cette idée.) Papa trouvait du boulot où il pouvait. Il veillait sur nous. Même si nous vivions dans une grande pauvreté, nous faisions avec. J'aimais ma vie. L'argent ne signifiait rien pour nous. (Une boule de plomb me tomba dans le ventre.) Alors que j'avais seize ans, maman a entendu dire que sa mère avait fait une attaque.

Je me souvenais de son visage ce jour-là, tandis que le téléphone lui glissait des mains.

«Alors, on y retourne», avait dit mon papa pendant qu'elle pleurait entre ses bras.

Nous l'avons fait.

Sia posa un baiser sur ma joue, et je sus qu'elle comprenait qu'à cet instant, l'histoire ne décrivait plus un amour capable de tout conquérir.

—J'avais des crises depuis mes onze ans. Cela m'avait pris un jour et n'avait plus cessé. Je savais que mon épilepsie pesait sur le cœur de ma maman et qu'elle espérait le soutien de sa mère. Mais une fois là-bas, mon grand-père a refusé qu'elle la voie. (Je secouai la tête, les dents serrées.) La ville était riche, pas nous. Papa a essayé de trouver du travail, mais personne n'acceptait de l'embaucher. Grand-père avait fait passer le message. Alors il devait parcourir des kilomètres chaque semaine pour jouer dans des bars miteux et autres lieux qui ne méritaient pas une miette de son talent.

Je respirai pour me calmer un peu.

— Notre maison était minable, mais c'était la nôtre. Elle était à l'écart de la ville, mais assez proche pour nous y rendre acheter le nécessaire, notamment à manger. Maman m'éduquait à la maison. Mais il y avait un groupe de gamins, les gosses des plus riches et des bâtards les plus fascistes au monde…

Du coin de l'œil, je vis Cowboy bouger pour serrer Sia plus fort. Il croisa mon regard et je lus la douleur et le regret dans ses yeux. Sia avait le souffle court : elle se doutait que Cowboy allait entrer en scène.

— Des cavaliers de rodéo. (Je revis Jase, Stan, David et Pierre.) Ces enfoirés en avaient après moi depuis notre arrivée en ville. « Sang-mêlé », « mulâtre ». Ils me balançaient toutes les insultes qu'ils pouvaient inventer quand ils me voyaient.

Je sentis une main sur ma cuisse et n'eus pas besoin de regarder pour savoir que c'était celle de Cowboy. J'entendais le ton tranchant de ma voix et je sentais mon sang bouillonner dans mes veines. Je savais qu'il voulait m'empêcher de péter un plomb et de risquer une crise.

Mais je m'en foutais.

— Régulièrement, ils m'attendaient quand je rentrais de la ville, à pied…

Sia regarda Cowboy.

— Tu y étais aussi ?

— Ouais, dit-il en croisant son regard. Presque chaque fois.

— Tu… (Elle déglutit.) Tu l'insultais aussi ?

— Parfois, avoua-t-il d'une voix rauque.

Sia fut choquée.

— Pas autant que les autres, le défendis-je.

C'était vrai, il était moins acharné.

— Mais je le faisais, reprit-il en penchant la tête. C'est pas une excuse, je sais, mais j'étais naïf. On m'avait répété toute ma vie que seuls les Blancs importaient. Je n'avais jamais fréquenté de personnes de couleur. Mes parents… (Il émit un souffle rapide.) Maintenant, je sais que ce ne sont pas des gens bien. Ils ne sont pas des monstres, mais des ignorants qui ne se soucient que d'eux-mêmes et de leur fric. C'étaient pas les meilleurs parents, mais ils étaient tout ce que j'avais. Je les écoutais, je leur faisais confiance.

Il leva la tête et je lus sur son visage une demande de pardon que j'avais déjà vue des millions de fois.

— Je croyais en leurs conneries. J'ai fréquenté les gamins de leurs amis qui partageaient les mêmes valeurs. Je n'ai compris que plus tard que j'agissais mal. (Il soupira.) Je m'étais toujours contenté de suivre le mouvement. Mais avec Jase et les autres, j'allais vraiment dans la mauvaise direction.

Il se tut et je repris où je m'étais interrompu.

— J'avais un boulot à temps partiel dans une ferme hors de la ville, et chaque soir, ces connards me provoquaient pendant les six kilomètres qui me séparaient de chez moi, en criant depuis leurs bagnoles hors de prix. Chaque soir, je faisais une crise, mais ils ne l'ont jamais su, bien sûr. Puis un soir… (Je fermai les yeux.) Un soir…

— Tout a changé, reprit Cowboy. Ils sont allés trop loin.

Il suffit de ces simples mots pour que je revoie la scène…

J'avais le souffle court mais je me hâtais. Je courais dans les bois. Je voyais les phares des voitures qui me poursuivaient. Tout était vain : deux autres camionnettes se rapprochaient par les côtés. Je forçai mes jambes au maximum, jusqu'à ne plus les sentir. Je surgis des arbres et me retrouvai devant une grange abandonnée.

Je regardai autour de moi pour trouver par où m'échapper, mais je ne vis rien. Les camions s'arrêtèrent et les enfoirés descendirent. Je reculai jusqu'à ne plus avoir le choix que de rester affronter le groupe. Jase approcha le premier.

— Oh, oh, regardez ce qu'on a là, les mecs. On a attrapé un bâtard de Nègre.

Ils étaient tous là, sauf Aubin Breaux. Mon cœur battait la chamade, mes jambes tremblaient, mais ils ne le virent pas, car je ne voulais pas leur accorder ce plaisir.

David et Stan se précipitèrent sur moi et me prirent par les bras. Je luttai, me débattis, donnai des coups de pied, mais ils tinrent bon. Jase s'avança droit sur moi, son Stetson sur le crâne, comme toujours. Il sourit et me frappa le visage du poing. Ma tête partit sur le côté, et du sang emplit ma bouche. Je me tournai face à lui, qui me couvait d'un regard enflammé. Il croisa les bras.

— Tiens, dit-il en se penchant. Ils ont aussi le sang rouge. Qui l'aurait cru, hein ?

David et Stan rirent en attendant de voir ce que leur leader allait faire. Le visage de Jase s'imprégna de haine et il lâcha :

— Attachez-le.

Pierre, qui attendait dans le camion, prit une corde et se plaça près d'un arbre mort. David et Stan m'y traînèrent. Je luttai encore, en vain. Jase prit la corde de son complice et la regarda, avant de m'observer.

— Mon papa m'a parlé du bon vieux temps, des lynchages… T'en as entendu parler ?

Je blêmis. L'enfoiré dut voir ma peur car il se rapprocha en souriant et redonna la corde à Pierre.

— Lie-le à l'arbre.

Les mains contre ma poitrine, David et Stan me poussèrent contre le tronc étroit et me firent écarter les bras. Jase me donna des coups dans les jambes et je tombai à genoux. L'écorce m'écorcha le visage et m'ouvrit la lèvre. Quelqu'un me lia les mains pour qu'elles enveloppent le tronc.

Ma vue se brouilla et j'observai les bois alors que quelqu'un déchirait ma chemise pour dénuder mon dos. J'entendais plus que je ne voyais. Un son métallique retentit près du véhicule. Il y eut un souffle puissant que je ne reconnus pas… puis des pas se rapprochèrent de moi. Je vis d'abord des bottes noires, puis quelqu'un me releva la tête par-derrière. Jase se tenait devant moi… avec un fer à marquer, de ceux qu'on utilisait pour le bétail. Je tirai sur la corde en constatant que l'extrémité était d'un orange incandescent.

Le souffle devait venir d'une lampe à souder.

— Dégage ! grondai-je.

Il inclina le fer vers moi… et je reconnus la lettre qui étincelait au bout. « N ». Je me mis à trembler. Sans un mot, Jase passa derrière moi… puis je hurlai. Je me mordis la langue au sang, quand on pressa le fer contre la peau de mon dos. Mon corps entier s'agita furieusement, ma peau semblait en feu. Mes bras tremblaient et j'entendis craquer mes mâchoires tellement je serrais les dents. Mes yeux roulèrent dans leurs orbites, je luttai pour ne pas perdre connaissance. J'entendis des voix, puis le bruit des moteurs.

J'étais agité de toutes parts, dans ces bois baignés d'ombres. Le bois de la grange craqua et tangua sous le vent. Je voyais flou, et ma tête tournait.

— Non, soufflai-je, conscient qu'une crise était imminente.

Je voulus bouger les jambes, pour tenter quelque chose, pour essayer de me libérer, mais dès que je faisais un mouvement, une vague de souffrance insoutenable émanait de mon dos et se répandait dans tout mon corps. Je manquai de m'évanouir.

Soudain, je fus enveloppé de lumière. J'entendis le bruit d'un camion. Je voulus me lever en pensant qu'ils revenaient. J'essayai de tourner la tête, mais le vertige empira.

— Putain, qu'est-ce que... ? entendis-je.

Des pas s'approchèrent rapidement et un visage apparut.

Aubin Breaux, m'informa mon esprit alors que le goût métallique d'une crise naissait dans ma bouche. Je voulus parler, lui dire de dégager, mais tout devint noir...

Le silence dans la pièce était assourdissant, lorsque je marquai une pause pour me ressaisir. J'entendis sangloter et vis que Sia pleurait, accrochée à mon bras.

— Tourne-toi, me demanda-t-elle d'une voix brisée.

Je savais pourquoi. Je ne voulais pas qu'elle voie, mais je souhaitais qu'elle comprenne…

Je regardai par la fenêtre tandis qu'elle soulevait ma chemise. Elle passa les doigts sur ma peau, et je compris qu'elle avait trouvé la cicatrice que je ne pourrais jamais retirer, dissimulée sous mon tatouage de Hangman. Elle suivit du doigt le « N » parfaitement placé. Inutile d'expliquer sa signification. Elle le savait. Je refusais de donner de la force à ce symbole en prononçant cette saloperie.

J'allais me tourner de nouveau quand elle pressa des baisers sur ma peau blessée, en suivant le tracé de la lettre majuscule. Quand elle cessa, je me replaçai sur le dos. Je posai la main sur sa tête pour l'attirer et l'embrasser. Ses lèvres avaient le goût salé de ses larmes.

— Tout va bien, *älskling*, soufflai-je contre ses lèvres avant de lui embrasser le visage.

— Non, putain, non.

Je ne pus que sourire. Même dévastée par le récit de ce que j'avais vécu, elle ne perdait pas son mordant.

— C'est le passé.

Elle m'observa.

— Que signifie ce mot, comment m'as-tu appelée ?

Ma poitrine se serra.

— C'est un terme d'affection suédois. C'est ce qu'on dit à quelqu'un auquel on tient. (Je lui adressai un petit sourire.) Maman le disait toujours à papa.

— C'est très beau.

— Alors ça te va bien.

Cowboy était assis au bord du lit, très droit, la tête dans les mains, dos tourné.

— Aub, appelai-je.

Il se raidit.

Il ne dit rien et Sia posa une main contre son dos. Ses muscles se contractèrent.

— Tu l'as aidé, pas vrai ?

J'attendis qu'il réponde, mais il resta silencieux.

— Je suis revenu à moi dans son camion, dis-je en le regardant. J'étais couché sur le ventre. D'abord, je n'ai pas compris où j'étais, hormis que c'était un véhicule qui roulait. La crise m'empêchait de me rappeler noms ou visages. Puis j'ai vu un type en Stetson qui conduisait et lentement, mes souvenirs sont revenus…

Mes muscles se crispèrent lorsque je pensai à Jase… et au fer rouge. Je gémis quand la brûlure sur mon dos m'infligea une telle douleur que ma vue se brouilla.

— Merde, siffla le conducteur avant de se tourner.

La panique et la fureur se mêlèrent en moi. Aubin Breaux m'emmenait quelque part. Je fouillai mon esprit pour tenter de me rappeler s'il était présent. Je revis les visages de chacun de ces salauds… mais le sien manquait.

J'essayai de bouger. Qu'allait-il me faire ?

— Valan, dit-il en jetant un coup d'œil vers moi avant de se concentrer sur la route. Je t'emmène chez toi. Je vais pas te faire de mal. Je te conduis chez toi. (Je devinai que j'avais les yeux exorbités.) Je te le jure. (Il déglutit.) Je ne savais pas qu'ils allaient faire un truc pareil, d'accord ? J'ai été retenu au ranch et je n'ai eu le message de Jase qui me demandait de venir les retrouver que trop tard. Je…

Je regardai par la fenêtre alors que nous tournions à gauche. Les balancements du camion sur la route irrégulière me firent agripper le siège à m'en blanchir les articulations pour tenir le coup.

— Je ne savais pas qu'ils avaient prévu ça. Je pensais pas qu'ils iraient si loin…

Aubin s'arrêta et plissa les yeux.

— C'est chez toi ?

Je ne voyais pas. Il rougit sous la lumière du camion.

— Une petite maison en bois, près des marais ?

Ce con était gêné de décrire ma maison. Avant de pouvoir répondre, une porte claqua et des pas se précipitèrent vers nous.

— Val ?

Je fermai les yeux en reconnaissant la voix de ma mère.

Aubin descendit.

— Madame, il y a eu un… incident. Il est blessé.

— Quoi ? s'exclama-t-elle d'une voix aiguë.

On ouvrit la portière derrière moi, mais je fermai les yeux.

— Valan…, dit maman d'une voix étranglée. Mon Dieu ! Que t'ont-ils fait ?

On me souleva doucement, et je hurlai de douleur alors que mon père me soutenait.

— Tout va bien, fiston.

Il m'attira contre sa poitrine. J'étais en sueur, vidé de toute force.

Je croisai le regard d'Aubin Breaux, chapeau à la main, qui passait nerveusement les doigts dans ses cheveux. Maman accourut vers moi et m'embrassa sur la tête. Elle pleurait, une main sur la bouche.

— Ils l'avaient attaché à un arbre, expliqua Aubin.

Maman le regarda pendant que papa me portait vers la maison.

— Quand je suis arrivé… après… quand je l'ai trouvé…

Il s'arrêta et croisa mon regard depuis les marches.

— Il y avait un problème. Il s'est évanoui, et son corps s'est mis à s'agiter bizarrement.

Maman s'approcha de lui.

— Merci, petit, tu es un bon garçon.

C'est faux, aurais-je voulu crier. *C'est l'un d'eux !*

Mais mon père m'avait déjà porté à l'intérieur…

Sia s'agenouilla et enveloppa Cowboy de ses bras par-derrière.

— T'es un mec bien, Cowboy.

— C'est pas vrai.

Mon cœur se serra en entendant sa voix rauque.

— J'aurais dû mettre fin à ces conneries avant que ça dégénère. J'aurais jamais dû les laisser lui faire quoi que ce soit.

— Tu me l'as dit toi-même, tu étais trop naïf. Mais tu m'as aidé quand c'était important, dis-je. (Et cette fois, mon frangin se tourna vers moi.) Puis il est revenu. Après quelques jours, on a frappé à la porte. Maman espérait que c'était la police. On avait porté plainte, bien sûr, mais rien ne se passait. Dans cette ville, la police appartenait aux familles de ces types…

— Alors ?

— Maman est venue dans ma chambre pour me dire que j'avais de la visite. (Je secouai la tête.) Je n'avais pas d'ami, alors je me demandais qui c'était. (Je désignai mon pote.) Il est entré, enveloppé de l'odeur des chevaux, avec l'air de me défier de le foutre dehors. (Je soufflai un rire.) J'aurais dû me douter qu'il ne me quitterait plus ensuite !

Cowboy sourit, mais pas comme d'habitude.

— Ce con m'a dit de dégager, dit-il avant de baisser la tête, honteux. Je le méritais, mais…

— Maman lui a permis de rester. Elle a fermé la porte de ma chambre. Je ne pouvais encore me coucher que sur le ventre. Je l'observais comme un aigle alors qu'il s'installait en face de moi, à mon vieux bureau.

— Qu'est-ce que tu veux, putain ?

Mon pouls s'accélérait et mon cœur tambourinait à la vision d'Aubin Breaux assis chez moi, qui regardait ce que ses potes m'avaient infligé dans le dos.

Il tritura son chapeau.

— J'voulais vérifier que t'allais bien.

— Dégage, ordonnai-je encore.

Il me lança son regard plein d'assurance.

— Ta maman a dit que je pouvais rester.

— Pourquoi ? grondai-je en grimaçant quand la douleur se réveilla dès que je tentai de bouger. Pourquoi tu voudrais rester ?

Il haussa les épaules.

— J'sais pas. (Il baissa la tête.) Qu'est-ce qui t'est arrivé ? (Il regarda mes images de vieilles Harley sur les murs.) Moi, j'suis plutôt choppers.

— Ça explique bien des choses, crachai-je.

Il se contenta de sourire et je plissai les yeux. Je ne savais pas comment réagir. Il se rembrunit.

— Honnêtement… Valan…

Mon nom résonnait étrangement entre ses lèvres.

— C'est quoi, ton problème ?

Je me tournai vers la fenêtre. Maman avait dû la fermer ces derniers jours. La brise était aussi douloureuse que des lames de rasoir sur ma chair à vif. Ma chambre était étouffante, mais j'étais coincé là.

— Valan ?

— Qu'est-ce que ça peut te foutre ? Tu veux aller tout raconter à tes petits copains, histoire de l'utiliser contre moi ?

— Je ne les ai pas revus, dit-il en croisant audacieusement mon regard. (Il soupira.) Pas sûr d'avoir encore envie de les fréquenter. (Je levai un sourcil.) J'pourrais pas, après ce qu'ils ont fait.

— En quoi ça t'importe ?

— J'sais pas, dit-il en haussant les épaules. Mais ça me dérange. Je savais pas que ça me gênerait autant avant que ça arrive.

Maman entra avec des boissons.

— Aubin, dit-elle en lui tendant un verre.

— Merci, madame.

— Alors, Aubin, quel est ton nom de famille ?

— Breaux, madame, Aubin Breaux.

Maman pâlit.

— Je connais tes parents, dit-elle avec un sourire crispé. Ce sont les meilleurs amis des miens.

— Les Moreau.

Maman acquiesça.

— Je suis leur fille.

— M. Moreau a dit que vous étiez morte à ses yeux.

Maman blêmit mais maintint son sourire.

— Non, mon petit. Peu importe ce qu'il dit, je suis toujours là, toujours sa fille.

Elle quitta précipitamment la pièce. J'aurais voulu courir après elle.

Aubin, les sourcils froncés, me regarda.

— Alors t'es le petit-fils de M. Moreau ?

— Ouais.

— Il sait que tu es là ? Que tu existes ? Il ne t'a jamais mentionné.

— Ouais, dis-je d'un ton plus ferme et furieux. Mais on ne va pas rester. (Aubin parut surpris.) On va déménager. Dès que mon dos sera guéri, et que papa aura trouvé du travail quelque part.

J'étais impatient.

Aubin se leva. Il allait partir, quand je lançai :

— Épilepsie.

Il se figea et me regarda.

— Je fais de l'épilepsie. J'ai des crises… C'est ce qui m'est arrivé, l'autre soir.

Je ne savais pas pourquoi je lui disais ça, hormis mes parents, c'était la première personne à qui je le confiais.

Il remit son chapeau et en tapota le bord.

—À plus tard, Valan.

Puis il partit.

—Après ça, il est revenu tous les jours.

Cowboy se rallongea sur le lit.

—Tu n'as jamais revu tes amis? Ceux qui lui avaient fait du mal? demanda Sia.

Cowboy secoua la tête.

—Ils ne savaient pas pourquoi, jusqu'à ce qu'ils me croisent avec Val, une fois guéri. Ils n'ont rien dit, d'abord. Mais en rentrant chez moi, le soir, j'ai été accueilli par mon père. «Tu aimes les Noirs, maintenant, mon fils?» a-t-il hurlé. Mes parents étaient âgés. Ils pensaient ne jamais avoir d'enfants, jusqu'à ce que j'arrive… Une sacrée surprise! (Il secoua la tête.) Mon père n'était plus tout jeune, mais il tenait un ranch et était sacrément doué avec ses poings.

—Il t'a battu.

Cowboy hocha la tête.

—Si fort que je ne pouvais plus bouger.

—Dès qu'il a pu, il s'est sauvé pour venir nous voir, dis-je en soupirant. On ne l'avait pas vu depuis des jours. Je le voyais pourtant quotidiennement. Je… (Je baissai la tête en tentant de ne pas avoir l'air trop pathétique.) J'en étais un peu venu à… dépendre de lui. Avec mes crises… Je n'avais jamais aimé sortir, me montrer en public, au cas où elles me tomberaient dessus. (Je désignai Cowboy.) Mais lui, avec sa grande gueule et son air je-m'en-foutiste, il m'aidait.

Je regardai mon ami, conscient que malgré toute ma gratitude, je ne pourrais jamais assez le remercier de m'avoir sauvé.

—Dans une ville où les gens ne voyaient que les couleurs, et me considéraient comme un bâtard qu'ils auraient préféré mort, comme une pollution, une abomination… lui, il s'en moquait. Il venait me voir comme si j'étais son meilleur ami. On faisait tout ensemble parce qu'il savait que j'avais besoin de lui.

—Et puis je commençais à manquer d'air, à la maison… Tout cela m'était égal. Val était le meilleur mec que j'aie connu de ma vie. (Les larmes lui montèrent aux yeux.) Lui, et ses vieux. Ils m'ont accueilli, quand mon père m'a presque battu à mort. Ces gens qui…

Il détourna le regard.

La boule dans ma gorge était étouffante.

—Ils t'ont accueilli chez eux ? demanda Sia.

Cowboy acquiesça. Cette partie de l'histoire, je n'étais pas sûr de pouvoir la raconter. Je baissai les yeux vers mes mains : elles tremblaient. Je sentis les brûlures sur mes bras comme si elles dataient de la veille, comme si la peau à vif avait cloqué sous la chaleur.

—Mon père est allé leur parler en face, soufflai-je en le revoyant quitter la maison.

Je sentis une main sur mon épaule suivie d'une courte pression rassurante. Cowboy était assis d'un côté, et Sia se plaça de l'autre. Je ne quittai pas la couette des yeux.

— D'abord, il est allé trouver les parents de Cowboy et leur a dit ce qu'il pensait d'eux. Puis il s'est rendu chez mes grands-parents. (Un frisson me glaça le dos.) Il a découvert que ma grand-mère, qui se remettait lentement, ignorait que nous étions en ville. Mon grand-père ne lui avait rien dit, alors qu'elle était alitée depuis son attaque. (Je fermai les yeux et pris une profonde inspiration.) Elle a demandé à voir ma mère le soir suivant, en confiant l'invitation à papa. Elle voulait d'abord revoir sa fille, puis elle désirait me rencontrer.

— L'as-tu vue ? demanda Sia d'un ton prudent.

La douleur me ravagea le visage, me transperçant de partout.

— Non, soufflai-je d'une voix à peine audible.

Je fermai les yeux et rejetai la tête en arrière, tandis que les souvenirs de cette nuit revenaient me hanter, ceux que j'aurais voulu oublier, mais qui restaient gravés à jamais. La nuit où tout s'était effondré…

— Je ne serai pas le bienvenu, là-bas, remarquai-je.

— Et alors ? demanda Aubin.

Il passa son bras à mon épaule. Il avait encore un œil au beurre noir et la lèvre fendue après les coups infligés par son père. Il avait du mal à redresser le haut du corps, il avait des côtes fêlées.

— C'est le plus gros rodéo du coin, avec de vrais professionnels. (Aubin n'était plus monté sur un cheval depuis que son père l'avait frappé.) C'est énorme, à l'échelle de l'État. Il y a peu de chance qu'on les croise.

Je lisais l'excitation sur son visage, et je savais qu'il serait déçu si je refusais. Il vivait pour ces trucs...

— Très bien, on ira.

Il me frotta vigoureusement le sommet du crâne du poing.

— Je savais que je finirais par te faire apprécier les chevaux.

— J'irais pas jusque-là...

Je me levai et pris mon manteau.

— Où allez-vous ? demanda mon père en nous voyant entrer dans la cuisine.

La pièce était pleine de cartons. Nous allions enfin quitter cet endroit maudit. Ce serait fait d'ici quelques jours.

— Au rodéo, déclara joyeusement Aubin.

Mon père leva un sourcil.

— Tu as convaincu mon fils d'aller voir des gens qui chevauchent des broncos ? (Il posa la main sur ma tête.) Tu te sens bien, Val ? (Maman rit alors que je me retirais en haussant les épaules.) Bon, mais ne reviens pas trop tard. Ta maman va retrouver sa mère, donc tu restes avec moi. Au programme, on va regarder un film et bouffer des cochonneries : le rêve ! (Il regarda Aubin.) Tu passes la soirée avec nous ?

Aubin secoua la tête.

— Ma mère aussi m'a appelé, et elle me demande de venir pour le dîner. Elle veut me voir.

Mon père lui passa la main sur la tête.

— Si tu as besoin, tu m'appelles.

— Oui, m'sieur.

Nous rejoignîmes le camion d'Aubin et il partit vers le rodéo à une trentaine de kilomètres. Une fois sur place, l'après-midi était déjà avancé. Dès que je vis le stade, mon ventre se serra.

— Tout ira bien, m'assura Aubin, lisant mes pensées, en posant la main sur ma jambe. Calme-toi.

Il était devenu doué pour deviner quand je stressais. Le stress et la colère étaient les deux principaux déclencheurs de mes crises.

Je pris une profonde inspiration et soufflai. Vingt minutes plus tard, nous étions garés et entrions. Mon cœur battait plus fort tandis que nous parcourions la foule. J'attendais que ces gens me fassent du mal, mais rien ne se passa. Comme Aub, je pris un soda et un hot-dog en regardant les broncos sellés.

— Ils sont à Lucious, déclara Aubin avant de désigner l'homme qui allait passer l'épreuve. C'est lui qui les a entraînés. On ira le saluer dans les écuries après.

L'homme obtint un score suffisant pour être qualifié pour les épreuves du lendemain, mais il n'était pas en tête du tableau.

Je suivis mon ami à l'arrière des écuries. Tout était calme, les gens regardaient le spectacle. Nous étions à peine arrivés près des box vides quand j'entendis :

— Non, mais tu déconnes.

Je tournai vivement la tête et la terreur m'imprégna jusqu'aux os lorsque je découvris Jase et les anciens amis d'Aubin qui avançaient vers nous. Mon ami se plaça devant moi.

— Fais gaffe, Jase, le mit en garde Aub.

Je repoussai son bras et me postai à côté de lui. Si les choses tournaient mal, je serais à ses côtés.

Jase éclata de rire.

— T'aimes les Nègres, maintenant, Aubin ? J'avais entendu les rumeurs. Merde, ça fait longtemps qu'on ne t'a pas vu à un rodéo. Mais je ne pensais pas que ce qu'on racontait était vrai. (Il désigna le tatouage de mon ami.) Les mulâtres, c'était pas ton truc, il y a quelques mois.

— Eh ben, les choses changent.

Jase me pointa du doigt.

— T'as failli nous foutre dans une belle merde, toi ! dit-il en désignant ses potes. T'as essayé de nous balancer aux flics. (Il secoua la tête.) Mauvaise idée, le bâtard.

Je commençai à trembler, saisi par la rage. Jase s'avança, suivi de ses trois sbires, et je me jetai sur l'enfoiré pour lui coller mon poing dans la figure. Aubin était à mes côtés et se battait aussi. Mais quatre contre deux, ce n'était pas équitable. Il ne leur fallut pas longtemps pour nous mettre par terre. Je regardai Aub qui protégeait son visage encore marqué, qui se faisait encore amocher.

— Eh là ! lança une voix depuis les écuries.

Jase et les autres déguerpirent aussitôt.

Je regardai le plafond où les poutres semblaient s'incliner.

— Aub, coassai-je en tendant la main vers lui et en roulant la langue dans ma bouche. Je sens un goût de métal.

— Aubin Breaux ? C'est toi ?

Plus tard, je clignai des yeux, installé sur une sorte de siège. Je regardai autour de moi sans reconnaître les lieux. J'entendais des voix étouffées. Je voulus bouger le bras mais j'avais trop mal.

Je parvins à rouler la tête sur le côté, et je vis les étoiles et la lune. Il faisait nuit. Je clignai, encore, jusqu'à voir Aubin. Un homme était près de lui… un type aux cheveux châtains.

Lucious ? Il s'occupait des broncos…

Le visage d'Aubin apparut devant moi.

— Hé, Val, ça va mieux ?

J'avais la bouche sèche, et il m'aida à me redresser avant de me donner une bouteille. Je la vidai d'un coup puis repris frénétiquement mon souffle. Je me sentais faible. Un regard vers mon ami suffit à me rappeler la bagarre. Je passai la main sur mon visage.

— Quelle heure est-il ?

— Vingt heures. Tu étais revenu à toi plus tôt, mais tu t'es rendormi. Lucious m'a aidé à t'emmener ici pour que tu te reposes.

Je regardai autour de moi. J'étais dans un camping-car.

— Il faut que je rentre.

Je voulus me lever de la couchette et Aubin m'y aida avant de me soutenir jusqu'à son camion.

— Mon téléphone ?

— Brisé dans la bagarre.

— Merde, mes vieux vont s'inquiéter.

— Ils comprendront.

Je le savais. Personne ne comprenait mieux qu'eux les emmerdes qui nous étaient tombées dessus depuis qu'on s'était installés dans cette foutue ville qui avait fait de moi une cible pour avoir montré ma gueule de bâtard mulâtre…

Le trajet fut silencieux. Que dire ? J'étais impatient de partir. Nous n'étions qu'à un kilomètre et demi de chez moi quand Aubin plissa les yeux.

— C'est quoi, ça ?

Je tournai mon regard fatigué vers le pare-brise. Un éclat orange montait derrière de hauts arbres… les arbres qui entouraient ma maison. Mon ventre se noua, et mon cœur se brisa lorsque j'identifiai une fumée épaisse qui montait par-dessus les cimes.

Je me raidis.

— Ma maison, hoquetai-je.

Je fus pris de panique. Aubin appuya sur l'accélérateur. Plus nous approchions de la route de terre menant à ma maison de bois, plus les flammes étaient distinctes, des flammes orange et rouge, qui montaient de plus en plus vers le ciel.

Aubin tourna à droite et le souffle me manqua. Ma maison était en flammes. J'ouvris la porte sans réfléchir, suivi par Aubin.

— Mes parents…, soufflai-je, la voix brisée.

— Ta mère est allée voir sa famille, et ton père a dû sortir aussi, m'assura Aubin, mais j'entendis le doute dans sa voix.

— Maman ! criai-je en priant pour qu'elle ne soit pas là, cherchant comment passer les flammes furieuses. Papa !

Je bondis en avant pour atteindre les marches de l'entrée. Le feu me lécha les bras, brûlant ma peau.

— Je trouve pas d'entrée ! cria Aubin.

Puis, je l'entendis…

— Valan !

Je levai brusquement la tête vers le grenier. La fenêtre était bloquée, quelqu'un poussait contre le cadre. J'essuyai mes yeux et reconnus ma mère.

— Maman !

Je fis le tour de la maison jusqu'à me trouver sous la fenêtre. Elle frappait des mains contre la vitre. Puis je vis d'autres mains.

— Papa ! soufflai-je, mon cri étranglé. Non !

Je me balançais, j'allais de droite et de gauche, cherchant tout ce que je pouvais utiliser pour briser le mur de flammes infernales.

— Aubin ! hurlai-je.

Il fut aussitôt près de moi, les mains sur ma tête. Je ne pouvais détourner les yeux de mes parents. Maman pleurait, son regard bleu tourné vers moi. Papa était près d'elle, un air de triste résignation sur les traits.

— Non ! répétai-je.

Je me figeai quand papa tourna maman vers lui et l'enveloppa de ses bras, contre sa poitrine. La chaleur des flammes me brûlait le visage, l'odeur des cheveux brûlés me piquait le nez. Mais je ne pouvais pas détourner le regard. Mes larmes coulaient, pendant que je regardais mourir mes parents.

Ma mère tourna encore le regard vers moi et je lus sur ses lèvres : « Je t'aime. »

Je ne sentais plus mes jambes. Un craquement immense retentit et le grenier où se trouvaient mes parents céda, tombant dans les flammes en dessous.

— Non ! m'exclamai-je en me précipitant vers la maison. Non !

Je hurlai encore jusqu'à me casser la voix, et je courus en cherchant un accès vers l'intérieur. Ils étaient peut-être encore en vie. Ils n'étaient peut-être que blessés...

Je n'avais pas parcouru deux mètres qu'Aubin m'entoura de ses bras et me tira en arrière. Je luttai et nous tombâmes par terre, à l'instant où la maison explosait en projetant un champignon de flammes par-dessus l'amas de ruines.

J'étais incapable de bouger, pétrifié dans le purgatoire d'un choc et d'un chagrin immédiats, tandis que je regardais le feu ravager ce qui restait de la cabane. Je pleurai jusqu'à me sentir vidé. Lorsque les pompiers arrivèrent, la maison n'était plus qu'un amas de cendres. Mais je savais... Je savais que quelque part dans les décombres, il y avait un couple qui était resté uni jusque dans la mort, car dès leur rencontre, ils avaient dû se battre pour leur amour, alors que tout le monde leur répétait que c'était une erreur.

Ils étaient morts pour cet amour, parce que des gens s'arrêtaient à la différence de leur peau, sans prendre la peine de contempler les cœurs enlacés, en dessous...

... Parce que l'amour ne voyait pas les couleurs, seulement des cœurs purs...

Je m'affaissai, et ma tête tomba contre ma poitrine. Mes larmes coulaient, j'avais mal aux yeux et la poitrine ravagée de sanglots, de gros sanglots puissants tels que je n'en avais jamais connu depuis cette nuit, il y avait des années.

— Hush, souffla Sia en pleurant avec moi.

Elle me prit la main, et je m'accrochai, comme si elle avait pu me maintenir à flot. On me pressa l'épaule, je savais que c'était Cowboy. Il avait fait de même cette nuit-là. Je n'osais pas le regarder. Je n'étais pas certain de pouvoir me tourner vers la seule autre personne qui avait assisté à l'incendie, qui les avait vus, les mains collées à la vitre, qui appelaient à l'aide… Tout ça parce qu'ils avaient eu l'audace de s'aimer.

— C'était moi…, soufflai-je. Tout ça est arrivé à cause de moi.

J'étais épuisé. Sia m'aida à m'allonger. La pièce commençait à tourner. Elle se blottit contre ma poitrine, les mains serrées sur les miennes. J'aperçus Cowboy, assis au bord du lit, les yeux dans le vide, tournés vers la fenêtre.

— C'est faux, bébé, dit-elle en passant la main sur mon visage humide.

— Non, dis-je en serrant les paupières. On est restés dans un motel jusqu'à ce que tout soit réglé, repris-je en désignant Cowboy. La police a conclu à un accident, une connerie de four mal réglé.

— Tu vois, m'apaisa-t-elle.

— Mais on a reçu un papier, sous la porte du motel…

Les mots me manquèrent et mes membres s'engourdirent. Je savais ce qui allait arriver, mais cette fois, je n'avais pas la force de lutter.

— C'était le Klan.

Je me raidis en entendant Cowboy conclure pour moi, ce qu'il faisait toujours. Il se chargeait de ce que je ne pouvais pas supporter. Je gardai les yeux fermés en lisant le mot dans ma tête, comme je l'avais fait avec lui.

— Il disait que c'était parce qu'elle s'était mariée avec quelqu'un d'une autre race, siffla Cowboy sans cacher son dégoût face à ce racisme. Et parce qu'elle avait mis au monde son abomination de bâtard… Il fallait qu'ils servent d'exemple.

— Moi, repris-je d'une voix rauque. Ils sont morts parce que je suis né.

— Non, reprit Sia en me serrant la main. Ne t'inflige pas ça.

— Ils la traitaient de pute blanche, de traîtresse de la race aryenne… (Je léchai mes lèvres sèches.) Ils l'appelaient une pute à Nègres…

L'expression de Sia s'adoucit, et elle sembla comprendre quelque chose.

— Ky…, souffla-t-elle. C'est pour ça que tu t'es jeté sur lui comme ça.

Je hochai la tête.

— Ils sont morts à cause de mes crises.

Ma langue était sèche, mais je parvenais à parler.

— Elle n'était pas censée être là… J'aurais dû être à sa place… Mais elle est restée attendre mon retour, parce que j'avais fait une crise. Elle avait dû attendre pour s'assurer que j'allais bien. (La pièce tangua.) Ils… J'ai tout gâché.

Sia s'accrocha à mon bras. Mes yeux devinrent vitreux et je sentis la saveur métallique sur ma langue.

— Cowboy, bredouillai-je quand un bruit de tonnerre retentit à l'extérieur.

Sia bondit et mon ami se leva.

Non ! voulus-je crier, mais aucun son ne sortit. Je luttai pour rester conscient, pour me lever du lit, mais je ne pouvais plus bouger.

— Cache-le ! ordonna Cowboy.

Sia voulut me bouger.

— Je ne peux pas le soulever !

Je dus perdre connaissance, car quand je revins à moi, j'étais quelque part, dans une pièce sombre. J'entendis des murmures dehors, le son de portes de voiture qui se fermaient, et un cri perçant. Perdu, j'essayai de retrouver mes repères, de comprendre ce qui se passait, mais les ténèbres s'emparèrent de nouveau de moi avant que je trouve des réponses.

Je n'arrivais plus à lutter.

Chapitre 10

Hush

J'ouvris les yeux. Tout était noir, et je me demandai où j'étais… puis des fragments de souvenirs commencèrent à envahir mon esprit. Je secouai la tête alors que des mots en espagnol prononcés d'une voix grave tournaient dans ma mémoire… des pas lourds sur le plancher… des hurlements, des cris… et le son de coups de feu.

Non… Je me levai maladroitement.

Je heurtai quelque chose au-dessus de moi. Je levai les yeux. La lumière passait entre les lattes, et je posai une main sur du bois qui bougea un peu, indiquant une issue qui était cependant scellée. Je poussai et poussai encore, usant du peu de forces qu'il me restait. Le bois céda dans un craquement. C'était une porte, fabriquée en planchettes, dans le placard du rez-de-chaussée.

— Sia ! appelai-je en sortant de la cachette, la voix étouffée et rauque, suite à ma crise.

J'avais besoin d'eau, ma bouche était horriblement sèche. Mais je parvins à traverser la maison, pour vérifier chaque pièce, et mon cœur battait plus fort à chaque pas.

— Aubin !

Ma poitrine se serra. La maison était sens dessus dessous, les meubles renversés.

— Non, soufflai-je, la peau humide de sueur.

Je sortis et courus vers l'écurie. Je reconnus du sang sous les portes avant même d'allumer la lumière.

Je ne pris pas la peine de vérifier, il était évident que tous les chevaux bien-aimés de Sia avaient été abattus… Mais je m'arrêtai soudain en repérant une main sur le sol, du sang en flaque autour des doigts, mollement étendue sur le béton.

J'étais pétrifié : c'était une main de femme.

— Sia, soufflai-je.

Mes jambes tremblaient, mais je me forçai à bouger. Je m'approchai, incapable de respirer. Je m'armai pour ce qui m'attendait, à l'angle… quand je vis des cheveux noirs. Je poussai un profond soupir et me précipitai vers la victime.

— Clara, soufflai-je en vérifiant son pouls.

Je savais déjà que c'était inutile… Elle avait les yeux tournés vers le plafond, vides et fixes, déjà fermement sous l'emprise d'Hadès.

Un impact de balle lui marquait le centre du front.

Merde… Je me levai et regardai autour de moi ce que je pouvais encore faire. Je me précipitai vers la maison, ouvris le garage et bondis sur la vieille Harley. Je la fis démarrer, quittai le ranch et m'engageai à toute allure sur la route discrète qui menait vers le QG des Hangmen.

Pendant tout le trajet, j'essayai de deviner combien de temps j'étais resté inconscient et qui m'avait fourré sous le plancher. Et surtout, pourquoi diable ne s'étaient-ils pas cachés avec moi ?

Clara était encore chaude, quoique en dessous de la température corporelle normale, elle était donc restée ainsi un petit moment.

— Merde ! lançai-je dans le vent.

Garcia. Ça ne pouvait être que lui.

— Putain ! hurlai-je en tournant vers le QG.

Mes mains tremblaient sur le guidon. Mon corps n'aspirait qu'au repos, mais c'était impossible.

Aubin.

Sia.

Bordel !

Zane et P'tit Cendre étaient assis aux portes. Je m'arrêtai alors qu'ils échangeaient un regard, inquiets.

— Ouvrez ces foutues portes ! grondai-je en faisant vrombir le moteur.

Ils s'observèrent encore. J'étais suspendu, ils avaient ordre de ne pas nous laisser approcher, Cowboy et moi.

— C'est une urgence !

Zane prit son téléphone mais Cendre croisa mon regard, y lut quelque chose et me libéra l'accès. La porte à peine ouverte, j'entrai, arrêtai la moto et descendis. Je courus, légèrement vacillant, pour entrer dans le bar, en trombe. Aussitôt, tous les frangins se dressèrent, mains sur leurs armes.

AK leva les yeux au ciel.

— Putain, Hush, j'ai cru à une invasion ! (Le sniper plissa les yeux et repoussa Viking de son chemin.) Qu'est-ce qui se passe ? T'as une sale mine.

— Je dois voir…

— Qu'est-ce que tu fous là ? demanda Ky en surgissant du bureau du prés' pour se précipiter vers moi.

Ses yeux bleus, les mêmes que Sia, étaient rouges et fatigués… mais emplis de rage.

— Ils la tiennent, répliquai-je.

Il s'arrêta net et mon visage se tordit de peur et de rage.

— Ils les ont eus, tous les deux.

Ky blêmit, pétrifié. Styx passa devant lui et me fit face. Il agita les mains, mais le peu de langage des signes que je connaissais n'était qu'un vague souvenir alors que j'étais incapable de me concentrer, encore sous le choc de la crise.

— J'comprends rien à ce que tu racontes !

AK se posta près du prés' et surveilla ses gestes.

— Qu'est-il arrivé ? Qui les a emmenés ?

Je secouai la tête, impatient de bouger, de partir à leur recherche, mais j'ignorais où ils étaient.

— Garcia, je crois… (Je fermai les yeux et fouillai ma mémoire.) J'ai entendu des mots en espagnol…

J'ouvris les yeux et croisai le regard brûlant de Styx, droit devant moi. Je baissai la tête et passai la main sur mon crâne, encore et encore, simplement pour l'occuper.

— Ils ont tué tous ses chevaux. (La tension monta dans la pièce.) Et son assistante… Clara. Merde, cette meuf était trop jeune ! Elle a pris une balle dans la tête.

— Où étais-tu ? demanda AK pour Styx.

Je restai muet, la nécessité de cacher mes crises me scellant les lèvres.

— T'étais où, putain ? demanda Ky d'une voix d'outre-tombe.

Je gardai les yeux baissés, alors que mon cœur s'emballait. Je sentis deux mains contre ma poitrine et je heurtai une table et des chaises. Je tins bon, mais Ky m'attrapa par ma veste et m'attira vers lui.

— Pourquoi ils ont pris ma frangine et Cowboy mais pas toi ? T'étais là pour la protéger ! Pourquoi elle a disparu, et pas toi ? gronda-t-il. C'est parce que t'es un putain de dégonflé ? Tu les as vus venir et t'as voulu sauver ta peau ? J'aurais jamais dû te laisser l'approcher. T'as pas ta place près d'elle. Tu sauves ta peau et…

— Parce que je suis épileptique, ducon !

Je chassai ses mains de ma veste et le repoussai. J'en avais assez. C'en était trop. Fini, tout ça. Assez de ces connards qui me disaient où était et où n'était pas ma place. Plus jamais !

— Je suis épileptique et j'avais fait une foutue crise !

Je m'approchai encore de lui, mais on me barra le chemin d'un bras. Je baissai les yeux sur des tatouages nazis et je vis rouge. Je me tournai subitement et flanquai mon poing dans la mâchoire de Tanner, lui projetant la tête en arrière. Tank se précipita pour éloigner son pote de ma pluie de coups.

Je me retournai, le souffle court et le regard noir, vers Ky.

— J'ai ma place à ses côtés, à leurs côtés à tous les deux !

Des larmes de rage me montèrent aux yeux. Si Cowboy avait été là, il m'aurait dit de me calmer, mais il était ailleurs, il avait été enlevé, comme elle… et j'étais tout seul.

— Allez, parle franchement, frangin. C'est parce que je suis noir. T'avais pas envie de voir ta frangine se taper un métis, hein ? Un mulâtre ?

Je savais que j'aurais dû me taire, mais à présent que j'avais commencé, j'en étais incapable.

— Le Négro n'a pas su protéger ta sœurette… ta sœur que t'avais balancée aux loups, sans protection autour de son ranch, parce qu'elle baisait avec un indésirable ! Si ça n'avait été que Cowboy tu t'en serais battu les couilles ! Mais comme on était deux, c'est devenu un foutu problème pour ta petite gueule d'Aryen, pas vrai, VP ? (Il ouvrit la bouche, mais j'étais lancé.) Ce putain de club de merde ! T'es comme tous les autres ! Vous avez commencé à admettre des gens de couleur il n'y a que dix ans. Avant, vous étiez entre bikers bien blancs !

Je regardai l'horloge sur le mur et la terreur me noua les tripes.

— Quatre heures, devinai-je en sentant mon cœur se briser. Ils ont disparu il y a quatre heures.

— C'est pas parce que t'es noir, répliqua Ky d'une voix tonitruante dans la pièce silencieuse.

Je me concentrai sur mon souffle, pour calmer mon pouls. Je déployai mes efforts pour ne pas m'effondrer, alors que mon meilleur ami, mon putain de frère, et la meuf que j'aimais… les deux seules personnes à qui je me sois ouvert… venaient d'être enlevées par un trafiquant d'humains, un bâtard sadique qui voulait posséder Sia… et qui allait sans doute décider de tuer Aubin parce qu'elle l'aimait aussi et qu'il le dérangeait…

Je vis les bottes de Ky apparaître devant moi.

— J'me branle que tu sois noir. Merde, tu pourrais bien être rose fluo, ou même un putain d'roux…

— Eh ! protesta Vik.

— Mais c'est pas parce que t'es noir.

— T'as des crises ? demanda AK.

Je levai les yeux et m'aperçus que Styx avait repris ses gestes.

— Je pars au Mexique. Je ne reste pas en arrière. C'est ma meuf et mon pote qu'ils ont pris. Je ne resterai pas ici sans rien faire. Si je pars pas avec vous, j'irai seul. J'ai fait une putain de crise et ils m'ont mis à l'abri. Ils m'ont caché, pour qu'on ne me kidnappe pas. Je ne sais pas pourquoi ils ne se sont pas planqués aussi... (Je ravalai la boule dans ma gorge.) J'ai découvert un putain de carnage à mon réveil, et ils n'étaient plus là.

Styx serra les dents et leva les mains.

— T'es pas consigné ici, traduisit AK alors que le président se postait près de Ky. T'aurais dû nous en parler, ajouta-t-il.

— Comment on les récupère ?

— Tous à l'Église, tout de suite ! ordonna Ky.

Et tous suivirent.

Ky parla en traduisant les gestes du prés'.

— On sait où il vit. On y est déjà allés.

Je repensai à Sia, à la manière dont elle avait expliqué sa fuite. Styx regarda Ky, puis il nous contempla tous.

— Je suis resté en contact étroit avec Chavez, le prés' des Diablo. Il a accepté de nous aider si ça dégénérait avec Garcia.

Styx se tut et Ky parla pour lui-même.

— Garcia fait partie du cartel Quintana. Quand on y est allés la dernière fois, il avait un petit business, mais maintenant, c'est un truc énorme. Alfonso Quintana, le boss du cartel, a investi une fortune dans son trafic. (Il serra les poings sur la table.) Il ne se contente plus de vendre des filles, maintenant, il trempe aussi dans les flingues et la coke.

Styx signa.

— Ils empiètent sur le territoire des Diablo, surtout pour la drogue, et Chavez l'a mauvaise.

Le VP regarda le prés'.

— Sia est ma sœur, alors j'en suis, et Styx aussi. (Il me regarda.) Hush est du voyage car Cowboy est là-bas. Je sais pas ce qu'ils vont lui faire… ni s'il aura survécu jusqu'à Mexico. C'est seulement ma sœur qu'*il* veut.

Mon cœur se brisa. Mes mains tremblèrent à l'idée qu'Aubin soit tué. Ma jambe tressaillit. J'entendis sa voix dans ma tête. *Calme-toi, mon ami**. Je ne croirais jamais à sa mort tant que je n'aurais pas vu son cadavre.

Je n'arriverais plus à vivre si cela se produisait.

— Le Klan bosse avec eux.

Ky regarda Tank et Tanner. Tanner était plus pâle que d'habitude. Il se tenait aux bords de la table, le regard dans le vide.

— Ils sont déjà après nous. Chavez a entendu dire que si on s'en prenait au cartel… (il regarda Styx, qui acquiesça) ce serait la guerre.

La pièce plongea dans un lourd silence et je regardai les frangins autour de la table, immobiles, échangeant quelques coups d'œil, alors que les paroles du VP faisaient leur effet. La guerre. Je n'avais jamais été en guerre pour le club. Ce chapitre s'était opposé aux Diablo il y avait seulement quelques années, mais La Nouvelle-Orléans n'avait pas été appelée en renfort. Je savais que la plupart des mecs présents avaient participé aux combats. Cette guerre avait coûté la vie au père de Styx et aux deux parents de Ky et Sia.

Je regardai Tanner. Ce ne serait pas seulement une guerre pour lui, il devrait lutter contre sa propre famille. Je n'étais pas certain que sa loyauté envers le club survive à la nécessité de combattre son vieux, son oncle et son frère cadet.

Je me levai.

— J'en suis.

Smiley aussi se dressa.

— Moi aussi.

AK se leva, aussitôt imité par Flamme et Viking. Tank, Bull… et enfin Tanner se dressèrent. Ce dernier leva son regard bleu et annonça :

— J'en suis.

Ky se leva, suivi par Styx. Le prés' hocha la tête et leva les mains.

— Alors, nous y allons.

Ma poitrine se gonfla. Ky me regarda.

— Quelqu'un a balancé à cet enfoiré de Garcia où vous étiez.

Je hochai la tête en réfléchissant.

— Le véto, compris-je en tentant de retrouver son nom. Gomez. Tito Gomez.

Je secouai la tête, furieux contre moi-même en songeant que nous n'avions même pas eu l'occasion de vérifier son passé auprès de Tanner à cause de notre prise de tête avec Ky.

Ky adressa un signe de tête à Tanner, qui acquiesça et quitta la pièce, sans doute pour chercher ce qu'il pouvait trouver sur ce type.

— « On part dans trente minutes, signa Styx. Faites ce que vous avez à faire. On a un frangin et une sœur du club à sauver. »

— Et quelques nazis et Mexicains à qui déclarer une guerre ! renchérit Viking avant de sourire. C'est ce que j'appelle une bonne journée !

Les frères sortirent et quand je voulus partir, Ky me posa la main sur le bras pour m'arrêter.

— Elle est forte, dit-il.

Sa voix était marquée par la douleur, comment en aurait-il été autrement ? La dernière chose que Sia lui avait dite était qu'elle ne voulait plus le voir.

— Je sais, dis-je en repoussant sa main. Ils le sont tous les deux.

Je sortis, retournai dans le bar et pris mes cachets dans ma veste. Je les avalai et me rendis à l'armurerie. Mais à chaque seconde, je gardais leurs visages en tête. À chaque souffle, je laissais les années d'insultes et de coups reçus, de blessures endurées, faire de moi une pure boule de rage. Trente minutes plus tard, j'enfourchais la moto du vieux de Sia sous le regard de Ky qui semblait avoir vu un putain de fantôme, et le groupe quitta le QG.

Nous avions rendez-vous chez le véto…

Du sang tacha les murs quand Ky assena un autre coup de poing dans la bouche de cette pourriture. La tête de Tito Gomez partit en arrière… puis il sourit, ses belles dents blanches teintées de rouge. La chemise blanche de Ky était vermeille. Styx se tenait derrière le VP, stoïque, mais je lisais dans son regard qu'il était prêt à buter l'enfoiré.

— Tu finiras par craquer, déclara Ky en retirant sa veste et sa chemise, révélant son torse musclé.

Il roula de la tête et fit craquer ses articulations. Il prit un couteau et incisa la poitrine de la balance.

— T'as un cousin dans le cartel Quintana, hein ? demanda Ky, calme comme un ciel d'été après l'orage.

Mais son regard était une tornade dévastatrice.

Ky prit le bidon d'essence qu'il avait apporté et en versa sur la coupure fraîche. Gomez hurla mais ne dit rien, les dents serrées à cause de la douleur, les articulations blanchies à force de s'accrocher à la chaise où il était ligoté.

— Il bosse avec Garcia, continua Ky en taillant le bras du connard.

Je m'avançai à son côté, tremblant, car j'avais besoin de déchaîner l'enfer contre ce fumier. Comme s'il sentait ma présence, il tourna la tête.

— Le tatouage de ton pote vous a trahis. (Je me figeai.) Je n'avais pas entendu parler de mon cousin depuis longtemps, je ne l'avais pas revu depuis des années. Quand il m'a dit qui il recherchait, j'ai su que l'Elysia Willis de Garcia devait être Helen Smith, et le tatouage de ton petit copain l'a confirmé.

Tanner entra en trombe, le téléphone de Gomez en main.

— J'ai une piste. Son cousin bosse clairement avec Garcia. J'ai parlé au prés' des Diablo. Ils savent où aller une fois là-bas. Leur sergent d'armes est un ancien du cartel Quintana. Il a bossé avec Garcia autrefois. Il a confirmé qu'il n'avait pas bougé depuis des années. (Il haussa les épaules.) Apparemment, ce type est super bon pour les opérations de libération, d'après Chavez, et encore mieux, il connaît le business de Garcia de l'intérieur.

Ky regarda Gomez, saisit le couteau allemand de Styx et l'enfonça dans sa poitrine. Gomez hurla alors que le VP retirait la lame puis levait la tête. Je lisais la guerre à venir sur ses traits.

— Tu veux porter le dernier coup ? me demanda-t-il.

J'avançai avant même d'avoir repris mon souffle.

— Elle te faisait confiance, putain ! grondai-je face à l'enfoiré.

Je lus une lueur dans ses yeux, semblable à du regret.

— Si je ne l'avais pas balancée… si j'avais gardé son identité secrète… ils seraient venus pour moi.

— Eh bien, résultat, c'est nous qui sommes venus pour toi, crachai-je sans la moindre pitié pour cette raclure.

Je serrai les doigts sur le manche, levai le couteau et m'apprêtai à frapper.

— C'était… ta faute, toussa Gomez en crachant du sang. Le cow-boy et toi l'avez trahie. (Il sourit.) Si elle est morte… ce sera ta f…

Avant même qu'il finisse sa phrase, je plongeai la lame dans son cœur et regardai la mort assombrir son regard alors que sa tête retombait. J'essuyai le sang sur la lame et la rendis à Styx. Il parut sur le point de dire quelque chose, mais je me retirai avant de lui en laisser le temps pour monter sur ma moto, prêt à foncer vers Laredo pour retrouver les Diablo.

Je savais qu'il avait dit vrai.

Si on les avait enlevés… c'était entièrement ma faute.

Chavez nous retrouva devant son QG. Nous étions d'un côté, douze Texans hispaniques de l'autre. Styx s'avança avec Ky, imité par Chavez. Un grand type musclé et mince qui semblait avoir une bonne vingtaine d'années, les cheveux noirs et les yeux marron, se tenait près de lui.

Styx secoua la tête. J'avais entendu les histoires… Notre ancien prés', le vieux de Styx, avait perdu sa femme à cause de l'ancien prés' des Diablo, le père de Chavez. Styx avait grandi sans mère. Son père et celui de Ky étaient morts pendant la guerre. Puis, en héritant du marteau, Chavez avait refusé de porter le nom de son bon vieux, Sanchez, en préférant celui de sa défunte mère, Chavez. On sentait à plein nez ses problèmes relationnels avec son père… C'était un bon merdier familial classique dans ce monde détraqué des hors-la-loi.

Ils nous avaient aidés à sauver Phebe de Meister, pour qu'un jour, on leur rende la pareille. Cette fois, c'était personnel. Chavez désigna son sergent d'armes, qui avait croisé ses bras tatoués devant sa poitrine.

—AK? murmura Vik. Il est pas vilain, l'enfoiré, non?

Je levai les yeux au ciel. Le géant roux était incapable de la fermer. L'homme des Diablo regarda notre secrétaire… et sourit, révélant un anneau d'argent sur sa langue.

— Ah, un titilleur à chatte, bien vu, approuva Vik.

AK dut lui dire de se taire, le silence revint.

— Voici Shadow, présenta Chavez.

L'homme inclina le menton.

— Il vous fera entrer. (Chavez marqua une pause.) Du moins certains. Vous ne pourrez pas tous y aller.

— J'en suis, affirmai-je en me postant derrière Ky.

Shadow m'observa et Ky traduisit les signes de Styx.

— Ky, Hush et moi.

Styx se retourna.

— Tanner, on aura aussi besoin de toi.

Il leva la tête, surpris, pâlit, puis hocha la tête. Styx plissa les yeux.

— C'est OK ?

Tanner vacilla.

— Ouais.

— T'as des connaissances techniques dont on aura peut-être besoin.

Il regarda aussi AK.

— T'es chargé d'être notre sniper. Tu viens avec nous, mais tu restes en arrière.

Il croisa le regard des autres frangins.

— Vous surveillez tous la route pour notre retour. Munitions, couteaux, vous préparez tout.

— Tu nous as aussi, précisa Chavez.

Styx l'observa, les yeux plissés, et passa la main sur sa barbe naissante. Chavez jaugea Tanner et Tank avec une moue de dégoût puis revint à Styx.

— Dès que Quintana et Garcia ont joint leurs forces au Klan, ils ont disparu… Quand ils les ont soutenus pour nous doubler au Texas, on était coincés. T'as besoin de notre aide, tu l'as. C'est intéressé, c'est pas une faveur qu'on vous fait.

— Très bien, approuva Ky. On peut dire ça. (Il scruta Shadow.) C'est toi, l'ex-membre du cartel qui peut nous faire entrer ?

— Je connais les lieux comme ma poche. J'y ai bossé quatre ans. Je vous ferai entrer et sortir.

— Si vous devez infiltrer un lieu sans être vus, c'est votre homme, confirma Chavez.

— On part quand ? demandai-je.

Shadow regarda une montre invisible à son poignet nu.

— Je dirais au plus vite, car demain est un jour de livraison. La marchandise part aux enchères. C'est un gros truc, les hommes seront occupés. C'est votre meilleure occasion à moins d'attendre une autre semaine.

« La marchandise »… des meufs. Tant que Sia n'en faisait pas partie, je m'en foutais.

— On m'a parlé des personnes à libérer et j'ai une idée du lieu où elles seront. (Il sourit.) On sera discrets comme la brise. (Il leva un sourcil.) Mais il faudra tuer, c'est entendu ?

— Compris, confirma Ky d'une voix pleine de rage.

Shadow sourit encore.

— C'est ce que je voulais entendre.

Chapitre 11

Sia

J'ENTENDIS LE COUP DE FEU EN MÊME TEMPS QUE Cowboy. Hush était sur le lit, les yeux révulsés.

— Cowboy ! hurlai-je, le cœur battant, en regardant par la fenêtre.

Je voyais des lumières, au loin… et l'écurie était éclairée.

Un gémissement de douleur s'éleva du lit. Le corps de Hush commença à s'agiter.

— La crise, soufflai-je.

Je roulai Hush sur le côté comme j'avais vu Cowboy le faire, et ce dernier fila prendre son arme dans la penderie.

— Cache-le, m'ordonna-t-il.

Je posai la paume sur le front en sueur de Hush. Il tremblait, les bras et les jambes agités. Un nouveau coup de feu retentit et j'essayai de le soulever. Il était trop grand, trop lourd.

— Je n'y arrive pas ! criai-je. (Cowboy s'éloigna de la fenêtre, passa son arme à sa ceinture et souleva son ami. Je le suivis.) L'abri antitornade !

Je le quittai au rez-de-chaussée et soulevai une trappe secrète dans le placard.

Cowboy me regarda.

— On doit y aller aussi.

J'acquiesçai, prête à le suivre, et il fit descendre Hush dans le petit espace ajouté à la maison il y avait des années. Il n'était pas visible. Cela me donnait un sentiment de sécurité, de savoir que j'avais cette cachette à ma disposition.

— Viens ! dit Cowboy en me tendant sa main, son regard bleu frénétique.

Je la pris… mais mes doigts glissèrent des siens quand une nouvelle détonation fut suivie du son horrible d'un cheval qui souffrait. Je regardai vers la porte, le cœur lourd.

— Sandy…, soufflai-je.

Un autre coup de feu claqua et le cri d'un autre cheval me brisa le cœur. Puis…

— Non… Clara est là-bas…

Avant que j'aie conscience de ce que je faisais, mes jambes me portèrent vers la porte.

— Sia ! appela Cowboy.

Je ne pouvais pas m'arrêter. Clara était dans l'écurie, elle travaillait tard ce soir.

Je sortis et courus dans les champs. J'entendis la porte s'ouvrir à ma suite et Cowboy m'appeler, mais je ne pouvais pas m'arrêter, le vent emportant les larmes qui coulaient de mes yeux.

Je repérai des mouvements dans l'écurie. Des hommes allaient et venaient et les coups de feu s'enchaînaient, comme autant de coups portés à mon cœur. Mes chevaux… les animaux qui m'avaient permis de tenir le coup… qui me donnaient ce sentiment de sécurité…

Quelqu'un sortit sur le côté du bâtiment. Il avait des cheveux noirs, la peau bronzée, il était sans doute mexicain. Mes jambes tremblèrent et je trébuchai. Il leva les yeux et un sourire apparut sur ses lèvres.

— Clara ! hurlai-je.

Il m'avait vue. Inutile de me taire. Tous les hommes se dirigeaient vers moi. Je savais que mon heure était venue.

— Clara ! appelai-je encore…

Puis je me figeai.

— Sia, salua une voix familière.

Je me retournai vers Pablo, le bras droit de Juan, qui sortait d'un van aux vitres teintées.

Une détonation retentit derrière moi. Je tressaillis et me retournai. Cowboy tirait sur les hommes qui sortaient de la grange. Il me rattrapa et me prit par le bras. Les hommes se rapprochaient de nous. Je plissai les yeux vers le bâtiment et un sanglot me déchira la gorge lorsque je vis les flaques de sang qui coulaient sur le sol de béton.

— Non ! hurlai-je tandis que mes jambes se dérobaient.

Pablo contempla ses boutons de manchettes comme si de rien n'était et fit un signe de la main à ses hommes.

— Emmenez-la.

Cowboy me remit sur pied et m'attira contre sa poitrine.

— Elle n'ira nulle part !

Il pointa son arme vers les hommes en approche.

— Cowboy, dis-je en passant doucement le doigt sur son bras. Non.

— Je m'en charge, *chérie**.

— Non. Ils te tueront. Ils sont trop nombreux.

Alors que je finissais ma phrase, un coup sourd retentit derrière nous. Le corps massif de Cowboy vacilla et m'entraîna sur le sol avec lui. Je me dégageai de son étreinte. Il était évanoui. Je l'enveloppai de mon bras. Pablo vint se poster près de nous.

— Où est l'autre ?

Mon pouls s'affola et mon ventre se noua. Hush. Il parlait de Hush.

— Il est parti.

Pablo plissa les yeux.

— Tu penses que je vais te croire ?

— C'est vrai.

Pablo claqua des doigts.

— Fouillez la maison. S'il est là, prenez-le et suivez-nous. C'est un Noir. (Il afficha un sourire goguenard.) Il ne devrait pas être trop dur à repérer. (Il regarda un homme.) Mets ces deux-là dans le van. Nous partons.

— Clara ? demandai-je alors que mon âme hurlait, car elle avait déjà compris.

Pablo se pencha et il me détailla de la tête aux pieds.

— Tu t'es embellie avec les années, dit-il en anglais, avant de sourire. Juan appréciera. Il ne tolère pas qu'une femme vieillisse mal.

Il se leva et me regarda par-dessus son épaule.

— Si tu parles de ta copine de l'écurie… (Il marqua une pause, me laissant dans l'attente.) Elle est morte. (Il secoua la tête.) Cette petite pute a cru pouvoir nous tirer dessus. Elle nous a accusés d'être des pilleurs de ranch ou je ne sais quelle idiotie. (Il fit claquer sa langue.) Elle aurait dû être capable de reconnaître le cartel ! Les gens de Mexico ne confondraient jamais la famille Quintana avec de vulgaires criminels.

— Alors vous l'avez tuée ? soufflai-je, prise de nausée.

— J'ai tué pour moins que cela.

On me saisit et je fus traînée loin de Cowboy. Je luttai, jusqu'à être arrêtée par un coup de poing dans le visage. J'essayai de rester consciente, mais au second coup, je ne pus lutter. La dernière chose dont j'eus conscience fut la vision de Cowboy, traîné à ma suite… puis la lumière dans ma maison, où des ombres cherchaient la seconde partie de mon cœur.

Je me surpris à supplier Hadès dans ma tête. *Je t'en prie, protège-le. Fais qu'ils ne le trouvent pas. J'ai assez vécu d'épreuves douloureuses.* La porte du van claqua, m'enfermant dans les ténèbres. *Ky*, ajoutai-je, *fais que Ky nous retrouve encore.*

J'ouvris les yeux mais les plissai aussitôt sous le soleil éclatant. J'avais mal à la tête et aux mâchoires, comme si on m'avait frappée. Je tentai de disperser le brouillard de mon esprit. Des visions et images me revinrent, comme une bobine mal fixée déroulant maladroitement son intrigue. Hush… Clara… les chevaux… Pablo… Garcia… Garcia… Garcia…

Je me redressai et regardai autour de moi. Des murs blancs, un sol de carrelage blanc, et un lit blanc familier.

Ma main se posa sur ma poitrine alors que je cherchais à respirer. Mes poumons semblaient avoir oublié que j'avais besoin d'air. Je laissai retomber mes mains sur le matelas. L'odeur du bois de santal.

Juan…

Je me levai du lit et grimaçai sous la douleur dans mon bras. Je repérai une trace de piqûre dans mon biceps. Des drogues… On m'avait droguée. Je baissai les yeux et ravalai un cri désespéré. Rouge. Je portais une robe rouge.

—Je t'aime en rouge, *bella*, dit Juan lors de notre premier rendez-vous. Tu portais un Bikini rouge sur la plage. C'est ce qui m'a attiré chez toi.

Il sourit et joua avec la bretelle de ma robe.

—Le rouge est la couleur d'une femme sûre d'elle, et je n'en croise pas beaucoup dans mon métier.

Il se pencha pour m'embrasser, me coupant le souffle. Il s'écarta :

—Je crois que tu m'as envoûté, *mi rosa negra*. (Il m'embrassa encore et sourit contre mes lèvres.) Je crois que je te ferai toujours porter du rouge.

Je saisis les bretelles, mais je les avais à peine abaissées qu'une porte s'ouvrit derrière moi. Je me figeai, le regard droit vers un tableau au mur, une villa dans la campagne mexicaine. La porte se referma, et des pas approchèrent. Je savais qu'il s'agissait de chaussures Prada, parfaitement cirées. Je savais qu'elles étaient portées par un homme mesurant un mètre quatre-vingt-quinze, avec d'épais cheveux noirs, un homme doté des yeux et du sourire les plus séduisants que j'aie vus de ma vie.

Je savais aussi que cet homme était le mal incarné.

Le matelas pencha, et je me figeai. Je ne cillai même pas en sentant un souffle chaud contre mes épaules, alors que je sentais l'odeur du bois de santal… et qu'il prenait les bretelles qui pendaient sur mes bras pour les réajuster sur mes épaules.

Je me mis à trembler, un membre après l'autre. Je tremblais partout où il me touchait, et ma force vacillait face à sa présence écrasante.

— *Bella*, souffla-t-il.

Je fermai les yeux. Cette voix qui avait hanté mes cauchemars pendant des années avait repris corps.

— Tu as toujours le même parfum.

Il frotta ses joues à la barbe naissante contre ma nuque et mes poils se dressèrent.

Il passa les mains sur mes bras. Il prit une profonde inspiration et exigea d'une voix ferme :

— Tourne-toi.

Pétrifiée, je ne pouvais pas bouger et lui obéir. Fatigué d'attendre, il me plaça face à lui. Je gardai les yeux baissés et j'entendis son sourire dans sa voix.

— Lève la tête, *bella*. Ne m'oblige pas à te faire du mal.

Son accent mexicain prononcé était comme des épines enfoncées dans mes oreilles. Pourtant, je levai les yeux. Un sentiment de pure terreur s'insinua dans mes veines quand je vis son visage. Je ravalai un souffle dont je doutais qu'il revienne jamais. Il sourit, les yeux brillants. Je connaissais ce regard.

C'était le regard qu'il avait posé sur moi en me rencontrant pour la première fois, sur la plage.

J'avais été envoûtée par ses yeux quand j'avais dix-sept ans, par son sourire, par son corps mince et bronzé, par cet accent qui me semblait alors le plus délicieux du monde… car je n'avais pas encore entendu le français cajun de deux hommes dotés de sourires honnêtes et purs. L'un libre, l'autre réservé, les deux avaient été une illumination dans mon âme.

— Où est-il ? demandai-je en dressant le menton d'un air de défi.

Juan se rembrunit. Il inclina la tête et m'observa. Il passa la langue sur ses dents et secoua la tête.

— Je vois.

Il se leva mais je ne le quittai pas du regard, je ne détournai pas les yeux, je savais comment il fonctionnait. Une seconde il était tout miel, la seconde d'après il devenait un monstre. Il épousseta sa veste.

— Je suppose que tu parles du biker au Stetson ?

Je crus que mon cœur s'arrêtait en attendant des nouvelles de Cowboy. Je fouillais ses yeux en quête d'un signe de mensonge, en cherchant à deviner si Cowboy était en vie. Je hochai la tête et attendis…

Juan se pencha et le diable qu'il dissimulait sous sa belle allure et ses costumes de grands couturiers montra son vrai visage.

— Prisonnier, pour le moment… (Il se redressa et rajusta sa cravate.) Mais je doute qu'il respire encore longtemps.

Avant d'avoir conscience de mon acte, je bondis du lit et levai la main pour lui frapper le visage. Il m'attrapa le poignet et serra. Je hurlai, le corps tendu sous la douleur. Il me mit à genoux, là où il aimait voir les femmes. Ses yeux étincelèrent. Il me fit tourner et je poussai un cri en sentant qu'il déchirait en deux le dos de la robe. Je criai quand il passa le doigt sur mes brûlures…

— Tu m'as défié, disait-il en m'allongeant sur le ventre sur le petit lit.

Je tremblai alors qu'il passait les mains sur mes poignets. Je bondis, paniquée, quand des menottes se refermèrent dessus, liant mes bras aux montants. Je me débattis, mais Juan découpa mon haut pour exposer mon dos. Je bougeai la tête de droite et de gauche, pour tenter de voir ce qu'il faisait. Les minutes passèrent et je m'effondrai sur le lit, le visage de côté, épuisée. Je sentis un liquide sur ma peau… puis la douleur s'empara de moi, si insoutenable que je hurlai. Je criai si fort que j'entendis des murmures choqués à l'extérieur. Je fermai les doigts sur le drap. Je voulais bouger, mais le moindre mouvement me mettait la peau en feu. Je hurlai encore, jusqu'à ce que Juan s'accroupisse, le visage à hauteur du mien. Il passa la main sur mon visage alors que je pleurais, les yeux si exorbités qu'ils semblaient sur le point de me sortir de la tête. Je pris une inspiration.

— Essaie encore de me quitter, déclara-t-il, et je te plongerai dedans.

Mes larmes me mouillaient le visage tandis que mon corps convulsait. Ma température monta et mon corps se tordit, par réflexe. Je m'accrochai au drap blanc qui couvrait le lit en tentant de respirer malgré la douleur.

Il m'avait détruite.

Il m'avait détruite pour que je ne le quitte jamais.

Il m'avait détruite aux yeux de tous les autres…

Il passa la main sur mon épaule et approcha la bouche de mon oreille.

— Tu l'as fait retirer ?

La rose noire, la marque qu'il avait apposée sur moi pour marquer sa propriété… Son sceau, comme un éleveur de bétail apposait sa marque sur ses bêtes. Pour les autres « filles », le symbole était imprimé au fer rouge sur leurs hanches. Chez moi, il avait veillé à ce que le dessin soit suffisamment grand et visible pour que nul n'ignore à qui j'appartenais.

— Je ne voulais plus rien qui me rattache à toi. Je voulais effacer toute trace de cet endroit… de cet enfer sur Terre que tu avais créé, cet empire bâti sur la souffrance.

Il leva les sourcils et se pencha. Sa main suivit mes cicatrices et il y planta les ongles. Je retins un cri pour ne pas offrir à ce sadique le plaisir de ma douleur.

— Trop tard, souffla-t-il.

Le simple fait de piquer ainsi ma peau mutilée me rappela qu'il était imprimé dans mon âme.

Il se leva et se dirigea vers la porte.

— Où est-elle ? demandai-je en me tournant vers lui.

Il s'arrêta et me jeta un regard par-dessus son épaule.

— Dans le coin.

Une vague de soulagement envahit mon corps.

Elle était encore en vie… après tout ce temps.

— Où est-il ? repris-je, et ma voix se brisa.

Juan se raidit et revint vers moi. Il s'accroupit, toujours aussi impeccable.

— Dis-moi, Sia, demanda-t-il d'une voix froide et cruelle. Tu m'as quitté parce que tu refusais, je cite, d'être « la putain d'un criminel ». (Il laissa les mots faire leur effet puis inclina la tête.) Mais je sais de source sûre que tu es maintenant la putain de deux hommes, des bikers, qui plus est.

Vif comme un serpent, il me prit les joues dans sa main et je tressaillis avec un cri sous la douleur dans mes mâchoires.

— Des bikers, Sia… Tu avais oublié de me dire que tu étais une petite princesse de ce milieu, pas vrai, *bella* ?

Je dégageai mon visage et lui crachai dans l'œil.

— Ils sont peut-être tordus, ma famille est peut-être peu recommandable, mais eux ne trafiquent pas de femmes ! Ils ne vendent pas d'esclaves !

— Ils se contentent de vendre leurs sœurs à un bâtard noir et à un péquenot qui se baisent autant qu'ils te baisent ? (Il m'embrassa avec la volonté de me faire mal et je le repoussai.) Si j'avais su quelle salope tu étais, je n'aurais pas été si délicat avec toi. (Il soupira.) À partir de maintenant, je vais en profiter pleinement.

Avant de se lever, il me gifla avec force. Je reculai de peur qu'il recommence.

— C'est pour m'avoir craché au visage.

Il sortit. Quand la porte fut fermée, je me levai maladroitement. Je me précipitai vers la sortie par où je m'étais échappée, autrefois.

Mais il n'y avait plus d'issue.

Je m'affaissai sur le sol, mes brûlures contre le battant de bois, et je songeai à Cowboy et à ce que Juan allait lui faire. Je pensai à Hush et me demandai s'il allait bien. Puis je revis mon frère, et notre dernière conversation.

Alors, je laissai mes larmes couler.

On ne vint dans ma chambre que le jour suivant. J'étais allongée sur le lit, les yeux posés sur la porte pour savoir exactement quand *il* entrerait, car je savais qu'il viendrait. J'avais faim, soif, et mal partout. J'ignorais ce qu'ils m'avaient injecté, mais cela affectait mes muscles.

La poignée tourna et je me levai, prête à affronter Juan. Un homme que je ne reconnus pas apparut.

— Par ici, ordonna-t-il.

Il était grand et intimidant, comme la plupart des hommes de Juan. Il portait un costume noir et une cravate argentée. J'hésitai et il plissa les yeux.

— Je ne le répéterai pas. Si tu ne bouges pas, je viendrai te faire bouger.

Tremblante, je me levai. J'étais comme Bambi apprenant à marcher, et je fis de petits pas prudents vers la porte. Une fois à hauteur de l'homme, il me saisit le bras et me traîna dans le couloir qui éveillait tant de mauvais souvenirs : mes premiers pas après la brûlure à l'acide, la douleur terrible quand la peau à vif s'étirait à chaque mouvement de mes jambes, la nuit où j'avais fui la maison vers les bois qui la dissimulaient... jusqu'à ce que Ky et Styx me trouvent.

Je priai pour que quelqu'un me trouve cette fois encore.

On me fit monter dans une voiture. Je m'enveloppai de ma robe rouge déchirée. J'avais chaud, mais j'étais glacée alors que nous roulions, jusqu'à ce qu'un lieu que je n'aurais plus jamais voulu revoir apparaisse devant nous.

Mon souffle devint plus court, mes paumes moites, et mon corps trembla. Le conducteur nous arrêta devant un bâtiment éloigné. Des dizaines d'hommes patrouillaient dans les environs. Des camions quittaient sans cesse cet endroit de malheur. La nausée me prit à l'idée de qui se trouvait dans ces véhicules, et pire encore, d'où elles allaient. Des enchères, pour les vendre à des hommes et des femmes, leurs nouveaux propriétaires… qui leur feraient réaliser tous leurs désirs.

La bile me monta à la gorge lorsque nous croisâmes un camion. Tout était silencieux, étrangement silencieux. Une fois les portes closes, l'homme de Juan descendit de la voiture et vint ouvrir ma porte. Il me prit par le bras et me tira violemment du siège arrière. Je posai mes pieds nus sur le sol sablonneux et chancelai à sa suite vers un bâtiment, dans un couloir humide et froid, jusqu'à une porte.

Il frappa et un autre inconnu ouvrit. Mon guide me jeta vers lui sans cérémonie. Il me mena dans la pièce où une ampoule nue pendait au plafond. Je plissai les yeux pour habituer mon regard à l'ombre… et je vis quelque chose. Une chaise, avec un homme assis dessus.

Mon cœur s'emballa si fort que je crus qu'il allait quitter ma poitrine.

—Non, soufflai-je en voyant les traces de coups répétés sur la forme inerte, alors qu'une chemise à carreaux familière, déchirée, révélait des coupures sur sa peau.

Il n'avait plus de chapeau, et ses cheveux blonds étaient teintés par le sang qui avait dû gicler de son visage. Il avait les mains liées dans le dos et les chevilles attachées à la chaise.

— Cowboy…

Ma voix emplit la pièce étouffante. Il leva lentement le menton, comme si ce mouvement lui causait une grande douleur, et je poussai un cri en sanglotant lorsque son regard croisa le mien. Il avait les yeux enflés et noirs de coups.

Il fallait que je le prenne dans mes bras.

Je voulus échapper à l'homme, mais il me ramena vers lui et me gifla. Mes jambes chancelèrent, encore faibles après l'enlèvement, la déshydratation et les effets secondaires du sédatif.

Cowboy grogna férocement et sa chaise racla le sol de béton. L'homme me souleva et m'attacha à la chaise face à lui. Je gardai les yeux posés sur mon amant, ignorant la douleur dans ma poitrine. Les larmes me brûlaient la peau, mais je regardai droit devant moi. Blessé et battu, il sourit tout de même de son mieux et m'adressa un clin d'œil.

Un bref rire douloureux m'échappa et je redressai les épaules. Je refusais que ces enfoirés me voient brisée. L'homme sortit en fermant la porte, me laissant seule avec Cowboy. Je vérifiai que nous étions bien entre nous.

— Cowboy, soufflai-je. (Ma voix étouffée résonna dans le cube étroit où nous étions.) Dis-moi que tout va bien… (Je fermai les yeux.) Ce qu'ils t'ont fait…

Ce n'était pas vraiment une question. Mon beau Cowboy… Ils lui avaient fait du mal, beaucoup de mal, tout ça parce qu'il était avec moi…

Il voulut parler mais toussa du sang. Je priai pour qu'il provienne de plaies superficielles dans la bouche, et non de blessures internes.

— Je vais bien, *ma chérie**, répondit-il faiblement.

Il tenta de sourire, et sa lèvre inférieure se fendilla.

Je voulus me libérer les mains, mais n'y parvins pas. Je regardai Cowboy qui m'observait.

— Qu'allons-nous faire ? demandai-je.

Nous n'étions pas naïfs, nous étions là pour une bonne raison. Après avoir parlé comme je l'avais fait à Garcia, je me demandai s'il m'avait fait amener ici pour me tuer. Juan Garcia était un homme qui ne perdait jamais. J'avais fui avant qu'il se lasse de moi. Pour lui, cela avait été le début d'un jeu du chat et de la souris.

J'étais la souris… et il m'avait attrapée.

Je regardai les murs autour de nous. Des traces de sang étaient incrustées dans les grains du matériau grossier. Je luttai pour respirer. Cette pièce avait une fonction : abriter ceux qui allaient mourir.

— Sia, reprit Cowboy, Hush va nous tirer d'ici.

Je n'osais pas en rêver, surtout quand les portes s'ouvrirent et qu'un autre homme entra, un nouveau qui appartenait clairement aux nouveaux associés de Garcia, la tête rasée, avec des tatouages nazis et de la suprématie blanche sur le corps. Il tenait un couteau. Il avança lentement en nous regardant.

Mon cœur s'emballa quand il décrivit un cercle autour de nous avant de s'arrêter devant moi.

— Fous-lui la paix ! gronda Cowboy.

Je n'avais jamais entendu autant de venin dans sa voix. Le nazi le regarda par-dessus son épaule.

— J'voulais juste dire bonjour, dit-il avant de retourner à la porte.

Elle s'ouvrit et il tira quelqu'un à l'intérieur. Je vis une robe rouge semblable à la mienne, mais je ravalai un souffle quand le visage et le corps de la femme apparurent. Un son de pure compassion monta de ma gorge lorsque je contemplai sa chair. Elle avait les yeux baissés, mais je doutais qu'elle puisse vraiment voir. Le nazi l'abandonna au milieu de la pièce, sous l'ampoule, et sortit.

Elle se crispa mais leva la tête. Je frissonnai, et mon cœur se brisa quand je vis son visage. Chaque parcelle de sa peau était semblable à mon dos.

De l'acide, songeai-je aussitôt. Ils en avaient versé sur tout son corps. Même sa tête était touchée et il ne restait qu'une touffe de cheveux à l'arrière de son crâne. Ils étaient bruns. Elle ne voyait pas d'un œil, une nuance laiteuse en voilant l'iris. Mais l'autre semblait intact. Un regard marron, doux… Des yeux de la même couleur que…

Je m'étranglai, incapable d'y croire, d'accepter ce que j'avais devant moi, qu'il s'agissait de…

— Sia ? demanda la femme en se figeant.

Malgré les liens, mes mains tremblèrent. J'écarquillai les yeux pendant qu'elle avançait vers nous, les dents serrées de douleur. Elle arriva à mes pieds et je voulus me détourner. Je ne pouvais pas supporter de la voir ainsi, presque incapable de bouger, la peau de tout son corps irrécupérable.

Que lui avait-*il* fait ?

— Sia, répéta-t-elle à bout de souffle, comme si s'être traînée jusqu'à moi l'avait vidée de ses forces.

— M… Michelle ? parvins-je à dire, la voix rauque.

Cowboy ravala une exclamation. Je ne détournai pas le regard de cette femme. Impossible… alors qu'elle avait été ma meilleure amie.

Si mes mains avaient été libres, j'aurais posé une paume contre sa joue et je lui aurais promis que tout irait bien. Mais j'étais attachée et je ne sus que demander :

— Que t'ont-ils fait ?

Elle renifla. J'aperçus une larme qui coulait de son œil intact sur ses joues marquées de cicatrices.

— Encore et encore…, dit-elle.

Elle regarda Cowboy et se crispa en se rapprochant de moi.

— Il ne te fera aucun mal, lui assurai-je.

Je me sentis stupide. Elle n'avait connu que des hommes cruels. Pourquoi croirait-elle à ma promesse ? Je regardai sa robe rouge. Je savais exactement lequel de ces monstres était responsable de son sort.

— J'ai essayé de m'enfuir, continua-t-elle alors que sa lèvre sans chair tremblait et que je restais immobile. Il m'a rattrapée. (Elle m'observa brièvement puis regarda le sol.) Pas très longtemps après que tu as réussi…

J'attendis, j'attendis, le cœur au bord des lèvres. Michelle ravala un sanglot.

— Il m'a forcée à m'habiller comme il t'habillait.

Elle secoua la tête, revivant par l'esprit ces jours terribles.

— Mais je n'étais pas toi. Peu importait ce qu'il faisait… tout ce qu'il aurait voulu te faire, ou t'avait déjà fait.

Je blêmis. Il l'avait violée, parce que je n'étais pas là pour le satisfaire.

— Il a commencé par me verser de l'acide sur le dos. Mais cela ne l'a pas satisfait, alors il a continué. Chaque mois, il choisissait un autre endroit, une autre partie de mon corps à détruire.

Je fermai les yeux et tentai de chasser la montagne de culpabilité qui grandissait en moi.

—Jusqu'à ce qu'il ne reste plus rien.

Michelle prit une inspiration et tendit la main. Je sanglotai quand ses doigts rêches prirent mes mains pour les presser.

—Je pensais ne jamais te revoir, dit-elle d'une voix rauque en me regardant. Je veux rentrer à la maison, Sia. C'est tellement douloureux.

Je serrai ses doigts, mais doucement, pour ne pas lui faire mal.

—Je t'y conduirai, promis-je.

Elle leva lentement la tête et essaya de sourire. Je lus un tel désespoir sur ses traits, c'était ce que j'avais vu de plus triste de ma vie.

—Je le ferai, insistai-je pour l'aider, lui redonner cet espoir.

Elle ferma les yeux.

—Je veux revoir des champs verdoyants. Il y a trop de désert ici. Trop de ténèbres.

Je levai les yeux vers Cowboy, le visage de marbre pendant qu'elle se remémorait sa maison.

—Michelle? souffla-t-il.

Elle se tourna vers lui et il observa la porte.

—J'ai un couteau dans ma botte, murmura-t-il sans quitter des yeux l'issue au cas où des personnes décideraient d'entrer.

Il agita un pied.

Michelle me lança un regard.

— Tu peux lui faire confiance, assurai-je, il est avec moi.

Elle rampa jusqu'à lui.

— Sur le côté, glissé dans ma chaussette.

Michelle tendit la main en me regardant fréquemment et j'acquiesçai pour l'encourager. Elle sortit le couteau et je soupirai de soulagement, comme Cowboy. Il bougea ses mains liées.

— Libère-moi, demanda-t-il en surveillant toujours la porte.

Mais Michelle commença à reculer.

— Michelle ? demandai-je en la regardant.

Ses mains et ses lèvres tremblaient.

— Michelle ? repris-je, paniquée.

Michelle pleurait… puis elle regarda Cowboy et murmura :

— Merci…

Mon cœur se brisa à ces mots. J'ouvris la bouche pour parler, dire quelque chose qui la tire de son désespoir, mais je fus prise de vitesse par les deux coups de couteau rapides qu'elle s'infligea sur les poignets.

— Non ! hurlai-je.

Ma gorge était si sèche que mes paroles rauques étaient à peine audibles.

Michelle lâcha le couteau, dont le métal claqua contre le béton. Ses jambes trop maigres flanchèrent et elle vacilla vers le mur derrière elle. Le sang coula sur le sol autour d'elle. Elle s'affaissa contre la paroi, sourire aux lèvres.

— Michelle, soufflai-je.

La coquille vide qui contenait ma meilleure amie croisa mon regard sans se détourner alors que la lumière de la vie quittait ses yeux.

Le parfum écœurant du sang emplissait l'air. Je ne pouvais pas m'empêcher de contempler Michelle sur le sol, les yeux ouverts, déjà morte. Je laissai échapper un grand cri. Puis je hurlai, hurlai encore, de tous mes poumons, en pensant à cet enfoiré capable d'infliger ça à un autre être humain.

Je le détestais. Je haïssais Juan Garcia de tout mon être, pour tout ce qu'il représentait et tout ce qu'il faisait.

La porte s'ouvrit et le nazi entra. La colère remplaça la tristesse qui m'écrasait et mes mains tremblèrent.

— Où est-*il ?* grondai-je.

Il écarquilla les yeux en découvrant Michelle.

— T'as merdé, se moqua-t-il. Le boss avait des projets pour elle.

Ma gorge palpitait et il haussa les épaules avant de regarder Cowboy.

— Il se servira de toi à la place.

Je me figeai et regardai mon amant. Il serrait les dents et je blêmis. Il allait le tuer. Juan allait tuer lentement Cowboy, devant moi, comme il comptait le faire avec Michelle avant qu'elle mette fin à sa pauvre vie de misère.

— Ne le touche pas, grondai-je tandis que le nazi approchait de Cowboy, couteau en main.

— Oh, si, je vais le toucher. (Il s'arrêta devant mon amant.) J'étais déçu de voir qu'on ne m'apportait que toi, reprit-il en faisant tourner son couteau. On m'avait promis que j'aurais un mulâtre.

Mon sang se glaça et Cowboy serra les poings. Le nazi le remarqua et nous regarda tour à tour.

— T'es pédé en plus d'être fan des Nègres ?

Des flammes emplirent le regard bleu du biker.

— Ouais, répliqua-t-il d'un air de défi, j'aime sucer des queues autant que lécher des chattes.

Le nazi afficha une moue de dégoût.

— Comme si c'était pas déjà contre-nature d'être une tapette, tu choisis de sucer des Nègres.

Cowboy sourit, largement, le sang coulant de ses plaies jusqu'à son menton.

— J'ai testé les Blancs… (le nazi se figea) mais ils en avaient des trop petites pour me remplir la bouche comme j'aime !

— Cowboy, soufflai-je en le suppliant de ne pas énerver davantage notre bourreau.

Le nazi se pencha et leva son arme.

— T'aimes te taper la race inférieure et corrompue… alors on va faire en sorte que tout le monde le sache !

Je fus prise de nausée quand il passa derrière Cowboy pour lui retirer sa veste et son haut, lui laissant le torse nu. Il lui poussa la tête en avant et posa le couteau contre sa nuque.

— Non ! criai-je, craignant qu'il le poignarde.

Mais ce sadique commença à graver avec la lame.

— Laisse-le ! hurlai-je en voyant les yeux de Cowboy briller alors qu'il serrait les dents.

Sur les mains du nazi, ses tatouages « SS » et « 88 » étaient couverts du sang de Cowboy.

Ce dernier trembla quand la douleur devint insupportable. Le nazi recula pour admirer le résultat.

— Tu vas passer le message à ton club que personne ne s'en prend à nous, déclara-t-il avant de hausser les épaules. Ton corps s'en chargera. (Il eut un sourire pervers et froid.) Ce « 23/2 » incrusté sur son dos prouve que tu aimes les Noirs. (Il secoua la tête et cracha par terre.) Les races ne doivent pas se mélanger. Le sang des Blancs est affaibli par celui des Nègres.

Cowboy allait parler mais j'intervins pour que ce salaud ne lui fasse pas plus de mal.

— Alors, tu devrais me marquer aussi.

Il me regarda et je redressai la tête.

— Sia, me prévint mon amant.

— Je suis amoureuse d'un métis.

Je lus sur le visage de Cowboy qu'il était furieux de mon choix, mais je le regardai intensément.

— Et je suis amoureuse de toi aussi.

— *Ma chérie**, souffla-t-il d'une voix rauque.

Je regardai le nazi.

— Si tu veux symboliser je ne sais quoi par ces chiffres, alors il faut me marquer aussi, dis-je en souriant.

Il s'approcha.

— J'ai reçu l'ordre de tatouer la marque de Garcia sur toi.

La rose noire… Le nazi haussa les épaules.

— Mais je peux faire les deux.

Il se posta derrière moi et me repoussa la tête. Je me mordis la langue jusqu'au sang lorsque je sentis la première incision. Je soutins le regard furieux de Cowboy tandis que la douleur manquait de me faire vomir. Je pensai au visage de Hush, au fait que quand il était avec nous, il oubliait un peu la solitude qui le hantait depuis trop longtemps. C'était sa place, près de nous, chez nous.

— Vingt-trois, expliqua le nazi alors que je tremblais sous l'effet de l'adrénaline, désignant la vingt-troisième lettre de l'alphabet : « W » pour « white », les Blancs. Deux, qui désigne le…

— B, complétai-je dans un souffle saccadé.

— Pour « black », les Noirs, termina-t-il. « 23/2 » marque ceux qui baisent avec la race inférieure, mélangent leur sang et créent des abominations qui n'auraient pas dû voir le jour.

Je songeai à Hush, qui n'avait rien d'une abomination… Il n'était pas un mulâtre, un sang-mêlé, il était parfait. Il était l'un des hommes les plus honorables que je connaisse, mais il avait été brisé par des enfoirés comme ce salaud de nazi. Il en avait gardé une si mauvaise estime de lui-même que mon âme pleurait pour tout ce qu'il avait traversé… pour la haine quotidienne qu'il subissait par sa simple existence.

Le nazi s'écarta de moi et la douleur terrible cessa enfin. J'aspirai l'air avidement, le corps vidé de toute énergie. Notre bourreau se dirigea vers la porte et sortit. Je baissai la tête et mon regard tomba sur Michelle, du moins la femme qui avait été Michelle, désormais sans vie sur le sol. Je levai les yeux vers Cowboy, blessé et marqué, le teint blême, mais le menton dressé. Insoumis jusqu'à la mort.

— *Ma chérie**, dit-il d'une voix rauque, je suis désolé.

Je compris à sa voix brisée la douleur qu'il ressentait en me voyant souffrir. Je l'observai, l'un des hommes qui avaient bouleversé ma vie, transformant une nuit éternelle en de longues et douces journées d'été. Je sentis la force que j'avais cherché à rassembler fondre comme du beurre sur une lame chaude.

Car cet homme, ce Cajun décontracté, à la langue bien pendue et aux clins d'œil coquins, allait m'être arraché, on allait lui voler la vie, à cause d'un salaud que j'avais croisé à dix-sept ans, un monstre qui n'acceptait pas de perdre, qui était prêt à tout pour gagner.

— C'est moi qui suis désolée.

Je regardai vers la porte, en me demandant combien de temps il nous restait avant que le nazi ou Garcia en personne revienne pour tuer Cowboy et ainsi réduire mon cœur en lambeaux.

— *Ma chérie**, commença-t-il.

Il avait une voix forte et courageuse, mais je voyais briller ses yeux et j'entendis son souffle haché lorsqu'il contempla mon visage.

— Je t'aime, soufflai-je.

Je souris, des larmes amères coulant jusqu'à mes lèvres. J'étais surprise de la rapidité avec laquelle mon cœur s'était dévoué à Hush et Cowboy, comme s'il les avait attendus, laissant passer le peu d'hommes que j'avais croisés, paresseusement, jusqu'à être éveillé par les belles paroles d'un Cajun à Stetson et l'âme torturée d'un homme aux yeux de cristal.

— Je… Je voulais juste que tu saches, murmurai-je, que… que… je t'aime.

Je souris et le troisième composant de notre triangle amoureux me manqua soudain.

— Toi, et Hush, complétai-je, la voix brisée.

Il baissa la tête puis la releva.

— *Je t'aime, ma chérie**. (Il s'éclaircit la voix.) Et je sais que Valan aussi. (Son regard s'emplit de ce qui semblait être une résolution inébranlable.) Accroche-toi à l'idée qu'il est dehors et qu'il t'aime autant que moi. Si tu perds la foi, si... (Son regard tomba sur Michelle, ses narines frémirent et il ferma les yeux une seconde.) Quoi qu'il te fasse, tiens bon.

La porte s'ouvrit et le nazi revint avec une lueur dans le regard qui n'y était pas plus tôt.

Il se dirigea droit vers Cowboy et je retins mon souffle, me préparant à la vague dévastatrice qui m'engloutirait ensuite. Mais je ne savais pas comment me préparer. Comment affronter la perspective qu'on m'arrache le cœur et qu'on le réduise en miettes ?

Cowboy se redressa, tirant sur les liens de ses mains et de ses pieds tandis que l'homme se dressait devant lui. J'aurais pu pleurer face à la dignité qu'un humain confronté à la mort pouvait déployer. Cowboy regarda son assassin droit dans les yeux. Ma vue se brouilla alors que je pleurais comme je n'avais jamais pleuré auparavant. Mon cœur adopta un rythme désordonné, imprévisible. Le temps s'arrêta. L'homme leva son couteau. Je pris ma dernière inspiration paisible, car je savais qu'une fois le coup porté, le moindre souffle ne serait qu'une épreuve laborieuse pour mes poumons. J'attendais, immobile, qu'on me transperce l'âme, quand une large silhouette apparut devant moi et planta un couteau dans la gorge du nazi.

Qu'est-ce que… ?

L'homme aux longs cheveux noirs et entièrement vêtu de noir se tourna et sourit. Mon souffle s'emballa, j'écarquillai les yeux, et je me demandais ce qui se passait quand une voix résonna comme un chant céleste.

— *Älskling.*

— Hush, soufflai-je, perplexe.

Il s'élança, courut vers moi, et posa les mains sur mon visage. Il plongea son regard, chaud comme le soleil, dans le mien. Je sentis que j'avais les mains et les chevilles libres. Je posai mes doigts engourdis sur ses joues, là où était leur place. Je tremblais et il me prit les poignets, les yeux fermés, comme dans une prière silencieuse. On posa une main sur son épaule. Il regarda brusquement derrière lui et ferma encore les yeux. Il attira Cowboy contre sa poitrine, et quand son ami grogna, il le libéra aussitôt.

Hush regarda ses mains, à présent tachées de sang. Il fit pivoter Cowboy et pâlit, avant de me regarder de nouveau. L'homme qui avait abattu le nazi m'aidait à me relever. Je regardai l'emblème tatoué sur son bras et écartai la main en reconnaissant l'insigne des Diablo. Un éclair de rage me foudroya. Ils avaient tué ma mère !

Mais Hush détourna mon attention en me faisant pivoter lentement, moi aussi. Je ne voulais pas lui montrer, je savais l'effet que cela lui ferait, que ce ne serait qu'un coup de plus porté à son cœur déjà trop meurtri.

Je sus qu'il avait vu les coupures quand il ravala un hoquet. Je me tournai vers lui et vis son visage se fermer. Il se cacha bientôt sous le même masque qu'il arborait à sa venue au ranch.

— Hush…

Je voulus lui prendre la main mais il se détourna, puis se figea. Il regarda le corps de Michelle. Cowboy lui posa une main sur l'épaule. Le Diablo s'assura que le nazi était mort. Je me balançais sur place, sous le choc.

— C'est Garcia qui lui a fait ça, déclara Cowboy en s'appuyant sur son ami.

Soudain, on referma une main sur ma gorge et je fus entraînée vers l'arrière.

— L'une de mes plus belles œuvres, si je peux me permettre !

Les trois hommes se tournèrent d'un même mouvement et je sentis une lame contre mon cou. Juan m'enveloppait étroitement du bras et je dus m'y agripper pour rester debout. Je savais que si je bougeais, si je tombais simplement, il me trancherait la gorge.

— Ah, reprit Juan en m'embrassant la joue, le troisième membre de votre trio gagnant…

Hush ne le quittait pas des yeux et Garcia observa le Diablo.

— Tiens, tiens, Angelo. On dirait que tu t'es trouvé une nouvelle famille.

L'homme leva un sourcil et sourit.

— Il semblerait, oui.

— Nous nous sommes toujours demandé où tu étais passé.

Juan haussa les épaules, puant l'arrogance tandis qu'il regardait ces trois hommes capables de le tuer en un éclair. Pourtant, il savait qu'ils ne tireraient pas, car ils ne pouvaient l'atteindre sans me toucher.

— Nous aurions l'usage de quelqu'un avec tes talents, si tu voulais nous revenir. (Angelo inclina la tête.) Nous pourrions te pardonner d'avoir abandonné le cartel pour ce pitoyable gang de bikers mexicano-texan !

Angelo secoua la tête. Hush en profita pour essayer de se décaler à gauche.

— Je vous le déconseille ! le mit en garde Juan.

Il appuya le couteau sur mon cou et je criai en sentant son fil aiguisé. Je n'osais même pas déglutir. Hush se figea. Juan posa la bouche sur ma joue et je retins un cri quand je sentis sa poitrine contre mes blessures.

— Il méritait de mourir, déclara-t-il en regardant le nazi. Moi seul ai le droit d'abîmer cette peau.

Je fermai les yeux et les rouvris pour regarder mes deux amours.

— Je vous en prie… (Nos regards se croisèrent.) Partez.

Ils ne bougèrent pas, mais je devinais que Garcia n'avait personne pour le défendre, sinon il ne me menacerait pas. Ils pouvaient s'en tirer. J'avais toujours su que je finirais de nouveau ici.

— Partez, suppliai-je.

— Non, dit fermement Hush.

Cowboy secoua la tête. Je fermai les yeux et sentis mes larmes tomber sur l'oreille de Juan.

Je les rouvris.

— Partez ! hurlai-je. (Cet effort me causa une terrible douleur dans le haut du dos. Je respirai pour la supporter.) Je vous en prie, sauvez-vous.

Hush et Cowboy ne me quittaient pas des yeux. Je croisai les deux nuances de bleu que j'adorais tant et sentis une étrange sensation de plénitude. Je les avais peut-être perdus, retombée dans cet enfer avec Juan, mais au moins, j'avais aimé. J'avais fait l'expérience de l'adoration et de la bonté que je n'avais vues que dans les films.

Je souris faiblement. Ils auraient été parfaits pour moi. Nous aurions été parfaits ensemble.

Soudain, un gargouillis étouffé surgit de la bouche de Juan, et il laissa retomber sa main. Hush m'attrapa par le bras pour me tirer vers lui. Mes jambes se dérobèrent et il me soutint avant que je tombe. Le son d'un objet lourd heurtant le sol résonna autour de nous et je me tournai pour regarder Juan sur le sol, la gorge tranchée, en sang. Je levai les yeux et…

— Salut, sœurette !

— Ky, soufflai-je, stupéfaite, alors que Styx et Tanner entraient dans la pièce.

Le président tenait son couteau allemand à la main, et du sang couvrait ses bras et ses joues. Il m'adressa l'ombre d'un sourire et ses larges épaules retombèrent un peu quand nos regards se croisèrent.

— Il faut filer, déclara Angelo. Il reste une demi-heure avant le retour des camions.

Hush me prit dans ses bras. Ky se posta près de moi et ses yeux s'enflammèrent lorsqu'il découvrit mon dos.

— Sia, dit-il en passant la main sur mon bras.

Une telle douleur se manifesta soudain sur ses traits que j'aurais pu en pleurer, mais soudain, Hush s'élança avec moi dans le couloir vide. Angelo nous guida vers une porte de service, dans un autre bâtiment. Nous avancions cachés dans l'ombre. À chaque pas de Hush, je serrais les dents, la souffrance dans mon dos insoutenable. Je regardai derrière nous. Styx aidait

Cowboy à se redresser, et celui-ci avait le visage gonflé, marqué d'une teinte violacée qui s'assombrissait.

Après un tournant, un homme apparut près de la sortie. Je regardai la porte, notre issue vers la liberté, puis l'homme, qui avait tiré son arme, et qui nous observait avec stupeur. Il arborait des tatouages de la suprématie blanche, comme le nazi qui avait mutilé nos dos. Hush se raidit et me serra plus fort.

Tanner s'avança soudain et l'homme écarquilla les yeux.

— Tanner Ayers ? demanda-t-il, choqué, en plissant les yeux avant de lever plus haut son arme. On nous avait dit que t'avais déserté la cause pour rejoindre ce foutu gang impur.

Il allait continuer quand Tanner sortit une arme de sa veste et lui tira une balle droit dans la tête. Il s'affaissa, son cadavre reposant sur le sol.

— Bien joué, commenta Angelo avant de passer rapidement la porte.

Le groupe se précipita vers un van en attente. Chacun s'entassait dedans quand Angelo s'arrêta.

— Je reviens dans une minute.

Il s'éclipsa, laissant les portes ouvertes. Je sursautai quand une explosion de chaleur traversa les parois du véhicule. La lumière m'aveugla et je grimaçai. De grands claquements et des coups sourds résonnaient autour de nous comme si nous étions pris entre deux feux.

— C'est quoi ce bordel ? gronda Ky en se précipitant vers la porte.

Les bâtiments qui abritaient les filles étaient en flammes. J'observai l'incendie qui montait vers le ciel et dévorait ce lieu maudit. L'adrénaline me submergea et je tentai de sortir du véhicule.

— Michelle ! hurlai-je fébrilement, d'une voix trop faible pour passer les portes. Elle est toujours à l'intérieur !

Quelqu'un me retint et j'enfonçai les ongles dans ses bras.

— Lâchez-moi ! criai-je avec frénésie. Michelle ! Je dois aller trouver Michelle !

Mais on me tenait fermement. Je donnai des coups de pied et de poing pour me libérer et je me retournai vers le visage de marbre de Ky.

— Ky ! Lâche-moi, putain !

Je regardai les bâtiments.

— Non !

Je contemplais un enfer. Tous les édifices étaient touchés, tout allait tomber en cendres.

Je m'affaissai entre les bras de Ky. Je ne sentais plus mes jambes, et la vision de l'incendie me privait de mes forces. La chaleur était telle que j'étais en sueur. Je ne remarquai même pas que mon frère m'avait éloignée des portes pour m'appuyer le dos contre les parois du van, jusqu'à ce que Cowboy pose doucement la main sur mon bras. Je regardai ses yeux meurtris, fatiguée et abrutie.

— Elle voulait rentrer chez elle, plaidai-je d'une voix chevrotante. Revenir dans les champs verdoyants du Texas. (Je déglutis.) Ses parents méritaient de la récupérer…

Le regard de mon amant s'emplit de compassion et l'éclat des flammes dehors fit briller ses yeux.

— Pas ainsi, souffla-t-il. Ils n'auraient pas supporté l'idée qu'elle ait enduré tout ça. On leur parlera, mais on leur épargnera la vérité. Personne ne supporterait de savoir que sa fille a dû subir ces horreurs.

Je m'accrochai à sa main et il passa le pouce contre ma joue. Ky nous regardait, je le sentais. Je n'avais pas de force à lui consacrer pour le moment. Je m'affaissai contre Hush et il m'enveloppa de ses bras chauds. Cowboy se laissa tomber contre son ami, visiblement vidé de ses dernières forces.

Angelo, ou plutôt Shadow, comme l'appelait Ky, revint à la porte, un peu essoufflé. Il sourit, une expression à couper le souffle sur son beau visage.

— Je supportais pas cet endroit quand j'y travaillais. Je rêve de tout brûler depuis que je l'ai fui.

Il entra, ferma et nous plongea dans les ténèbres. AK ouvrit la trappe entre la cabine et l'arrière.

— Combien ? demanda Tanner.

— Quinze, répondit AK.

Tanner acquiesça et baissa les yeux sur une sorte d'iPad.

— La route est sûre. Les frangins sont en place et nous attendent. (Il soupira.) Une heure avant le feu vert.

Je regardai Hush, qui surveillait Tanner comme un aigle. Lorsque la camionnette démarra, je finis par céder à l'appel insistant du sommeil.

Je priai Hadès d'accueillir Michelle à bras ouverts. Son beau visage intact de nouveau, et affichant un large sourire alors qu'elle danserait dans les champs de l'au-delà.

Mais Juan… ce sale bâtard pouvait brûler au cœur des flammes du Tartare.

Chapitre 12

Hush

Quand nous passâmes la porte de notre appartement, j'aurais dû pousser un grand soupir de soulagement. Mais la sensation d'accablement que je traînais depuis le Mexique me possédait toujours. Elle semblait même plus forte, et je commençais à ployer sous son poids.

Nous étions restés trois jours chez les Diablo. Des médecins avaient rafistolé Sia et Cowboy. Mais leur marque, que j'avais reconnue aussitôt, était encore visible.

« 23/2 »... La marque du Klan pour les couples interraciaux. Je le savais, car trois jours après qu'on avait emménagé en ville, quand j'étais enfant, on l'avait peinte sur notre maison. Blanc et noir, inacceptable, interdit, mal, et pire à leurs yeux... punissable de mort.

Sia posa la main sur mon dos. Elle allait mieux, elle était encore pâle et souffrait, mais les injections et les médicaments du médecin des Diablo l'avaient aidée, ainsi que Cowboy. Je m'aperçus qu'il me regardait.

J'observai les coupures et plaies sur son corps. Ils l'avaient battu parce qu'ils pensaient qu'il couchait aussi avec moi. Il n'avait pas démenti, bien sûr, juste pour les emmerder…

Je soupirai et pris un verre d'eau. Nous étions partis tôt et avions roulé en silence. Sia était étonnamment renfermée, elle devait penser à Michelle. Cowboy, cette fois, n'avait pas parlé. Je n'arrêtais pas de penser qu'ils m'observaient… parce qu'ils me tenaient pour responsable.

J'aurais dû être avec eux. Sans ma crise, on m'aurait aussi enlevé. J'aurais aidé à défendre le ranch. Peut-être que rien de tout cela ne serait arrivé. Sia n'envisageait même pas de retourner dans son ranch où trop de cauchemars l'attendaient. Clara, ses chevaux… tout ce qu'elle avait bâti avait été réduit à néant.

Elle s'assit près de Cowboy sur le canapé et il passa un bras à ses épaules pour l'attirer contre lui. Ils retinrent leur souffle quand ils pressèrent involontairement leurs plaies, puis ils se détendirent.

Les voir ensemble était étrange. Tous les deux blonds aux yeux bleus… Ils se ressemblaient en tout point, différents de moi.

— Je vais me doucher, dis-je avant de m'enfuir vers la salle de bains.

Ce n'était que le milieu de l'après-midi, mais j'avais besoin de m'isoler. J'allumai la douche et regardai mon reflet. Je passai les doigts sur ma peau, responsable de tant de chagrin dans ma vie. J'observai mes yeux bleus, héritage de ma mère, des yeux qui témoignaient que je n'étais ni d'une couleur ni de l'autre, ni noir ni blanc, mais les deux.

« *Je n'ai jamais vu quelqu'un d'aussi beau que toi,* gullunge, me répétait ma mère pendant mon enfance en m'embrassant les paupières. *Tu es le meilleur de nous deux.* »

J'étais alors un enfant innocent, donc je l'avais crue. Mais ensuite, année après année, j'étais poussé chaque fois plus rudement à terre par des insultes violentes comme des balles, par des coups de poing blessants comme des dagues, et son compliment avait perdu de sa crédibilité.

Alors que ma maison bien-aimée brûlait devant mes yeux, emportant mes héros dans les flammes, j'avais compris que c'était faux.

Même ce club ne m'avait pas offert l'acceptation promise. Quand notre ancien prés' de La Nouvelle-Orléans était mort d'une attaque cardiaque, le VP avait repris le flambeau. Il avait été le seul frangin à voter contre mon intégration au club, à mon arrivée. Pas contre Cowboy, juste contre moi... Dès qu'il avait reçu le marteau, j'étais devenu sa cible. Il m'envoyait faire les virées foireuses, il se foutait de moi, et il avait fini par répandre le mensonge que j'avais volé le club. « *C'est le genre de ta race de faire des trucs comme ça,* avait accusé Titus. *Aucun frère blanc n'aurait trahi ses frangins de cette façon…* »

Nous étions devenus nomades avant qu'il porte cette histoire à l'Église. Ce connard avait aussitôt donné son accord. Il était prêt à tout accepter pour débarrasser le club de son mulâtre et trouver une excuse pour l'argent disparu… J'imagine que ce con avait déclaré que ma décision de devenir nomade était motivée par ma culpabilité.

Cowboy, comme toujours, avait affirmé à tous les frangins croisés sur notre route que nous étions partis à cause de lui. C'était typique : il me soutenait, chaque fois. Il m'avait suivi d'État en État, jusqu'à nous retrouver à Austin.

Titus refusait tous les prospects qui voulaient entrer au chapitre de La Nouvelle-Orléans si leur peau portait la moindre trace de couleur : caramel, brun, noir… rien qui ne soit une pure nuance de blanc. Au lieu d'affronter ce connard de raciste, j'étais parti. Je pensais pouvoir échapper à ce bordel, mais comme toujours, cela finissait par me rattraper.

Apparemment, je n'avais ma place nulle part dans ce monde.

Je retirai mes vêtements. Nu, j'observai les tatouages qui couvraient ma peau et que j'aurais voulu ne pas porter. Je n'appartenais à rien, je n'avais pas de famille sinon Cowboy.

Je n'étais pas assez noir, ni assez blanc.

Ce n'était jamais assez.

Je touchai la cicatrice qui me suivrait toujours, le « N » marqué sur ma peau quand j'avais seize ans. J'en avais dix de plus à présent, mais les gens n'avaient pas changé, rien n'avait évolué.

J'étais fatigué, tellement las d'affronter leurs conneries.

Je passai les doigts contre mon bras en raclant avec les ongles, les enfonçant de plus en plus jusqu'à faire perler le sang sur les marques. Je haletai, j'aurais voulu être quelqu'un d'autre, me transformer en autre chose, en une personne qui ne serait pas une malédiction pour ceux qui s'attachaient à lui.

Maman, listai-je, *papa, Aubin, Sia…*

Les noms se répétaient en boucle dans ma tête, comme des requins nageant en cercle, me mordant l'âme, jusqu'à ne laisser que le cadavre ensanglanté de la personne que j'aurais pu être, si les choses avaient été différentes, si les gens ne m'avaient pas rejeté, ne m'avaient pas poussé à bout, encore et toujours, blessé et brisé, jusqu'à ne rien laisser.

Rien.

Ce mot me résumait bien.

Mes pas me guidèrent sous la douche. Je penchai la tête et laissai l'eau brûlante battre mon corps, les paumes contre le mur. J'augmentai la température de l'eau jusqu'au maximum. Je serrai les poings quand les gouttes me frappèrent comme des gifles.

Je revis mes parents, je les aperçus à la fenêtre du grenier, la main de ma mère contre la vitre. J'ouvris les yeux et regardai ma main sur le mur. La chaleur augmenta et la vapeur me coupa le souffle. Je me demandai ce qu'ils avaient ressenti à cet instant... ce qu'ils avaient vu en me regardant, debout dans l'herbe, pendant que j'observais le feu qui leur léchait les pieds.

Je m'interrogeai sur ce qui s'était passé avant que j'arrive. Je n'avais jamais su. J'ignorais s'ils avaient vu leurs assassins. Je n'avais jamais su si des hommes en cagoule pointue étaient venus à leur porte leur rendre leur sentence...

Je tremblais, mon corps incapable de supporter une telle température. Je hoquetai et réglai l'eau pour la refroidir. Je posai le front contre la paroi, les yeux fermés.

Enfin, je m'attardai sur la question qui me hantait l'esprit mais que je ne m'étais jamais autorisé à envisager. Je me demandai s'ils avaient songé que cela en valait la peine, que j'en valais la peine, s'ils regrettaient de m'avoir eu. Pour les racistes qui s'en prenaient chaque jour à eux, le problème n'était pas seulement qu'ils soient tombés amoureux et se soient liés, c'était surtout le fait qu'ils m'aient eu.

J'étais l'abomination qui offensait tant le Klan de Louisiane qu'ils étaient allés plus loin que de planter des croix en feu dans le jardin de mes parents, et qu'ils avaient incendié leur maison, assassinant l'amour et le bonheur dont je m'étais permis de rêver un jour.

Je perdis la notion du temps, sous le jet. Je sortis et me séchai, enfilai un boxer et quittai la salle de bains. Les rideaux de la chambre de Cowboy étaient tirés. J'entendis les pleurs avant de les voir : Cowboy était sur le lit, et il tenait entre ses bras Sia, qui craquait. De grands sanglots montaient de sa gorge. Elle portait une chemise de nuit et Cowboy un boxer. Il m'aperçut à la porte.

— On était crevés. On a décidé de se coucher et de t'attendre. On pensait pouvoir dormir un peu.

Il essuya les larmes de Sia qui me regarda, les yeux rouges et le visage gonflé de tristesse.

— Mais elle n'arrive pas à se pardonner, expliqua-t-il.

Le visage de Sia se contracta et elle l'enfouit de nouveau contre la poitrine musclée de Cowboy. Ses sanglots se firent plus forts. Nous avions annoncé aux familles de Clara et Michelle qu'elles étaient décédées, sans dire la vérité, bien sûr. La police avait été largement rémunérée pour nous offrir ce luxe… Mais au moins, leurs proches savaient qu'elles étaient parties… Ils organiseraient des funérailles et pourraient faire leur deuil, et avancer.

Je restai pétrifié sur le seuil. Sia était mieux avec Cowboy. Il savait toujours quoi dire, c'était bon pour elle… Il était fait pour elle. Je m'en apercevais maintenant. J'ignorai la douleur qui me ravageait la poitrine face à ma résolution.

J'allais tourner les talons pour les laisser quand Cowboy lança :

— Val. Elle a besoin de nous.

Moi qui comptais partir, je changeai d'avis quand Sia, le visage toujours contre Aubin, tendit la main vers moi. Je regardai ses doigts, qui tremblaient et me cherchaient.

Incapable de me détacher d'elle alors qu'elle avait besoin de moi, je m'approchai inconsciemment du lit et m'allongeai près d'eux. Je posai la tête sur l'oreiller et fermai les yeux en soupirant quand Sia m'enveloppa de ses bras. Je tins bon. Je l'embrassai à mon tour et je tins bon.

— C'est pas ta faute, murmurai-je.

Sia pleura plus fort. Je repensai à son amie, aperçu de ce qui serait arrivé à Sia si elle ne s'était pas tirée de cet enfer. Je passai la main sous sa chemise pour la poser sur sa cicatrice, ce reste de la brûlure d'acide par laquelle il l'avait punie. Je la tenais si fort que je craignais qu'elle ne puisse plus respirer. Je remontai la main près de sa nouvelle plaie, mais je m'abstins de la toucher. Je m'immobilisai. Cowboy posa la main sur la mienne. Ce con cherchait encore à nous empêcher de sombrer tous les deux, à moins qu'il ait lui aussi besoin de réconfort… Il prenait si bien soin de moi que je doutais d'avoir jamais été vraiment présent pour le soutenir, lui.

Encore un truc que j'avais foiré.

Les pleurs de Sia se dispersèrent jusqu'à ce qu'elle me semble endormie. Je fermai les yeux en écoutant le souffle de Cowboy près de moi. Sia avait bougé jusqu'à se placer entre nous deux, une main sur ma poitrine, l'autre sur celle d'Aubin, notre centre, le Soleil de notre duo de la Terre et de la Lune. Puis elle bougea la main et dans le silence absolu qui régnait sur la chambre, elle souffla :

— Faites-moi l'amour.

Je retins mon souffle et elle ne bougea pas pour nous regarder.

— Tous les deux, ensemble… Pour que je ressente autre chose que… *ça*…

Sa voix se brisa, avec mon cœur, sur ce dernier mot.

Cowboy bougea le premier. Pour une fois, il ne dit rien. Il roula sur les coudes et la contempla d'un air que je ne lui connaissais pas. Ce regard… Je savais que je la contemplais aussi de cette manière.

Elle s'était frayé un chemin en nous. Elle faisait partie de nous autant que nous faisions partie l'un de l'autre, Cowboy et moi. Pas de clins d'œil ni de sourires stupides en la regardant. Cowboy, le visage meurtri et couvert de coupures, repoussa les cheveux du visage de Sia et se pencha pour l'embrasser. Il enchaîna les baisers en passant la main dans ses cheveux. Mon cœur s'emballa alors que Sia bougeait sa main sur ma poitrine pour nous connecter toujours, ne laisser personne en retrait, s'assurant toujours de la bouche ou de la main que nous étions ensemble.

Incapable de rester à l'écart, je me tournai contre son dos et lui embrassai le cou. Je fermai les yeux et descendis en évitant ses blessures… et le symbole répugnant que je risquais de voir. Sia sanglota quand mes lèvres effleurèrent ses cicatrices. Je passai doucement la main sur la peau, que j'embrassai.

— Parfaite, soufflai-je.

Sia frissonna à ces mots.

Je l'embrassai le long de son dos jusqu'à arriver à son épaule. Elle interrompit le baiser de Cowboy, tourna la tête, et nos lèvres se rejoignirent. Elle gémit et sa peau se réchauffa. Aubin retira à Sia les bretelles de sa chemise. Je bougeai pour qu'il retire l'étoffe et sa peau nue toucha la mienne. Je retirai mon boxer.

Sia roula entre mes bras et passa les mains à mon cou. Je l'embrassai encore, sentant ses doigts contre ma poitrine, me coupant le souffle. Elle saisit mon sexe entre ses petites mains et le caressa. Je grognai. Cowboy lui embrassa le cou puis descendit le long de son corps. Elle s'accrocha plus fermement à mon cou quand il l'embrassa le long de sa colonne vertébrale, avant d'arriver entre ses jambes. Je la fis tourner sur le dos et mon ami écarta ses jambes pour la lécher. Elle serra le poing sur ses cheveux et haleta.

Je lui embrassai le cou, les épaules, jusqu'à poser la langue sur son sein. Je lui stimulai le téton et son souffle devint plus court. Je posai la main entre ses cuisses, sur son clitoris. Elle était chaude et humide après les attentions de Cowboy. Je décrivis un cercle sur la partie sensible et couvris sa bouche quand elle cria, le dos cambré. Je l'embrassai alors qu'elle jouissait, jusqu'à ce qu'elle s'affaisse, tremblante entre mes bras.

Ma gorge était serrée tellement je le voulais, tellement j'en avais besoin. Être ici, ainsi, c'était tout pour moi. Mais je ne pouvais pas le garder. Je repoussai cette pensée. Cette idée n'avait pas sa place en cet instant.

Cowboy lui embrassa les cuisses puis remonta. J'interrompis notre baiser pour descendre entre ses jambes. Agenouillé, je lui écartai les jambes pour passer le pouce sur son clitoris. Je grognai et me penchai pour la lécher. Je fermai les yeux quand elle tressaillit. Je lui caressai le clitoris avant de faire entrer un doigt en elle. Trop sensible après son récent orgasme, Sia bascula dans le plaisir en quelques minutes. Elle haleta en me caressant la tête.

Je m'assis, le sexe si dur que je devais la pénétrer. Cowboy me passa un préservatif que j'enfilai avant de m'allonger sur Sia, qui m'attendait les bras ouverts. Elle passa la main sur mon visage et regarda Cowboy avant de murmurer :

— Tous les deux. (Le désespoir dans ses yeux me détruisit. Elle déglutit et une larme coula sur sa joue.) Faites-moi oublier, demanda-t-elle en croisant nos regards. Faites-moi l'amour.

C'était une demande plus sérieuse que jamais. Je m'interrompis pour contempler son visage et elle m'adressa un sourire triste. Elle porta mes doigts à sa bouche et les embrassa.

— Je t'aime, dit-elle, m'anéantissant le cœur.

Je ne savais plus comment respirer. Elle se tourna vers Aubin.

— Je t'aime aussi.

J'écrasai la bouche contre la sienne et m'emparai de sa langue. Je me répétai ses mots en boucle, mais j'étais partagé sur ce qu'ils évoquaient en moi. Le désespoir et le regret se disputaient. Avant que je puisse les combattre, Cowboy attira Sia sur lui. Je m'accroupis derrière elle et pris son corps mince entre mes bras, lui embrassant le cou, la joue, la bouche, jusqu'à lui faire enfler les lèvres. La main sur son dos, je la guidai doucement vers Cowboy, jusqu'à ce qu'il joigne ses lèvres aux siennes. Je lui caressai le dos et passai le doigt entre ses jambes. Je caressai son sexe humide et ses fesses. Elle se raidit.

— Nous sommes là, *ma chérie**, murmura Cowboy.

Il tira un flacon de son tiroir et me le confia. Je pris du lubrifiant dans la main et, lui embrassant le cou, commençai à détendre son orifice avec mon doigt. Cowboy lui stimulait le clitoris. Elle gémit et un long soupir lui échappa. J'ajoutai un doigt pour m'assurer qu'elle puisse m'accueillir.

Quand elle fut prête, je regardai mon ami, qui bougea et la pénétra. Il grogna et elle nicha la tête entre son cou et son épaule. Je lui caressai encore le dos en me demandant comment je pouvais avoir la chance de passer ne serait-ce que ce moment avec elle. Avant de me perdre dans ce genre de pensées, je me plaçai et commençai à la pénétrer. Je serrai les dents et fermai les yeux. Elle cria en rejetant la tête en arrière. Cowboy lui tourna légèrement la tête de côté pour que je voie son visage. Ce spectacle serait à jamais gravé dans ma mémoire. Elle battit des paupières avant de fermer les yeux, la bouche entrouverte, les joues rouges et le dos cambré.

— *Älskling*, murmurai-je en la pénétrant totalement.

Je me figeai, Cowboy aussi, et je rejetai la tête en arrière en savourant les sensations.

J'avais toujours abrité une foutue tempête en moi, qui se déchaînait mais ne passait jamais. J'avais toujours besoin de rester en mouvement, pour empêcher mon esprit de penser, sinon, tout devenait trop insupportable et je craquais. Mais à cet instant, perdu en Sia, mes mains sur son corps, l'orage s'apaisa. Les bruits qui ne cessaient jamais dans ma tête firent silence. Je n'entendais qu'elle et Cowboy.

Je savais que ce silence ne durerait pas.

C'était impossible. Alors je m'accrochai à ce moment pendant que je le pouvais.

Sia soupira et je me penchai, la poitrine contre son dos, pour lui embrasser le cou.

— *Älskling*, soufflai-je avant de bouger, lentement, tournant la tête de Sia jusqu'à pouvoir l'embrasser.

Alors que nos langues dansaient, Cowboy bougea les hanches. Sia rejeta la tête en arrière et gémit. Je serrai les mains à côté d'elle, paumes contre le matelas. Mon ami lui prit le visage entre les mains pour contempler ses expressions. Il entrouvrit la bouche en la regardant avec une pure adoration. J'aurais voulu voir aussi. Comme si elle lisait mes pensées, elle inclina la tête pour me combler.

Elle était si belle, je n'avais jamais vu de meuf aussi parfaite.

Je laissai tomber la tête contre son cou en accélérant. Sia nous embrassait alternativement Cowboy et moi. Je grognai en savourant chaque seconde. Nous avions déjà baisé des chaudasses, au point d'en perdre le compte. Mais cela n'avait jamais été comme ça. Je fermai les yeux, me perdant dans l'instant, bloquant tous les sombres spectres qui menaçaient d'envahir mon esprit.

— Hush, murmura Sia. Cowboy… (Ce qu'elle dit ensuite me réduisit en miettes.) Valan, Aubin…

Cowboy grogna puissamment quand nos vrais noms tombèrent de ses lèvres. Je jouai plus rapidement des hanches et sentis une sensation familière de pression me monter dans les jambes. Je m'écartai du dos de Sia pour aller plus vite et Cowboy la guida, lui cambrant le dos jusqu'à ce qu'elle tombe contre ma poitrine. Je lui entourai la taille et la poitrine de mes bras. Elle laissa aller sa tête contre mon épaule, les mains de Cowboy sur ses hanches. Le regard de mon ami se voila et je sus qu'il allait bientôt jouir.

J'accentuai mes coups de reins et Sia entrouvrit les lèvres, une main sur la mienne, l'autre accrochée à Cowboy alors qu'il respirait plus rapidement.

— Je vais jouir, souffla-t-elle, le visage tendu, le corps raidi, avant de hurler de plaisir.

Cowboy eut un grognement sourd et atteignit aussi l'orgasme. Je restai en Sia et baissai la tête contre son épaule en jouissant si fort que mes mâchoires me firent mal tant je serrai les dents.

Sia reprit son souffle. Cowboy reprit son souffle. Je repris mon souffle. Des gouttes de condensation coulaient sur les vitres. Sia se pencha pour m'embrasser, doucement cette fois. Je fermai les yeux pour tout ressentir, pour mémoriser son parfum et la sensation de ses lèvres.

Elle s'écarta trop tôt et se pencha pour embrasser Cowboy. Je reculai, retirai le préservatif et le jetai. Je m'allongeai près de Sia et elle se nicha contre ma poitrine. Je la tins tandis que l'effet de ce qui venait de se passer commençait à se dissiper. Je regardai mon bras sur le sien, celui de Cowboy sur sa taille. Mon ventre se serra lorsque je songeai que ma pièce du puzzle ne pouvait pas trouver sa place.

— Je vous aime tellement, tous les deux, murmura-t-elle d'une voix ensommeillée.

Mes narines se dilatèrent et je dus lutter pour ne pas craquer. Je ne pouvais pas lui répondre de même. Je savais ce qui m'attendait. Si je prononçais ces mots, je ne pourrais jamais faire ce que j'avais à faire.

— Je t'aime aussi, *ma chérie**, répondit Cowboy.

Je marquai une pause le temps que ma réponse silencieuse se mêle à la leur. J'ouvris la bouche et soufflai, en suédois : « J'aurais aimé que les choses soient différentes. »

— C'est magnifique, déclara Sia en fermant ses yeux, fatiguée.

Elle n'aurait pas dit cela si elle avait compris. Cowboy m'adressa un regard soupçonneux.

— Tu vas bien ? demanda-t-il.

J'acquiesçai et fermai les yeux.

Quand leurs souffles devinrent réguliers, le soleil de l'après-midi bloqué par les lourds rideaux, je me glissai silencieusement hors du lit et j'allai m'habiller dans ma chambre. J'ouvris le tiroir de la table de nuit et contemplai une vieille photo dont les contours étaient brûlés. Je la portai à mon nez et respirai le parfum de cette nuit, debout dans l'herbe, au milieu de l'enfer.

Je passai la main sur les deux silhouettes.

— Ça n'aurait jamais marché, soufflai-je.

Une larme tomba sur le couple souriant, mais elle était trop faible pour éteindre le feu… Un couple parfait dont le monde ne voulait pas…

Je glissai la photo dans ma poche. Mes médocs semblaient m'observer depuis le meuble. Là où j'allais, je n'en aurais pas besoin. Je refermai le tiroir et enfilai une veste en cuir. Je passai devant la chambre de Cowboy et regardai à l'intérieur depuis le seuil. Ce couple dans le lit, tous les deux à la peau blanche, blonds, aux yeux bleus, parfaits l'un pour l'autre… Ce couple avait sa place, il s'accordait et personne ne lui cracherait dessus dans la rue parce que tous deux se tiendraient la main.

Je ravalai la boule dans ma gorge en les observant. Sia murmura dans son sommeil et se retourna, cherchant Cowboy du bras. Il l'attira plus près, sentant, même dans le sommeil, qu'elle était sienne. Ils roulèrent pour se faire face et je vis les marques identiques sur leurs dos. Tous mes muscles se tendirent. Noir et blanc. Ils avaient été punis à cause de moi, parce qu'ils étaient avec moi. Un couteau leur avait marqué la peau à jamais parce qu'ils avaient osé m'aimer. Dès que j'avais rencontré Sia et que j'étais tombé amoureux d'elle, j'avais su que ça ne pouvait pas marcher.

J'étais faible. Je laissais mon cœur commander au lieu de ma tête. J'étais idiot, égoïste, et à présent, je les avais fait souffrir.

Et le mal aurait pu être encore pire…

Entre les murs, où personne ne nous jugeait, tout fonctionnait. Mais dehors, dans le monde réel, nous n'étions pas acceptés. Il y aurait toujours des connards pour nous mépriser, et leurs mots nous blesseraient, nous colleraient à la peau comme de la plume sur du goudron, nous étouffant l'un après l'autre jusqu'à ce que l'air nous manque.

Ils étaient destinés à être ensemble. Il était temps de libérer Aubin, de protéger Sia… et d'apprendre à marcher seul.

Ils ne m'appartiennent pas.

—*Au revoir**, soufflai-je avant de me faufiler dehors.

Je pris ma moto et la poussai sur la route jusqu'à être sûr que le bruit du moteur ne serait plus audible depuis l'appartement.

Je me mis en selle et passai la main sur la photo dans ma poche. Je démarrai sur la route dégagée et laissai la moto m'emporter vers un endroit où je n'étais pas allé depuis trop longtemps. Les yeux vitreux, les mains tremblantes, je roulai sans répit.

J'allais confronter les démons de mon passé, et les rejoindre en enfer, s'il fallait en finir ainsi.

Chapitre 13

Hush

Les lumières de La Nouvelle-Orléans défilèrent en un éclat flou. Mes articulations étaient blanches à force de tenir le guidon. Je m'étais à peine arrêté sur la route. Mon cœur battant me faisait tenir le rythme. C'était incroyable, cette résignation. Elle me libérait totalement l'esprit, elle libérait ceux que j'aimais et qui me portaient comme un fardeau. J'avais soutenu ce poids depuis trop longtemps, et il n'en restait qu'une sorte d'engourdissement.

Sans Sia, sans Cowboy, je n'avais plus de famille, plus de proche qui m'importe. Le club nous avait suspendus. Même après l'assaut au Mexique, je ne me faisais pas d'illusion : après qu'on avait fait nôtre Sia, Ky ne nous laisserait pas remettre les pieds au club, Mexique ou pas.

La photo de mes parents dans ma poche me brûlait. Chaque foutu souvenir que j'avais des bouseux de ce trou paumé revenait à la surface. Un connard après l'autre, qui me frappait, m'insultait, s'en prenait à mes parents quand ils passaient main dans la main, tête haute en signe de défi dans cette putain de ville d'arriérés.

Je tournai sur les routes de campagne jusqu'à ce qu'un bâtiment arrive en vue. Je pris un chemin dont je devinais qu'il serait désert, éteignis les lumières, et me dirigeai vers le club qui avait autrefois été mon sanctuaire.

Mes yeux se perdirent dans le vague alors que je passais la porte et avançais vers le bar. Il était tard, le milieu de la nuit, mais je connaissais ces cons. Ils seraient tous toujours là, à boire et baiser. Titus gérait ce lieu comme une foutue fraternité étudiante. Ox n'aurait jamais toléré un bordel pareil.

J'ouvris grand la porte. La pièce était remplie de fumée et de chaudasses. Je cherchais les visages de mes anciens frangins, quand j'entendis un grand rire et posai le regard sur celui que je cherchais.

— Hush ? entendis-je autour de moi.

— Hush ? Qu'est-ce que tu fous là ? crachèrent plusieurs voix.

Je traversai la foule de chaudasses qui dansaient pour atteindre directement celui que je cherchais. Je serrai les poings, pâle. Même sans miroir, je savais que j'avais une sale gueule. J'avais à peine dormi, à peine mangé… et j'avais laissé mes médocs derrière moi.

Je m'en foutais. Seuls la rage et un détachement addictif me contrôlaient maintenant.

C'était bon de lâcher prise, de laisser vingt-six ans de colère alimenter mes gestes. Je ne réfléchissais pas, je n'avais pas de but, je faisais simplement ce que mon âme me dictait de faire.

En cet instant, elle me hurlait de faire ça, de ressentir ça.

Je m'arrêtai devant la table de Titus et je n'attendis pas qu'il me voie. Je lui collai mon poing dans sa sale petite gueule de merdeux, sentant ma peau se fendre contre ses mâchoires. Sa tête partit en arrière, et il se leva d'un bond.

Des frangins, dont certains m'étaient inconnus, mais pas tous, m'entourèrent. Une musique metal emplissait l'air, le genre qui vous résonne dans le cœur et fait écho à votre pouls. Dès que Titus me reconnut, un sourire naquit lentement sur son visage. Je laissai tomber ma veste sur le sol, révélant les couleurs du chapitre mère d'Austin. Je savais qu'il le remarquerait.

— T'es de retour, sale traître ? cracha-t-il.

Mon sang déjà chaud se mit à bouillir. Je plissai les yeux. C'était un tas de merde et de mensonges. Je le savais, et il le savait. Je croisai le regard sauvage de mes anciens frères et je sus que tous me prenaient pour l'enfoiré qui leur avait volé du pognon.

Leur frère noir… J'étais forcément responsable du vol.

Titus ricana et repoussa la chaudasse accrochée à son bras. C'était un sacré salaud. Lorsque son poing heurta ma joue, je laissai la douleur m'envahir, me gagner jusqu'aux os... s'emparer de moi.

Je laissai la sensation me brûler, parce que c'était bon.

Je me tournai vers mon ancien prés' et souris lorsque je goûtai le sang qu'il avait répandu en éclatant ma lèvre. Mais je ne frappai pas, je n'étais pas venu pour ça.

J'étais là pour être englouti, déchiré, pour oublier qui j'étais. J'étais venu pour qu'on me détruise.

J'étais prêt à encaisser. J'accueillerais tout ce que ce connard ferait, j'appelais ses poings, ses gifles, ses coups de pied... Même sa lame était bienvenue.

J'espérais même qu'il en viendrait au flingue.

Un autre poing s'abattit et les coups se mirent à pleuvoir, jusqu'à ce que je ne sente plus mon visage, jusqu'à ce que ma vision se brouille sous la sueur, le sang, les deux. Et pendant tout ce temps, je gardais le sourire, sans dire un mot, alors que Titus devenait de plus en plus cramoisi, alors qu'il prenait son pied à casser le métis qu'il avait chassé de son gang à coups de mensonges et de saloperies racistes.

Un coup me fit tomber au sol, mais je ne protégeai pas mes côtes de mes bras. Je restai allongé, ouvert, dans l'attente. Le bruit s'éteignit lorsque Titus abattit le bout ferré de sa botte contre mes côtes. Coups de pied et de poing se mirent à pleuvoir.

— Hush ! appela une voix lointaine.

Je fermai les yeux en encourageant mon sang à se répandre sur le sol, à imprégner les planches. Mes yeux se révulsèrent. Mon corps devint si engourdi que je ne savais plus où on me frappait.

Mais je sentis qu'on m'attrapait par les épaules de ma veste pour me tirer hors de la pièce. Cette fois, je luttai. Je ne voulais pas qu'on me sauve. Je voulais ressentir ça, physiquement, tout ce qui m'avait hanté pendant ces neuf dernières années.

— Non ! protestai-je en m'étouffant sur le sang que j'avais dans la bouche.

Les sons du bar devinrent une simple rumeur. Quelqu'un me souleva et me bascula dans un camion. Je passai de la conscience à l'inconscience pendant qu'il roulait. Je voulais retourner là-bas. Je voulais que Titus finisse ce qu'il avait commencé.

Le véhicule s'arrêta et soudain, je m'aperçus que j'étais sur un canapé. J'essayai d'ouvrir les yeux quand on m'envoya de l'eau sur le visage.

— Putain, Hush, qu'est-ce que t'as foutu ? grogna une voix. T'as cru quoi ? Pourquoi être revenu ? T'as des foutues envies de mort, frangin ?

Je refermai les yeux. Je priai pour que Titus ait scellé mon accord avec Hadès, et que je ne me réveille plus jamais.

Je sentis un parfum de café. J'essayai de respirer, mais la douleur me fendit le crâne comme une barre de fer en plein sur la tronche. Je soulevai péniblement les paupières, l'une après l'autre. La lumière vive qui passait par la fenêtre me fit mal aux yeux. Je grognai en tentant de bouger. Je posai la main contre mes côtes.

J'avais un goût de sang dans la bouche. Je regardai la pièce.

— Dieu merci, t'es réveillé, s'exclama quelqu'un avec un fort accent de Louisiane.

— Crow, marmonnai-je en reconnaissant l'ancien VP, avant de cracher des litres de sang.

Il me passa des serviettes en papier et je m'essuyai la bouche. Il m'aida à m'asseoir correctement.

— Merde, sifflai-je en respirant entre mes dents serrées.

— Ouais, merde, c'est ce qui arrive quand tu lances une baston avec un enfoiré de première comme le prés' et que tu te laisses botter le cul.

La déception s'empara de moi. J'étais toujours là…

— Je vais me répéter…

Il me tendit un whisky. D'ordinaire, je buvais peu à cause de l'épilepsie, mais je m'en foutais, à présent. J'avalai le liquide et tendis le verre à remplir.

— T'as des envies de mort, frère ? reprit Crow en versant une portion.

Il soupira et secoua la tête en buvant directement au goulot.

— Je sais pas ce que t'avais en tête, mais ce salaud te déteste. Il a dit qu'il te tuerait si tu revenais.

— Je comptais là-dessus.

Crow prit le verre et me servit de l'eau.

— Ouais, ben ton bon Samaritain ici présent t'a traîné hors de ses coups fatals avant que tu finisses en steak haché sur le sol du bar. (Il me laissa boire le verre d'eau.) Où est Cowboy ?

— Au Texas.

Il fronça les sourcils.

— Il est resté là-bas alors que t'avais décidé de venir pour te faire péter la gueule ? (Il secoua la tête.) Je n'en crois pas un mot. Il sait pas que t'es là, pas vrai ?

Je serrai les mâchoires et posai le verre sur la table avant de le briser entre mes mains.

— Il est mieux sans moi. (Je regardai la pièce. Je ne reconnaissais rien.) T'as déménagé ?

Il passa les mains dans ses cheveux. Sur son biceps, un tatouage impressionnant de corbeau aux yeux rouges bougea avec ses muscles, comme s'il prenait son envol.

— J'ai trouvé un coin que personne ne connaît.

Je voulus froncer les sourcils, mais mes blessures m'en empêchèrent.

— Ah bon, dis-je.

Je n'étais pas particulièrement intéressé.

Crow se leva subitement. Je songeai à Austin. Cowboy et Sia avaient dû s'apercevoir de mon absence. Ma poitrine était une foutue cage de fer. C'était la première fois que je ressentais quelque chose depuis des heures. Je bloquai aussitôt ce sentiment et effaçai leurs visages pour ne pas penser. Putain, j'en avais tellement marre de penser…

— Quand il y a eu cette sale embrouille entre Titus et toi, j'me sentais mal. (Je regardai mon verre vide et laissai ses mots entrer en moi.) J'ai un peu fouillé ton passé.

Je me raidis et croisai son regard. Il avait les yeux sombres… J'entendais mon sang battre à mes oreilles.

— Je n'étais au club que depuis deux ans avant Cowboy et toi. On a toujours été proches. Mais en réalité, je savais que dalle de vous. Vous ne parliez jamais de votre passé. Merde, tu parlais à peine, déjà…

Il s'assit au bord de la table.

Il tira les dés qu'il avait toujours en poche et les fit rouler dans ses mains. Crow était connu pour ses jets de dés, qui lui permettaient de décider si celui qu'il avait dans le viseur allait vivre ou mourir. « Le choix d'Hadès », marmonnait-il avant de leur arracher les yeux avec un couteau de chasse ou autre punition tordue née de son esprit dérangé.

— Quand Titus t'a accusé de vol, j'ai lu dans ta réaction que tu étais innocent.

Une partie des murs que j'avais dressés autour de moi tomba à ces mots.

— J'ai commencé à garder un œil sur le fric qu'on recevait pour les flingues.

Il me tendit la bouteille de whisky et des cachets.

— Prends ça, ça calmera la brûlure de tes côtes.

Je n'hésitai pas et ajoutai une dose d'alcool pour qu'un engourdissement bienvenu commence à me monter à la tête.

— On avait moins de pognon qu'on aurait dû. T'étais parti depuis un bail, et j'avais confiance en tous les autres. Il ne restait qu'un type.

— Titus.

— Titus, répéta Crow. J'suis venu ici quand ça a commencé à se produire à chaque foutue virée. J'avais besoin d'un repaire qu'il ne connaisse pas, où je pourrais stocker des preuves contre lui, assez pour aller trouver Styx. (Il tira sur ses cheveux et grogna.) Je sais que c'est lui, mais j'trouve pas de preuve. Et si j'pose la moindre question, il deviendra fouineur aussi. Il comprendra que j'en ai après lui et il trouvera comment se débarrasser de moi comme il l'a fait avec toi.

Je hochai la tête. Il le ferait, en effet. C'était ainsi que Titus agissait. Crow se dirigea vers un placard et revint en tenant un dossier, son regard noir posé sur moi. Son visage s'emplit de ce qui ressemblait à de la compassion. Mon putain de cœur mort se mit à battre à un rythme complètement irrégulier quand il reprit :

— J'suis pas un hacker, mais je connais des gens qui peuvent récupérer des trucs pour moi.

Je retenais mon souffle, comme si je savais qu'il allait balancer un truc qui changerait ma vie à jamais.

— Quand je fouillais ton passé…

Il déposa le dossier devant moi. Je regardai le carton marron comme si c'était une foutue bombe atomique.

Sa voix devint plus basse, plus rauque, plus… compatissante.

— J'savais pas, pour tes vieux. (Je me figeai et il croisa les bras avant de désigner mes yeux.) Vu ton regard, j'avais deviné que t'avais des ascendants blancs. T'étais trop clair pour être seulement noir. (Il passa la main sur son visage.) Je voulais te filer ça, mais j'ai appris que récemment où t'avais atterri. Comme t'es là, j'me dis que tu voudrais peut-être savoir.

Ma bouche devint sèche alors que le dossier semblait m'observer depuis la table.

— Si ça aide, j'ai pas un passé génial non plus. (Je lui adressai un regard vide et il haussa les épaules.) À mon avis, dans cette vie, c'est pareil pour tout le monde. Y a trois raisons de rejoindre les Hangmen : un, t'es le rejeton d'un biker, né pour porter la veste du chapitre. Deux, comme nous, c'est une foutue merde qui t'a poussé là. Et trois… (Il rit et passa la main sur son tatouage de corbeau.) T'es juste un putain de psychopathe qu'aime tuer et baiser une chaudasse différente toutes les nuits. (Il sourit.) J'suppose que, comme moi, on peut être un mélange malsain des points deux et trois…

Il désigna une porte fermée.

—J'vais pioncer un peu. J'ai veillé toute la nuit, des fois que t'aurais décidé de t'embarquer sur le Styx. Pas question que ça t'prenne sous ma surveillance! Cowboy a beau être sacrément cool, j'ai pas envie de me retrouver face à lui alors que l'autre part de lui-même vient de clamser sur mon canapé.

Il se dirigea vers la porte mais s'arrêta.

—Y a de sales images, là-dedans. Ces enfoirés ont tout bien documenté pour leur newsletter ou je sais pas quoi. Si tu veux regarder, sois préparé… C'est salement glauque.

—Crow, soufflai-je quand il ouvrit la porte de la chambre. (Il regarda par-dessus son épaule.) Merci…

Je n'ajoutai pas pour quoi. Il acquiesça et se retira. Quand le lit craqua, je pris le dossier.

Je le posai sur mes genoux, les mains tremblantes. Je passai les doigts dessus en laissant des traces ensanglantées. Je déglutis et pris la bouteille à moitié pleine de whisky, sur la table. J'en vidai une bonne partie puis ouvris le dossier.

Je m'étouffai sur la brûlure résiduelle de l'alcool et un feu d'enfer saisit mes veines lorsque je découvris une photo. Des capuchons… Des gens portant des capuchons de toutes couleurs se tenaient autour d'une maison… ma maison, mon chez-moi. Mon cœur accéléra alors que je regardais vers la fenêtre. Mes dents raclèrent ma lèvre inférieure et je retins un gémissement de chagrin en voyant qui observait les hommes du Klan depuis l'intérieur.

—Maman…

Je passai le pouce sur son visage terrifié en laissant une marque rouge. Je l'effaçai frénétiquement avec ma chemise et elle disparut presque, mais pas entièrement… comme le souvenir de cette nuit dans mon esprit.

Le rouge floutait les détails les plus fins de son visage, des traits qui avaient commencé à s'effacer de mon esprit avec le temps, que je ne parvenais pas à retenir malgré mes efforts.

Des hommes en cagoule pointue blanche tenaient des torches enflammées, certaines marquées de signes. Je fermai les yeux en les reconnaissant… «23/2»… des images d'une femme blanche et d'un homme noir traversés par une croix rouge. Je retournai la photo pour lire ce qui s'était passé…

Les larmes coulaient de mes yeux gonflés et piquaient les plaies sur mes joues. Je détournai la tête pour poser un regard vide sur la cuisine devant moi, un putain de hurlement bloqué dans la gorge.

Maman aurait dû être ailleurs… L'incendie nous visait mon père et moi. « Le Nègre et son mulâtre ». Ils étaient venus « sauver la sœur blanche de la manipulation vaudoue de son mari noir et de son abomination de fils ».

La photo suivante montrait l'incendie. Les traits de ceux qui mettaient feu au porche de bois n'étaient pas clairs, mais le sang quitta bientôt mon visage. La page suivante révélait tous les coupables. Je passai un doigt sur les têtes de tous ceux qui avaient été présents cette nuit maudite. Des hommes que j'avais vus en ville. Le mécano, le propriétaire du *diner*, des policiers même… la liste était longue.

Une rage sans nom m'enveloppa comme une couverture quand je lus qui était à l'initiative de cette action : Jase, Pierre, Stan et David.

Jase avait mis le feu. Nous les avions vus au rodéo. Je pris conscience qu'il savait ce qu'il allait commettre cette nuit-là, quand il m'avait regardé droit dans les yeux. Il m'avait battu jusqu'à ce que j'en fasse une crise. Il savait que cette même nuit, il allait me tuer.

Je n'étais pas certain de pouvoir continuer, mais il ne restait qu'une page. Je pris une autre rasade de whisky et lus. Mon grand-père me regardait sur le papier glacé. Je me sentis trahi comme jamais auparavant. Cet enfoiré… Ce putain de salaud. Mes mains tremblèrent et mon corps vibra alors que les mots semblaient jaillir de la page. Il avait ordonné l'incendie. Mon grand-père. Le père de ma mère avait demandé un assaut sur sa propre maison… sur nous. Il avait payé le Grand Wizard du coin pour qu'il nous tue mon père et moi. Le père d'Aubin lui avait dit de venir voir sa mère ce soir-là pour qu'il ne soit pas dans la maison… J'étouffai et cherchai vainement à respirer. Comment avait-il pu faire ça à sa fille, à sa propre famille ?

Putain ! Les vieux d'Aubin étaient aussi au courant !

Mais ça ne s'était pas passé comme prévu.

À cause de moi, parce que j'avais fait une crise.

Je jetai le dossier dans la pièce et me levai. Je regardai dans l'appartement sans savoir où aller ni quoi faire. J'avais les jambes faibles en repensant à ces photos : les torches, les capuchons… et ma maman qui regardait par la fenêtre, qui les voyait dans le jardin, réunis pour elle…

Elle aurait dû être ailleurs, pas dans la maison… mais j'avais fait une foutue crise. Un son inintelligible et douloureux me monta de la gorge tandis que je traversais la pièce pour aller récupérer le contenu du dossier. Je courus hors de l'appartement, vers ce qui devait être le camion de Crow.

Je laissai l'adrénaline me guider et quittai le parking en trombe. Il me fallut cinq minutes pour retrouver mes repères. La pluie tombait comme un voile d'eau s'abattant du ciel. La route se brouilla sous mes larmes.

Des klaxons résonnèrent, des freins crissèrent alors que je coupais à travers les rues et les voies rapides.

Je conduisis encore jusqu'à passer le panneau de bienvenue de la ville que j'étais prêt à entièrement raser. Je traversai les rues abritant ceux qui avaient assassiné ma famille et m'avaient tout arraché subitement.

En arrivant vers ma vieille maison, je remarquai qu'il n'y avait pas d'oiseau dans les arbres. J'avais toujours observé que ces animaux ne chantaient pas quand la mort rôdait. Le seul son qui résonnait était le moteur du camion.

Mon cœur s'emballa lorsque je tournai à l'angle des ruines de mon enfance. Une douleur inégalable s'abattit sur ma poitrine, comme une boule de chantier ravageant ma cage thoracique et mon cœur. Je m'arrêtai et les pneus glissèrent sur la boue humide. L'eau de pluie s'étalait en flaques sur ce qui avait été le chemin vers le porche. Les gouttes brouillèrent trop vite le pare-brise. Les mains tremblantes, j'ouvris la porte et sortis sous l'orage. Le tonnerre craqua. Un éclair déchira l'horizon. Des nuages noirs roulaient au-dessus de moi et je regardai le ciel déchaîné. Je n'eus qu'une pensée. *Pourquoi n'a-t-il pas plu cette nuit-là ?*

Je dérapai sur le sol glissant en m'approchant de la pile de bois pourrissante, seul vestige de ma maison. Le vent et la pluie me giflaient le visage et fouettaient ma peau meurtrie comme des lanières de cuir. Je tenais à peine debout en escaladant le sol nu. Je luttai pour voir devant moi, et ma vision se brouilla. Je ne savais pas si c'était à cause des gouttes ou de mes larmes.

J'ignorais où j'allais, où je devais m'arrêter, mais je n'eus plus de choix quand je glissai et m'écrasai le genou sur le sol.

Mon corps bascula en avant. Mes mains s'enfoncèrent dans la terre et mes doigts tamisèrent la boue encore mêlée de cendres. Je fermai les yeux et respirai. Je respirai, alors que souvenir après souvenir repassaient dans ma tête, des moments heureux, des moments tristes, et la nuit où cet endroit était devenu un enfer sur Terre, à cause de la haine de l'inconnu, du différent, de l'incompris.

— Maman, soufflai-je dans le vent qui soufflait en rafales. Papa. (Ma voix fut noyée par un coup de tonnerre.) Je suis désolé, dis-je d'une voix rauque tandis que mes larmes se mélangeaient à la pluie.

Je regardai le bois brûlé. Je n'avais pas vu leurs corps. Le médecin légiste avait déclaré qu'il ne restait que des ossements. Mon grand-père avait récupéré les restes de ma mère pour les inhumer sur ses terres. La colère me fit serrer les poings sur la boue. Mon père n'avait pas eu de sépulture privée. Je n'avais pas un sou, rien pour payer ses obsèques.

Mes parents, qui avaient tout enduré ensemble, qui s'étaient battus ensemble, aimés tous les deux, jusqu'à mourir ensemble, n'avaient même pas reçu leur droit ultime à reposer ensemble.

Je n'avais pas de tombe pour leur parler. Ils n'avaient pas pu se tenir la main en allant rejoindre le batelier, en traversant le Styx vers les champs de l'Élysée. De simples os et des dents, éparpillés, séparés, sans respect pour cet instant où maman avait rencontré papa dans un bar de jazz de La Nouvelle-Orléans.

— Je suis désolé.

Je baissai la tête sur le sol en une prière silencieuse, en souhaitant que, où qu'ils soient, ils puissent m'entendre, qu'ils sachent combien leur enfant encombrant était navré que sa maladie ait causé leur mort, parce qu'il était arrivé en retard à la maison.

— Je suis désolé, putain ! dis-je plus fort en levant les yeux vers le bois brûlé et les clous noircis.

Je rampai et joignis les mains pour fouiller les décombres. Je récupérai toutes les pièces de bois encore intactes pour les amasser à mes pieds, et je rassemblai autant de clous que possible. Je ne réfléchissais pas, je laissais mes mains construire. Je pris une planche courte et dure comme marteau et plongeai un long morceau dans la terre. J'en plaçai un horizontalement et enfonçai les clous pour former une croix improvisée. Je répétai la manœuvre, ignorant mes plaies qui se rouvraient et saignaient.

Vidé de mes forces, à bout de souffle, je m'assis et regardai les croix de bois noirci. Je ravalai la boule dans ma gorge et pris un couteau dans ma veste pour graver le bois. Je m'étouffais de rage et de douleur à chaque lettre.

Je lâchai ma lame et contemplai les mots. « Maman » sur une croix, « Papa » sur l'autre. Sous leurs noms, j'ajoutai : « L'amour ne voit pas les couleurs, seulement des cœurs purs. »

— Je vous aime.

Je passai la main sur le bois inégal et fermai les yeux.

— Vous me manquez tellement. (Mon visage se crispa.) Je ne sais pas comment faire. (Je pris une longue inspiration.) Je ne sais pas comment être avec eux alors qu'il y a dans ce monde des enfoirés comme ceux qui vous ont fait ça. (Je déglutis.) Je ne peux pas les sauver du Klan, de la suprématie blanche… des gens qui ne comprennent pas, qui ne veulent pas comprendre. Je ne sais pas comment chasser tout ça de mon esprit…

Je laissai tomber la tête et les bras. J'étais épuisé. Je respirai, puis admis :

— Je ne sais pas comment être moi. Je n'ai pas la moindre putain d'idée de qui je suis.

Le silence me répondit, ainsi que le grondement de l'orage. Chancelant sous la fatigue, je m'allongeai devant la seule famille qui me restait. Je fermai les yeux et m'abandonnai aux ténèbres.

Je ne sentais même plus la pluie.

Je ne sentais même plus le froid.

Je ne ressentais rien, sinon un sentiment de désespoir curieusement réconfortant, et l'idée qu'avec ces deux croix marquées de leurs noms, je n'étais pas seul.

Je ne pouvais plus supporter une telle solitude.

Chapitre 14

Cowboy

Le soleil me réveilla et ses rayons filtrant à travers les rideaux me firent grimacer. Je grognai, le corps douloureux après ces derniers jours, et mon estomac gronda pour réclamer à manger et du café. Un corps chaud se pressa à mon côté. Je souris et entrouvris un œil pour regarder la tête sur mon épaule. Sia dormait encore, la main sur ma poitrine, son souffle effleurant mon cou. Je regardai l'horloge sur la table de nuit. *Merde.* Nous avions dormi tout le restant de l'après-midi et toute la nuit. C'était l'une des conséquences de se faire enlever par un cartel mexicain !

Je jetai un coup d'œil pour voir si Hush était réveillé. Je fronçai les sourcils en constatant son absence. Une impression étrange m'étreignit le ventre, après son attitude de la veille, après notre union avec Sia. Quelque chose l'avait visiblement perturbé. Il y avait aussi son choix de rester à la porte quand il l'avait vue pleurer, au lieu de se bouger le cul pour venir près d'elle s'assurer qu'elle allait bien.

Je soulevai doucement le bras de Sia et me glissai hors du lit. Elle gémit, manqua de se réveiller, puis se réinstalla sous les draps. Mon cœur explosa quand je la contemplai. Incapable de résister, je me penchai pour lui embrasser l'épaule. Les marques de couteau au bas de son cou commençaient à guérir, mais les chiffres restaient aussi visibles que lorsqu'ils avaient été tracés, tout comme sur mon dos.

Comme souvent dans la vie, je m'en moquais. Ce con pensait nous faire honte avec les symboles insultants du Klan. Moi, j'allais arborer cette merde comme une putain de médaille.

Avec fierté.

Je passai un jean et entrai dans la cuisine. Tout était éteint. Je vérifiai la cafetière avec laquelle nous faisions notre chicorée, elle était froide. Je fronçai les sourcils et me rendis dans la chambre de Hush. Elle était vide, le lit n'était pas défait. J'allais partir quand je remarquai qu'un tiroir de la table de chevet était mal fermé. Je vérifiai qu'il n'était pas dans les environs. Tout était silencieux hormis le souffle de Sia endormie dans mon lit.

Le plancher craqua sous mes pas quand j'approchai. J'ouvris le meuble et une boule s'installa dans ma gorge lorsque je découvris ce qui manquait.

— Sa photo, soufflai-je pour moi-même.

Mon cœur sombra au constat qu'il avait laissé ses médicaments.

Je sortis de la pièce et vérifiai rapidement le reste de la maison. Rien. *Merde !* Je sortis en trombe et courus au garage.

— Putain ! m'exclamai-je.

Sa bécane avait disparu. Le cœur battant, je remontai les marches. Sia sortait de la chambre, enveloppée d'un drap.

— Cowboy ? Que se passe-t-il ? demanda-t-elle, pâle, en frottant ses yeux ensommeillés.

Je ne lui en voulais pas, elle s'était tapé un aller-retour en enfer ces dernières semaines.

— Il est parti.

J'entrai dans la chambre pour passer un haut et ma veste. Sia me suivit.

— Parti ? demanda-t-elle, confuse.

— Hush.

Je retournai prendre ses médocs dans le tiroir avant de les glisser dans ma veste. Dans le couloir, je trouvai Sia qui s'habillait.

— *Ma chérie**, lui dis-je, je vais t'emmener chez Ky, je dois aller à la recherche de Hush.

Je savais exactement où il était allé, dans le seul endroit où il se rendrait sans moi. Notre putain de ville d'autrefois. Je savais qu'un jour il y retournerait. Il en avait trop gardé en lui, pendant trop longtemps.

Combien un frangin pouvait-il encaisser avant d'exploser ? Il ne parlait jamais de ses vieux, ni de cette nuit. Il gardait tout caché dans sa tête, à s'accumuler jusqu'à ce qu'il n'en puisse plus.

J'aperçus la marque « 23/2 » sur la peau de Sia. J'eus soudain très froid, comme si j'avais plongé dans l'Atlantique. Je l'avais vu regarder fixement nos cicatrices, je l'avais surpris à serrer les poings, pâle, en les observant.

La panique me gagna. Et s'il avait fait quelque chose de vraiment stupide ?

— Je viens, déclara Sia en me tirant de mes pensées.

Je l'observai et ouvris la bouche pour protester.

— S'il est parti, s'il est blessé… (Elle grimaça, comme si ces idées la tuaient.) Alors je viens. (Elle me prit la main.) On est une équipe, toi, Hush et moi. Pas question de rester sur la touche sous prétexte que je suis une nana.

Ma lèvre tressaillit et elle m'embrassa la joue.

— Je l'aime, je t'aime, je dois être là… où que nous allions.

Je pris les clés de mon chopper et la main de Sia.

— J'espère que tu sais monter une moto, *chérie**. Parce que ça va être une sacrée longue virée. Et j'ai pas prévu de pause.

Elle me tira par la main pour m'arrêter.

— J'suis une fille de biker, Breaux. Je suis montée sur une bécane avant de savoir marcher.

Je clignai de l'œil et ris de son insolence qui m'avait manqué, puis je l'entraînai avec moi. Je sortis de la résidence et pris la route, alors qu'elle me tenait fermement.

Nous avions un putain de rendez-vous avec la Louisiane.

Je traversai les vieilles rues à la vitesse de l'éclair. Le restau où je mangeais chaque jour, le tatoueur qui m'avait fait mon premier dessin… de suprématie blanche. Je serrai les dents à ce souvenir. Je me rappelai Hush et son père, chassés du *diner* comme au temps des années 1960, quand Noirs et Blancs ne se mélangeaient pas. J'imaginais que le temps avait oublié de s'écouler, dans cette ville. Elle était bloquée dans le passé, pleine d'esprits étroits, sans tolérance pour ce qui ne collait pas à la norme.

Sia me serra plus fort à la taille, comme si elle devinait mon tourment intérieur. J'avalai l'asphalte comme si nous avions le diable à nos trousses et j'atteignis la route de campagne qui menait là où devait être mon frère. Le sol était humide. Nous arrivions juste après un gros orage. Mon corps se raidit quand je reconnus les arbres non loin.

— C'est là ? demanda Sia, la bouche contre mon oreille.

J'acquiesçai. Pour une fois, j'étais incapable de parler. Je ne voyais que les fantômes de cette nuit, l'éclat orange des flammes qui dévoraient l'univers de mon meilleur ami, assis à l'arrière de ma camionnette. C'était moi qui l'avais traîné à ce foutu rodéo… Si je n'avais pas insisté… S'il était resté chez lui…

Alors c'était *lui* que j'aurais perdu.

Je secouai la tête. J'adorais ses parents et j'avais vu combien leur perte l'avait détruit… mais je n'aurais pas supporté qu'il me soit enlevé. Il pensait être dépendant de moi. Mais j'avais l'impression qu'il me manquait un membre quand il n'était pas avec moi.

La terreur m'envahit lorsque je pris le virage que j'avais emprunté chaque jour. J'avais soudain très froid. Descendre cette rue me donnait la chair de poule et des frissons glacés me parcouraient le dos. Sia le sentit et m'embrassa le cou… juste sur le nombre qui avait tellement fait souffrir Hush.

Je retins mon souffle en entrant sur la propriété des Durand. La première chose que je vis fut le tas de bois qui avait été leur maison. Sia serra les doigts sur ma veste et je raffermis ma prise sur le guidon. Un camion était garé sur le côté.

Je remarquai une paire de bottes familière près du tas de bois. Je me précipitai, suivi par Sia. Je m'arrêtai soudain à l'angle.

Les larmes me montèrent aux yeux face à cette scène : Hush, sur le sol, blessé et couvert de boue, grelottant entre deux croix improvisées.

« L'amour ne voit pas les couleurs… »

Je détournai la tête un instant et passai la main dans mes cheveux. Je luttai contre le poing qui s'était abattu sur ma poitrine et me serrait le cœur.

— Hush, cria Sia en un murmure désolé. Mon Dieu, bébé, qu'as-tu fait ?

Elle se pencha pour poser les mains sur son visage battu. Ses larmes tombèrent sur le visage de mon frère. Elle se figea et je suivis son regard. Dans sa main, Hush tenait une photo, la seule qu'il ait pu sauver des ruines avant qu'on fasse du stop et qu'on grimpe dans le premier camion de passage pour foutre le camp de cette ville.

J'entendis Sia hoqueter. Elle prit la photo de la main de Hush et la posa sur son cœur. Elle ferma les yeux et pleura, pour ce couple qu'elle n'avait jamais connu. Puis, les mains tremblantes, elle plaça l'image en sécurité, dans sa poche.

Elle eut presque raison de moi. Car les Durand l'auraient adorée. Ils l'auraient accueillie comme ils m'avaient accepté. Elle serait entrée dans la famille, elle aussi.

Elle les aurait aimés.

— Hush, murmura-t-elle en posant un baiser sur ses lèvres.

Il bougea une jambe. Je m'approchai et attendis qu'il bouge encore. Mon sang était gelé dans mes veines. *Putain, je t'en prie, réveille-toi. S'il te plaît.*

— Hush ? tenta encore Sia.

Un faible gémissement franchit les lèvres de Hush. Il était entièrement couvert de boue. Il avait la bouche bleue. Je ne savais pas si c'était à cause des coups qu'il avait pris, du froid ou les deux. Je devins furieux en me demandant qui avait pu le blesser ainsi. Je me demandai s'il était allé à la recherche de Jase et des autres enculés. Puis…

— Sia ? dit une voix familière.

J'avais l'impression de rentrer chez moi.

Sia hocha la tête, incapable de parler sous les larmes. Elle lui posa la tête sur ses genoux. Je regardai les croix plantées dans la terre désolée. Un son douloureux monta de ma gorge en lisant les mots gravés : « Maman », « Papa ».

Je n'étais jamais allé voir la tombe de sa mère, et personne ne savait ce qu'étaient devenus les restes de son père. Sans doute jetés avec d'autres malheureux que personne n'avait réclamés.

— Que t'est-il arrivé, bébé ? demanda Sia.

Hush avait ouvert des yeux injectés de sang, vitreux, épuisés.

Il voulut se lever, mais il se tint les côtes. Sia me regarda, son beau visage marqué par le chagrin de le voir ainsi. J'avançai lentement et m'abaissai vers la flaque de boue où il était. Il croisa mon regard et fondit en larmes. Sia le serra contre elle. Il ne se plaignit pas, si elle lui fit mal. Il s'accrocha à elle comme si elle seule pouvait le maintenir en vie et elle pleura en le tenant, au milieu de cet enfer sur Terre.

Puis il tendit la main et je la pris pour m'accrocher aussi, lié à lui.

Il finit par s'écarter de Sia et lâcher ma main. Je me plaçai derrière lui pour l'aider à s'asseoir. Il était entièrement couvert de boue et semblait respirer avec difficulté. Il promena un regard désorienté autour de lui, cherchant…

Sa photo !

— Sia l'a rangée, lui dis-je.

Il soupira de soulagement.

— Il faut te laver et te sécher, intervint Sia.

Il croisa son regard, mais ses yeux à lui étaient vides, morts… Cela me terrifia.

Je m'accroupis près de Sia.

— Val.

Son regard bleu tomba sur moi. Si proche, je mesurais l'état des blessures qui couvraient son visage et son corps.

— Il faut qu'on t'emmène.

Ses larmes coulèrent et il se tourna vers les croix.

— Je n'ai nulle part où aller.

Sia se figea et lui tint les bras. Elle me regarda, les yeux écarquillés de peur. Je m'approchai encore. Hush scrutait les croix.

— Val…

— J'ai vu des photos…, dit-il en s'étouffant sur un sanglot. Ils étaient partout, ils les entouraient, et maman… (Il ravala un hoquet, la respiration sifflante.) Elle était à la fenêtre, dit-il en désignant son ancien emplacement. Elle les a vus… Elle regardait leurs torches enflammées et leurs signes pour dire qu'elle n'aurait pas dû être avec papa… qu'elle n'aurait jamais dû m'avoir.

— Hush, gémit Sia d'une voix brisée.

Il cilla et me regarda.

— Jase… Pierre… Stan… David… C'était leur mission d'initiation dans le Klan.

Mon sang se glaça quand je compris ses paroles. Je secouai la tête, mais il n'avait pas fini et me regardait toujours.

— Ils venaient pour mon papa et moi.

Il voulut bouger, comme pour fuir ce qu'il venait d'annoncer, et Sia recula pour lui permettre de bouger. Il rampa vers les croix et s'accrocha à celle faite pour sa mère. Il passa la main sur son nom.

— Mais j'ai fait cette foutue crise, alors elle est restée… et a pris ma place.

Il hurla, hurla encore à s'en briser la voix.

— Ça aurait dû être moi, souffla-t-il en s'effondrant près des croix.

Sia rampa pour l'étreindre par-derrière. Il leva la tête.

— Je n'ai personne. Pas de famille.

Ma poitrine se fendit, car il nous avait, nous, nous deux.

Le vrombissement d'une moto attira mon attention et je tirai mon flingue.

— Reste près de moi, dis-je à Sia.

Une Harley approchait de la maison et je levai mon arme en me demandant de qui il s'agissait.

Le biker s'arrêta puis il descendit, et je reconnus son visage.

— Crow ?

J'étais perdu. Il s'approcha de moi et vit Hush sur le sol, protégé par Sia qui faisait rempart de son corps.

— Merci, putain ! dit-il en soupirant. Je craignais de le trouver mort. (Il secoua la tête.) Il a bien failli se faire buter par Titus, déjà…

Je blêmis.

— Quoi ?

— Il est entré seul dans le club et a foutu un coup de poing au prés', dit-il en secouant la tête, incrédule. Puis il a laissé Titus lui taper dessus. Je l'ai tiré de là et l'ai conduit chez moi. Je… (Il m'adressa un drôle de regard.) J'avais découvert des trucs sur la mort de ses vieux. (Il se passa la main sur le visage.) J'aurais dû me douter qu'il n'était pas en état d'encaisser ça. J'étais bourré, avant son arrivée au club, j'avais picolé toute la journée. J'suis allé au pieu en le laissant avec les infos concernant son passé et quelques heures plus tard, j'ai découvert qu'il était parti avec mon camion. J'me rappelais vaguement où il vivait alors j'ai foncé. Je suis passé devant plusieurs fois avant de comprendre que c'était là.

J'observai Hush, assis, mais le regard toujours perdu, dénué de toute vie. Cela me terrifia.

— C'était son grand-père, annonça Crow. (Je me tournai vers lui.) Il a demandé au Klan d'incendier sa maison. (Il s'approcha et baissa la voix.) Il voulait les buter, son père et lui. (Il hésita et me regarda bizarrement.) Tes vieux étaient au courant, mec. Ils étaient pas vraiment impliqués, mais ils savaient qu'il allait se passer un truc. J'me suis dit qu'il fallait que tu saches.

J'entendis mon sang battre à mes oreilles et mes mains tremblèrent.

— Hush a une liste de ceux qui étaient présents, de ceux qui ont allumé l'incendie.

Les mots de Crow flottèrent et je compris : leur temps sur cette terre était compté. Code des frangins Hades Hangmen… Il désigna le sud.

— Il y a un motel dans la ville voisine. Tu peux y rester avec ton pote et…

Il regarda Elysia.

— Sia, dis-je, notre régulière.

Il acquiesça, les yeux posés sur moi, comme pour lire dans mon regard.

— Elle comprend la vie du club ?

J'eus un rire sans humour.

— C'est la sœur de Ky.

Crow écarquilla les yeux de surprise et observa Sia, qui entendait tout de l'échange.

— Ky a une sœur ? Depuis quand ?

— Longue histoire...

— Il sait que tu as choisi sa sœur comme meuf ?

— Ouais, il sait, intervint la jeune femme. Et la « meuf » n'en a rien à foutre de ce que son frère en pense.

Crow sourit, une rareté chez ce sadique de biker.

— Ah, je vois la ressemblance. (Il posa la main sur mon épaule.) Je vais patrouiller dans le coin. Quelques connards ont attiré mon attention. (Il mit la main dans sa poche et je devinai qu'il jouait avec ses dés.) Va au motel, nettoie-le. J'ai un jean et d'autres trucs dans le camion, tu peux les prendre. Je viendrai vous retrouver plus tard.

Il monta sur sa bécane.

— Pourquoi tu nous aides ? Si Titus le découvre, il te tuera.

— Ton frère te racontera tout.

Il partit et je retournai vers Hush pour l'arracher au sol, le bras autour de son cou, aidé par Sia qui fit de même de l'autre côté. Je savais qu'il ne voulait pas venir, mais l'heure était grave. Il avait une famille, et des gens qui l'aimaient.

Il était grand temps qu'il en prenne conscience, parce que nous ne partirions pas avant.

Du moins pas sans lui…

Je soutins Hush dans la douche et Sia passa sous le jet avec lui pour nettoyer le sang, la boue et les cendres qui le couvraient. Il tremblait et ses jambes le portaient à peine. Je lui avais fait avaler ses médocs à peine étions-nous arrivés dans la chambre du motel. Hush s'affaissa entre mes bras pendant que Sia le frottait, alternant coups de gant savonneux et baisers sur sa peau lavée. Il fallut du temps, mais il finit par sortir propre. Il était coupé et blessé, surtout aux côtes. J'avais pris les vêtements de rechange de Crow et je les lui passai ; ils avaient une taille similaire. Je l'allongeai sur le lit et Sia le rejoignit. Il ferma aussitôt les yeux. Il puait le whisky. Il avait besoin de sommeil.

— Je vais nous chercher à manger, dis-je alors qu'elle se blottissait contre lui.

Mon pote luttait peut-être contre l'idée d'être avec nous, avec Sia, de toutes ses forces, mais son corps ne l'entendait pas de cette oreille ! Quand elle se pressa contre lui, il l'entoura de son bras et l'attira contre lui, les lèvres sur son front, et elle sourit, ferma les yeux et s'endormit à son tour.

Je les contemplai un moment. Ces deux-là n'avaient connu que des emmerdes. Sia avait longtemps cherché quelqu'un qui l'aimerait, et Hush chassait tous ceux qui approchaient car il n'avait comme repère que deux personnes amoureuses qui avaient été détruites parce que les autres estimaient qu'elles s'étaient mal choisies.

Je voyais le parallèle. Nous trois, mélange de noir et de blanc, deux hommes et une femme… Beaucoup de gens trouveraient à redire, au-delà de nos couleurs de peau. Moi, je m'en foutais, mais pas lui. Cependant, mon frère avait gagné le droit d'être heureux, pas de lutter contre des connards qui estimaient que Dieu leur donnait le droit de juger les autres à propos de qui ils aimaient.

Je soupirai, me glissai dehors et fermai la porte. Je cillai en découvrant mon chopper et devinai que je le devais à Crow. J'avais besoin de sentir le vent sur mon visage et préférais la moto au camion pour rouler. J'avalai pas mal d'asphalte avant de m'arrêter dans un bar pour prendre des burgers.

En entrant dans la chambre, je me figeai. Hush était réveillé et regardait Sia en caressant ses longs cheveux blonds. Il se tourna et je croisai son regard. Auparavant vide et absent, je le retrouvai empli de douleur, de colère, de tristesse, si fort que je me demandai comment il n'avait pas craqué plus tôt.

— Dans le camion, dit-il en désignant l'extérieur.

Je ne compris pas et posai la nourriture avant d'aller voir dans le véhicule. Je fouillai la cabine et trouvai un dossier dans la boîte à gants. Je l'apportai. Hush n'avait pas bougé.

Je m'installai au bureau et parcourus les feuillets. Je n'aurais pas cru pouvoir ressentir tant de rage et de haine en découvrant les textes… et les images. Une fois arrivé à la partie sur mes parents, j'avais besoin de briser quelque chose… ou quelqu'un ! Moreau leur avait recommandé de me tenir à l'écart de Hush cette nuit, et ils n'avaient pas posé de question, ils avaient juste suivi, comme les bons petits enfoirés dévoués qu'ils étaient.

Les cons.

Je me levai, passai les mains dans mes cheveux et agrippai les mèches, manquant de les arracher.

Lorsque je pus de nouveau respirer, Hush croisa mon regard. Il affaissa les épaules et regarda par la fenêtre. Les rideaux étaient tirés. Il ne voyait rien. Je lui apportai la nourriture.

— Mange.

Il sembla vouloir protester, mais il en avait besoin, pour son épilepsie. Heureusement, il accepta le burger et les frites.

Sia s'éveilla et sourit à Hush, puis à moi. Hush lui caressa les cheveux avant de l'embrasser. Sia mangea en silence, comme nous tous, et une fois le repas avalé, je m'allongeai près d'elle. Elle avait posé la main sur la poitrine de Hush, et passait les doigts sur ses tatouages.

Hush fut le premier à parler.

— Je n'ai jamais compris pourquoi les gens s'occupent de critiquer qui l'on aime.

Sia se tendit sous son bras et il la serra plus fort. Il n'avait presque plus de voix, le stress intense de ces derniers jours avait eu raison de ses forces.

— Hush, souffla-t-elle, apaisante, en posant la main sur sa joue.

Il posa la paume sur ses doigts.

— Je ne veux pas t'imposer une vie où tu seras jugée parce que tu es avec moi. Cela n'arrivera peut-être pas aujourd'hui ni demain, mais quelqu'un, quelque part, finira par dire quelque chose, ira peut-être même plus loin que les mots. Je… (Il secoua la tête.) Je ne peux pas vous faire ça.

— Le monde change, protesta Sia.

— Pas assez vite.

— Alors nous créerons notre propre monde, affirma-t-elle, résolue, en s'agenouillant devant lui.

Il la regarda tristement et elle lui pressa la main, puis prit la mienne.

— Notre maison sera notre univers. On se foutra de l'extérieur et des autres. Je vous aime tellement, tous les deux ! (Elle croisa le regard de Hush.) Tu le sais ?

— Ouais, admit-il, la voix brisée.

Le visage de Sia se détendit et elle affaissa les épaules. Elle se pencha et embrassa ses lèvres abîmées. Il se retira et posa le front contre le sien.

— Tu as une famille, souffla-t-elle en portant ma main à ses lèvres. Nous sommes ta famille. (Elle soupira.) Le club… (Elle hésita, puis poursuivit à regret.) Le club aussi est ta famille. (Elle passa la main sur son visage.) Tu n'es pas seul. Tu dois nous accepter. (Elle sourit.) Je sais que tu es « Hush », un surnom qui te va bien, parce que tu ne t'es jamais ouvert à moi, pour me permettre d'approcher vraiment. (Elle nous regarda.) Je ne suis même pas sûre que tu te sois totalement ouvert à Cowboy.

Non, il ne s'était jamais ouvert complètement…

— Pendant des années, j'ai craint de m'éveiller un matin et de constater que tu n'étais plus là, dis-je.

Il ne me regarda pas, ses yeux vides tournés vers les draps.

— J'ai toujours su qu'une partie de toi restait fermée. Tu n'as jamais tourné la page… (je détestais dire ça, mais…) après tes parents, la façon dont ils sont morts. (Je le regardai dans les yeux jusqu'à ce qu'il n'ait plus d'autre choix que de m'imiter.) C'est pas ta faute, Val. On ne peut pas te reprocher les actes de ces enflures de racistes. Les victimes ne sont jamais responsables de leur propre meurtre. Ce sont les connards malfaisants qui les ont attaquées, les coupables. (Je lui pris la main et pressai.) Il est temps de te pardonner, parce que, à mon sens, une putain de belle vie nous attend. (Je souris.) Il suffit de l'accepter.

Sia se blottit contre lui.

— Je me moque de ce que les autres pensent de nous, même mon propre frère. Je veux ceci… Je le veux si fort que j'en ai mal. (Elle embrassa ses côtes endolories.) J'en ai besoin… Je n'avais pas compris à quel point jusqu'à ce que je craigne de t'avoir perdu. (Elle se redressa sur le coude.) Pourquoi se soucier de l'image que cela donne, et de qui est impliqué ? Si c'est de l'amour, il faut le prendre, des deux mains. (Elle baissa les yeux.) Je n'ai pas de parents. Toi aussi tu es seul, Hush. (Elle m'embrassa les doigts.) Et toi, Cowboy, tu es la lumière qui chasse les ténèbres en nous quand elles tentent de nous envahir.

Hush garda le silence si longtemps que je crus qu'il allait protester. Puis il me regarda.

— Je dois lâcher prise, admit-il, les traits tirés, avant de baisser la tête. C'est étouffant. Je ne peux pas… Je ne peux pas respirer alors que ça me pèse autant.

Quand il releva la tête, je sus ce qu'il voulait.

Il avait besoin de se venger de ces enfoirés qui lui avaient enlevé sa famille.

J'acquiesçai. Il savait que je serais à ses côtés.

Nous restâmes allongés, en silence, jusqu'à ce que quelqu'un frappe à la porte. Je découvris Crow sur le seuil. Il entra et Sia se leva.

— Je vais prendre un bain, dit-elle.

— Tu lui as dit ? demanda-t-il à Hush.

Mon frère secoua la tête puis m'éclaira sur les soupçons de Crow concernant Titus.

— S'il te faut quoi que ce soit, on t'aidera, quoi qu'il en coûte, pour que la justice rattrape ce salaud.

Crow me frappa dans le dos.

— Alors ? On rend une petite visite à ce bon grand-papa ?

Je regardai Hush qui se leva, le visage empreint de colère et de détermination.

— Ce soir, affirma-t-il. (J'acquiesçai.) Ensuite, on s'occupe des autres.

Crow secoua la tête.

— Nan, frangin, c'est moi qui me les fais.

Son regard s'illumina d'un éclair qui n'appartenait qu'à lui. Je n'avais jamais connu quelqu'un qui prenne autant son pied à tuer que Crow… sauf peut-être Flamme. Ensemble, ces deux-là seraient dignes d'un film gore…

— C'est à moi de m'occuper d'eux, insista Hush.

— Tu te fais le marionnettiste, je me charge des marionnettes.

Hush secoua la tête.

— T'es de la famille, Hush, rétorqua Crow.

Hush écarquilla les yeux, les lèvres entrouvertes. Je doutais que, pendant ces années parmi les Hangmen, il se soit vraiment senti inclus dans la famille. Les saloperies de Titus n'avaient pas aidé, et voilà que Ky nous suspendait à cause de sa sœur. Mais malgré tout ce merdier, le club était notre famille. Hush n'avait jamais été seul. J'avais toujours été là, mais ses frangins aussi, des potes auxquels il ne s'était jamais ouvert.

Il était temps qu'il s'y mette.

— T'es pris d'une folie meurtrière, tu risques de te faire choper, déclara Crow en levant son portable. Moi, j'ai des renforts en route. Charge-toi de grand-papi, on va nettoyer les rats ! (Il nous adressa l'un de ses sourires les plus tordus.) Les dés d'Hadès et moi, on va s'marrer un peu…

— Très bien, accepta enfin Hush.

Une expression nouvelle se posa sur son visage : un air résigné mêlé d'un peu de soulagement.

Crow se leva.

— J'attends votre appel.

Il quitta la chambre et Sia sortit de la salle de bains, l'air inquiet. Elle avait évidemment tout entendu.

— Il faut qu'on sorte un moment, annonçai-je.

Elle hocha la tête. Hush l'embrassa sur la bouche, passa sa veste et je m'approchai d'Elysia. Elle nous suppliait du regard de revenir sains et saufs.

— Nous serons bientôt de retour, *ma chérie**, lui assurai-je avant de l'embrasser.

J'ouvris la porte et Hush me suivit, mais il s'arrêta soudain et regarda en arrière.

— Je m'appelle Hush parce que, petit, personne ne me voulait. C'est un mot anglais pour le silence, mais il illustre aussi le rejet…

Il sourit, fatigué.

— Je ne parle pas de mes parents, mais le reste de ma famille n'a jamais voulu accepter ma naissance, mon existence.

Sia, pétrifiée, les yeux brillants, souffla :

— Merci. Merci de t'être confié.

Il soupira et je vis une nouvelle brique tomber des hauts murs derrière lesquels il se cachait.

En atteignant le camion de Crow, je compris qu'après ce soir, tout un pan de mur serait en ruine. Hush soupira puis acquiesça. Je pris ça pour un signal, démarrai, et partis vers la demeure des Moreau.

Grand-papa avait rendez-vous avec Hadès.

Les portes de la propriété étaient ouvertes quand j'éteignis les lumières pour rouler lentement vers la maison. Je guettai des hommes, des gardes, quelqu'un chargé de la sécurité, mais je ne vis rien. Hush surveillait aussi. Il vérifiait sans cesse son Glock et le couteau dans sa botte, prêt à riposter si quelqu'un venait et se mettait à poser des questions.

Je garai le camion sous le couvert d'arbres. L'endroit ressemblait à une ville fantôme et je l'expliquai d'un mot :

— Crow.

Hush acquiesça en contemplant l'immense demeure blanche. Il soupira.

— Ça va ?

— Elle a grandi ici, dit-il en désignant la maison. (Il secoua la tête.) Comment pouvait-elle être heureuse dans notre misérable bicoque ?

— Parce qu'elle vous avait, ton père et toi.

Je scrutai les colonnes blanches et le porche.

— Je connaissais ton grand-père.

Je me souvenais des repas ici, des attitudes guindées, des discours racistes… et du silence de sa grand-mère. Hush avait peut-être plus en commun avec elle qu'il ne le pensait.

— T'es prêt ? demandai-je, conscient que nous avions trop attendu.

Crow ne pourrait pas tenir les gardes à distance éternellement. Un appel à la police et les hommes afflueraient aussitôt. En guise de réponse, Hush ouvrit la porte. Il boitait, se penchant d'un côté à cause de la douleur dans ses côtes, mais il affichait une volonté de fer. Les flammes dans son regard étaient si intenses qu'il aurait pu passer pour Hadès fait homme.

Je gravis les marches près de lui et ouvris la porte. En passant le seuil, j'oubliai Hush et Cowboy. Nous étions Aubin et Valan, venus régler ce qui aurait dû l'être des années auparavant.

Les couloirs de la maison ressemblaient à ceux d'un musée. En tournant à l'angle d'une bibliothèque, je vis M. Moreau, assis à son bureau. Il parut stupéfait quand nos silhouettes emplirent l'embrasure, côte à côte. Il écarquilla les yeux. Il voulut presser quelque chose sous son bureau, sans doute une alarme, mais je n'entendis pas un son.

On devait une fière chandelle à Crow.

Je souris et avançai. Hush était pétrifié.

— Monsieur Moreau.

Je m'assis dans un fauteuil face à lui, les pieds sur le bureau.

— Vous vous souvenez de moi ?

Il m'observa un instant puis resta bouche bée.

— Aubin Breaux ?

Je tapotai mon Stetson.

— Pour vous servir.

Il regarda Hush, derrière moi, et déglutit.

— Je suis l'abomination, déclara froidement mon ami avant d'avancer près de moi.

Je surveillais la main de Moreau, au cas où il tenterait de sortir une arme. Comme prévu, il glissa les doigts sous le bureau et je sortis mon flingue pour le pointer droit vers sa tête.

— Les mains où je peux les voir, ducon.

Il n'obéit pas et je fis cliqueter la sécurité. Il posa aussitôt les paumes sur le plateau de bois.

— Val ? dis-je pour lui passer le relais.

Il ne perdit pas de temps et alla droit au but.

— Tu as ordonné la mort de mon père et la mienne à tes potes du Klan.

Moreau pâlit, mais garda la tête haute. Il ne dit rien, il ne nia pas.

— Mais c'est *elle* que tu as tuée à la place. Tu les as condamnés tous les deux parce qu'ils étaient amoureux.

Moreau flancha, les mâchoires serrées.

— Elle avait semé la honte sur cette famille, siffla-t-il. Jamais, en trois cents ans, cette lignée n'avait été polluée… puis elle l'a ramené, *lui*…, dit-il en jetant un regard de dégoût sur Hush. Et après, ils t'ont eu. (Il ricana.) Elle n'était même pas ma fille biologique, mais c'était une parfaite Aryenne et elle portait mon nom. Elle a été gâchée par cet homme que tu appelles ton père. (Il se rassit.) C'est toi qui aurais dû être là, pas elle. Je voulais l'arracher à l'influence de ton père, et à la tienne. (Il haussa les épaules.) Mais à bien y repenser, je doute que cela ait aidé. (Une putain de lueur de victoire illumina son regard.) J'estime à présent que sa mort fut une erreur bienvenue. La honte qu'elle faisait planer sur le nom des Moreau est morte avec elle.

Il avait à peine fini de parler qu'un coup de feu retentit, et une balle l'atteignit entre les deux yeux. Je remis les pieds par terre alors que son sang formait une flaque sur le bureau. Je me levai. Hush observait son grand-père. Il laissa échapper un souffle bref et me regarda, les yeux écarquillés. J'allais parler quand j'entendis un hoquet sur le pas de la porte.

En nous tournant, nous découvrîmes une femme âgée, aux cheveux blonds marqués de gris, et aux yeux bleus… semblables à ceux de Hush. Et comme lui, l'un était entouré d'un large hématome.

— Bonsoir, madame Moreau, saluai-je.

Elle m'accorda un regard mais revint très vite à Hush. Ce dernier se raidit et je devinai pourquoi. Il voyait sa mère, comme elle aurait été en vieillissant. Mme Moreau entra en marchant péniblement, trace de sa crise des années auparavant. Sa bouche pendait un peu d'un côté. Mais rien ne l'empêcha de s'approcher de son petit-fils.

La main de Hush, serrée sur son arme, trembla. Il l'abaissa lentement. Au même instant, la femme porta la main à sa bouche et un faible sanglot lui échappa. Elle s'arrêta devant lui pour l'observer. Elle était petite et il la dépassait largement. Des larmes coulèrent sur les joues de Mme Moreau et je devinais, à la réaction de Hush, qu'il menaçait aussi de craquer.

— Valan ? souffla-t-elle, enveloppant le nom d'un accent suédois qui lui allait parfaitement.

Hush entrouvrit la bouche et acquiesça. Je repérai sur son bras nu des traces multiples d'anciennes blessures.

Visiblement, nous ne connaissions pas tous les torts de M. Moreau…

Elle leva la main vers la joue de mon ami et ses doigts tremblèrent autant que sa voix.

—Tu lui ressembles tellement.

Elle effleura son œil blessé mais ne mentionna même pas les signes de la bagarre. Elle ne voyait que lui, le reflet de sa fille.

—Il me l'a prise, murmura-t-elle d'un ton tranchant. Il a refusé de me dire si tu étais vivant. (Elle ferma les yeux puis les rouvrit.) Je m'en suis toujours moquée, reprit-elle. (Hush écarquilla les yeux.) Je me moquais de qui elle avait épousé… Je voulais juste qu'elle soit heureuse. (Elle sanglota et se détourna. Puis elle se reprit.) Et je n'avais jamais eu la chance de rencontrer mon merveilleux petit-fils.

Elle sourit, la main toujours sur sa joue, comme si elle ne pouvait plus la retirer.

Hush était pétrifié, puis il posa doucement la main sur son poignet.

—Content de vous rencontrer… *Mormor.*

Mme Moreau flancha à ces mots et l'entoura de ses bras. Elle semblait minuscule, accrochée à sa taille. Il ferma les yeux puis la serra aussi contre lui. Ses joues tressautèrent, il crispa les lèvres… et une larme glissa sur sa joue. Il la serra encore et je vis qu'il luttait pour ne pas craquer.

Je reculai vers le mur, surveillant tout mouvement dans la maison. Je ne revins vers eux qu'aux paroles de Mme Moreau.

— Je savais que tu reviendrais un jour. C'était le destin. Personne ne peut commettre un tel acte de haine et ne jamais le payer.

J'eus l'impression qu'elle ne parlait pas que de l'incendie. Elle regarda froidement son mari.

— Mais tu dois partir, dit-elle en caressant la joue de Hush. Un intrus s'est glissé dans la maison pour chercher notre coffre. (Elle rajusta sa coiffure.) J'étais à l'étage quand il l'a abattu. Je me cachais. Quand je suis descendue, je l'ai trouvé mort.

Hush prit quelques inspirations hachées, puis acquiesça.

— On devrait y aller, le pressai-je.

Il ne pouvait détourner les yeux de sa grand-mère, prisonnier de l'instant.

— Val ?

Il finit par me regarder et hocha la tête.

— Quand tout se sera calmé, intervint-elle. Je… J'aimerais vraiment te revoir.

Hush s'arrêta net, prit une profonde inspiration et se retourna.

— J'aimerais aussi.

Ma poitrine se fendit.

— Il faudra que tu reviennes voir ta mère, ajouta-t-elle.

Il se figea et les larmes de Mme Moreau coulèrent.

— Elle repose dans le jardin.

Hush acquiesça, mais je sus qu'il serait incapable de parler en sachant qu'il foulait la terre où se trouvait sa mère.

— Et puis, reprit-elle comme s'il n'en endurait pas déjà assez, je t'emmènerai voir ton père.

Il se tourna lentement.

— Quoi ? demanda-t-il, incrédule.

Elle s'approcha de lui.

— Il n'en a rien su, dit-elle avec assurance en désignant le cadavre sur le bureau, mais j'ai payé le médecin légiste derrière son dos. J'avais des économies dont il ignorait tout. (Elle sourit tristement.) J'économisais en secret pour rentrer en Suède… J'espérais partir avec Aia, ton père et toi, et vous emmener avec moi, pour commencer une nouvelle vie loin de lui. Mais… (Nous connaissions la fin, malgré son hésitation.) Quand ses restes ont été trouvés et que mon mari a refusé de lui offrir une sépulture, je lui en ai offert une en secret. (Le souffle lui manqua et sa voix devint rauque.) Je connaissais ma fille, et je savais qu'elle l'aimait plus que la vie elle-même. Ils auraient dû être enterrés ensemble, mais je ne voulais pas… Je ne pouvais pas…

Elle baissa la tête, sans doute honteuse, et Hush traversa la pièce pour la serrer contre lui.

— Merci, souffla-t-il avant d'ajouter quelque chose en suédois.

Elle sanglota et le pressa contre elle.

—Je suis tellement navrée, Valan. Je suis désolée qu'il ait fait tout cela. Ma fille me manque… Elle me manque tellement, c'est comme si on m'avait arraché la moitié du cœur. (Elle recula et afficha un faible sourire.) Mais te voir aujourd'hui… toi qui lui ressembles tant… tu as redonné vie à mon âme. (Elle rit.) Tu es tellement magnifique, *gullunge*.

Hush finit par quitter son étreinte et l'embrassa sur le front. Elle soupira.

—Pars vite. Quitte la ville et rentre chez toi. Ne te retourne pas. Je ne permettrais pas qu'on te punisse alors qu'il a reçu ce qu'il méritait.

Je pris Hush par l'épaule et le guidai hors de la maison, en souriant, tandis qu'il jetait des coups d'œil vers sa grand-mère qui nous observait depuis le porche. Une fois dans le camion, je repris rapidement la route et Hush regarda sa grand-mère jusqu'à ce qu'elle soit hors de vue.

—Tu vas bien ? demandai-je en reprenant le chemin pour retrouver Sia.

Il poussa un long soupir. Je m'étais toujours dit qu'à la mort de ses parents, il avait pris une longue inspiration. Mais je comprenais, maintenant que ce long souffle passait ses lèvres, qu'il ne l'avait jamais évacuée avant cet instant.

Il se tourna vers moi, le visage éclairé par les lumières de la circulation.

— Allons chercher notre Sia. (Il sourit en se calant dans son siège pour regarder la route.) Je veux rentrer.

Puis il fronça les sourcils, visiblement encore tracassé.

— Et tes vieux ?

Une haine épaisse et pure me coula dans les veines.

— Pour moi, ils sont morts.

Hush ferma les yeux un moment, les rouvrit, et je lui adressai son clin d'œil favori et un grand sourire dont j'avais le secret, puis j'inclinai mon Stetson.

— Rentrons chez nous, *mon ami**… Rentrons vite, putain…

Chapitre 15

Sia

J'ARRÊTAI LA CAMIONNETTE DEVANT CHEZ KY ET Lila. Je serrai les mains sur le volant. Je n'avais pas parlé à mon frère depuis le Mexique. Nous n'avions pas eu le temps de nous voir chez les Diablo à Laredo : j'étais aussitôt rentrée avec Hush et Cowboy et je ne les avais pas quittés depuis.

Je ne savais pas s'il m'en voulait encore, mais je devais lui parler. Après la Louisiane, après avoir vu Hush si brisé par l'histoire de sa famille, puis tellement… différent… et heureux, en me parlant de sa grand-mère, je n'avais plus pensé qu'à mon frangin.

Il était ma seule famille.

La porte de la maison s'ouvrit et Lila plissa les yeux pour voir qui arrivait. Dès qu'elle me reconnut, elle sourit largement et, l'estomac noué, je sortis du camion.

— Hé, ma belle ! dis-je en agitant la main.

Je m'approchai, j'entendais ses amies à l'intérieur. Elle me serra contre elle plus fort que d'habitude.

— Eh, soufflai-je en lui embrassant la joue, je vais bien.

Elle m'observa, me fit tourner sur moi-même et mon cœur s'accéléra. Je fermai les yeux et me préparai. Je portais volontairement une tenue qui dévoilait le haut de mon dos. J'étais lasse d'avoir honte de mon corps, et je ne serais pas honteuse de cette marque que trop de gens considéraient comme un signe d'infériorité. J'avais décidé de me l'approprier et de porter cette merde avec fierté. Je n'avais plus honte des brûlures à l'acide, il était temps que je les accepte comme une partie de moi.

— Je suis très fière de toi, souffla Lila.

Je me retournai et m'arrêtai à la cicatrice sur son visage, celle qui lui avait apporté un sentiment de paix qu'elle seule pouvait comprendre.

— Merci.

Je pris sa main tendue et elle me guida à l'intérieur.

J'y trouvai ses sœurs, ainsi que Beauty et Letti. Je leur fis signe.

— Sia !

Elles vinrent me serrer dans leurs bras les unes après les autres et je leur rendis leur accueil, une boule dans la gorge. Je m'assis et observai ces femmes. Elles étaient toutes différentes, avec des passés différents, mais toutes étaient adorables. C'était drôle. J'avais toujours voulu rester à l'écart du club, convaincue que c'était un enfer de débauche toxique. Mais avec ces femmes, ou chez nous avec Hush et Cowboy, dans notre lit ou dans les tâches quotidiennes comme la cuisine ou la moto, je m'apercevais que j'avais tort.

Comme j'avais entendu Crow le dire dans la chambre du motel, c'était une famille, qui m'avait manqué, qu'on m'avait refusée.

Quoi que dise Ky, je ne le permettrais plus.

— Comment ça va, ma belle ? demanda Beauty en s'approchant.

Je l'aimais beaucoup, c'était avec elle que je me sentais le plus proche. Elle avait vécu du lourd, mais elle était joyeuse et pétillante. C'était mon modèle.

Elle regarda autour de nous pour vérifier que les autres n'écoutaient pas, sans grande conviction cependant. Elle prit le café que Lila m'avait servi et lui ajouta deux shots de bourbon depuis la flasque cachée dans sa veste « propriété de Tank ». Lila grimaça et j'éclatai de rire.

— Je vais bien, dis-je en le pensant pour la première fois depuis longtemps. La route a été longue, mais j'y suis arrivée.

— Et Hush et Cowboy ? demanda Bella, une lueur de compassion dans le regard.

Nous étions toutes deux avec des hommes que le club voyait comme des traîtres ou du moins ayant désobéi aux règles. Pourtant, elle aimait Rider de toute son âme, avec fierté.

Je souris.

— Ils vont bien.

C'était vrai. Cowboy avait retrouvé son insolence nonchalante, et ses blessures étaient presque guéries. Hush était encore un peu endolori, mais le plus grand changement venait de l'intérieur. Il souriait et, cela me réchauffait le cœur, il parlait.

Il restait réservé, c'était sa nature, mais il me parlait. Tous deux m'embrassaient, me faisaient l'amour… m'aimaient. Je n'avais jamais été aussi heureuse. J'espérais juste que le club les reprendrait parmi les siens. Plus personne n'en avait parlé depuis le Mexique.

— Ils reviendront bientôt.

Je levai la tête. J'étais restée perdue dans mes pensées, à regarder mon café. C'était Mae qui avait parlé, en caressant son ventre rond. Styx serait bientôt père.

Styx, papa… J'essayais encore de me faire à l'idée. Je lui adressai un faible sourire.

— Je l'espère.

Je regardai par la fenêtre en quête d'un signe de Ky.

— Ils appartiennent à ce club. C'est toute leur vie. (Une vague de colère protectrice me saisit soudain.) Qu'ils soient avec moi ne devrait rien changer. Et alors ? Je les veux tous les deux, je les aime tous les deux, qui s'en préoccupe ? Quelle importance tant qu'ils me traitent bien ? Et ils le font, vraiment bien. Je n'arrive pas à croire à ma chance.

J'arrêtai de parler en sentant ma pression sanguine monter. Je ris sans humour et repris d'une voix rauque.

— Je les aime, si fort que j'en ai mal. Je… Je ne veux pas être la raison pour laquelle leur club, leur famille, leur raison de vivre, leur est retiré.

La pièce resta silencieuse puis une petite voix intervint.

— Il y a des semaines, tu m'as demandé comment c'était.

Je regardai Maddie, de l'autre côté de la pièce, les joues rouges et ses yeux verts écarquillés à l'idée d'être le centre de l'attention.

— Tu te demandais comment c'était d'être avec Flamme.

Elle afficha un petit sourire qui me gonfla la poitrine.

— Paisible. (Elle sourit et hocha doucement la tête.) Je ne peux le décrire autrement que par « paisible ». Avec lui, je suis en paix après des années de malheur et de désespoir.

Maddie se leva et traversa la pièce. Elle hésita puis posa la main sur la mienne et pressa.

— Si tes hommes te donnent ce sentiment, tu dois te battre pour eux. (Elle plongea son regard vert dans le mien.) Qu'est-ce que l'amour, de toute façon ? Ce n'est jamais simple et ne correspond jamais à la définition d'autres personnes amoureuses. Pour beaucoup, l'amour entre Flamme et moi est inhabituel. Mais il m'a sauvée. (Elle hoqueta.) Et je l'ai sauvé. Si tu as sauvé tes hommes et qu'ils t'ont sauvée, vous êtes faits pour être ensemble.

— Merci, dis-je, les yeux brillants et les lèvres tremblantes de gratitude.

Maddie regagna sa place et Mae lui pressa la main.

Beauty donna une tape sur sa chaise.

— Merde, ma belle, on est au XXIe siècle ! Que le club quitte le Moyen Âge et rejoigne la modernité ! (Elle mima un hoquet de stupéfaction.) Une femme peut être avec deux hommes. (Elle se couvrit la bouche et prit son plus bel accent du sud.) Oh, mon Dieu, que ce ménage à trois impur soit foudroyé à l'instant ! (Elle leva les yeux au ciel et je ris.) Garde tes amants cajuns. (Elle remua les sourcils.) Ils sont sacrément beaux. Plus d'une nana aimerait se retrouver prise en sandwich entre deux poitrines aussi solides !

— Pour nous, reprit Phebe en désignant les femmes qui s'étaient échappées de sa secte, l'idée d'une seule femme avec un seul homme était plus choquante que ce que tu as choisi. L'amour est subjectif. (Elle sourit.) Je dirais que cette vie est très différente du monde hors des terres des Hangmen, car nous vivons déjà une existence en marge. Tes choix amoureux ne sont pas si étranges ici.

— Et ça aide de savoir que les frangins ou les meufs comme moi iraient sans sourciller buter quiconque trouverait à redire.

Je ris quand Letti haussa les épaules comme si le meurtre était un détail quotidien de sa vie.

Beauty l'approuva en chantonnant :

— Alléluia, ma sœur !

— Sia ?

Je sursautai en reconnaissant la voix de Ky. Je me tournai et le vis sur le seuil. Je me levai.

— Salut.

Je baissai les yeux. Je ne savais pas quoi dire de plus. J'étais terriblement mal à l'aise. La pièce était silencieuse.

— Viens avec moi.

Je levai la tête et le vis ressortir. J'adressai un coup d'œil à Lila, qui m'offrit un sourire encourageant.

J'allai retrouver Ky, qui remontait à moto. Il tapota la selle.

— Grimpe, sœurette.

J'obéis en savourant le parfum du cuir qui me faisait toujours penser à lui.

Quand j'étais petite, il m'emmenait en balade, parfois pendant des heures, juste pour avaler de l'asphalte.

Il roula autour des vastes terres des Hangmen jusqu'à atteindre un cours d'eau. Il installa la béquille et éteignit le moteur. Je descendis et m'étirai. Ky s'assit sur la berge. Le son de l'eau était apaisant et je m'installai près de lui.

Avant qu'un mot soit échangé, Ky me fit pivoter pour regarder le bas de ma nuque. Un son rageur monta de sa gorge. Je m'écartai et parlai la première.

— Je n'ai pas honte, dis-je en croisant son regard furieux. Je suis fière d'être avec lui.

Il souffla longuement par le nez, baissa la tête et passa les mains dans ses cheveux. Il releva la tête.

— Mais coucher avec deux frangins, Sia ?

Je dus retenir un sourire goguenard, car il n'y avait nulle malice dans sa voix. Il m'observa du coin de l'œil et secoua la tête.

— J'avoue qu'ils ont été là pour toi. (J'écoutai en regardant un canard se poser sur l'eau.) Cowboy t'a défendue jusqu'à se faire enlever avec toi. (Il prit une profonde inspiration.) Et Hush… (Il rit.) Il a débarqué au QG comme Hadès en personne en ordonnant de partir à ta recherche. (Il se tendit.) Il m'a reproché de ne pas vouloir que tu sortes avec eux parce qu'il était noir, ou métis, ou je ne sais plus. (Je fermai les yeux en devinant ce qui avait dû traverser l'esprit de Hush.) Je lui ai dit que je m'en foutais, vraiment. (Il serra les poings.) C'est l'idée que ces cons s'y mettent à deux qui me fait voir rouge.

— Ky ! protestai-je en lui tapant sur le bras.

— Quoi ? reprit-il, toujours très sérieux. T'es ma putain de petite sœur. Maintenant, tu baises avec non pas un mais deux frangins, qui, d'après la rumeur, pourraient bien aussi baiser ensemble. Alors évidemment, dès qu'on me parle de vous, je ne vois plus qu'un foutu alignement de chatte, de bites et de trous du cul, façon congas ! Ça me retourne le cerveau !

— Ky, je t'aime, mais si tu me ressors encore ce genre de conneries, je viendrai te couper la langue dans ton sommeil.

— Tu ne ferais pas ça, sœurette, dit-il en haussant les épaules, Li ne survivrait pas sans cette langue.

Je levai les yeux au ciel en mimant un haut-le-cœur. Il posa la main sur mon poignet.

— Promis, je ne parlerai plus de ma comparaison avec les congas si tu jures de ne plus refaire ce bruit, parce que là, j'ai toi qui suces un mec en bande-son.

Je ris et me réjouis qu'il se joigne à moi. Je posai la main sur son épaule et l'odeur du cuir m'emplit encore les narines. Cela m'avait manqué. Je détestais être en froid avec lui.

— Comment va Lila ?

Il sourit.

— Elle va mieux, elle est sacrément forte.

Il passa les mains sur ses cuisses.

— Elle a fait une analyse de sang la semaine dernière. C'est encore tôt dans sa grossesse, mais ils veulent vérifier plein de trucs. (Il se racla la gorge.) Ils ont demandé si on voulait connaître le sexe du bébé. (J'écarquillai les yeux et il soupira longuement.) Elle attend un garçon. (Je levai la tête avec un grand sourire.) Et une fille.

Je restai bouche bée.

— Des jumeaux ?

— Ouais. Li dit qu'il y en a du côté de son père. (Il respira, les yeux écarquillés, comme un cerf pris dans les phares d'une voiture.) Encore une putain de nana. J'aurai des cheveux gris avant trente-cinq ans. (Il laissa tomber la tête entre ses mains.) Et un garçon, merde. J'ose pas imaginer quel genre de débauché ce sera.

Je lui donnai un coup contre le bras.

— Eh oui, comme son père.

— Ouais, dit-il en hochant la tête. Et avec une tante qui se tape deux mecs, il va croire qu'il peut se taper toutes les meufs qu'il veut.

Je poussai un soupir et repris mon sérieux.

— Ky, que vas-tu faire pour Cowboy, Hush, et le club ?

— Les affaires du club, Sia, tu sais bien…

Je regardai l'eau clapoter.

— J'étais en Louisiane la semaine dernière. (Il leva la tête, étonné.) J'ai rencontré Crow.

— D'accord, dit-il lentement.

— Je dois t'apprendre des choses, et je te les révèle un peu dans le dos de Hush et Cowboy. Mais je veux que tu le saches. Je veux que tu comprennes pourquoi Hush agit ainsi, pourquoi il est brisé.

Ky se lécha la lèvre inférieure en contemplant le ruisseau, mais je savais qu'il m'écoutait.

— Et je pense que tu devrais savoir des trucs sur le prés' de La Nouvelle-Orléans.

Il fronça les sourcils pendant que je lui racontais la vie de Hush et Cowboy, leur rencontre, le sort des parents de Valan, qui n'avait pas pu leur dire au revoir, et pourquoi il n'avait pas vraiment reconnu les Hangmen comme sa famille. Puis je lui parlai de Titus, de ce qu'il avait fait à Hush autrefois, puis récemment, et de ce que Crow avait révélé en pensant que je n'écoutais pas.

J'achevai mon récit. Ky était telle une statue sur la berge. Je soupirai en sentant le poids de tout ce que nous avions traversé quitter mes épaules.

— Si tu le chasses pour une raison aussi stupide que d'être amoureux de moi… (Ky se tourna vers moi.) Ils m'aiment, soufflai-je, et je les aime de tout mon cœur. (Je lui adressai un faible sourire.) C'est la première fois que nous ressentons vraiment cela, Ky. Je suis… (Je songeai à Maddie.) Je suis en paix avec eux. Je suis enfin heureuse et j'ai trouvé la paix.

Je me levai et essuyai la terre de mon jean. Ky attendit quelques minutes pour réfléchir, puis il se leva.

J'allais me diriger vers sa moto quand il me prit par le bras et me colla contre lui. Je grognai de surprise, mais je sentis mon cœur fondre quand il m'enveloppa de ses bras et me serra très fort. Des larmes me montèrent aux yeux, plus encore quand il m'embrassa le front.

— J'aurais pas tenu le coup si Garcia t'avait enlevée à moi, dit-il d'une voix rauque.

Sa sincérité me toucha et je le serrai contre moi.

— Je t'aime, soufflai-je en le pensant de toute mon âme.

— Moi aussi, sœurette, dit-il en me serrant encore quelques secondes.

Il s'écarta et je crus voir ses yeux briller, mais il monta sur sa moto et je ne pus savoir si j'avais rêvé. Je le pris par la taille.

— Tu veux qu'on roule vraiment ?

Je souris en me sentant de nouveau comme sa petite sœur.

— Ouais.

Je m'accrochai à lui et il partit au quart de tour. Je ne savais pas si c'était un signe du ciel, envoyé par ma mère, mais je sentis un équilibre nouveau en moi. Je sus que c'était parce que ses bébés s'étaient retrouvés. Sur cette idée, je fermai les yeux alors que les lumières d'Austin défilaient… et je me contentai de tenir bon.

J'entrai chez nous et trouvai Cowboy allongé sur le canapé. Il se leva et s'approcha de moi pour me soulever et me plaquer contre lui.

— Tu m'as manqué, *chérie**, souffla-t-il contre mes cheveux.

Je ris.

— Je n'ai été absente qu'un après-midi.

Il me reposa et mit une main sur sa poitrine.

— Pour moi, c'était une trop longue séparation, déclara-t-il, théâtral.

J'éclatai de rire.

— Tu racontes n'importe quoi.

Je l'embrassai et il grogna en me prenant par la taille. Il avait parlé sur le ton de la plaisanterie, mais je devinai à son baiser qu'il était sincère. Après notre étreinte, nous étions à bout de souffle et je sentis son sexe dur contre ma cuisse. Je déglutis et vis Hush derrière lui, tout frais sorti de sa douche, qui nous regardait depuis le seuil, une serviette lâche autour de la taille. Des gouttes d'eau tombaient sur ses abdos, son corps bronzé et tatoué, et disparaissaient sous la serviette.

Cowboy s'était décalé, la bouche contre ma nuque, et je vis l'iris bleu de glace de Hush diminuer alors que ses pupilles se dilataient. Ma peau était brûlante. Je serrai les cuisses pour m'apaiser un peu.

Hush me tendit lentement la main.

— Va vers lui, me souffla Cowboy.

J'obéis, portée par mes pieds, pour prendre les doigts de mon amant.

Comme toujours, il scruta nos doigts joints. Auparavant, cela emplissait son visage de crainte, d'anxiété quant au sens de la différence de couleur de nos peaux, comme si son passé risquait de surgir dans le présent. Maintenant, tandis qu'il contemplait nos doigts mêlant le noir et le blanc, son regard n'exprimait qu'amour et affection. Je savais qu'une partie de lui resterait toujours inquiète, mais j'espérais que des années de bonheur auraient peu à peu raison de ses peurs.

Je m'approchai et passai la main sur ses pectoraux et ses abdos. Une goutte coula sur sa poitrine et je me penchai pour la lécher. Il siffla et prit ma nuque dans sa main. Je levai la tête et nos regards se croisèrent, puis il écrasa sa bouche sur la mienne. Je gémis, à bout de souffle alors que nos langues se trouvaient. Il posséda ma bouche, puissamment, rapidement, mais avec une douceur incroyable. Je gémis encore plus fort quand je sentis deux mains autour de ma taille et que Cowboy m'embrassa le long du dos. Mes paupières frémirent lorsque je ressentis tant d'affection et je passai la main derrière moi pour sentir son corps nu. Je caressai ses hanches dessinées et ses cuisses puissantes. Il posa les reins contre mes fesses pour me pousser vers Hush, également en érection. Je m'écartai de sa bouche pour reprendre mon souffle.

Cowboy me guida en avant, vers la chambre. Je saisis la serviette sur les hanches de Hush et posai les lèvres sur les siennes. Nous n'étions qu'un océan de bouches, de mains et de peaux en entrant dans la pièce. J'avais à peine retrouvé de l'air quand Cowboy retira mon top. Hush déboutonna mon jean, qui tomba sur mes genoux avant qu'il le retire avec mes dessous. Cowboy se débarrassa rapidement de mon soutien-gorge… et je fus nue, cicatrices exposées… mais je ne m'étais jamais sentie aussi belle de ma vie.

—*Je t'aime**, souffla Cowboy dans mon oreille en parcourant de la bouche tout mon cou.

Je levai les bras pour les passer à son cou. Je poussai un cri quand la bouche de Hush commença à descendre sur mes cuisses, vers leur centre. Cowboy me tint les poignets et Hush m'écarta les jambes en me léchant.

—Hush! m'exclamai-je en me cambrant pour m'abandonner à lui.

Je détachai une main de l'étreinte de Cowboy et cherchai derrière moi pour la poser sur son sexe. Il grogna contre mon oreille et se plaqua contre ma paume. Je le saisis doucement et le caressai.

Mes paupières papillonnèrent, tandis que j'étais prise entre les deux hommes qui avaient volé mon cœur, et une sensation de chaleur s'empara de moi comme un feu de forêt. Je saisis les cheveux de Cowboy et continuai mes lentes attentions en le sentant réagir sous mes doigts. Il me mordilla le cou, l'épaule, l'oreille.

Hush souleva l'une de mes jambes pour la placer sur son épaule, m'ouvrant davantage à lui. J'avais à peine repris mon souffle qu'il reprenait sa danse contre mon clitoris en enfonçant un doigt en moi. Je hurlai tandis que la sensation de leurs caresses sur tout mon corps me submergeait. Cowboy grogna contre mon oreille. Hush gronda en me léchant et le plaisir monta entre mes cuisses. Je fermai les yeux et me perdis dans cette sensation. Lorsque Cowboy m'entoura de ses bras pour saisir mes seins, cela suffit à me faire basculer. J'avais l'impression que mon corps était en combustion alors que Hush savourait mes moindres gémissements.

Mes jambes flanchèrent et Cowboy me souleva pour me poser sur le lit, entourée de deux corps massifs. Chacun prit un téton dans sa bouche, me refusant tout répit. Mais j'en mourais d'envie, j'avais besoin de leurs bouches et de leurs mains caressant ma peau, partout, me possédant, me confirmant que je leur appartenais. On fit descendre des mains vers mon sexe pour rouler mon clitoris. J'ignorais à qui elles étaient et je m'en moquais. Sur ce lit, libres, nous ne faisions qu'un. Le plaisir m'emporta toujours plus haut jusqu'à l'explosion. Je donnai des coups de pied sous la sensation presque insoutenable.

Je sentis des lèvres sur les miennes et, sans ouvrir les yeux, je reconnus Hush. Leurs lèvres étaient différentes, leurs saveurs uniques. Il s'écarta, remplacé par Cowboy. Je roulai pour me mettre à genoux et Cowboy se plaça derrière moi, en me caressant le bas du dos.

—Je vais te goûter, dit-il d'une voix rauque.

Je me penchai vers Hush, ses yeux bleus écarquillés semblant avouer que j'étais un tel présent qu'il peinait à croire que j'étais dans sa vie.

Je ressentais la même chose pour lui, pour eux deux.

Je l'inclinai pour m'emparer de son sexe. J'embrassai le bout et enroulai la langue autour de son gland. Sans quitter Valan des yeux, je le pris dans ma bouche alors que Cowboy passait la langue sur mon clitoris. Je hurlai alors que Hush roulait des hanches en enfouissant sa main dans mes cheveux.

—*Älskling*, murmura-t-il. *Älskling, älskling, älskling…*

Je le pris encore et toujours plus jusqu'à ce qu'il repousse ma tête. Il avait les joues rouges et le souffle court. Je pressai le front contre sa cuisse tandis que Cowboy me dégustait jusqu'à ce que je ne puisse plus parler ni penser. Il glissa un doigt en moi et je perdis la tête. Il en posa un autre contre mes fesses et me pénétra. Je crus exploser. Je tombai sur Hush et il passa un bras protecteur autour de moi pour m'attirer contre sa poitrine en posant une pluie de baisers sur mon visage.

—Je t'aime, murmura-t-il, me faisant monter les larmes aux yeux.

Il ne se cachait plus derrière des silences stoïques, il s'exprimait librement et j'accueillais ses mots dans mon cœur.

J'eus à peine le temps d'ouvrir les yeux que Cowboy m'écarta les jambes en me redressant légèrement. Hush ne me quitta pas des yeux et se plaça à l'entrée de mon sexe. Ils ne portaient plus de préservatifs, c'était inutile. J'étais à eux, ils étaient à moi. Je ravalai un cri quand Hush me remplit. Cowboy fit glisser une main contre mon dos, laissant un sillage de flammes sous ses doigts.

Hush gronda en passant le pouce sur ma lèvre inférieure une fois entièrement en moi. J'avais besoin de sentir sa taille délicieuse et je bougeai les hanches, couverte de frissons. Cowboy ouvrit une bouteille et versa le liquide frais sur ses doigts avant de le poser entre mes fesses. J'entrouvris les lèvres quand il me pénétra. Hush s'était immobilisé et me tenait en place pour que je sente chaque instant avec son ami, sans égoïsme, sans jalousie, juste avec amour.

—*Ma chérie**, gronda Cowboy, les mains sur mes hanches.

Je criai quand il m'emplit complètement, la poitrine contre mon dos. Je tournai la tête pour qu'il possède mes lèvres avec tendresse. Hush bougea le premier et Cowboy prit le rythme, alternant leurs mouvements. Je n'avais pas le temps de reprendre mon souffle, et les sensations s'enchaînaient, si intenses que je ne voulais plus revenir sur terre. Je passais de bouche en bouche, les lèvres gonflées, et nos langues frémissaient à nos échanges inconditionnels de baisers profonds.

J'étais adorée, adulée. Je me sentais digne d'eux.

Je gémis et sentis que je ne tiendrais pas plus. Ma peau était humide de sueur et glissante entre leurs corps puissants et musclés. J'étais encadrée par les deux hommes que j'aimais, qui étaient allés jusqu'en enfer pour me sauver, avaient risqué leurs vies pour me retrouver.

La cadence s'accéléra, nos souffles courts, et je sentis mes orifices se contracter, suscitant des grognements de la part des deux hommes. Mes bras tremblèrent, et mes mains sur le matelas, de part et d'autre de Hush, faiblirent sous le plaisir.

— C'est tellement bon, murmurai-je avant que ma voix se brise en un cri. Je… (je haletai, manquant d'air) je vais jouir !

Je me figeai alors qu'ils accéléraient et que j'explosais. Deux grondements rauques retentirent l'un après l'autre et je fus envahie de chaleur, comme saisie par les flammes.

Hush et Cowboy resserrèrent leurs étreintes en grondant et en soufflant, jouissant avec moi.

Je m'effondrai sur Hush. Il noua les mains dans mes cheveux pour me tenir contre sa peau humide. Je respirai jusqu'à ce que mon cœur emballé se calme. Cowboy s'enroula autour de mon dos, les mains sur ma taille.

Un silence confortable régna et nous enveloppa comme un cocon. Comme je l'avais dit à Hush en Louisiane, entre ces murs, personne ne critiquait qui nous aimions. Pas de jugement, pas de censure.

Ce monde nous appartenait, c'était notre petit paradis sur Terre.

Une fois nos souffles apaisés, je devinai qu'aucun de nous n'avait sommeil. Hush et Cowboy caressaient encore mon corps. Je n'étais jamais seule, je sentais toujours l'un d'eux me tenir, m'embrasser, passer les doigts sur ma peau. J'ignorais qu'un tel amour pouvait exister. J'ignorais ce que j'avais fait pour le mériter, mais je le conquérrais chaque jour. Nous avions dû arpenter un chemin obscur pour trouver ce refuge de lumière.

Je souris, entourée par leur chaleur. Je fermai les yeux, comblée par cet instant. Puis Hush, les doigts dans mes cheveux, murmura :

—La première pute que j'ai baisée était chez les Hangmen, quand on était prospects à La Nouvelle-Orléans.

J'ouvris les yeux et pris une profonde inspiration. Hush se confiait de nouveau. Il l'avait fait souvent ces derniers jours, et chaque fois, je sentais un poids quitter ses épaules. Lorsqu'il exorcisait ce qui lui emprisonnait l'âme, il souriait davantage et riait plus. Cela faisait battre plus fort mon cœur.

— Je… je n'ai pas pu, reprit-il avec un rire de mépris. J'étais trop inquiet à cause de mes crises. Je paniquais à l'idée que ça m'arrive en pleine action, que le prés' le sache et qu'il me chasse du club.

J'embrassai sa peau chaude.

— Continue.

Il soupira.

— Cowboy l'a découvert, évidemment. Il savait que quelque chose n'allait pas et ne m'a pas lâché avant que je craque et lui raconte tout. (Il rit, franchement, cette fois.) Et comme il se doit avec lui, il a choisi une chaudasse qui l'avait bouffé des yeux toute la soirée et l'a emmenée dans une chambre avec moi. La fille était partante. (Il secoua la tête.) J'étais pétrifié, mais… (Il soupira.) Je l'ai fait. J'ai réussi. Et du haut de mes dix-huit ans, c'était une victoire personnelle.

Je le tins plus près et pris la main de Cowboy. Je la portai à mes lèvres et le remerciai d'un baiser.

— Je n'ai pas pu le refaire seul, après ça. C'était ma croix. Mais encore une fois, Cowboy l'a su et ne m'a jamais laissé seul.

Aubin haussa les épaules dans mon dos.

— Plus on est de fous plus on rit, plaisanta-t-il.

Mais je savais que c'était surtout parce qu'il était quelqu'un de bien et que personne ne trouverait meilleur ami que lui. Il était généreux, le type le plus loyal qui soit.

— Je suis contente, dis-je en me nichant contre eux, parce que cela vous a conduits tous les deux à moi, et que je n'aurais jamais été capable de choisir, sinon.

Cowboy m'embrassa sur la joue.

— Tu n'auras jamais à le faire.

Je regardai Hush, les yeux brillants de bonheur.

— Jamais.

Je ne savais pas ce que nous réservait le futur, mais en tenant leurs deux mains entre les miennes, des mains marquées, blessées, mais emplies de lumière, je sus que nous trouverions notre propre perfection, parce que nous allions la vivre… ensemble.

Chapitre 16

Hush

— Monte, *ma chérie**.

J'attendis sur ma moto que Sia prenne place derrière Aubin. J'avais hâte qu'elle me rejoigne sur ma bécane, mais tant que je ne contrôlais pas mon épilepsie, je ne voulais pas prendre ce risque. J'étais même allé voir Rider pour lui parler. Il suivait désormais des cours pour devenir un vrai docteur, pas seulement le guérisseur que sa secte avait fait de lui. Il avait su m'orienter, je prenais de nouveaux médocs et je me sentais déjà mieux. Mais tant que je n'étais pas totalement sûr de moi, je ne conduirais pas Sia.

Bientôt. Elle monterait bientôt derrière moi.

Comme si elle devinait mes pensées, elle me tendit la main. Je la pris et elle la pressa.

— Prêt à entendre le verdict ? demanda Cowboy.

Je pris une profonde inspiration et acquiesçai. Ky avait appelé la veille. Une Église avait lieu aujourd'hui pour voter si nous restions dans le club. Je ne savais pas ce que je ferais s'ils décidaient de ne pas nous garder, mais j'observai Sia et Aubin, qui la faisait rire d'une plaisanterie, et je sus que nous trouverions une solution.

— Prêt ?

Cowboy hocha la tête et nous quittâmes le bâtiment. Je savourai le paysage vers le QG des Hangmen, au cas où le verdict serait négatif.

J'adorais Austin. La Louisiane serait toujours ma terre d'origine, mais ma maison était ici, au Texas. Sia m'avait constamment répété, quand mes démons revenaient me tourmenter à propos de notre relation, qu'Austin était un putain de paradis libéral pour hippies. Tout le monde se foutait qu'un couple soit interracial ou même composé de trois personnes.

Elle avait raison. J'étais chez moi.

Cowboy roulait près de moi, Sia accrochée à sa veste en cuir. Je regardai le vêtement. Je rêvais de la voir porter une tenue du club, brodée au dos de la mention « propriété de Hush et Cowboy ». J'eus une érection rien que d'y penser. Avoir quelqu'un à moi, je n'aurais jamais espéré ça dans ma vie.

Nous entrâmes dans le vaste domaine des Hangmen et je m'arrêtai devant chez Lila. Sia rendrait visite à sa belle-sœur pendant que son frère et son presque frère décideraient de nos destins. Sia glissa de la selle et embrassa Cowboy.

Les autres meufs sortirent pour l'attendre. C'était la première fois que quelqu'un du club nous voyait ensemble.

Sia me rejoignit, m'adressa un sourire dévastateur, me prit la main et pressa ses lèvres contre les miennes. Je posai la paume derrière sa tête pour prolonger le baiser.

Elle soupira et s'écarta à regret.

— Je t'aime, souffla-t-elle. Maintenant, va voir mon frère.

Elle entra et Lila m'adressa un signe que je lui rendis avant de regarder mon frangin.

— Prêt ?

Cowboy cligna de l'œil.

— Toujours.

Nous rejoignîmes la salle du club. Les lieux étaient déserts. Ky avait ordonné d'aller directement à l'Église et nous traversâmes le bar vide vers notre destin. Je frappai.

— Entrez ! lança Ky.

Cowboy posa une main sur mon épaule et je pris une profonde inspiration avant d'entrer. Je fronçai les sourcils en ne voyant que Ky et Styx, à leurs places habituelles.

— Assis, déclara le VP en désignant nos sièges.

Une fois que nous fûmes installés, Aubin me glissa un coup d'œil. J'étais perdu. Ky nous lançait un regard noir, et Styx n'était pas mieux. Le VP finit par se pencher en avant, bras sur la table.

— C'est pas contre les règles du club de baiser la sœur d'un frangin, grogna-t-il, mais selon moi, ça se fait pas. (Il nous fusilla du regard.) C'était déjà de mauvais goût venant de l'un de vous, mes cons, mais le fait que vous soyez deux m'a mis en rogne.

Il serra les poings.

Le silence était pesant dans la pièce et je répondis par la vérité.

— On l'aime.

Ky se figea, Styx se tendit. Le VP leva lentement la tête, cramoisi, et je sus qu'il gérait mal la situation.

— La seule raison au fait que vous ne pliez pas bagage, reprit-il d'un ton neutre, c'est que Sia vous aime aussi, trous du cul.

Mon cœur s'emballa et Cowboy se dandina sur sa chaise.

— Tu nous fous pas dehors ? demanda-t-il.

Styx secoua la tête et Ky désigna le mur.

— Debout.

Je me demandai ce qui se passait. Le VP se leva, l'air sinistre, dans l'attente. De quoi, je l'ignorais. Une fois debout devant le mur, Ky se tint devant nous et nous regarda droit dans les yeux.

— En tant que VP, je ne peux pas vous jeter à cause de Sia. (Un sourire froid naquit sur ses lèvres et il fit craquer ses articulations.) Mais en tant que grand frère, j'ai le droit de vous démolir la tête.

Il me frappa dans les mâchoires avec une telle force qu'il fit basculer ma tête de côté. Puis je le vis infliger le même sort à Cowboy.

— C'est quoi le problème ? demanda ce dernier, toujours décontracté.

Ky nous attrapa par nos vestes et nous attira vers lui.

— Si vous lui faites le moindre mal, si vous osez lever une main sur elle, si vous la faites pleurer, je vous promets de vous couper la bite et de faire de vous deux des eunuques, compris ?

— Très imagé, Ky, commenta Cowboy en se massant la joue.

Le VP leva un sourcil.

— Si je ne le fais pas à l'instant, c'est juste parce qu'elle vous aime pour je ne sais quelle raison. Et elle a traversé suffisamment d'emmerdes dans sa vie pour que je veuille… (il se mordit la lèvre comme si la suite le tuait, mais il conclut enfin) que vous la rendiez heureuse, bande de connards.

Il ne dit rien de plus mais je lisais ce qu'il voulait vraiment nous dire : il nous remerciait.

Cowboy tendit les bras.

— Merde, VP, ça veut dire qu'on est vraiment frères ?

Ky lui adressa un regard assassin et pointa un doigt vengeur vers nos visages.

— Elle a intérêt à porter une veste en règle d'ici à la fin de la semaine. Vous allez assumer vos conneries et buter quiconque aura un problème avec ça.

— Promis, assurai-je.

Ky s'approcha de moi.

— Je sais que t'as pas eu la meilleure des vies.

Il marqua une pause et mon cœur s'emballa. *Sia. Qu'a-t-elle dit ?*

— Si jamais t'as des emmerdes, que tu dois gérer des conneries du passé, viens nous voir.

Il adressa un signe du pouce à Styx qui le regardait en silence faire son numéro en observant mes blessures qui guérissaient.

— On a un vieux ranch que tenait un frangin mort il y a quelques années. C'est pas loin.

Il sourit. J'avais compris. Il voulait nous avoir sous la main, pour garder un œil sur nous et sa sœur.

— Je le donne à Sia, je vends son ancienne propriété, elle contient trop de mauvais souvenirs. C'est pas sur les terres du QG, mais c'est très proche. Maintenant, elle fait partie de ce club. Je sais que c'est trop tard, mais c'est le cas, et je veux qu'elle reste près de moi. (Il passa la main dans ses cheveux.) Je me doute que vous vivrez avec elle, bande de salauds.

— Ouais, confirmai-je.

Ky nous regarda.

— Si j'entends une allusion au fait que vous baisez ma sœur… Si vous le dites à un frangin… (Il s'interrompit et se corrigea.) Si vous en parlez à Vik, je vous pète vos gueules, entendu ?

Cowboy rit mais s'empressa de répondre.

— Entendu.

— Entendu, répétai-je.

Styx se leva et signa. Ky traduisit :

— Sortez, maintenant.

Ky lui emboîta le pas.

— On va où, maintenant ? souffla Aubin.

Je secouai la tête. Je l'ignorais.

Styx sortit par la porte de derrière et le soleil m'aveugla. Je me protégeai les yeux de la main et me figeai en découvrant devant moi…

— Merde, renchérit Cowboy près de moi.

Mes frangins.

Tous les frères attendaient sur leurs bécanes, prêts, en formation. Sur le côté, je vis Sia avec Lila et les autres filles. Ky et Styx me regardèrent et le prés' leva les mains.

— Vous êtes des membres de plein droit des Hangmen, du chapitre mère d'Austin, traduisit Ky.

Je remarquai quatre motos libres devant, pour Styx, Ky, Cowboy et moi. Vik était avachi sur le guidon de sa monture, arborant un grand sourire, près d'AK et Flamme. Smiley, Tank, Tanner, Bull… Tous attendaient et me regardaient. Cowboy posa la main sur mon épaule pour me soutenir, comme toujours.

Ky traduisit les gestes de Styx.

— On est votre famille, et dans une famille, on veille sur les siens.

Styx croisa les bras devant sa poitrine et me regarda alors que je croisais le regard du VP. Ky continua.

— Et une famille prend la route quand l'un ou plusieurs de ses membres tombent. (Je ravalai un souffle et me figeai.) Tes vieux méritent les honneurs, façon Hangmen.

Je tremblais, les yeux humides en regardant encore mes frères… qui portaient tous un brassard noir autour du biceps.

Je baissai la tête.

Ky m'attrapa par l'arrière du crâne pour m'attirer contre sa poitrine et m'en embrasser le sommet.

— Aujourd'hui, tu roules en tête, pour les tiens. (Je ravalai péniblement la boule dans ma gorge.) Aujourd'hui, tu montres à ce putain de monde qu'on ne les oublie pas, qu'on se souvient tous d'eux.

Je me tournai et m'écartai de lui pour m'appuyer contre le mur. Cowboy se plaça à mon côté et je reconnus la main de Sia dans la mienne. Je me contentai de respirer, incapable de garder mon sang-froid.

« Famille », avait signé Styx. « Famille. »

Quand je retrouvai mon calme, je vis que nos chefs avaient pris place en selle… derrière les motos de Cowboy et moi. J'étais en tête, suivi de près par mon ami, qui n'était jamais loin.

Mes jambes me portèrent vers ma moto, je l'enfourchai et P'tit Cendre me passa un brassard noir pendant que Zane offrait le même à Cowboy. Le prospect le fixa et je ne pus en détourner les yeux, pour ce qu'il signifiait, pour ce qu'il représentait.

Le puissant sifflement de Styx me tira de mes pensées. Je tournai la tête et vis qu'il levait la main. J'allumai le moteur et avant de partir, je croisai le regard de Cowboy… aussi brillant que le mien. Il m'adressa un signe de tête.

J'adressai un regard à Sia, qui pleurait en tenant fermement la main de Lila. Elle m'envoya un baiser du bout des doigts. Je fus envahi par un sentiment de paix que je n'avais jamais connu jusque-là, apaisant des démons qui s'étaient vu refuser le repos pendant des années.

Je sortis du QG vers la route, accompagné par le vrombissement des moteurs. Nous traversâmes le centre-ville et tout Congress Avenue s'arrêta pour voir rouler les Hangmen en mémoire de leurs défunts frangin et frangine. Je n'aurais pas pu être plus fier de porter les couleurs du club.

Il était ma famille.

J'avais enfin trouvé ma place… après tout ce temps.

Après avoir longuement combattu mes démons, je m'autorisai à accepter la vérité…

J'avais trouvé ma place.

Un mois plus tard…

L'Église se tenait dans le bar, rempli par les prés' et VP de tous les chapitres des États du sud. Styx était installé à la place d'honneur, Ky près de lui. Une immense table avait été installée, suffisamment grande pour accueillir cet océan de bikers. Je me tenais au fond, avec les autres membres du chapitre d'Austin. Seuls les présidents et VP avaient une place autour de la table, et nous étions des exceptions.

Cowboy était près de moi, mais il n'observait pas Styx. Il lançait un regard noir au connard en face de nous, Titus, installé près de Crow. Il nous avait adressé un regard à son arrivée et avait secoué la tête : toujours pas de preuve contre l'enfoiré.

Styx abattit son marteau et tous le regardèrent. Il leva les mains et Ky traduisit.

— J'irai droit au but, dit-il alors que le prés' observait tous les hommes présents. Le club a géré une sale affaire il y a quelques semaines, avec le cartel Quintana. On savait que, vu la tournure des événements, la guerre était proche.

Il marqua une pause et Cowboy me regarda. Je soupirai en comprenant la raison de cette réunion. Je sentais la tension qui émanait de mes frères pendant que l'adrénaline montait.

— Il y a cinq jours, le cartel Quintana nous a déclaré la guerre. (Le silence s'alourdit.) La famille Quintana est partenaire du Klan, qui l'a rejointe contre nous.

Ma respiration s'accéléra et je sentis resurgir des années d'amertume, de haine, tout ce que m'inspiraient ces ordures.

— D'enfer, commenta Vik.

Flamme grogna derrière moi, les poings se serraient, les souffles accéléraient.

— On passe en alerte rouge. Je n'ai mobilisé que les États du sud, mais si la guerre se complique, tous les chapitres se réuniront au Texas en attendant que ça finisse. (Styx soupira.) La dernière guerre nous a coûté de nombreuses vies.

Il marqua une pause et j'observai Cowboy, qui me regarda. Nous comprenions la gravité de ces mots.

— Je ne m'attends pas à ce que celle-ci soit différente, reprit-il en observant les bikers. Certains ne reviendront pas des combats.

— Si on tombe pour le club, ce sera un putain d'honneur, déclara Suede, le prés' du chapitre de l'Arkansas, avec fierté.

Des frères acquiescèrent et Styx hocha la tête.

— Il faudra être forts. Seuls les frères les plus dévoués iront se battre.

Styx adressa un regard à Tanner et je fronçai les sourcils quand il quitta la pièce. Que se passait-il ?

Styx regarda Titus et je me figeai, alors que Cowboy posait une main sur mon bras.

Titus observa les personnes à table et afficha son habituel sourire prétentieux.

— C'est moi que tu regardes, prés' ?

Styx inclina la tête.

— Tu as quelque chose à dire ? Un… aveu à faire ?

Titus fronça les sourcils, bougea sur sa chaise, mal à l'aise, et j'entendis Tanner entrer, avec un dossier, pour s'arrêter près de Tank.

— Non, répondit Titus.

Ky parla pour lui-même, cette fois.

— On a fait quelques recherches, dit-il en faisant signe à Tanner, qui s'approcha et déposa le dossier juste devant Titus.

Le connard observa le document.

— On a remarqué que l'argent rentrait peu, au chapitre de La Nouvelle-Orléans. (Ky sourit de son air de star de cinéma… le visage marqué par la fureur.) Il s'avère que notre petit prés' aux rêves de suprématie blanche a détourné des fonds pour financer sa petite antenne locale du Ku Klux Klan. (Ky fit claquer sa langue avec désapprobation et la tension monta dans la pièce.) Et ça, ce n'est pas tellement autorisé par nos règles…

Titus rejeta le dossier sur la table.

— C'est des conneries !

— Tu n'admets que les Blancs dans ton chapitre, remarqua Ky, assis les bras croisés. Tu as fait porter le chapeau au seul frangin de couleur pour le bannir de ton club.

J'écarquillai les yeux et Titus me regarda aussitôt avec une moue de dégoût. Crow m'observa aussi, le visage illuminé.

— T'as quelque chose à ajouter, connard ? demanda Ky d'une voix douce avant de se rembrunir. Je te laisse la parole.

Titus se leva d'un bond et plissa les yeux en dévisageant l'assemblée.

— Ce foutu club avait des valeurs, avant. On était des Blancs, on n'autorisait que les Blancs. (Il cracha sur la table, dans ma direction.) Ensuite, vous avez commencé à laisser des Noirs, des bronzés, toutes sortes d'êtres inférieurs venir polluer nos rangs. C'était la débandade ! (Il regarda Ky et Styx.) Quand vos vieux avaient le pouvoir, au moins au début, ils savaient ce qu'ils faisaient. Seuls des putains de soldats méritaient l'écusson des Hangmen. (Il jeta un regard noir à Styx.) Puis cet attardé de bégayeur a pris le relais, en toussant et crachant pour dire le moindre truc, obligé de se servir de ses mains comme une foutue lopette, nous faisant passer pour des cons auprès de tous les clubs des un pour cent de ce pays…

Styx se dressa, silencieux comme la nuit, et attrapa Titus par la veste. Il le traîna sur le devant de la pièce, le fit tomber d'un coup dans les genoux et lui colla une balle directement dans le crâne.

Il jeta son corps encore chaud sur le sol et prit le temps de déchirer de sa veste son écusson de prés', qu'il abattit sur la poitrine de Crow. Il rangea son flingue dans son jean et signa.

— « Félicitations, t'es le nouveau prés'. »

Il se rassit comme s'il ne remarquait plus le cadavre à terre, dans une mare de sang qui coulait jusqu'à ses pieds.

— « Un autre enfoiré déloyal a envie que je m'occupe de son cas ? »

Chacun secoua la tête et il soupira.

— « La guerre est là, alors baisez vos régulières, buvez tout le bourbon que vous pouvez, et soyez prêts… car nos jours sont comptés. »

Il leva le marteau et mit fin à l'Église. Quand le bois du marteau heurta celui de la table, les portes s'ouvrirent derrière nous et un grand mec blond entra, les cheveux coiffés sur le côté comme s'il débarquait des années 1940. Il avait une barbe courte. Il sourit.

— Ça faisait un bail, enfoirés de Ricains ! lança-t-il avec un accent britannique qui traversa la pièce comme un éclair.

— Génial ! hurla Vik en bondissant de sa chaise avant de fendre la foule pour aller prendre le type dans ses bras et le faire tourner sur place.

— Oh, putain, *yes* ! Ce foutu Barnaby Rudge !

— Vik ! le salua l'Anglais avec un large sourire. Comment va mon meilleur complice ?

— C'est l'extase depuis que t'es là !

Ky fendit la foule et gronda en levant les yeux au ciel.

— Rudge, qu'est-ce que tu fous là ?

L'homme passa le bras autour des épaules de Vik, soulignant qu'il était aussi immense que le rouquin. Il afficha un sourire carnassier.

— J'étais dans le coin pour un tournoi de baston à mains nues quand j'ai entendu dire qu'il y avait une réunion de prés' et de VP dans ce bon vieux Texas, expliqua-t-il avec un mouvement du menton.

J'observai sa veste. Il venait du chapitre de Londres.

— Ouais, des prés' et des VP *seulement*, confirma Ky.

Visiblement, Rudge n'était ni l'un ni l'autre. Il haussa les épaules.

— Je vois, mon gars, mais c'est moi, le putain de Juge ! Je m'doutais que t'aurais voulu que je vienne, si t'avais su que j'étais dans le coin.

— Et comment ! renchérit Vik en donnant une grosse tape dans le dos à son complice.

— Alors ? demanda Rudge, son regard gris posé sur Ky. Qu'est-ce qui se trame ?

— Nous partons en guerre, annonça Vik, excité, contre le Klan et le cartel réunis.

Rudge gémit, les yeux révulsés, et se mordit la lèvre.

— Puuutaaaiiiinnn… J'ai failli jouir ! (Il se pencha vers Vik.) Redis-moi ça, mon gros, c'est carrément cochon !

— La guerre, souffla Viking en mimant un gémissement de plaisir à son tour.

— Ouh là, ouais, c'est fait, commenta Rudge. J'ai joui dans mon boxer.

Il s'approcha de Ky et passa un bras sur ses épaules. Il avait une bonne vingtaine d'années et semblait sacrément bâti.

Vik le confirma en lui soulevant le tee-shirt.

— Putain, Rudge, t'as encore des muscles d'acier.

Un énorme tatouage du drapeau britannique occupait sa poitrine et un bulldog anglais fumait la pipe sur son ventre.

— Toujours, déclara-t-il en portant quelques coups dans le vide en direction de Vik. Et j'tue encore des mecs d'un seul coup de poing !

Ce con était rapide ! Il semblait être un bon combattant.

— T'as une chambre pour moi, mon gros ?

— Et comment ! s'enthousiasma Vik.

Ils s'éloignèrent dans la masse de frangins pour aller boire au bar.

— Bordel, une emmerde en appelle toujours une autre, commenta Ky avant d'aller retrouver Styx.

Tandis que les frangins quittaient la table, je regardai le corps sur le sol et quelqu'un posa la main sur mon épaule, rejoint par une autre présence, de l'autre côté. Crow et Cowboy.

— J'imagine que l'un de vous a participé ? demanda le nouveau prés'.

Je secouai la tête, tout comme mon ami… puis nos regards se croisèrent et je devinai notre déduction commune. Sia.

— Bon, reprit Crow en regardant son écusson, on dirait que j'ai un putain de club à faire tourner.

— Félicitations, tu le mérites, dis-je avec sincérité.

Cowboy acquiesça.

— Vous revenez quand vous voulez, rétorqua Crow. Vous serez chez vous. Y aura toujours une place pour vous à ma table.

Je croisai le regard de Cowboy et sus qu'il pensait comme moi.

— Chez nous, maintenant, c'est le Texas, Crow, mais merci.

Il hocha la tête.

— Je m'en doutais, mais je devais vérifier.

Il allait partir quand je le pris par le bras.

— Tu… (Je m'éclaircis la voix.) Tu t'es occupé de… ?

Inutile de dire leurs noms.

Il m'adressa un sourire démoniaque.

— Oh, *mon ami**, j'ai pris grand soin d'eux tous. (Il ferma les yeux et grogna.) D'ailleurs, je me rejoue quelques scènes toutes les nuits pour m'endormir.

Il partit et je pris une profonde inspiration. Jase et ses salauds de complices n'étaient plus, justice était faite.

Le dernier lien qui me retenait à cette nuit s'était enfin brisé. Cowboy posa un bras sur mes épaules et m'embrassa le crâne.

— On boit ?

J'acquiesçais, prêt à le suivre, quand Tanner s'approcha de moi et se balança sur place, mal à l'aise.

— On peut parler ?

Je plissai les yeux mais Cowboy m'encouragea en me pressant le bras et je hochai la tête. Je le suivis vers le banc devant la fresque murale d'Hadès et Perséphone.

Il s'assit et attendit que je l'imite. Il tira une clope de sa veste, l'alluma et en tira une longue bouffée avant de souffler et de baisser la tête.

— Je comprends, maintenant, dit-il d'une voix rauque.

En le regardant, je constatai sa sale mine pâle, ses yeux cernés.

Il se tourna vers moi.

— Je comprends que t'aies eu un problème avec moi. (Il rit sans joie.) Je veux dire, quand tu me regardais, avec mes tatouages de la suprématie blanche, alors que t'es…

— Un mulâtre impur ? sifflai-je en découvrant encore un peu de colère cachée en moi.

Il se rembrunit.

— Je t'aurais appelé comme ça, autrefois, voire pire. J'aurais fait de ta vie un enfer.

Il ravala un souffle et admit d'une voix triste :

— Et j'aurais validé ce qui est arrivé à tes vieux, j'aurais peut-être même participé.

Je me levai d'un bond, les poings serrés, et me tournai vers lui, prêt à lui casser la gueule. Il attendait, les bras ballants, et je m'interrompis. Il déglutit si fort que je vis sa pomme d'Adam bondir.

— Vas-y, m'invita-t-il en jetant sa clope par terre alors que je respirais pour me calmer. Vas-y, répéta-t-il en voyant que je ne faisais rien. Je le mérite.

— Pourquoi t'es parti ?

Il ferma les yeux et s'affaissa contre le banc.

— J'suis tombé amoureux d'une Mexicaine.

Je le savais, mais je doutais que ce soit la seule raison. Je devinai que je n'obtiendrais rien de plus. Il passa la main sur son visage et émit encore un rire triste.

— C'est la fille de Quintana.

— On est en guerre contre sa famille.

Il reprit son rire douloureux.

— Je sais.

Je l'observai.

— Et on est en guerre contre le Klan.

Il se raidit.

— Je sais.

Ma haine envers lui retomba. J'avais Sia et Cowboy, mais lui, ce grand corps massif affaissé sur le banc, ancien nazi, défait, il vivait dans un monde de souffrance. Il était seul.

J'étais passé par là. Merde, j'avais failli ne pas survivre. Je m'assis près de lui.

— Qu'est-ce que tu vas faire ?

Il ralluma une clope mais ne la porta pas à ses lèvres et la laissa brûler entre ses doigts.

— Me battre, dit-il d'une voix rauque. (Il me regarda.) Je ne déconnais pas en rejoignant les Hangmen. C'est chez moi maintenant. C'est ma vraie famille. Je me dresserai face à mon père, mon oncle et même mon frère s'il le faut. (Il secoua la tête.) Ce qu'ils font est terrible, je le comprends maintenant. Alors, je me bats.

Je levai la main et hésitai. Il avait dû voir mon geste et se raidit. Puis je respirai pour chasser les souvenirs de cette nuit, les photos, les capuchons et les torches, toute cette merde… et je posai la paume sur son épaule.

— T'es pas au bout du chemin, frère.

— Je sais.

Je me levai et ouvris la porte du bar. Il lança :

— Je garde les tatouages pour me rappeler.

Je serrai la poignée et le regardai, qui observait la fresque.

— Pour ne pas oublier les vies que j'ai détruites pour une cause qui s'est avérée être de la merde. (Il inspira profondément.) Ils me permettent de ne pas oublier le salaud que j'ai été presque toute ma vie. (Il croisa mon regard.) Je ne les garde pas pour soutenir la suprématie blanche mais parce que je hais ce truc.

Je ne ressentis que de la pitié pour Tanner Ayers. Il allait connaître l'enfer pendant cette guerre. Je le laissai seul et entrai dans le bar.

Cowboy, près de Vik, m'adressa un signe. Je les rejoignis et le géant passa le bras à mon cou.

— Rudge, voici Hush, mon frangin aux yeux bleus et à la peau chocolat au lait.

Rudge me serra la main.

— Ravi de te rencontrer, mec.

Puis les shots s'enchaînèrent. Les frangins de tous les États du sud se réunirent en une putain de nuit avant que la guerre nous rappelle à l'ordre et qu'il faille prendre les armes.

Entre frères.

En famille.

Ensemble, nous, les putains de Hangmen !

Épilogue

Hush

J'entendis un véhicule s'arrêter devant la maison. J'essuyai mes mains graisseuses sur mon jean et reposai mes outils. Je faisais la vidange de ma bécane pendant que Sia et Cowboy s'occupaient du ranch. Il y avait des tonnes de choses à faire, mais c'était chez nous.

J'adorais ça.

Je m'interrompis en constatant que ce n'était pas Sia et Aubin. Un taxi était garé et je retins mon souffle quand la porte arrière s'ouvrit. Je vis apparaître ma grand-mère dans une belle robe blanche.

J'étais pétrifié quand elle croisa mon regard et sourit. Je baissai les yeux sur mon torse nu et mon jean taché d'huile. Mais je lus sur son visage qu'elle s'en moquait. Elle dit quelque chose au conducteur et ferma la porte. Le taxi laissa tourner le moteur.

Je parvins à bouger les pieds quand elle avança, toujours en boitant, vers moi. Je vins lui prendre la main.

Son sourire me toucha au cœur car c'était… celui de ma mère.

— *Mormor.*

Je l'embrassai sur la joue et sentis son parfum. Je constatai qu'elle ne portait plus de marque de blessure.

— Valan, dit-elle.

Et comme lors de notre rencontre en Louisiane, des larmes lui montèrent aux yeux.

Nous devions tous les deux voir maman dans l'autre, alors que dans nos cœurs une place vide demeurait depuis son départ.

— Que… Que fais-tu au Texas ?

Elle désigna le taxi.

— Je rentre.

Mon cœur s'alourdit car je devinai qu'elle ne parlait pas de la Louisiane. Je déglutis pour ravaler la boule dans ma gorge. Je n'avais même pas eu l'occasion de la connaître. J'avais fait comme elle avait demandé, j'étais resté à l'écart jusqu'à ce que la mort de mon grand-père soit classée. La police l'avait crue, en tout cas, rien ne prouvait qu'elle mentait.

Je voulais rendre visite à ma mère, à mon père.

— En Suède, soufflai-je.

Son visage s'éclaira.

— Oui, souffla-t-elle. Enfin, je rentre chez moi.

J'acquiesçai mais détournai le regard, étouffé par la boule dans ma gorge. Elle venait d'entrer dans ma vie.

Je n'étais pas sûr d'être capable de la laisser partir déjà. Elle me pressa la main.

—Je voulais d'abord venir te voir. Mon vol part d'Austin, je pouvais donc passer.

Je hochai la tête.

Elle passa la main sur ma joue, elle portait des gants blancs. Je voulus m'écarter pour qu'elle ne les tache pas d'huile, mais elle resta, elle s'en moquait.

—J'ai une maison à Stockholm. Il faudra que tu viennes me rendre visite avec tes partenaires.

Je hochai la tête, mais il me semblait avoir pris un coup dans le ventre.

—Et je t'appellerai, si tu veux bien.

—Ouais, dis-je d'une voix rauque.

—Je veux te connaître, Valan, tout savoir de toi, de ta vie… Le bon comme le mauvais.

J'acquiesçai encore en me demandant pourquoi ce départ était si dur alors que je la connaissais à peine. Mais en l'observant, c'était ma mère que je voyais, je le comprenais. Je doutais d'avoir la force de dire au revoir une seconde fois.

Ses lèvres et ses mains tremblèrent.

—Je ne peux plus rester ici, Valan…

Elle renifla et détourna le regard pour se reprendre.

—Il me reste de la famille en Suède… et surtout… (elle prit une profonde inspiration) je ne peux rester dans le pays qui m'a si cruellement arraché ma fille… mon beau-fils… et qui m'a refusé des années à t'aimer.

Je comprenais, je ne pourrais jamais retourner vivre en Louisiane. Je devais laisser mon passé derrière moi.

— Promets-moi de venir me voir, dit-elle en m'embrassant sur la joue.

Je fermai les yeux.

— Je le ferai, dis-je, avant de me corriger. Nous le ferons.

Elle m'adressa un sourire triste et m'embrassa encore.

— Je dois y aller, Valan, mais je t'appellerai bientôt. (Elle rit et ce son me réchauffa le cœur.) Je t'appellerai tellement que tu te lasseras de moi !

— J'ai hâte, soufflai-je alors qu'elle remontait en voiture.

Elle passa la main par la vitre entrouverte, en pleurs. Le taxi tourna et s'arrêta à ma hauteur, puis elle finit de baisser sa vitre.

— Aubin et Elysia t'attendent dans le champ nord, dit-elle en souriant. Va les retrouver.

Je fronçai les sourcils en me demandant ce qu'elle voulait dire, mais le taxi repartit vers l'aéroport. Je me tournai vers ma bécane mais m'arrêtai net, livide. Maman… La tombe de ma mère était sur ses terres… et elle était partie.

Mon téléphone vibra : un SMS de Cowboy.

Viens. Champs nord, maintenant.

Je bondis sur ma moto. J'allais voir ce qu'il voulait, puis je filerais à la poursuite de ma grand-mère, pour savoir où étaient les tombes de mes parents. J'avais besoin de les voir, ne serait-ce qu'une dernière fois.

Je devais m'assurer qu'ils reposaient en paix.

Je coupai à travers champs en suivant la nouvelle barrière blanche. Je vis apparaître au bout de la route Cowboy et Sia dans un coin du champ. Ils se tenaient près d'un bosquet, et Cowboy avait le bras autour de la taille de Sia.

J'arrêtai ma bécane et m'apprêtais à parler de ma grand-mère, quand Aubin demanda :

— Elle va bien ?

Je refermai la bouche, perplexe.

— Ouais..., répondis-je lentement. Elle veut qu'on aille la voir en Suède.

Sia sourit.

— Je ne suis jamais allée en Europe.

Puis elle se rembrunit, nerveuse, et tendit la main. Cowboy la lâcha.

Je lui pris les doigts entre les miens.

— Que se passe-t-il ?

Elle m'attira et se leva sur la pointe des pieds pour m'embrasser, les lèvres tremblantes. Je lui pris les joues entre mes mains.

— Sia ?

— Je discute avec ta grand-mère depuis quelque temps maintenant, intervint Aubin.

— Vraiment ?

— Oui, dit-il d'une voix qui se brisa.

— Qu'y a-t-il ?

— Viens avec nous, m'invita Sia en me guidant.

Le soleil brillait, il faisait doux. Je les suivis derrière les arbres. Puis… je m'arrêtai en observant l'ombre d'un sycomore.

Mes mains tremblèrent, et mes larmes coulèrent quand je regardai le sol… et vis deux tombes de marbre blanc. Je lus les inscriptions.

« Aia Durand, épouse et mère aimante » et « Dominic Durand, époux et père aimant ».

Un son étranglé et douloureux monta de ma gorge quand je m'approchai pour voir la photo, *ma* photo dessus, celle que j'avais gardée des années dans mon tiroir, maintenant gravée sur chaque pierre.

« L'amour ne voit pas les couleurs, seulement des cœurs purs » était gravé en bas de chaque stèle, sous les dates.

Mes jambes me trahirent et je tombai à genoux. Je passai les doigts sur les tombes, tour à tour, revoyant leurs visages dans ma tête, revoyant leurs sourires, pas cette nuit terrible. Je les voyais parfaitement, quand ils dansaient dans la cuisine comme s'ils étaient seuls au monde, assis dans la balancelle du porche, main dans la main… et quand ma mère restait sur le seuil pour écouter papa m'endormir en jouant de la trompette.

— Comment ? soufflai-je, la vision brouillée de larmes.

— J'ai parlé avec Mme Moreau, expliqua Cowboy, et elle a admis que toi, son petit-fils, devrais les avoir près de toi.

J'observai la photo et je crus que mon cœur allait exploser dans ma poitrine.

— On les a exhumés et transportés ici, au Texas… près de toi.

— Près de nous, précisa Sia.

Je fermai les yeux.

Je laissai tomber ma tête en avant, les paumes contre l'herbe. Neuf ans. Ils m'avaient manqué pendant neuf ans, j'avais ressenti l'injustice de leur mort qui les séparait alors qu'ils avaient juré de ne jamais se séparer, jusqu'à ce qu'on leur refuse ce choix.

Et voilà que Cowboy et Sia, les deux personnes que j'aimais le plus au monde, les amenaient à moi, pour qu'ils dorment côté à côte pour l'éternité, ensemble, enfin.

Plus de haine, plus de douleur… Juste la paix, tous les deux.

J'avais la gorge nouée et je doutais de pouvoir parler.

— Merci, soufflai-je simplement.

Malgré ma voix faible, je sus qu'ils avaient entendu.

Sia s'approcha la première pour me prendre dans ses bras, ses larmes tombant contre mon épaule nue. Je posai le front contre le sien.

— Merci, *älskling*, murmurai-je.

Je pressai les lèvres contre les siennes jusqu'à ce qu'elle mesure l'importance de cette attention.

Cowboy aussi se posta près de moi. Je regardai mon meilleur ami et hochai la tête.

— Il était temps, constata-t-il. Il était temps qu'ils nous reviennent.

Il haussa les épaules et reprit d'une voix rauque.

— Moi aussi, ils me manquent chaque jour. (Il regarda l'horizon.) Ils étaient aussi mes parents, à la fin…

Je passai la main à son cou et l'attirai contre moi.

— *Merci**.

Il me frotta la tête puis s'écarta et Sia se détendit contre moi. Je la tins toute proche en savourant l'instant.

J'observai les tombes de mes parents et je compris pourquoi ils avaient fait cela, et comment ils avaient survécu à ces années de haine, sans jamais perdre leurs sourires, leur amour… ni l'espoir.

Leur amour méritait qu'on lutte pour le défendre, de tout son être… et il méritait d'être victorieux contre ceux qui ne portaient que de la haine dans leur cœur.

Ils avaient aimé et vécu pour eux-mêmes, et c'était tout. En sentant mes deux compagnons à côté de moi, je compris que j'avais cela, moi aussi. Et si personne ne nous acceptait, alors moi aussi, je me battrais. Malgré des années sans y croire, je savais maintenant que je le méritais, que je méritais Sia et mon meilleur ami, à jamais à mes côtés.

Alors je jurai de vivre pour mes parents qui n'avaient pas eu la chance de vieillir ensemble.

J'allais aimer.

J'allais être heureux.

Car je l'étais enfin… tellement heureux.

Chapitre bonus

Crow

Louisiane.

— Bienvenue !

J'ouvris grand les bras alors que le dernier connard, Jase Du Pont, entrait. Il écarquilla les yeux, et fut saisi par le même instinct de fuite que ceux que j'avais tués avant lui.

La porte claqua avant qu'il puisse se barrer, grâce à un frère, Thunder, qui se tenait dehors. Comme chaque fois, il m'avait aidé dans cette nouvelle partie du Choix d'Hadès.

L'homme regarda autour de lui et je sentis que je bandais tandis qu'il découvrait ses amis. Il chancela en arrière et je sortis la main de ma poche en passant les doigts sur les dés.

— C'est quoi ce bordel ? demanda-t-il d'une voix furieuse en reculant contre la porte.

Je fronçai les sourcils et regardai ses potes.

— Comment ça ? C'est une réunion du Klan. C'est pour ça que t'es là, non ?

Je savais que ces enfoirés n'auraient jamais loupé ce genre de petite fête, et ça avait été un jeu d'enfant de les attirer là.

J'étais presque déçu de m'en tirer si facilement.

Du Pont ne dit rien, son regard naviguant de ses amis à moi. Je me dirigeai là où ils étaient assis et retirai la cagoule blanche de l'un d'eux. Je m'accroupis et observai attentivement son visage, les yeux plissés.

— David, c'est ça ?

Le souffle de Du Pont devint saccadé, puis il vomit sur le sol. Je haussai les épaules et remis le capuchon en place.

— J'imagine qu'on ne distingue plus grand-chose, maintenant.

Je me redressai et m'approchai de Du Pont, qui vacilla contre le mur. Il se figea à mon approche, comme un cerf pris dans les phares d'une voiture.

— T'es qui, putain ? dit-il en observant ma veste. Les Hades Hangmen ? C'est qui, ça ?

Je souris froidement. Ses narines se dilatèrent tandis qu'il observait ma silhouette massive. Je baissai aussi les yeux sur mes bras ensanglantés. Je savais que j'en avais également sur la gueule. Je le sentais.

— C'est le sang qui te dérange ?

Il glissa contre le mur de la vieille grange en cherchant à m'échapper. Je le suivis, le regard rivé sur lui, où qu'il aille. Je fis mine de m'épousseter le bras.

— C'est celui de tes amis.

Il se figea et je désignai le mur arrière.

— David, Pierre, Stan, c'est tes potes, non ?

— Qu'est-ce que tu leur as fait ? demanda-t-il d'une voix brisée par la peur.

Putain, j'adorais le parfum de la peur.

Je relevai la tête en souriant.

— C'est bien là, non ? dis-je en désignant les lieux.

— Quoi ?

— Là où vous avez attaché mon frère. (Je désignai la porte.) Là, devant, contre un arbre.

Il secoua la tête.

— Putain, mais de quoi…

Il s'interrompit et regarda ses amis, la façon dont ils étaient morts, les différentes manières dont les dés d'Hadès avaient décidé de les punir.

— T'as marqué au fer rouge un « N » dans son dos, puis tu l'as laissé là, pour qu'il crève… Ça te rappelle quelque chose ?

Il commença à secouer la tête et un sourire désespéré, mon genre préféré, naquit sur ses lèvres.

— Valan ? dit-il en riant. On ne faisait que déconner. On était des gamins.

Mon sang se mit à bouillir alors que l'enfoiré continuait à parler, essayant de se justifier de ses saloperies de suprématiste blanc. Je ne fis pas attention à ses mots, j'envisageais déjà de lui couper la langue pour l'envoyer à son Grand Wizard dans une jolie boîte argentée. Ou alors, j'enverrais sa petite bite à sa femme pour son anniversaire.

Les dés étaient chauds dans ma poche, et j'interrompis son flot de conneries en lui collant mon poing dans les mâchoires. Il tomba sur le sol, le regard vitreux, la tête sur la poitrine. Je le redressai par le col, le balançai sur la chaise au centre de la grange, près d'un vieux tonneau retourné. J'attachai ses bras et ses jambes à la chaise et m'installai sur un tabouret de l'autre côté du tonneau.

Je fermai les yeux et inspirai. Les dés étaient brûlants, avides d'être lancés. Le parfum de la peau carbonisée vogua jusqu'à mon nez.

Putain, quelle bonne odeur…

Un souffle court retentit devant moi et je souris avant même d'ouvrir les yeux.

Il était temps de jouer.

— Hadès a un jeu…, commençai-je en ouvrant lentement les yeux.

Le regard vaseux et ébahi de Du Pont tomba sur moi tandis qu'il tentait de se concentrer.

Je me penchai, les bras sur les cuisses. Ma jambe tressaillit sous l'adrénaline qui montait… dans l'attente du jeu. Je fis rouler mon cou, mon sexe dur à l'idée de ce qui allait suivre. Je jetai un œil au corbeau d'encre sur mon bras et ses yeux rouges me rendirent mon regard quand je levai le coude.

Le parfum de la mort prochaine emplit la pièce.

— Hadès ? demanda Du Pont en tirant sur ses liens. De quoi tu parles, espèce de malade ?

Je sortis les dés de ma poche. Je les fis rouler dans ma paume et danser sur mes doigts. Il m'observa, déglutit, et la sueur perla à son front.

— Tu as tué les Durand, ajoutai-je.

Il devint livide et lutta davantage pour se libérer.

Je faisais rouler les facettes de plus en plus vite. J'entendais le souffle du connard tellement il respirait fort.

Pour moi, c'était une douce musique…

— Le seigneur des Enfers décide si tu vis ou non. (J'agitai les dés dans mon poing et le tendis au-dessus du tonneau.) Le choix d'Hadès.

Du Pont regarda ma main, la tête inclinée.

— Que vais-je obtenir ? (Son regard fouilla le mien.) Quel chiffre montreront-ils ?

Il secoua la tête.

— T'es pas sérieux.

— Choisis, grondai-je en agitant les dés.

Je me penchai et le sang de ses amis se mêla avec une goutte de sueur de mon front. Le con la regarda tomber à terre, puis il se tourna vers ses amis, les traits ravagés, conscient d'observer son futur s'il choisissait mal.

— Six, cracha-t-il.

Je lâchai les dés, qui tombèrent sur le bois. Quand ils cessèrent de rouler, il leva les yeux vers moi.

— Y a pas de numéro dessus ! siffla-t-il, paniqué. Les faces sont vides !

Je souris et plongeai les yeux dans les siens.

— Hadès a décidé que tu avais perdu.

Je me levai aussitôt de mon tabouret en glissant les dés dans ma poche. Du Pont se mit à gueuler alors que je prenais le bidon d'essence que j'avais apporté. Je le secouai pour vérifier le contenu.

— Ça suffira, déclarai-je avant de revenir vers Jase.

Il tremblait, les yeux exorbités.

— Tu t'en tireras pas comme ça.

Il respirait de plus en plus vite en observant ses amis.

— M'en tirer ?

Je ris et versai le liquide sur sa tête pour qu'il dégouline sur son corps, et je continuai jusqu'à ce qu'il soit bien imprégné. Je jetai le bidon à l'écart et me penchai près de son oreille.

— Hadès s'en tire toujours. (Je pris une profonde inspiration.) C'est toi qui vas payer, pour avoir torturé Valan, pour avoir buté ses parents… (Je marquai une pause pour plus d'effet.) Pour être la putain d'enflure fasciste et raciste que tu as choisi d'être.

J'enflammai une allumette et regardai le feu dévorer le bois. Du Pont l'observait aussi. Il croisa mon regard et je veillai à ce que ce soit la dernière chose qu'il voie en lâchant l'allumette sur ses genoux. Il fut immédiatement dévoré par les flammes.

Je ne bougeai pas d'un pouce pour savourer la symphonie de ses hurlements. Près de lui, je fis en sorte que mon visage soit sa dernière vision du monde, puis son corps s'effondra… La justice d'Hadès avait été rendue.

D'un coup de pied, je l'envoyai rejoindre ses potes, puis je plaçai une cagoule blanche sur sa tête encore brûlante.

Je les laissai là pour que leurs potes du Klan les retrouvent.

Je sortis de la grange en faisant rouler les dés dans mes mains. La soif de sang d'Hadès était satisfaite, pour le moment. Thunder m'emboîta le pas. Puis nous montâmes sur nos bécanes.

La vie de quatre salopards en échange des deux vies prises à mon frère. Je souris alors que l'air de la nuit giflait mon visage couvert de sang, pendant que je roulais. Je savais qu'il ne faudrait pas longtemps à Hadès pour avoir de nouveau envie de jouer.

Il tuerait tous les enfoirés qui tenteraient de s'en prendre aux Hangmen.

J'y veillerais.

Playlist

Glitter & Gold–Barns Courtney
Ain't No Rest for the Wicked–Cage The Elephant
Hard Time–Seinabo Sey
Fire–Barns Courtney
GREAT NIGHT (feat. Shovels & Rope)
–NEEDTOBREATHE
Tell That Devil–Jill Andrews
Heavy Is the Head–Zac Brown Band, Chris Cornell
Hate the Way You Love Me–John Paul White
Cover Me Up–Zac Brown Band
Never Seen Such Good Things–Devendra Banhart
Nothing Arrived–Villagers
To Leave Something Behind–Sean Rowe
All I Want–Kodaline
Dust on the Ground–Bombay Bicycle Club
See You Again–Elle King
Trust–Jeremy James

I Know the Way Home – Andrew Galucki
I Am the Moon – The White Buffalo
Bruises – Lewis Capaldi
Tomorrow – Shakey Graves
Leave a Light On (Acoustic) – Tom Walker
Handyman – AWOLNATION
Psalm 23 (Live) – Shane & Shane

Vous pouvez écouter cette playlist en suivant ce lien : https://open.spotify.com/user/authortilliecole/playlist/149xpUIJAJHj1ZgIbIHV64

Remerciements

Merci à mon mari, Stephen, qui m'a aidée à ne pas devenir folle. Cette année passée avec toi et notre petit bout, Roman, a été la plus belle de ma vie. Je ne la changerais pour rien au monde.

Roman, je n'aurais jamais pensé pouvoir aimer quelqu'un aussi fort. Tu es ce que j'ai accompli de mieux dans ma vie. Je t'aime de toute mon âme, mon petit gars !

Maman et papa, merci pour votre soutien perpétuel.

Samantha, Marc, Taylor, Isaac, Archie, et Elias, je vous aime.

Thessa, merci d'être la meilleure assistante au monde. Tes révisions sur mes textes sont géniales. Grâce à toi, je suis toujours organisée, et en prime, tu es une amie qui déchire !

Liz, merci d'être mon super agent et mon amie.

Kia, ma fabuleuse éditrice, je n'y serais pas arrivée sans toi.

Neda et Ardent Prose, je me félicite d'avoir rejoint votre projet. Vous avez organisé ma vie comme des chefs ! Vous êtes des génies des relations publiques !

Je ne pourrais pas rêver de meilleures amies que les membres du fan-club Hangmen Harem, merci pour tout ce que vous avez fait pour moi. Encore un pas en avant dans notre révolution de la romance sombre.

Viva la Dark Romance !

Jenny et Gitte, vous savez ce que je ressens pour vous, mes belles. Je vous aime du fond du cœur ! Je chéris tout ce que vous avez fait pour moi au fil des ans, et ce que vous continuez à m'offrir !
Merci à tous les blogueurs fabuleux qui ont soutenu ma carrière depuis le début, ont partagé mes écrits et en ont parlé partout !
Et enfin, je remercie les lecteurs. Sans vous, rien de tout cela n'aurait été possible. Notre monde des Hades Hangmen est l'une de mes destinations préférées ! Certains ne nous comprennent pas, ni notre amour éternel pour nos chers mecs en cuir… mais nous nous soutenons, unis dans la même tribu, et nous n'avons besoin de rien d'autre pour faire avancer notre série de bikers !
Le monde des Hangmen déchire !

Vivez libre. Roulez libre. Mourez libre !

Aubin
IMPRIMEUR

Achevé d'imprimer en octobre 2018
N° d'impression 1808.0081
Dépôt légal, novembre 2018
Imprimé en France
81123980-1